U0925500

# 当代诗词散论

张永芳 著

本书由沈阳师范大学出版基金资助

中国社会科学出版社

**图书在版编目（CIP）数据**

当代诗词散论/张永芳著．-北京：中国社会科学出版社，2009.11

ISBN 978－7－5004－7828－7

Ⅰ．当… Ⅱ．张… Ⅲ．诗词-文学理论-中国-当代-文集 Ⅳ．I207.2－53

中国版本图书馆 CIP 数据核字（2009）第 087658 号

责任编辑 关 桐
责任校对 周 昊
封面设计 智 志
技术编辑 王炳图

出版发行 中国社会科学出版社
社 址 北京鼓楼西大街甲 158 号 邮 编 100720
电 话 010－84029450（邮购）
网 址 http：//www.csspw.cn
经 销 新华书店
印 刷 北京君升印刷有限公司 装 订 广增装订厂
版 次 2009 年 11 月第 1 版 印 次 2009 年 11 月第 1 次印刷
开 本 710×960 1/16
印 张 21.75 插 页 3
字 数 346 千字
定 价 45.00 元

张永芳摄于俄罗斯伊尔库茨克

# 自　序

现在最流行的一句广告用语是："超越梦想，不是梦想。"每个人生来都有做梦的权利，在其人生的跋涉中也自然会有做梦的经历。有梦想并不丢人，即使梦想不能实现也不必愧悔，人生的遗憾太多，何止在美梦难以成真呢？

说起来，从儿时起我便怀有人生的目标——自己心中的梦想，而且可以自豪地说，这些梦想都与祖国的发展与需要相关。在我年轻时，社会的风气就是"集体主义"至上，小我必须献身大我。童年时，我的梦想是当空军飞行员，像空中英雄张积慧那样打掉美国王牌飞机驾驶员戴维斯，并为此折了无数架纸飞机；少年时，我的梦想是当光荣的地质勘探队员，为祖国寻找地下的宝藏，为此自学了古生物学与矿物学；青年时，我的梦想现实了许多，是到大西北或北大荒当军垦战士，为此不仅熟读了郭小川的诗歌，自己还撰写了一部诗集《农场春色》，描摹想象中的垦荒生活……

此外，还想过当海军战士、当生物学家、当历史学家等等，可惜全未当成。我从未想过当教员，甚至在大学入学教育中"交心"地写下检讨文章《我不想当中学教员的理由》，竟被印发出来成为大家批判的"靶子"。然而，命运却偏偏安排我在走上工作岗位时，首先当中学教员，尔后当大学教员，一辈子都在学校度过，这实非出于本愿。

但是推究起来，却也是我"自觉"的选择，因为我上高一时，偶然间获得全校高中组作文比赛的冠军，似乎有写作的潜能，不仅老师将我看成文科人才，在参与军训和支农时让我当报道员，我自己也转变兴趣，由喜爱自然科学转向社会科学，报考了文科。虽然我的首选是历史专业，但古来文史不分家，入中文系也在意愿之中。

冥冥中，入中文系后又“阴差阳错”，几乎与个人意愿完全脱节。读中文，我首先想到的是写作，当作家，具体目标是做诗人，因为我中学时便写下数百首新诗与旧体诗词，也有此爱好与基础。但是，系主任李何林先生说：“想搞创作不要读大学，大学培养的是学术人才。”那么，就安心搞学问吧，“文革”的浪潮又将文坛冲击得一片荒芜，求知与治学的路子全被堵死了。正如我在诗作《我也曾年轻过》中所说：“也许是历史的阴差阳错，我的大学教室竟是大批判的战场；‘文革’革去了文化教育，作家和学者都成了一场空想。”倘若不是“新时期”的到来揭开了历史的新篇章，我的个人梦想将全部破灭。好在“拨乱反正”的改革开放潮流，使我有了当研究生深造的机会，我的意愿大体得以实现。更具体地说，是我既成了作家，是中国作家协会和中华诗词学会的会员；也成了学者，是大学教授、享受国务院特殊津贴的专家，还被评为省级高校名师。

当然，俗世的虚荣不应该自炫，但毕竟可以证明自己总算做过一些努力，也稍许有些成绩。我得以部分实现的人生“梦想”，尽管不是最初的追求，也总算使我的生命旅程没有完全成为空白。这好比我驱赶着生命的马车上路时，在欣赏沿途风光的机缘中，摘得几茎路边的花草。这本《当代诗词散论》，正是我生命中的一些印痕，是我在诗歌领域的些许成果。书中所收的文章，都是学诗、评诗的产物，也是借助诗词这一媒介同社会发生交往的见证。

全书分为四编，“诗艺探索”是带有理论色彩的求索文章，其中有几篇涉及具体作者与作品，但主要价值在于含蕴其中的理论思考，如序《悠悠我心》时对以议论入诗的提倡，评王向峰诗作时对诗体选择的探讨，论林声题画诗时对物象与心象转换的分析，论王充闾创作成就时对其文化人格形成原因的阐释，都牵涉比较深层的学术问题。“经典鉴赏”，主要限于毛主席诗词与叶剑英诗词，则与我个人经历相关，因为我上过《毛主席诗词赏析》专题课，故对其情有独钟；论及叶剑英，则因我曾在广东梅州的嘉应大学兼职，那里是叶帅的故乡，故有研究动力。“作品评介”则主要是对友人的酬赠，不是对当今诗坛的全面客观论析，但每个学者都有自己的见闻局限，我又何必吃力不讨好地强求全面公正呢？“诗坛履痕”更带有自身的印记，是自己学术探求的脚步记录和作品问世的片断记写。简言之，本书确实是个性化的著作。但一切个别事物都有其普遍性依据，我的学术视野和生命印记，自然留有时代的标记，自有其参证价值，是特定时期学术色彩的真实标本。因此，我对收入本书的所有文章，都没有删改，以保持其原始面目，留作历史的活化石。要知道，就从事学术的“梦想”来说，我更想做历史学家，而不是现今实际成为的文学家。

也许可以聊作自慰，也许会被看做“狂妄”，我也许可以将自己看做是一个创作型学者，或者是学术型作家——因为我不仅有学术成果，也有创作成果，书末的几篇作品序言，包括未出版的诗集的序言，可以为此提供佐证。我也不想过分自谦，不敢承认这一事实。只是遗憾地感到，自己既不是优秀的作家，也不是出色的学者，只是一介平凡慵懒的布衣文士；但自身的人生道路已经成为陈迹，我已不再有开辟草莱的能力，这辈子虽非尽如本愿，却也只能为出自个人自觉选择的半圆梦境而自慰自勉了。

揭此为序，以寄感慨。

2008 年 10 月 21 日

# 目　　录

## 诗艺探索

## 经典鉴赏



## 作品评介

## 诗坛履痕

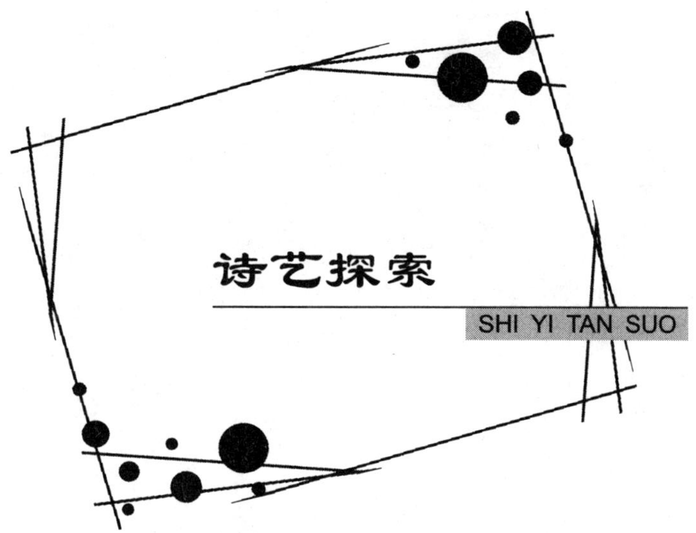

# 诗艺探索

SHI YI TAN SUO

# 古代文学：中国人的文化主食

新中国成立以来最流行的几部中国古代文学史，如游国恩本、文学所本、袁行霈本、章培恒本等，都略去“古代”二字，径直称作《中国文学史》。这并非故弄玄虚，而是充分肯定了古代文学的当代价值。对当代中国人来说，我国丰厚的古代文学遗产，并非遥远的记忆，而是现实的营养；并非死气沉沉的往昔梦魇，而是生生不息的生命体验。古代文学的各个方面，如作家、作品、文学思想、审美观念等，和现当代文学一样依然富有生机，不但现实地存在着，而且有力地影响着当代人和当代生活；不但对文学读者有影响，对其他人甚至是文盲也有实际作用。古代文学，主要是汉语文学，不仅是中国文学不可或缺的组成部分，而且是中华民族文化的根基，是铸就当代中国人文化人格的灵魂和动力。

正如马克思所说：“人们自己创造自己的历史，但是他们并不是随心所欲地创造，并不是在他们自己选定的条件下创造，而是在直接碰到的、既定的、从过去承继下来的条件下创造”（《路易·波拿巴的雾月十八日》）。不论当代人情愿还是不情愿，都不可能与古代文学“断奶”，都不可能不受其影响。尽管当代社会是开放的社会，当代人的眼界更加开阔，远比前人更多地接触到外来的文化，但古代文学依然是当代中国人的文化源头和文化主食，恰似牛奶面包虽然日渐普及，菜汤米饭和馒头面条依旧是中国人的日常饮食一样。

从传播角度讲，古代文学主要通过四个途径对当代中国人发生作用：一是教育，特别是绝大多数人都要接受的义务教育。在认识方块字的同时，中国的儿童和少年就已经开始接触中国古代文学，许多脍炙人口的诗词、散文和小说片断，就是通过中小学课本进入一代新人的脑中和心中的。这种直接传授不但始终伴随着个体的成长，也成为古代文学整体传承最基本的环节。只要有本国语文的教育，古代文学的延续就不会断绝。二是文本的传播，尽管今人所读的文本已不是原始意义的文本，也未必是当初传播的载体形式，如竹简、帛书等，但毕竟是古代文学的基本形态，是后人接受前人文学遗产的主要方式。不过因传播技术的发展，当代人接触的古代文学文本已不限于纸质媒介即书本，而有多种新的形式，如电台播音、电视播映、音像制品、电子媒体等等。当然，多数人接触的只是选本而非原著，但这种文本的传承仍可谓最主要最基本最有效的途径。三是各种文艺形式的改编或再创造之作，尽管它们应该算是当代人的作品，但其题材来源或创作构思来自古代文学，也确实使当代人借此了解或接受了古代文学，如歌曲、戏曲、舞蹈、电影、电视等等，便使得许多从未读过古代文学作品的人也能对古代文学有所认识。据《三国演义》、《水浒传》、《西游记》、《红楼梦》四大古典小说改编的电视连续剧，不就将这四大名著送入千家万户了吗？再如音乐、绘画、雕塑及各种工艺品，也有相当一部分是依据古代文学而创作，或借助古代文学而增饰的，实际也以自身成为传承古代文学的载体。四是已经渗透到中国人日常生活中的习俗、习惯、道德意识、审美观念等等，无时无刻不在影响着当代中国人。如清明时自然令人想起寒食节的由来以及杜牧、韩翃等人的诗作，五月端午自然令人想起屈原和《离骚》，七月七日自然令人想起嫦娥奔月的传说和李商隐等人的诗作，乃至白居易的《长恨歌》、洪升的《长生殿》，九月九日自然令人想起陶渊明和王维的诗作等等，它如各地的名人传说、名胜风物诗文等等，无不传承着博大丰厚的古代文学传统，任你怎样回避也无计可逃。除非你不生活在中国的大地，不接触汉语文化圈，否则就不可能不受汉语古代文学的熏陶。

但是，文言汉语毕竟不是当代中国人的日常用语，古代文学也确与当代中国人有些隔膜，尽管其传承始终没有断绝，其活力也确有衰减的趋势。这主要表现在传承过程中必不可免的断裂、解构与漠视。断裂主要指因古今生活的变动、观念的转换以及文化积累的变异，以致其传承常常出现误解和遗忘，造成文献的中断、接受的歧异、传播的空白等有意无意的文化含量衰减，以及受众人数的缩减。如今人能通读《诗经》、《庄子》等经典的已越来越少，而且读过的人对其真谛的理解也未必合于古人的原意；解构主要表现为当代人往往用自身的理解与好恶评价和改造古代文学，使其面貌变得不古不今、不中不外，甚至变味变形、面目全非，传给今人乃至后人的根本不是传统的中华文化，而是解构后重组的杂糅货色，如各种“戏说”所传播的历史和文化知识，只能误导受众，部分群众却简单地认为这样的东西传承了古代文学；漠视主要表现为将古代文学看做过时的历史遗产，认为只需少数爱好者传承即可，而对当代的主流文化即西方文化盲目崇拜，一心只想出国，而不愿吸吮中华传统文化的乳汁，乃至许多青年对各种洋节十分热衷，对于传递了古代文化信息的传统节日，以及与其相关的文学作品却几乎一无所知。这些负面的影响，对于古代文学的传播当然不利，但也正因此激起了有心人的焦虑，促使更多的人意识到继承传统文化的必要与迫切。对于客观存在的不利因素，不能置之不理，也不必过于担忧。无论如何，古代文学的传播可能会有暂时的低落，却绝对不会终止。

反过来说，从接受的角度讲，只要你是中国人，只要你说的语言是汉语，即使你没有特别留意，甚至不喜欢，也无法和中国古代文学完全断绝联系；正如没有吃母乳的婴儿，血脉中仍会有母亲的遗传基因一样。但有人认为，既然当代人说的是现代汉语，就没有必要在中小学读古代文学作品，应当将其放到大学阶段当作专业去学。这种说法，不但忽略了民族文化的传承，淡化了民族文化人格的塑造，也忽略了民族语言的承袭规律。现代汉语是由古代汉语演变来的，以文言写成的古代文学作品，用现代汉语也能理解大半，而且古代文学中的语言精华，依然活在现代汉语之中，不学习古代文学，现代汉语也未必能学好。更何况，古代文学遗产中，有相当部分的白话作品，与现代汉语更为接近。在中小学学习一些古代文学作品，并不是什么负担，对于培养民族意识乃至民族自豪感来说，是十分必要的；即使仅仅对于学习好现代汉语和现代文学来说，也非常有必要。反之，也有人认为当代中国学生学习外语的压力太大，以致不能用较多的时间学习古代文学，除一些短小的诗文外，多数高中毕业生对于古典文学名著几乎未曾真正涉猎，无论是《论语》、《诗经》，还是《三国演义》、《红楼梦》，从头至尾读过的人实在太少，这同许多外国文学名家名著在其祖国的普及率相比，其惨状令人感叹并担忧。因而，他们希望能减少外语的学时。但是，在日益开放的当代社会，减少外语的学时不仅不合时宜，甚至无疑是自残。不管对个体发展来说，还是对国家命运来说，外语教学不但不容减轻，而且必须强化。不过，强化外语教学不必以牺牲古代文学的传承作代价，也不会成为传承古代文学的障碍，现实中博古通今、学贯中西的人才并不罕见，说明两者完全可以兼顾。只是应在如何协调两者关系上有所改进，其办法不是减轻中小学的课业，而是大大加重中小学的外语与古文教学。孩子们的潜力远比成人的估计大得多，而对语言以及语言艺术即文学的接受，儿童阶段的承受能力远比其成人阶段大得多，只要有合适的课本和师资，学习外语和继承古代文学的双重目标完全可以圆满实现。

古代文学在当代的传播和接受，本应是自然而然的结果，但由于西方文化事实上处于强势状态，我国的文化传统确实受到挤压和挑战，以致被有些人说成是在国际交往中处于“失语”境况，于是，是否应该传承古代文学、如何实现这一传承，成为值得社会关注的问题。这自然应当引发人们的忧思，尤其是引起教育部门和文化部门的高度重视。

**参考文献**

① 杨匡汉：《我的大中国文学观》，《广东社会科学》2003 年第 6 期。

② 王岳川：《全球化与新世纪中国文化身份》，《社会科学战线》2003 年第 6 期。

③ 马庆株、赵贤德：《反对复古　反对崇洋——马庆株教授访谈录》，《语文教学与研究》2004 年第 11 期。

④ 姚海涛：《民族精神是我们永不衰竭的力量源泉》，《湖南大众传媒职业技术学院学报》2003 年第 3 期。

⑤ 张次第：《略论中国古代文学的传播目的与方式》，《郑州大学学报》2004 年第 2 期。

⑥ 赵钦信：《人类文明冲突中的中华文化》，《文艺理论与批评》2004 年第 5 期。

⑦ 曹萌：《文学传播学的创建与中国古代文学传播研究》，《沈阳师范大学学报》（社会科学版）2004 年第 5 期。

（《光明日报》2007 年 2 月 8 日用此题发表本文，
原题为《古代文学在当代的传播与接受》）

# 旧体诗词的生命力

新诗诞生已70多年了，但旧体诗词并没有失去生命力。就小说、散文来说，已基本没有人再用传统文言形式去进行创作了；旧体诗词则不仅拥有大量爱好者，而且拥有一大批新老作者，可见旧体诗词自有不可磨灭的生命力。

毛泽东同志曾经提出，旧体诗词不宜在青年中提倡，我们已过“知天命”之年的这一代人，对于毛泽东同志的教导是虔信不疑的。我虽然从小便背诵了不少古诗，高中时期又开始在报刊发表新诗，但一直未尝试旧体诗词的创作。旧体诗词这种形式，当时在我的头脑中已被看做僵化的、贵族化的东西，认为青年人不宜学，革命青年尤其不宜学。但我进入大学不久，“文化大革命”便开始了，大量的文艺作品受到批判，社会几乎成为一片文化沙漠。好在毛主席著作还可以读，于是我便潜心苦读毛主席诗词，不仅背诵如流，而且一字一句皆反复咀嚼，搜集了几十种注解本，自己也写了数万字的札记。我渐渐地萌生一个疑惑：如果旧体诗词果真已没有生命力了，艺术上高度完美、思想上极其丰厚的毛主席诗词，怎么能有那样强烈的感染力呢？随后，我又千方百计地搜求革命前辈的旧体诗词，如朱德、周恩来、陈毅以及郭沫若、赵朴初、胡乔木、田汉等人的诗词曲作品，抄录了厚厚的一大本。品读这些作品，我感到旧体诗词具有独特的艺术魅力，是新诗无法取代的。于是也开始试作，很快凑了几十首，自编为《示朴集》。而后又与同学相互唱和，所作越积越多。粉碎“四人帮”后，我作的旧体诗词时常刊于报章杂志，给个人生活平添了无穷兴味。

不能否认，毛泽东同志提出旧诗受格律束缚，不好掌握，这一理由对于劝阻青年人学作旧体诗词，确实起了一定作用。但另一方面，又激起了一些人的争竞之心。既然旧体诗词的规律不好掌握，那不正好可检验自己的智力吗？这正如解数学难题，对一般人来说是苦差事，但对爱好者来说，却是极大的乐趣。我因考入中文系，自对钻研格律下了一番功夫。王力教授论诗词格律的小、中、大一套专著——《诗词格律十讲》、《诗词格律》、《汉语诗律学》，我都认真翻阅过。钻研之后，觉得格律并不那么难掌握，只要掌握规律，平平仄仄并不是太大的束缚。

但是，人们对旧体诗词的喜爱，当然不仅为争竞之心所使然，也不必戴上热爱传统文化的高帽。实际上，作新诗也可以在形式上翻奇斗胜，如闻一多先生所云，去做“戴着脚镣的跳舞”。在意境和手法的创新上，实在大有用武之地。从某种意义上说，新诗比旧体诗词更难写。旧体诗词因有格律可循，写好了不容易，写得大体像样则比较不那么吃力。稍有一点感触，结撰成旧体诗词比撰写成新诗，似乎更为方便。新诗对内容涵量和意境的要求，似乎更为严格。如果单就难易来说，旧诗实在构不成对新诗的挑战，写旧体也未必比作新诗更为高雅。若就继承传统文化来说，写文言笔记小说和文言体散文，也有同样的功效，为什么作者几近于无呢？钱钟书先生用文白夹杂的文体作《管锥编》，犹如空谷足音，即使写学术论文者，仿效得也极少。显然，旧体诗词的生命力只能从另外的角度来理解。

稍加留意，就不难发现，新诗多反映社会生活，旧体诗词则大多同个人经历相关。新诗的生命力似乎是外在的，旧体诗词则是内在的。这种内容上不期而然的分工，大约正是旧体诗词的一个比较特别的长处。就拿毛主席诗词来说，最富有时代性社会性，又最富于个性，不仅是社会现实的生动写照，更是个人生命的激情迸发，而且越到晚年，老人家题赠、唱和之作越多，越近于个人生命的一部分。的确，在个人生活的抒写上，旧体诗词更为适宜。试想，与友人重逢醉酒之际，吟一首七律，岂不比写一首白话诗更为有味？这也许只是我个人的偏见，但也因新诗如无新的情境，极易流于空洞肤浅，而旧体诗词则不必篇篇出新，只要点染出一点感触便可以联缀成篇。连大诗人李白，都难逃意象重复之诮，但批评者也不能不承认，单读他的一篇篇诗作，仍浏亮可诵，不愧均为佳篇。可知格律的存在，使得旧体诗词容易写得比较像诗，而且因其容量有限，更便于表现个人生活的一个片断。这可能正是它仍有生命力的主要原因。

前面已经讲过，旧体诗词因受格律限制，比较易于成篇，但容量有限，即使清代以后特别兴盛的长篇五七古，其容量也终究不能同形式更加自由灵活的新诗相比。这使得旧体诗词容易成为精微的工艺小品，鲜能成为气势磅礴的历史丰碑。当然，如毛主席诗词那样的境界高远之作，绝无愧于新诗，但这样的旧体诗词作品实在并不那么丰富。但是，由于文化传统的积累和诗词格律的完整，旧体诗词形成自己独立的审美享受。比如使典用事，在新诗中不大好运用，但在旧体诗词中，却因典故的化用大大充实了作品的内涵，在艺术上也更耐玩赏。如拙作《厦门纪游》诗中，有一联云："眼中沧海迎人笑，枕底潮声伴客眠。"既是对滨海风光的直接描写，单从字面也完全构成一定的意境，又因我在其中化用了两个典故，吟诵起来似更有情韵。"眼中沧海"不只是指登山望海的景象，也是指代石岩风景区一处摩崖石刻大字，它是民国年间黄仲训书写的，是黄氏当年登中岩山时的所见所感。"枕底潮声"则引用了郭化若将军《念奴娇·海滨》中的词句："夜半梦回，床前月白，枕底潮声作。"此词乃将军游厦门鼓浪屿时所作。前人的游历和作品，不露痕迹地化用在后人的作品中，不知者不妨碍阅读，知道了更增添兴味，这种技巧的运用，新诗怕是难以与旧体争雄的。再如旧体诗词讲究对偶，这种用字、谐声的文字技巧，新诗也难以运用，而在旧体中则为必备的功力，创作中也能给作者极大的艺术享受。我自己曾有咏写《辽南春》的一组七律，其中有一联是"黄绿浅深千山雨，红白浓淡万树花"。自以为生动地状写了生机盎然、色彩绚丽的春日胜景，"黄绿"对"红白"，"浅深"对"浓淡"，"千山雨"对"万树花"，都比较恰切。不管别人是否赏识，反正自己在写出后确实获得了一种极大的满足感。我也发表过几十首新诗，但从未有这般乐趣。这种艺术上自我欣赏的快感，大约也是旧体诗词拥有一大批作者的原因。

以上所谈主要是个人的真切感受，不是对旧体诗词为何还有生命力的精到论析，但这种经验之谈，或许比学究式的探讨更为切近事实。故不揣浅陋，录出以向广大诗词爱好者求教。不管怎样，旧体诗词的生命力是不容忽视的，今后一定会有更多的新作者和好作品不断涌现。祝愿大家在创作和研究上更上一层楼，取得更大的成绩！

（原载《写作》1999年第5期）

# 旧体诗词写作的审美体验

审美体验是人类的高级精神活动，其实质就是对人类自身力量的肯定。陈圣生《现代诗学》指出："诗歌和其他艺术品的创作和欣赏，是人类高度的精神文明的一种标志。因此，人类活动所特有的意向性（或称'目的性'）也是这类艺术实践的重要特征。"[①]换言之，诗歌写作和欣赏，都带有一定的社会性，并不仅仅是个人的消遣娱乐。前引《现代诗学》阐发了德国哲学家康德关于"美"是"无目的而合目的性"的形式这一论点，指出："实际上，'无目的'或'无利害考虑'只涉及审美主体当下的心理状态，'合目的性'才是社会和个体对于诗和美的长远设想和要求。诗的社会功用，理应是诗学的重要目标之一。"

因此，要讨论旧体诗词创作的审美体验，首先应弄清诗歌本身有哪些功能，创作主体个人又有哪些主观需求，看一看客观可能性会在多大程度上满足主体的愿望，从而使其得到快感。这种创作快感，就是所谓的审美体验。

诗歌的社会功能，孔子有简明的概括："诗可以兴，可以观，可以群，可以怨。"（《论语·阳货》）兴即感物起兴，也就是反映创作主体的表达欲望，还指调动欣赏者学诗的兴趣，亦即"主体写诗和读诗的前前后后的某种审美心态"，"综合表现了诗的审美价值和激发灵感的作用"（《现代诗学》）；"观"即创作主体对外界的认识，也指读者读诗时引发的共鸣，无论对创作还是欣赏"都有审美关照（沉思）和审美知觉之意"（《现代诗学》）；"群"即人与人之间的诗性交往，也就是诗歌的交际作用，即使反对写作旧体诗词的人，也不能不承认传统诗词对民族凝聚力的巨大影响，这种作用广泛的魅力自然也是一种深刻的审美体验；"怨"不仅是"怨刺"，即表达主体的不满情绪，更是宽泛的审美要求，就是主体对社会生活进行干预、施加影响的努力，既是创作主体积于内心不得不吐的意识表露，也是欣赏者寻求共识的审美过程，可使当事人获得宣泄或共鸣的极大快感，《毛诗序》云“上以风化下，下以风刺上……故曰风”中的“风”，与“怨”的功能较相近。由此可见，这几种诗歌的主要功能，也正是诗歌审美快感的主要来源。这些功能的实现，也正是审美的完成。

人们之所以需要通过诗歌创作来满足自身的表达欲、表现欲、交际欲乃至功利欲，不仅因为诗歌有这样的功能，更因为这种审美完成形式是其他形式难以取代的。散文、小说、戏曲以至其他语言文字表现形式，也可以在相当程度上满足前述主体需求，但它们都不能代替诗歌。从本质说，诗性的思维是人类最初的思维方式，诗性的语言是人类最初的语言。德国学者格奥尔格·哈曼断言“诗是人类的母语”，现代学术界也公认“最先出现的原始文化是诗歌”（《现代诗学》），德国诗人荷尔德林的诗句：“人，劳绩累累，但仍/诗意地定居于大地”，更脍炙人口。广义的诗指所有文学艺术的灵魂与基础，也就是人类生命的兴会与感动，即人们对自身和外界的认识以及表达这种认识的强烈冲动；狭义的诗偏于抒情与感悟，但仍是最精练、最强烈的表达形式，也最容易引发读者的感动。这就决定了诗歌创作与欣赏的审美体验，格外强烈与深刻，是最为真切而具体的精神愉悦，往往能使人处于最昂奋的心理状态。

其次，诗歌审美的完成，是一种探险或征服的过程，它的快感不像感官直接得到满足那样轻易和肤浅，而是需要付出巨大努力，经历创造性的艰辛。法国学者雅克·马利坦指出：“考虑到诗的特定的构成方式，它需要艺术的或技术的理性；但若考虑到诗的本质和它所涉及的真正的‘疯狂’，它更得依靠创造性的理性。”（《艺术与诗中的创造性直觉》）具体到旧体诗词写作来说，反对者主要持三个理由：一是其习惯用语已经过时，不太容易表现现实生活；二是它受格律的束缚，技巧繁难，不易掌握；三是个体性较强，不大适应表现如今集合性的主体意识。殊不知，恰恰是这些困难，使得旧体诗词的写作有了特别的审美快感，正体现出“创造性理性”的特殊魅力。

先说诗歌语言。旧体诗词流行多年，确有许多习惯性用语，如白居易《赋得古原草送别》中：“又送王孙去，萋萋满别情。”“王孙”之称，今日当然不能再用。不过，这首一千多年前的古诗，让今天的小学生去读，也能顺利地理解大半，这正是我国汉语的传承优势。著名史学大家钱穆先生在《中国文化与中国文学中》自豪地指出："与语言较相近之文学，易受时地之限制，而陷于地域性与时间性。中国文学则正因其文字与语言隔离较远，乃较不受时地之限制。"②因而，与现行口语有适当距离，也许正是旧体诗词胜过白话新诗的一个特点。就现实来说，便于打破疆域的限制，加强与海外侨胞及外籍华人的联系；就长远来说，传播更远一些时间，让更多的子孙后代直接读懂，这又有什么不好呢？而且，用旧词借代新词，如以灯火指电灯、以轮舟指轮船，并增补些新词，如将"改革"、"四化"写进诗中，并不难做到，也无碍传统的诗美。晚清"诗界革命"时，便已经提出"旧风格"、"新意境"与"新语句"三长具备的创作标准，要求革新语言，而且取得相当的成功，说明这一问题并不妨碍诗作与时俱进。

再说格律限制，这只是相对的困难，并非多大的障碍。其实不只旧体诗词有形式上的讲究，任何文学形式乃至艺术形式，都有创作与交流的阻隔。文盲难以读小说，不懂方言的人难以听懂地方戏，尽管它们或许很通俗，对于不掌握相对条件的人来说，不也是有所限制吗？马克思早就指出："如果你想欣赏艺术，你必须成为一个在艺术上有修养的人。"（《1844年经济学哲学手稿》）我国古人也早就认为诗本身就是一种法度，亦即不得不认同的限制。如宋代文人姜白石就说："守法度曰诗。"（《白石道人说诗》）当代大学者钱钟书先生亦曰："大匠之巧，焉能不出于规矩哉。"（《谈艺录》）毛泽东同志在《与冒广生谈诗词格律》中也指出："旧体诗词的格律过严，束缚人的思想，我一向不主张青年人花偌大精力去搞；但老一辈的人要搞就要搞得像样，不论平仄，不讲叶韵，还算什么格律诗词?""要搞就要搞得像样"，③的确是较高的要求，但学习格律本身便是一种乐趣，掌握了格律更有一种新的创作自由，因为高度成熟的旧体诗词形式独具的艺术魅力，特别便于诗歌创作。《现代诗学》论曰："只有精通诗式才能抓住可能的诗意，甚至可以将看似无诗意的题材转化为诗。"如果单从写作难度来说，白话新诗因为没有固定的诗形，必须抓住核心意象才能成篇，而旧体诗词只要有创作的需求便很容易写出相当完美的篇章，未必比新诗更受束缚。笔者本人新诗旧诗都写过，对此深有体会，曾在《旧体诗词的生命力》一文中写道："从某种意义上说，新诗比旧体诗词更难写。旧体诗词因有格律可循，写好了不容易，写得大体像样则比较不那么吃力。稍有一点感触，结撰成旧体诗词比撰写成新诗，似乎更为方便。新诗对内容涵量和意境的要求，似乎更为严格。如果单就难易来说，旧诗实在构不成对新诗的挑战，写旧诗也未必比作新诗更为高雅。”④简言之，旧体诗词的格律限制，不但不是审美障碍，而且具有独特的审美价值。

次说个体性较强的特征，这也正是旧体诗词的优势之一。我们现在所处的时代固然是集体性、统一性远比往代更强的历史阶段，人们也比已往更多地以集合性的主体意识进行思考和表达，但并没有抹杀个性的存在和个体的差异；相反，随着社会的发展，个体与个性更加受到重视。因而，文学的交际、自娱等功能，虽一度受到贬抑，却并未能消泯。近年，已有许多批评家认为白话新诗过于偏重社会内容，创作的路子越来越狭窄了，所谓“新的美学原则的崛起”，正是想纠正这一偏差。笔者的小文《旧体诗词的生命力》曾论到：“稍加留意，就不难发现，新诗多反映社会生活，旧体诗词则大多同个人经历相关。新诗的生命力似乎是外在的，旧体诗词则是内在的。这种内容上不期而然的分工，大约正是旧体诗词一个比较特别的长处。……的确，在个人生活的抒写上，旧体诗词更为适宜。”而这一特点，又与格律有关。前文也提及这点：“可知格律的存在，使得旧体诗词容易写得比较像诗，而且因其容量有限，更便于表现个人生活的一个片断。这可能正是它仍有生命力的主要原因。”古人写诗很讲究“占身份”，亦即写诗时要求合乎本人的身份，要合乎与写作对象的特定关系，因而其诗作串联起来阅读，可以当作自传来看，而从新诗创作中很难考见作者的生平。旧体诗词的这一传统，似乎应该继承下来。

综合前述几点，可知旧体诗词独具的审美魅力，尽管要求主体付出一定努力，不是毫不费力便能达成的审美经历，但也正因如此，一旦得以具备特定的审美情境，达到必要的审美条件，也确有无法替代的审美体验和审美愉悦。

实在说，快感不同于美感，但美感的基础是快感。王明居《通俗美学》指出：“快感是官能享受，美感是心灵享受。……快感虽然不是美感，但美感经常借助于快感。快感常常是达到美感的最初阶梯。”⑤旧体诗词的创作过程，虽是艰苦的劳作，却有许多身心的快感伴随着创作过程，从而使这一过程能够升华为具体而深切的审美体验。具体说，可以有会心的快感，就是与外界感受达成一种默契，从而引起身心的清爽愉悦，进入“此中有真意，欲辨已忘言”（陶渊明《饮酒》）的情境；也可以有宣泄的快感，就是将积塞于心中的种种感受和想法倾诉出来，从而得到一种酣畅淋漓的舒适感，产生“大雅久不作，吾衰竟谁陈？……正声何微茫，哀怨起骚人”（李白《古风》）的自豪；可以有承担社会责任的理性认同，就是有意利用诗作干预生活、影响时政，从而得到实现自身理念的满足感，如白居易便自觉地以“惟歌生民病，愿得天子知”（《寄唐生诗》）为做诗的宗旨；也可以有进行艺术推敲的自我娱乐，就是在格律束缚中寻觅创作自由，从而获得创造性的成功感，如杜甫即曾陶醉于“陶冶性灵在底物，新诗改罢自长吟”（《解闷》）的文人积习中。另外还可以有与人交流的快感、自我肯定的快感、吟哦声调的快感、品味情韵的快感等等。即使仅仅从大脑的体操、心灵的鸡汤等滋养作用来看，创作旧体诗词也是十分有益的艺术实践，也有令人难忘的审美体验。

文学创作，尤其是诗词的写作，其审美体验很难用语言表述，更难直接传递给其他人，需要自己亲身体味才能确有所获。而且，审美体验具有很大的个体差异性，究竟有何收获，只能靠每个个体自己去摸索和体会了。

**参考文献**

① 陈圣生：《现代诗学》，社会科学文献出版社 1998 年版。
② 见《中国文学论丛》，三联书店 2005 年版。
③ 转引自刘汉民《毛泽东谈文说艺录》，长江文艺出版社 1992 年版。
④《旧体诗词的生命力》，《写作》1999 年第 5 期。
⑤《通俗美学》，安徽教育出版社 1985 年版。

（原载《盘锦诗词》2003 年第 3—4 期，后来又收入《全国第十九届中华诗词研讨会论文集》，中国文史出版社 2007 年 8 月出版）

# 略说诗词的“物化”属性

诗词属于文学创作，而文学的本质是人类社会生活的反映，归属意识形态范畴；然而，诗词不仅是人类生存状况的反映和生命体验的写照，而且是可感知、可传承、具有独立存在价值的文化产品。换言之，诗词一旦问世，不仅是创作主体的主观情志的体现，也是一种具有物化性质的客观存在。这也许正是诗词文化之所以为人类社会所需要的更深刻的原因，即诗词的物化属性正日益引起人们的关注，这比传统的认识，即文学作品是现实生活的镜像似乎更加重要。诗词固然有精神的价值，但也不应忽视其“物化”的价值。

所谓价值，就是对人类需求的满足程度。不论物质还是精神，都为人类所需求，也就都有一定的价值。但精神是虚的，需要通过“物质”的中介才能发挥其作用，此即马克思所谓“批判的武器不能代替武器的批判”，所以精神的价值要体现出来，无可避免地需要有“物化”的环节。诗词创作的主旨，不论是“言志”说还是“缘情”说，其根据都在于创作主体个人的内心活动，即创作主体的主观情志，而主体的内心活动，不经过“物化”的中介就不能被他人感知。当然，这种物化的中介不一定是诗词，但一定要有这种中介才行。比如我们开展社会主义精神文明建设，不通过标语宣传、组织活动等“物化”的形式，创造出“五个一”（一首歌曲、一部戏等）之类的文化产品，又怎能达成目的呢？

诗词作品要发挥作用，即使仅仅想满足创作主体的自娱需求，也不可能自吟自乐、不着痕迹，至少要将其“固化”为具体的语言文字，而且要录下或书写出来，使其可以通过聆听、诵读、阅览等方式，使其形成“物化”的产品，才有可能被作者本人及其他人感知、接受或传播，否则，其“行迹”固无从谈起，其影响也无从发挥。这种能具体的固化和传递的具体形式，便是诗词的“物化”形态。

具体说，诗词作品的物化形态不是直接成为物化形态的产品，而是先成为相对抽象的语言文字。但是，当某种语言文字比如汉语，一旦表达了具体的内容，便成为话语或文章（各种文体的作品），不再是一种抽象的交际工具，而成为具体的但也相对固定的、有所限制的“文本”了，也就是成为信息体系中的“信源”，即可以用来传输的信息内核。其本质属性不是我们习惯上所说的物质，而是一种有具体内涵的信息，也就是文学研究的基本对象——文本。没有具体外现形式的文本也叫本文，现代诗学的研究基础，就是对本文的探讨。蒋寅《古典诗学的现代诠释》即阐释说：“实际上作者创造的只是本文，这是一个不以阅读与接收而改变的自足性存在，韦勒克名之为‘本体结构’。文学的表现和接受是以本文为媒介实现的。”[①]人们通常所说的作品，实质就是本文的外现：“本文的符号——语义结构在读者的阅读中释放唤性的信息，定向激发读者的想象，并形成完整的美感经验，于是产生了作品。”[②]

其次，作品的文本，必须通过具体的载体才能得以存续和传承，而文本的表现形式，随着社会发展日益多样化了。比如写在单篇的纸页上，裱成条幅，印制成杂志或书籍，做成录音带或录像带，录制为电脑内存或光盘等等。但不管通过什么样的具体形式，必须有一定的物质或物质手段来做载体，不可能有抽象存在的文本。正如我们只能吃到具体的鸡，而不能享用“鸡”这一抽象的概念，尽管鸡确是一种客观存在物。同样，我们也只能欣赏到多种具体的作品，而不能实际触及没有任何具体形态的文本，尽管它也是一种客观存在。换言之，诗词的“物化”永远离不开具体的文本表现形态，这为其与多种文艺形式结缘提供了基础，如与书法结缘，与碑刻结缘，与音乐、舞蹈、影视结缘等等，其传播天地必然会因此扩大许多。诗词作者也不妨多掌握几门技艺，如朗诵、歌唱、书法、绘画等，以使自己的诗作传播得更为广泛，使自己的才艺发挥得更为充分。

再次，诗词的“物化”结果，使得创作主体在特定时空的特定的情志得以外现和固化，使其自身成为恒久的存在，也促使他人产生创作的欲望。毛主席曾吟咏过“往事越千年，魏武挥鞭，东临碣石有遗篇。萧瑟秋风今又是，换了人间”（《浪淘沙·北戴河》）的历史典故，正是因前辈诗人以其作品的文本固化了特定的历史，使得饱经沧桑的后人与前人的心灵在千年之后仍可互相沟通。若曹操当年未曾留下诗句，后人怎能想象他“东临碣石”时的雄姿与壮怀？若毛主席未留下词作，我们又能如何得知他老人家与曹操的心意相通？前人的诗词使得历史上发生过的事印入人心，成为滋养一定文化传统的乳汁，这又怎能不使其他作者心动，也产生创作的欲望？对前人作品的接受，必然成为激励后人延续其传统的动力，这也正是体现诗词作品“物化”价值的一个重要方面。

另外，诗词的物化进程，不但能将创作主体的主观情志外现和固化，也能在一定的客观物体中注入主体的生命感悟，使这一物体成为承载着一定文化积淀的特定形象，也就是人们常说的“意象”。张国风在《传统的窘困——中国古代诗歌的本体论诠释》中明确提出：“诗歌所表现的内容，是一种以语言为媒介，客体主体化程度高于主体客体化程度的意象。”[③]我国传统诗歌所说的比兴、寄托、风骨、气象等等，指的正是这种“客体主体化”的艺术表现。例如月亮本来只是自然界普通的天体，但在我国传统诗歌中，却以其皎洁、孤寂、清冷、高远等特质，成为高洁、清雅的精神象征，常用于表现思乡念亲、孤高自许等情境，因而在诗词中的月亮已经不仅是客观的物体，更有浓厚的人文内涵。李白就是以咏月著称的诗人，如：“举头望明月，低头思故乡”（《静夜思》）；“长安一片月，万户捣衣声”（《子夜吴歌》）；“我寄愁心与明月，随风直到夜郎西”（《闻王昌龄左迁龙标遥有此寄》）；“峨嵋山月半轮秋，影入平羌江水流”（《峨嵋山月歌》）；“举杯邀明月，对影成三人”（《月下独酌》）……这些诗句中的明月，哪里仅仅是自然存在的物体呢？它不但是作者主观情志的凝结，更是一定文化内涵的体现，也就是说自然物经过诗歌的吟咏，已经打上人类的文化印记，用马克思的美学概念讲，即已经成为“人化的自然界”，人们从这样的自然物中看到的也正是人自己的属性：“因此，人不仅通过思维，而且以全部感觉在对象世界中肯定自己。”[④]诗词创作的物化作用，从本质讲就是这种把自然界变成人格化的文化空间的努力。王向峰先生指出：“这个活动是人类进行自我创造的一个外在表现。表明人类在外在的创造上达到一个什么程度的标志，甚至也是人类主体自身创造达到一个什么程度的标志。”[⑤]诗词是人类创造性的重要体现，其根本作用乃是提升人类自身，达到个人与社会、人类与自然界的完美融合。

总之，诗词的“物化”属性可从以下几方面理解：其存在要表现为一定的文本形态，其传播或接受要通过各种媒介将抽象的文本具体化、物质化，其内涵实际是将一定的主体情志外现和固化，其本质实际是通过将自然界人化肯定人自身的力量。

从文学艺术的根本属性讲，诗词当然应归属意识形态领域，因而其精神属性历来受人关注；相对说来，其物化属性比较不那么引人注意。但从重要性讲，其物化属性同样不容忽视。在讲求传播的当代，如何更好地体现诗词的价值，更方便它的传播、交流与传承、延续，对其物化属性的探讨似乎更为亟须。既然如此，就让我们更自觉地发挥诗词创作的“物化”价值，为接受和弘扬优秀的传统文化不断作出新的努力和更大的贡献吧！

**参考文献**

① 蒋寅：《古典诗学的现代诠释》，中华书局2003年版，第24页。

② 同上。

③ 张国风：《传统的窘困——中国古代诗歌的本体论诠释》，商务印书馆1999年版，第33页。

④ 马克思：《1844年经济学哲学手稿》，转引自王向峰《美的艺术显形》，首都师范大学出版社2001年版，第274页。

⑤ 王向峰：《美的艺术显形》，首都师范大学出版社2001年版，第254页。

（本文尚未发表，但在2005年中华诗词滨州采风会上作了大会发言）

# 学习古诗要善于揣度模拟

我国古代诗歌（包括词和曲）具有鲜明的民族特色和无穷的艺术魅力，对于塑造民族性格、维系民族传统有着巨大的作用，许多青年朋友也很想学习一些古诗，希望有人给予指点。实际上，学习文学作品主要靠个人沉浸其中自行品味，学习古诗也不能光靠听旁人讲解，但汲取他人经验，争取尽快入门，还是可以总结出几点“捷径”的。善于揣度模拟，便是“捷径”之一。

所谓揣度模拟，是根据特定的生活体验去理解有关作品，按照作品提供的一定条件，在自己心目中再现一定的情境。这一情境，当然未必完全契合作者的心意，但又绝非读者的任意想象，终归要以作品描绘的情境为蓝本。这样得出的诗意体验，尽管有真切与否、深透与否的差异，但多少会与原作者心意相通，多少可感受到诗作的魅力所在。

比如一首古代民歌《敕勒歌》：“敕勒川，阴山下。天似穹庐，笼盖四野。天苍苍，野茫茫，风吹草低见牛羊。”乍一读，十分平淡。有些青年据此说，他们看不出美在什么地方。倘若不是仅仅从读者的角度来评品，而将自己设想成一个走马扬鞭的牧民，奔驰在漫无边际的敕勒川大草原上：向上望，青青的天色与绿绿的草色在地平线连为一体，几乎难以分辨天与地的分界。这时一阵清风吹来，牧草倒状，露出牛羊的身姿，才使你感到自己正立足在茫茫的草原。这样一想，你怎能不热爱这一片土地？怎能不自豪地想引吭高歌？前人的评说“这是一幅在苍茫原野上牛羊出没在草原里的画图”（谭丕模《中国文学史纲》），自然会引起你的同感。

再如另一首南方的古代民歌《江南》：“江南可采莲，莲叶何田田！鱼戏莲叶间。鱼戏莲叶东，鱼戏莲叶西，鱼戏莲叶南，鱼戏莲叶北。”乍一读，只是简单地重复游鱼所在位置而已。倘若设想自己是一个采莲的少女，置身在田田相连的莲叶之中，举目四望，各方都有游鱼，各方也都有莲叶。那份惊喜，那份欣悦，当自然地漾在你的心中。

揣度模拟，顾名思义即不是直接以读者个人的体验，而是尽量以他人的体验去感受诗意。这不仅仅是把自己设想为作者，体验他写作时的感受和意图；更主要的是把自己设想为抒情主人公，体验他在特定情境下的感受。这两重角色，往往是统一的，也常常并不一致。当作者不明或作者意图不明时，便很难确知诗意了。但这时候也不是不能揣度模拟了，只是因各人悬拟的身份不同，对诗意有不同的理解而已。

如李白词《菩萨蛮》："平林漠漠烟如织，寒山一带伤心碧。暝色入高楼，有人楼上愁。玉阶空伫立，宿鸟归飞急。何处是归程，长亭更短亭。"按传统说法，这是思妇词。你不妨想象，一个孤宿难眠的少妇，思念远人，登楼夜眺，只见平林漠漠，远山蒙蒙，宿鸟飞还，人无踪影，她不禁掐指细算起来，游子是否已踏上归程？如今滞留在何方？但也有人根据此词曾题写在驿楼上，认为此词非李白所作，抒情主人公是男性，首尾各二句是写他眼中所见，中间四句是他悬想家中也有人正想念他。

事实上，今人读古诗，不可能首首都弄清其背景与立意，这样抒情主人公的身份常难以判断，作者本欲表达的意图也难以明确，完全可能存在不同的理解，也尽可保留这些互相歧异的见解。这样，揣度模拟尽可按各人的心意去进行，不必过多虑及与作者原意是否相符，只要能自圆其说即可。

另一首传为李白所作的词《忆秦娥》，也有人说是晚唐人所作，这样既可理解为思妇词，也可理解为怀古词，分歧比《菩萨蛮》更大。读者不妨设想自己人为思妇，再设想自己为男性文士，分别体验闺怨和伤世的情境。那实在是新奇的艺术感受，也一定会得到相应的乐趣，初学者不妨一试。

（原载《辽宁电大学报》1990 年第 4 期）

# 人生选择的心路历程

## ——读王振武诗集《悠悠我心》的深深思索

文艺理论通常把诗歌归入抒情类，但人类的感情抒发从来便离不开理性的思辨，毋宁说理性才真正是诗歌乃至一切所谓以“形象思维”为主要特点的文学艺术创作真正的灵魂。真正伟大的文艺作品，总是与伟大的胸襟、宏深的理蕴相联系的，中国的《离骚》、《天问》，西洋的《神曲》、《浮士德》，就是最好的见证。宋诗的理趣化，实在不是诗坛的灾厄，而是诗坛的转机。以往人们对“温柔敦厚”的诗教颇予推崇，却忘记了我国诗学古老的基石在于孔老夫子“诗言志”的标举与孟老夫子“知人论世”的阐发。美国现代诗人艾略特的作品风靡世界，正因其富有哲思。而这一特点，恰恰是受中国古典诗歌影响的结果。我国民族文化遗产的这一重要内容，难道不该发扬光大吗？前些年复出诗坛的老诗人艾青，其长诗《古罗马斗技场》、《光的赞歌》便是极富“历史和哲学深度”的诗篇。可惜这样的作品不是很多，充斥当代中国诗坛的多是肤浅的所谓抒情之作。不重视诗歌的理趣，应当说是我国诗坛雄风不振的认识误区。

以上见解，是我个人对诗歌创作的肤浅感受，可能只是一种偏见，但毕竟是一种喜恶倾向，总愿意多读那些不仅能打动人，更能警醒人；不仅具有吸引力，更有震撼力的诗歌作品。诗歌固然要重视抒情，更应关注人类的命运；固然应有形象性，却也不妨多一些哲理的思考。形而下的物象，毕竟不能取代形而上的睿思；高度抽象的内心烛照，未必缺乏艺术的魅力。

正因如此，当我读到旅居海外的王振武先生从美国发来的诗稿《悠悠我心》时，受到强烈的震撼，引发赤诚的共鸣，产生巨大的冲动，激起深切的思索。总的看来，这些作品既燃烧着爱国主义的情焰，又跳动着“世界公民”的驿动之心；既是血肉之躯在凡俗生活经历的写照，又是超凡脱俗的学者在思维天国里充满灵性的哲学体悟。作者在《序诗》中明显地揭示了他的努力求索：

人生有两个谜：/一是宇宙之谜，/二是心灵之谜。/我用哲学的方式解开宇宙之谜，/我用诗歌的方式解开心灵之谜。/于是，我惊奇地发现，/宇宙之谜和心灵之谜是一个谜底。

难怪《悠悠我心》所收诗作，大都充满哲理。推究起来，作者不是一般的诗人，恰恰是个哲学家。他在学术上的成就，得到中外学术界的高度评价。正是深厚的学术素养，使其诗作别具特色。人生的机遇是实在的，却仍无法使人放弃对终极的追求；思维的灵光本是无形的，却又难以逃脱人世烦扰的负累。这种特殊的人生体验与超世感悟，直接凝结成许多咏写“选择”的诗作，如《大心》：

选择之师的快乐，/是给别人以选择；/选择之师的痛苦，/是别人也选择我。/施与受，苦与乐，双向互选我难脱。/这天理地法人伦，/一颗大心苦撑着。

这样的心，自然是驿动的心，不安的心，默默苦思的心，独担痛苦的心！此心是入世的，关注着一切喜怒哀乐；此心又是出世的，不为任何暂时的小哀乐而羁绊。于是，除《大心》外，又有《心深似海》的自白：

我的心像海水一样清澈，/从中你可洞见人间的一切；/我的心像海面一样浩渺，/从中你可瞥见宇宙的边际；/我的心像海风一样轻柔，/从中你可感到大地的慈悲；/我的心像海浪一样平稳，/从中你可领悟生命的韵律。

这样的诗，是思辨的火花，更是生活的流露；是阅历的升华，也是默想的结晶。其中有坎坷经历的投影，更有大彻大悟的智慧灵光；有对个人沉浮的悠然瞥视，更有对众生纷扰的深切关注。这已然不仅是智者的慧思，更提升至仁者的情怀。它如《神与佛》、《视角》、《心通宇宙》、《痛苦的焦点》、《择路难》、《选择三部曲》、《选择的秘密》、《互选法》等，都是能打动人、启迪人的佳作。

如果说这样的哲理诗自含理蕴，那么，主要写个人经历和心境的作品，也许便会少一些思辨色彩吧？这在一般诗人来说，确乎如此，而由于作者的个性使然，这类作品也同样充满智者的忧思、达人的体悟。这类诗，主要有两类题材，一是浪迹海外的故国之思，二是爱情生活引起的心底波澜。如《祖国，我回来了》写道：

我从未曾把你忘记，/也从未曾把你抛弃；/我回来正是为了你，/因为我心从未离去。

如果仅仅是咏唱赤子情感，与一般的海外游子便混同了。接下去的书写表明作者对祖国的热爱，不仅有生命之根的联系，更有文化之根的滋乳。正是中华民族丰厚的思想养料，成为作者心灵的真正牵挂：

我在洛水中出生，/龟背是我的摇篮；/我在黄河中长大，/马背是我的坐椅。/洛书中有我的智慧，/河图上有我的墨迹；/每一卦每一爻都是我的一种选择，/每一种选择都藏着宇宙的奥秘。/……五千年，中华五千年，演出这一卦；/大汉人，东方大汉人，破出这一序。

这种文化的积累，思辨的光彩，哪里是一般人能具有的诗心呢？于是作者在《中华魂》中庄严地向天地宣告：

我的大脑充满着中华民族的智慧，/我的心中盛满着中华民族的悲哀，/我的脚步践履着中华民族的道路，/我的眼中闪烁着中华民族的希望，/我的手中高擎着中华民族的旗帜，/我的脊柱挺立着中华民族的浩气。

这当然不只是具体个人的情思，而是一代人的塑像；但又不是一种空泛的豪情，而是一个海外赤子的真情表白。

对祖国的眷恋，成为作者永远无法解开的情结，这凝化为一首首动人心弦的诗作，如《一之诀》：

> 有一句话，我不能说，/说出就会人泪落。/有一首歌，我不能唱，唱出就会人断肠……

这很容易令人联想起闻一多先生游学美国时写下的名诗《一句话》。闻先生当年感慨地表白："我乃有国之民，我有五千年之历史与文化，我有何不若美人者?"想来《悠悠我心》的作者，也自有相同的感触。他的怀乡之作打有鲜明的个人印记，格外令人震悚。《归路无迹》吐露了这种深沉的痛苦：

> 只因为那一次我吐露真言，/从此，我再不能与你共语。……只因为我要看一眼天边星，/从此，我再找不到归路迹。/只因为我品尝了一口禁果，/从此，我再也不能回到园里。/只因为我要作自己的选择，从此，我就失去立足之地。

于是，有了《你为什么要离开中国》这样字字凝重的吟唱，有了如此决绝的直白："去是选择，归也是选择；/进是选择，退也是选择。/夜夜期冀，日日求索：/寥廓乾坤，哪里是我的终选择？/哪里选择我，哪里就是我的终选择！"

请不要轻易指责诗人的偏激。那些受极"左"路线禁锢，只顾信守顽固教条而不把别人的命运当一回事的"左氏"，有什么理由看轻人格远比他更高尚的人呢？常讲本质、讲主流的"左氏"却完全不看他人的本质和主流，制造了许多人世的悲剧。万幸的是这一历史悲剧终于结束了，我们的祖国——中华人民共和国，走上了改革开放的新生之路，正向更民主更文明的现代化社会迈进，每个炎黄子孙也都有了获取新生的现实条件。浪迹天涯的海外游子，今日正是还乡大显身手的好时机；即使你们继续旅居他乡，也会感受到日益强大的祖国的关怀与扶持。

即使只是对异性的爱怜，也浸透着作者对祖国的热爱。《中国女性美》云：

看过了玫瑰红，/看过了樱花娇，/还是你中国女性美。/……只看西子湖边寻常女性，/旗袍衬着她窈窕的身姿，/丝巾飘逸带着她的风韵，/黑发浮肩使她妩媚千般，/皓腕玉指托着如月的脸。/……

而在对爱情的表白中，依然闪烁着睿智的哲思，迥异于寻常的言情之作，如《爱之机》：

是真情，就不要回避，/是假意，又何必叹息？/不要猜忌，不要忧郁。/人生只有这一回。是命运，就不要抗拒，/是缘分，就不要舍弃。/何必等待，何必期冀，/人生只有一步棋。

不仅如此，即或在景物描写中，也理趣玄机。不必说直言感悟的写景之作，只这首《美丽的黄昏》便极耐品味：

夕阳落海入浴了，/椰子树叶羞红了，/海滩退去歇息了，/海滩玉女也睡了。美丽的黄昏入诗了，/诗人的心灵沉醉了，/诗格的语言忘记了，/自然的韵律响起了。

这首小诗，自然浑成，纯乎天籁，达到了“天人合一”、“物我交融”的境界。只是后一小节稍显直白，不若不点破题旨，让读者自行领悟来得更有诗味。

说到底，全集所有的诗，都是学术之作、思辨之作。感情有如泉涌，哲思好似云浮。虽富理趣，终乏意象。用传统的艺术标准衡量，不算优秀之作，但从诗歌发展大趋势来看，正是合乎潮流的现代诗作，自有他动人之处。也正因为诗作的主要价值在于心灵的剖白，在于哲理的思辨，所以形式多取畅达而简洁的半文半白半格律半自由体，风格近于郭沫若《女神》时期的抒情言志之作。也有少量颇似旧体诗词的作品，如《灵犀》：

清风不识玉露独飘逸，/玉露不识清风独俏丽。/清风玉露一相遇，／风也萧萧，露也滴滴，／顷刻成知己。 清风挥别玉露天涯旅，／玉露泪别清风泣大地。／清风玉露一相别，风也习习，露也依依，／天地长相系。

稍有古典文学知识的人即可品出，题旨出自李商隐《无题》诗："身无彩凤双飞翼，心有灵犀一点通。"诗句则由秦观《鹊桥仙》之"金风玉露一相逢，便胜却人间无数"化出。虽模拟痕迹显然，仍不失为清新可读的佳作。

（本文作为序言，刊于《悠悠我心》卷首，
此书沈阳出版社 1998 年 11 月出版）

# 略论诗体与诗情

## ——读王向峰《梦在天涯》时所作的理论思考

随着文明的演进，不仅社会行业分工日益细化，每一行业内部的分化也越来越细致。如唱戏不但有生旦净末丑的行当分工，每一行当里还有更细的分化，如旦角里就有老旦、花旦、青衣、刀马旦等等。乃至本行一旦确认，其个体的能力范围也就大体限定了。偶有破例，谓之“反串”，即使达到专业水准，似乎也非其正业。

但是，当一种趋势达于极致时，必然会有反弹。分工的细化，促成“全才”的出现。演艺界有多栖明星，体育界有全能选手，学术界自然也有硕果累累的多面手，甚至在治学之外另有长才。辽宁大学教授王向峰先生，素以文艺理论大师名闻学界，而又能亲操彩笔，从事诗文创作，委实博学多才。仅仅就诗歌创作来说，王先生不但精通旧体，而且擅长新诗，可谓才丰力足，并不自限藩篱。先生的诗集《梦在天涯》①，就是新诗旧体兼收的作品结集，不合时下常规，却正可显出作者的倜傥风华。

集名的取义，读过之后似乎觉得有两点蕴涵：一是表述作者到海外探亲，与国内的家远隔天涯，却又梦魂牵萦；二是记写作者国内国外的旅痕与随感，人有天涯之行，思绪亦随地而生。只有“感物摇情”一辑，似乎没有足迹与诗情相伴远行的含义。但是，本辑中的《诗情》一诗吟咏道：“枫桥月落诗魂冷，柳岸风清客怅新。”却又明白无误地表明诗情与旅痕难以分解。唐诗宋词中的名篇佳句，不也常常是在客旅之中孕育而成的吗？因而，不妨将“梦”理解为诗情，将“天涯”理解成人生的旅途。推而广之，人的生命过程就是漫漫长途，世间所有的诗作，乃至所有的文学艺术，甚而人类的一切的活动与思绪，岂不都是在这一长途中的产物？

记录它们的文字表述，岂不都是人生体验的美“梦”吗？

诗集中一百多首诗作，要一一品赏的话，不如亲自翻读，无须他人代劳。此诗集特别值得体味的，也不是具体的诗作，而是作者对做诗的理解。作者的本行是文艺理论，对创作的感悟自然更为清醒深刻。其自序题为《序：诗道感悟》，径直挑明这点，当然更加引人入胜。那么，这种感悟是什么呢？这正与诗集的编纂方式相关。时下约定俗成的惯例，是新体诗与旧体诗不在同一诗集兼收；即使兼收，也分开辑存，一般不打乱混编。《梦在天涯》则不循惯例，新诗旧体互见杂出。其用意，就是作者的真切感悟。其自序云：

> 在我的诗集中常常是新体旧体互见的。我所以写这两种诗体，是因为我明确而深切地感到，每一次诗情的涌动，好像是对于诗的体式有相当大的直接制约性，在体式上不是可以任意处置的。也就是说，有些题材与诗情只适合用旧体表现的，而有些题材与诗情是只能用新体来表现的，如果反其道而行之，由我来作那则是不伦不类的。这种以诗情取诗体的不同的创作方式，将会左右我的诗路历程直到永远。

的确，文学形式对相关内容有一定的制约作用，不同的诗体，确有不同的要求。即使都为旧体，七言与五言、律诗与绝句、诗与词等等都不同；都为新诗，自由体与半格律体、商籁体（十四行诗）与楼梯式（两者均为外来诗体）等等，也各有不同要求。不论新体旧体，任何一个作者都难以兼擅众长，更何况打破旧体与新诗的界限，一手引双弓呢？自然有其难度。但文学创作的乐趣之一，正在于对难度的挑战。人生的意义在于从必然王国走向自由王国，文学创作的努力也正是要从表达的制约中求得随心所欲。作为文艺理论家的王向峰先生本人就对此有明晰的阐释：“艺术形式美是体现美的规律的人工创造。……但人工所创造的形式美，并不可以无限制地任意而为……虽然如此，那些真正了解生活，掌握历史经验的艺术家，却能匠心独运，为艺术的表现创造出完美的形式。”②

严格说来，就诸体兼长而论，王向峰先生其实也有局限，如其旧体偏于近体律绝，尤其是七言绝句和律诗，新诗则偏爱自由体。自序也表明了这点：“诗集中的诗体有新有旧，旧体越来越向近体诗格式靠近，押的是平水韵；新体诗则越来越向自由体式发展……”但值得探究的并不是作者何以未能真正诸体兼长，而是他为什么不去真正专攻一体，而要广为探索，特别是新诗旧体两不舍呢？

前面已经说过，各种诗体都有各自不同的要求，这一方面成为难以兼擅的障碍，另一方面却也成为无法相互取代的基点；一方面人们很难同样熟练地掌握所有的诗体，另一方面也使得人们又不得不力求掌握更多的诗体以表达不同的内容。这就是艺术辩证法，限制会成为动力，困难会成为条件。作者的艺术追求是坚持“以诗情取诗体的不同的创作方式”，正受益于这种激励。

那么，新诗与旧诗这两种不同的体式，何以能与不同的“题材与诗情”相联系呢？从题材来说，新诗便于抒写身外的事物，反映社会生活；旧体诗便于抒写自身的经历，表述个人体验。笔者的小文《旧体诗词的生命力》便曾论道：“稍加留意，就不难发现，新诗多反映社会生活，旧体诗词则大多同个人经历相关。新诗的生命力似乎是外在的，旧体诗词则是内在的。这种内容上不期而然的分工，大约正是旧体诗词一个比较特别的长处。”[③]从诗情来说，旧诗偏于感受，只要有创作的由头，即表述的需求，就可以敷衍成篇；新诗则要求有核心意象，至少要有具体的思路，即不仅有创作动机，还要有基础的构思，才能完成问世。就这个角度说，新诗虽无格律限制，其实更不好写。前引笔者小文就诚恳地谈道：“从某种意义上说，新诗比旧体诗词更难写。旧体诗词因有格律可循，写好了不容易，写得大体像样则比较不那么吃力。稍有一点感触，结撰成旧体诗词比撰写成新诗，似乎更为方便。新诗对内容涵量和意境的要求，似乎更为严格。如果单就难易来说，旧诗实在构不成对新诗的挑战，写旧诗也未必比作新诗更为高雅。”[④]因而新体、旧体的分野，不能看其难度，而只能看其对不同内容的适应程度。

从本质来讲，诗歌是主体性最强的文学体式。所有的诗歌作品，首先是一个相对封闭的语义结构，即作者创作的本文，蒋寅《古典诗学的现代诠释》辨析说：“实际上作者创造的只是本文，这是一个不以阅读与接收而改变的自足性存在，韦勒克名之为‘本体结构’。”[⑤]张国风在《传统的窘困——中国古代诗歌的本体论诠释》中更明确提出：“诗歌所表现的内容，是一种以语言为媒介，客体主体化程度高于主体客体化程度的意象。"[⑥]自然，诗歌创作的主体性，并不一定是以作者为诗作的抒情主体，作者完全可以化作不同的角色代言或隐去自身立场，但诗作必然还是特定主体的特定心声。而《梦在天涯》的所有诗作，都是作者心怀的披露，都是主体非常明确的内心自白。因而对其何以要在作诗时选择不同的诗体，就没有不同主体特定表现需要的困惑，纯粹只是不同诗体表意特点与诗人自身体验相契合的问题。或者说，读者在品赏这本诗集的时候，不但能得到一般性的文学欣赏收获，还能促使自己对汉语诗歌中旧体诗与新体诗的不同适应性有更深切的感受和思索。

的确，不同的诗体有不同的写作要求，因为诗体的本质"是具有稳定构造、标志诗的类别形式的特殊的符号系统"[⑦]。这样，诗体不同，写作要求自会有所差别："每种诗体都有其内在的质的规定性，包括一定的覆盖面和使用范围以及代表作品等等。"[⑧]而传统旧诗与白话新诗，作为较大范围的诗体变更和区分，带有不同时代的色彩，其历史背景、思维特点、语言习惯都有很大的差别，在选材与表达上当然各擅其长，便于写作者根据自己的实际需求各取其宜。

从诗集中所收作品来看，其新诗多半带有对比、映衬、跳荡等因素，明显表现出有意识地进行思路整理的印痕。如《梦在天涯》（诗集即以此为名）写的是"去年/我在美国堪州"与"今天/回到故国"的不同情境；在国外自然有对家的思念，而在国内又思念国外那里的"家的温暖"。于是诗情自然过渡到对今后的遐思："在未来的年月里/分成两处的家/像日月把时间分成/白天和黑夜/永远地互相掣动/永远地彼此牵挂。"因为作者的家实际分为两处，即自身在国内，儿孙在国外，所以他对家的思念和感怀，确实有难分又难合的体验与感慨。《回家》更描绘出心底的酸甜苦辣，即对自己早已熟悉的家有了陌生感，因为"现在我独守的家/守着一个有国无家的家/一个没有家人的家"。如果说陌生化是审美感生发的基础，那么发现并把握这种陌生感，也就发现并把握了诗情，至少是诗情赖以表露的思绪脉络。以上两首诗作的思路，是"线性"的蜿蜒伸展，而另一首诗《堪萨斯城的回忆》，则是围绕某个中心作轮辐式的"发散"性思维，四节诗排列了四次同样在堪萨斯城的送别或迎聚："当我在机场候机室里/看到女儿爽英双手捧着花束/高兴地奔向我"；"当我在候机楼外/看见从汽车上跑下的孙儿王超/扑向我的怀抱"；"当我离开堪萨斯回国/

看到送别的妻子王新/在玻璃隔墙外面/眼中闪着泪光对我挥手告别”；“当铁铸从纽约回到堪州/我们开车去机场接他回家”。堪萨斯机场，成为全家相聚或离别的天然见证，自然也成为全诗构思的中心。显然，新诗特别强调诗情的发现和展开。

相对说来，旧体诗词虽然有所谓起承转合的讲究，但更注重对特定情境的把握，也就是突出创作主体特定的实际感受，以个人的实际交流需求作为写诗的基点，而并不特别强调诗情的萌生与思绪的组织。如书中的七绝《离美留别大超》之四云：“异乡别却在明晨，夜半灯前笑语频。切记根生华夏土，寻亲知报勿迷津。”诗作着意刻画的，只是临别前夕灯前笑语的场面。组诗之三虽有时空的变换，但只是情思的自然生发，诗云：“如命相依十二年，安危冷暖一心牵。明朝故国堪州梦，只待归航有信传。”读来似随笔成篇，反而不像写新诗那样费心琢磨。《大超赴美前携游棋盘山》云：“五味心头一并生，只因相送远洲行；留得故国山河梦，魂系中华永世情。”也是从眼前即景与今后瞻望的角度下笔，思路似有一定套路。不能说它没有真情，不能说它写得随意，但确实更多一些陈套，令人有似曾相识的轻飘感，总觉得它的问世，更近于满足作者的感情需要，而不是出自不得不宣泄的诗情酝酿；其写作过程，也不需要更多的有意组织。

以上粗略的印象是否有一定道理呢？为了求得实证，我依照原书顺序，依次排出十首新诗与十首（题）旧诗，列表对比如下：

**表一　新诗表意特点**

| 诗　题 | 创意萌生 | 题材内容 | 表达特征 | 备　注 |
|---|---|---|---|---|
| 梦在天涯 | 在国外思念故国与回国后思念国外亲人的感情冲动 | 念亲怀乡 | 1. 去年、今年、未来的时序比较<br>2. 同中有异的感受对比 | 思路曲折而明晰 |
| 回家 | 对熟悉的自己的家忽然产生陌生感 | 念亲怀乡 | 家中没有亲人陪伴，有亲人的地方却又不是“家”之感受对比 | 发掘出寻常感受的深层含义 |
| 堪萨斯城的记忆 | 几次与家人或聚或散都发生在堪萨斯城引起的感想 | 热爱亲人 | 以特定的地点为中心，突出不变中有变、变中又有不变的感慨 | 轮辐式思维 |

**续表一**

| 诗　题 | 创意萌生 | 题材内容 | 表达特征 | 备　注 |
|---|---|---|---|---|
| 思念 | 对思念亲人这种幸福又苦涩的感情的沉醉与品味 | 热爱亲人 | 1. 强调苦与甜的感受对比<br>2. 运用多种比喻将抽象的思念具象化 | 形象作喻与理性品味结合 |
| 为母亲扫墓 | 五十年后重到母亲墓前引发感慨 | 怀念亲人 | 1. 已逝时间与未来时间的对比<br>2. 黄土、柳树等景物意象及其生发 | 带有喃喃自语的特色 |
| 为大超写香港回归 | 以离母之儿的思念，体味香港对回归的感受 | 热爱祖国 | 1. 儿子忆母与母忆儿子的回环抒情<br>2. 以对倒计时的理解为核心意象 | 代言之作 |
| 为研究生论文集题辞 | 因学生完成学业而引起自己的内心共鸣 | 关爱后代 | 1. 过去、现在、未来的时序比较<br>2. 自身与学生的共同感受 | 赠言之作 |
| 参观日设旅顺监狱 | 站在今天回顾历史的激动与深思 | 热爱祖国 | 1. 有形的小监狱与无形的大监狱类比<br>2. 历史对今天和明天的警示 | 记游志感（幽思） |
| 问语鸣沙山 | 由对鸣沙山的赞叹，引发浪漫的遐想 | 热爱祖国 | 悬想鸣沙山的来历，幻想鸣沙山的未来 | 记游志感（神思） |
| 武则天的无字碑 | 面对无字碑引发对历史真实与公正评价的思考 | 追求真理 | 抓住有限碑文的难以尽意与无字碑文可任人评说的对比下笔 | 记游志感（凝思） |

**表二　旧体诗表意特点**

| 诗　题 | 创意萌生 | 题材内容 | 表达特征 | 备　注 |
|---|---|---|---|---|
| 离美留别大超（七绝4首） | 与亲人临别之际有所感慨，想有所留言 | 念亲爱国 | 记写眼前情景，留写叮嘱话语 | 赠人之作 |
| 书边赘语（七绝4首） | 总结自己生平成就，自感唯有文字成就 | 生活感悟 | 直言体验　亦用物象作喻 | 自白 |
| 大超赴美前携游棋盘山（七绝） | 即将与孙儿告别，有所叮嘱欲言 | 念亲爱国 | 直抒胸臆 | 纪实兼赠人 |

**续表二**

| 诗　题 | 创意萌生 | 题材内容 | 表达特征 | 备　注 |
|---|---|---|---|---|
| 看大超照片有悟（七绝） | 在美国模拟的囚笼与孙儿各自拍照，感到老年与少年确实有别 | 生活感悟 | 记写感受 | 记写实感 |
| 好莱坞观光（七绝） | 旅游有感而发 | 旅游纪实 | 突出实际感受：对好莱坞的印象已是实实在在的了 | 记写实感 |
| 与好莱坞演员合影（七绝） | 因美国演员能与观众合影而生感慨 | 旅游纪实 | 突出戏剧人生与实际人生的关联 | 记写实感 |
| 望纽约世贸大楼（七绝） | 旅游实感 | 旅游纪实 | 突出大楼是当地的地标（按：可叹这已成历史纪实，大楼已不复存在） | 记写实感 |
| 嘉峪关城楼（七绝） | 登高览古有感 | 旅游纪实 | 突出往日的繁华杳不可寻 | 纪实兼怀古 |
| 盛京形胜（七律） | 回顾故乡历史有感 | 热爱家乡 | 突出沈阳的历史悠久、形胜雄奇 | 怀古颂今 |
| 故宫观戏台（七律） | 旅游志感 | 热爱家乡 | 有意将戏台与戏剧演出、人生如戏进行联想、生发 | 怀古颂今 |

两相比照，写旧诗确实不需要那么动情，也不需要那样费心整理思路，而写新诗恰恰相反，应当说体现得比较明显。可见写新诗与作旧体诗，确有不同的特点。这一方面来自诗体本身的制约，另一方面取决于创作主体的习惯性选择，还与诗作题材的特定需要相关。严格说来，两种诗体并非绝对不容相互取代，用舍之别，主要还是在于主体的意愿。这正如苏联文艺理论家赫拉普钦科所说："一般形态中的体裁原则，在很大的程度上具有代数的性质。"⑨

对诗体的选择过程，犹如代数方程式的求解，需要考虑多方面的因素。但最重要的因素，还是创作主体的主观意志。吴思敬《诗学沉思录》指出："诗人在每次创作冲动产生之后，都有一种骨鲠在喉、不吐不快之感，与此同时就有个用什么形式来倾吐，也就是面临着一个诗体选择的问题。……诗人具有关于诗体分类尽可能丰富的知识是作出最佳选择的前提。”[10]而兼用旧体、新体的作者，正具有这一进行最佳选择的最佳条件。

如前所述，新诗与旧诗确有不同的表意方式。似乎写新诗时，其缘起较需动情，不是想作诗就能有思路，其写作过程重点在认真梳理思绪脉络，其表现特点是必须抓住核心意象或意念；写旧诗时，其缘起较重实用，只要有自遣或交际的现实需要，尽可随时动笔；其写作过程虽讲求推敲，但主要不是讲思路的精妙而是讲“功力（学养、经验、文字表达能力等技术性训练）”的深厚。我个人以为，新诗的抒情性较强，较易入门却很难精擅，更多表现出作者的才情；旧诗功力要求较高，入门稍难而较易熟练，更多表现出作者的学养。因为王向峰教授既有才情又有学养，对各种古今诗体烂熟于胸，该用什么诗体，几乎仅凭直觉便能决定，而且能“量体裁衣”、“对号入座”，恰切适宜，得心应手。因而，作者在《自序》中才能充满自信地表白：“这种以诗情取诗体的不同的创作方式，将会左右我的诗路历程直到永远。”作者本人的相应体会，不仅能给读者审美的享受，也会给读者新鲜而深刻的理论性启迪。这或许正是读文艺理论家的诗作，比读单纯的诗人之作较为别致之处吧？

**参考文献**

① 王向峰：《梦在天涯》，春风文艺出版社2002年版。
② 王向峰：《美的艺术显形》，首都师范大学出版社2001年版。
③《旧体诗词的生命力》，《写作》1999年第4期。
④ 同上。
⑤ 蒋寅：《古典诗学的现代诠释》，中华书局2003年版，第24页。
⑥ 张国风：《传统的窘困——中国古典诗歌的本体论诠释》，商务印书馆1999年版，第33页。
⑦ 吴思敬：《诗学沉思录》，辽宁人民出版社、辽海出版社2001年版，第40页。
⑧ 同上书，第41页。
⑨ 转引自吴思敬《诗学沉思录》，辽宁人民出版社、辽海出版社2001年版，第43页。
⑩ 同上书，第53页。

（原载《辽宁大学学报》2005年第4期）

# 题画诗：由自然物到艺术品的多重转化

## ——由《林声自题画诗》引发的理论思考

林声同志不仅是辽宁省的老领导，更是名声卓著的诗人和画家、书法家，这样一个具有独特身份与丰富经历、高度才华的作者，其作品自然也有特别的审美价值。近日读到他的《林声自题画诗》①，深感兴趣，也深有启发。

本书不是一般的诗集，而是题画诗的结集；书中不仅有诗作，也有书法作品。因印刷成本原因，原来的画作没有印出，但给人的审美快感，也远非仅仅赏读诗作所可比拟。就作者来说，实际是三度创作，一是绘画，二是写题画诗，三是书写题画诗；就读者来说，则是二度欣赏，一是欣赏书法作品，二是欣赏诗作文本。从经历的感受过程来说，是先欣赏书法这样有固定物质形态的审美本体，再欣赏没有固定物质形态但仍有客观信息性的诗作文本这样的审美本体。如此独特的欣赏过程，自然会有比较深刻的审美体验和相对丰富的审美体悟。也就是说，读题画诗的体验，特别有助于人们思索自然物是如何成为艺术品的，即客观存在的实物，经历了怎样的转化，终于成为人们的审美对象。

推究起来，题画诗的咏写对象，已经不是简单的客观实体，即单纯的自然物，而是带有一定人格化的客观观照实体，也就是马克思所说的“人化的自然界”，即原本仅仅是客观存在的自然物，在一定程度上“成了人具有的人的本质”②。具体地说，就是在画作中，不仅有绘画对象的客观属性，如形态、动姿、光线、色彩等；还有创作主体的主观意志的附着，如喜怒哀乐的情绪等；更有人类社会的特定印记，即一定文化积累的体现，如一定的价值评价和理想寄托。例如描绘梅花的画作，就有对“耐寒”品性、“高洁”气质、“寂寞”情怀、“自赏”喻像等意蕴的肯定，积淀了历代人文因素，而远远超过对梅花自然资质，如花朵繁密、花色清雅、枝干盘屈、淡香悠远等属性的品赏。其实，所谓梅花的自然资质，有许多也是受人为因素而形成的。龚自珍《病梅馆记》就写道："梅以曲为美，直则无姿；以欹为美，正则无景；以疏为美，密则无态。固也……梅之欹、之疏、之曲，又非蠢蠢求钱之民能以其智力为也。有以文人画士孤癖之隐明告鬻梅者，斫其正，养其旁条；删其密，夭其稚枝；锄其直，遏其生气，以求重价。而江浙之梅皆病。文人画士之祸之烈至此哉！"③现今的花卉品种，乃至所有观赏类的动物、植物，多半是人工培育出来的产物，早已不是原来意义的自然物了。那么，又怎能要求诗人咏写的画作，描绘的是纯粹的自然物呢？

也就是说，咏画诗作的咏写对象，不能简单地视作客观存在的自然物，它实际是人的意识的一种外化，在这种外化过程中，自然物已经带有人的印记，已经成为人类的审美对象。马克思指出："自然界的人的本质只有对社会的人来说才是存在的。"④王向峰教授解释说："马克思的上述观点清楚表明，生活在社会中的人，他在进行着社会的、人的实践，因此他把一切都变成社会的、人的……这个规律体现在人的审美活动中，人所观赏的自然界，人所艺术体现的自然界，就成了作为社会的人的'人化的自然界'。因为，这种自然界引起的感觉，是人的美感，这种对象是被人感觉化的对象，因而是人对自然界的审美对象化，即马克思所说的'人化的自然界'。"当然，它依然有自然物的属性，不过已经带有人的印记，是一种人化、社会化的外物，即"人所艺术体现的自然界"，也就是人们常说的艺术品。这种人的初始艺术创作，或者说人的内心体验的首次外现，是第一重的精神的物化，它已经是客观的存在，有了一定的质的规定性。与其说人们在观赏艺术作品所表现的自然物，不如说是人在欣赏自身，是对人的自身力量的展现而陶醉。因为这些艺术品，是人对自然的认识，是人类征服自然所取得的胜利。"它们是已经被人的实践把握、征服的自然，从而显示着人的意志、智慧和力量，确证着人的勇敢和骄傲。"⑤如果作者直接写咏花诗作的话，虽然他所观照的外物也已经带有文化积淀，并非绝对意义的自然物，毕竟还算直接面对自然物，所引发的带有人化的、社会化的感受和联想，还与自然物靠近一些，与直接面对艺术品即绘画仍有所不同。更具体地说，不仅在宏观上，即对象的总体属性上有所不同，在具体对象的个性上，即对象所渗透的作者本人的特定意趣上，也有所不同。

但是，因为印刷成本的原因，《林声自题画诗》没有印出画作。这样，本来应当是二度创作的题画诗作，对这本诗集的读者来说，则没有可能欣赏作者的初始创作，品味其画作的意蕴，再来探求题画诗作的深刻内涵了。尽管如此，我们还是能够多少体察到题画诗与一般咏物诗的不同。就拿题咏梅花来说吧，一样是看重梅花的耐寒品格，题画诗显然多了一些意蕴。如《题沈园归来写梅》："放翁栽梅更写梅，一曲咏梅歌向谁。踏春沈园归来后，泼墨老梅骨气随。"诗作循例突出了梅花甘于寂寞的骨气，但多了"泼墨"写意的层次，所以更加突出了作者的崇尚，显得主观意志格外强烈。《题写墨梅》："不要人夸颜色好，留得清气正人心。王冕题梅点诗眼，有限墨梅无限心。"则不仅咏写了前贤的咏梅画作，还点破了前贤咏梅诗作的立意，强调了古今志士心灵的相通。王冕是元代著名画家兼诗人，其《墨梅图》号称神品，其《墨梅》诗是自咏其画的名篇："我家洗砚池头树，朵朵花开淡墨痕。不要人夸颜色好，只留清气满乾坤。"在自然界，本来没有墨色的梅花，但在画家和诗人的笔下，不但可以有墨色的梅花，而且"颜色"比自然界的本色更美，因为墨色单纯，富有"清气"。这当然是社会因素，而非自然属性；画作与诗作的双重加工，使得原本的自然物成为"人所艺术体现的自然界"，亦即"人化的自然"。诗作《题墨牡丹》云："为何天香欲吐难，用尽胭脂恐花残。荣华不在色多少，放胆泼墨作牡丹。"便纵情地为人类自身的创作而自豪。说到底，人们艺术地表现自然物，并非仅仅为欣赏自然，而是要展示人类自身的力量。审美的根本性质，正是人类对自身力量的肯定乃至陶醉。从理论上说，"自然所以成为'人化的自然'，乃是实践造成的。或者说，'人化的自然'确证着劳动的对象化和自然审美的对象化……这时的自然界就成了人的审美意识的对象化的确证，当然也是审美主体的人的本质的一种确证"[⑥]。也正因如此，人们对自身这种把握、再现、加工、改造自然物形态的能力十分自豪，艺术创作也才能成为人们炫示自身才干的一种特别的方式，一种自觉的努力，一种巨大的快感。自度曲《题墨牡丹》就咏写了作者的这种自得与欣悦："师写天香，霞凝醉妆。纸笔墨韵留芳。夜归初试尝。洛阳观花难忘，墨则雨润，彩里霞藏，学步入画堂。"画家的喜悦，诗人的自得，融为一体，韵味绵远。作者《自序》深刻地表述了自己学画做诗的体会："我体会，学画和写诗一样是一种艺术享受。"这种享受，正是人类的审美快感，也正是对人的自身力量的确证。

题画诗与一般诗作的区别，不仅是艺术的再创作，或曰深加工，而且有独特的艺术传承。作者《自序》云："以诗题画，以诗情传达画意，又以诗意去延伸、补充画中未尽之趣，诗画联袂合璧的过程是一个艺术的升华。"这见解已经很深刻了，而作者更认识到："今天研究题画诗，首先强调的是题画诗的传统性。"这就将题画诗的写作，纳入传统文化传承发展的大框架中，大大增强了创作的自觉性。这一传统是什么呢？作者也有精辟的论述，将其归纳为"互补性"与"独特性"两个方面："题画诗有其互补性。它要根据画意、画面的章法来选定诗之主题，诗为画抒，达到借画生发，诗画交融的艺术境界。其独特性则表现在诗画对话，互为感应，互为补充，成为一个整体。"这确实抓住了根本。在我国的传统艺术中，诗要由书法来固化，题画诗往往又要收进画幅之中，成为画面的一个有机组成部分，再加上印章，成为诗书画印的综合艺术。《自序》即指出："中国画的一大特点是，诗、书、画、印四为一体。画中题诗和盖印，乃绘画艺术的重要组成部分。中国画坛的特殊表现形式，使她们根深叶茂，扎根于民族传统文化沃土之中。"《林声自题画诗》虽然没有画幅，但有书法作品，使得其题画诗作有了"书法"的物化形态，给读者在欣赏诗歌文本之外，多了一层艺术享受。可惜我既不通绘画，也不懂书法，无法领略其魅力。但是，这种借"书"传形、借画表意的特殊方式，确实是题画诗有别于一般咏物诗作的独立价值。从理论上探求，有了艺术构思后怎样将其"物化"为艺术作品，达到心灵性与物质性的统一、形象形式与物质媒介统一的奥秘，是很值得深思的课题。王向峰教授概括说："艺术形式美是美感的形式肯定。艺术家对生活的审美感受，形成为形象意象，要表现为对象化的艺术形象，即黑格尔所说的'现实的具体形象'……形象这种'外在的客观存在形式'，必须'转化为有定性的感性材料'，才能成为'目可见耳可闻的艺术的艺术的世界'。"⑦可见特定的艺术形式，具有特定的审美意趣，但各种艺术形式的本质并无区别，都不过是"艺术家对生活的审美感受"，转化为"对象化的艺术形象，即黑格尔所说的'现实的具体形象'"罢了。

具体到题画诗写作来说，则有多次的艺术转化过程。首先，客观的自然物，如花卉，在人们长期的关注下，被注入许多人的意识，并渐次趋向某种或某几种较为一致的认识，因而其形象早已打上人的印记，成为具有特定象征意味的审美客体，这可以说是艺术创作的第一重“物化”，是一种传统文化的积累，是将具体的实像转化成约定俗成即拥有普遍性的心像；当作者审视这一客体，在传统“意象”中注入自己独到的感悟，形成自己心中的“物象”，并通过一定的笔墨技巧使之定型化、物质化，即创作成可让他人具体感知的画幅时，便完成了艺术创作的第二重转化，又由“意象”转化成“实像”，但已经不是原来的自然物，而是人为的产品；题画诗的写作，则对画幅这一具体的、独到的艺术形象进行了再加工，“诗人在画中题诗的目的是，进一步美满完善画意”[⑧]，以至创作出具有独立价值的又一种艺术作品，以“文本”这种信息形态的“物化”形式，表现作者对画作课题对象和作画主体意识的独到理解和艺术再现，这可谓艺术创作的第三重转化，其本质依然是人格的展示，是将自然物人化，如《题学荷》谓：“无官一身轻，有书万事足。闲来弄墨色，画荷脱尘俗。”与其说是咏物，不如说是咏人，只是其人格是通过展示自然物的美感表现出来的；如果作者再将题画诗作写成书法作品，则又将文本固定化、物质化为可以具体触摸得到的艺术品，那可谓艺术创作的又一重转化；若将其与画幅融为一体，则成为带有综合性艺术表现特点的复合艺术品了，但其本质意义依然没有例外，不过是将自然物审美化而已，不过是对人的自身力量的肯定和赞美而已。就这样，人类通过艺术创作，实现了使客观自然物转化为人化自然物的目的。具体到题画诗的创作而言，就是通过多重转化，使原本自在存在的自然物，变成展示人的本质的有目的性的艺术作品，实现了画境、诗意、人格的统一。简括地说，作为审美对象的题画诗，实际经历了由自然物到艺术品的多重转化：

第一次转化：客观自然物（实在的花卉），注入一定的民族文化积淀，成为特定的审美客体——人们心目中含有特定价值的形象（带有审美共性的花卉的具象）。

第二次转化：特定的审美客体（带有审美共性的花卉的具象），注入作者（特定主体）在具体时空中的具体感受，成为特定的审美意象——作者心中的客体形象（带有个性特点的花卉具象）。

第三次转化：特定的审美意象（带有个性特点的花卉具象），经作者的构思和绘制，成为特定的审美对象——绘画作品（带有客观自然物属性、一定的民族文化积淀和作者个性特点的花卉形象）。

第四次转化：特定的审美对象（绘画作品），经作者再创作，成为另一种形态的审美对象——题画诗（抽象的文本）。

题画诗若用书法写成具体的文本，则是又一次艺术转化了。

在这多次的转化中，特定的审美目标，即客观自然物本身并无变化，只是人们对它的感受越来越深刻、越来越丰富，附加上越来越多的人为因素，使其成为特定的审美客体，以至特定的审美意象、审美对象。换言之，题画诗作使得自然物以及表现自然物的艺术品（画幅和书法作品），成为人们的审美对象，其自身也因此有了独立存在的意义。

总之，正如作者在《林声自题画诗·自序》中所说："题画诗在其长期融会过程中，已经奠定了自己的艺术地位，不仅在画的构图章法中有其不可忽视的作用，而且因其特有的艺术魅力而获得独立的审美价值。"林声同志的题画诗作，仅仅当作诗歌来读就很有韵味；它所蕴涵的艺术创作理论启示，实在也很有探讨价值。

**参考文献**

①《林声自题画诗》，沈阳出版社 2005 年版。
② 王向峰：《〈手稿〉的美学解读》，辽宁大学出版社 2004 年版，第 308 页。
③ 徐中玉主编：《古文鉴赏大辞典》，浙江教育出版社 1989 年版，第 490 页。
④《马克思恩格斯全集》第 42 卷，第 122 页，转引自王向峰《〈手稿〉的美学解读》，辽宁大学出版社 2004 年版，第 125 页。
⑤ 王向峰：《〈手稿〉的美学解读》，辽宁大学出版社 2004 年版，第 27 页。
⑥ 同上。
⑦ 同上书，第 232 页。
⑧《林声自题画诗·自序》，沈阳出版社 2005 年版。

（本文收录于《林声题画诗研究》，
沈阳出版社 2006 年版）

# 试论王充闾诗词创作的成就与诗性思维的文化人格

王充闾同志以散文家知名，其散文则素以学养深厚、诗意浓郁见称，富有诗思与诗情。因而，要真正论述王充闾的诗，应当熟读其散文，从而了解其对传统诗文的精熟，以便探知其诗作功力的渊源所自；至少，也要从其散文作品中，了解其许多具体诗词作品的问世背景，加深对其诗作的深切理解。反之，要真正理解王充闾同志的散文，也必须熟读其诗词作品，体味其浓郁的诗化情怀。

更准确地说，王充闾同志的散文，其实质是诗；王充闾同志的诗，更是其内在生命的外化呈示。诗词，尤其是中华传统诗词，不仅是他的学养和情趣，更是他的思想资料和思维形态。诗词文化的含蕴，是其文化人格的底色。

## 一　王充闾诗词创作的概况与特色

单就诗词创作来说，王充闾同志的作品结集名《执化斋吟稿》，收在“王充闾作品系列”第七册《我有诗魂招不得》[①]中。《吟稿》收诗 141 题，363 首，系顺序编年，最早的诗作写于 1948 年，最后一首诗写于 2004 年，时间跨度 56 年。此前作者出版过诗集《鸿爪雪泥》，收诗 169 首，所收诗作始于 1980 年，迄于 1992 年，是倒序编年，时间跨度只有 12 年。显然，前者涵盖了后者，所以《鸿爪雪泥》这一书名在“王充闾系列”中没有再出现。不过，1980 年前的作品，只有 4 题 7 首，新增的主要是近年的新作。

如果说分体编录，有利于了解作者的审美意趣；那么，编年有利于反映人生历程，让旁人看出诗人的阅历和交游，即有助于知人。因个人成长与社会变动密切相关，其经历与感慨必然涉及时事与世风，故又可鉴世。我们不妨追随诗人的脚步，也做一番人生的跋涉，心灵的探索。

诗人最早的诗作，写于1948年，是咏写乡俗的《嘲“灯笼太守”》，当时诗人才十岁多一点，即使确属早熟也不可能写出惊世的佳作，但作品已经表现出即小见大、善于比拟、会用典故、富有哲思的特点。而且“毕竟可怜官运短，到头富贵等黄粱”的感悟，似乎在作者心中扎下根，使得诗人终身对入仕有清醒的认识，并没有陷溺于世俗对富贵的迷狂。也许这正是文人雅怀对其清高人品的一种内在涵养吧。

随后，作者当过记者，在那狂热的年代，当然难以完全不受潮流影响，不可能不说过头话、违心语，这使得诗人很觉困惑，故有“技痒心烦结祸胎”（《刺“白衣秀士”》）的担忧，以及尊重“舆情”、向往“史笔”的心愿（《编辑生活杂咏》），以致慨叹自己的正直敏感有碍自己的发展前程，落得“不成一事年空老，有愧人间大丈夫”的蹭蹬局面，写下《书愤》这样的牢骚短章。也许，这正是诗人曾多年撂下诗笔，没有吟作的缘故。

20世纪80年代，随着国家形势的转变，社会生活步上正轨，诗人的雅兴方才复燃，不仅“几番封笔又重开”，而且势如泉涌，诗作数量急剧上升。这时，诗人已经走上领导岗位，其吟咏也就不只有个人的兴趣，而成为一种自觉的追求，即“明时耻作闲情赋，吟啸潮头倡雅风”（《金牛山诗社成立述怀》1986）。他的人生志趣，是诗情与功业两者谐和：“十年阔别浑无恙，宦况诗怀一样清”（《写怀寄友》1987）；“奔竞此间无热客，推敲今日尽诗人”（《参加中华诗词学会成立大会感赋》1987）；“旧雨齐偕今雨至，诗情每在宦情先”（《元宵节金牛山诗社诸友过访》1989）；“情知为宦诗怀减，俗吏偏知爱雅音”（《自嘲》1990）；“熊鱼窃笑贪心甚，功业文名欲两兼”（《自嘲》1995）。吟咏他人的作品，也透露出自身的同样情愫，如《苏堤怀长公》云：“功业文名羡两全，长堤漫步仰高贤。”固然是对古人的仰慕，不也可看做是对自身的期许吗？《〈范静宜诗书画〉书后》云：“宦海经年亦淡如，书生意气总难除。”既是对《人民日报》原主编的肯定，但又何尝不是诗人的“夫子自道”呢？尽管诗人很早便步入官场，但其文人的本色始终未曾消退，其生平既是从政的一生，更是吟咏的一生。对此，笔者在《仕宦生涯与文人情怀》（见《王充闾诗词创作论集》）一文中有详细深人的阐论，此不赘。

比较特别的是，读王充闾同志的诗词，便于知人，却难于鉴世。诗人不习惯正面反映轰动社会的重大事件，如轰轰烈烈的“反右”斗争、翻天覆地的“文化大革命”浩劫，在《吟稿》中都没有直接的录写。诗集中的外界事件，多是与个人生活有密切联系的具体活动，如纪念《辽宁日报》创办五十周年之类；其作品内容，更多的是与他人的交游和个人的行踪。故《答友人》自云：“吟稿渐多人渐老，小窗风雨寄归心。”说明他的作品，多是个人感受。当然，人们可以通过诗人个体的心路历程，探索时代风云的影响，但毕竟与直接地、正面地反映社会重大事件的作品有所不同。这样的创作特点，与诗人对诗词创作的独到理解有关。早有人指出王充闾诗作的这一特点：“他写作的题材比较广泛，但似乎没有那种惨淡经营的刻意之作，绝大多数作品是属于现实主义辐射下的人生经历和生活经历的艺术结晶”（王赋元《王充闾诗作四识》，见《王充闾诗词创作论集》）。

《吟稿》个性鲜明、主体突出，这与其人格特征、审美趣味密切相关。因为诗人的情怀，偏于雅洁，偏于细腻，所以其作品的长处，在于以小见大，触目动情；篇幅短小，内蕴深厚；清新畅达，功力扎实。

《吟稿》的特色，首先在长于哲思，即能从具体入微的事物或情境中，感悟并提炼出深刻的人生哲理。诗人前此出版的诗集《鸿爪雪泥》，就带有这一特征，吴欢章为其所作序言便指出：“他的诗词中颇多写景抒怀，应答酬唱之作，不过其中却寄寓着人生的感悟和哲理的思索”（见《王充闾诗词创作论集》）。如：

《老将》：“高怀自不伤花落，化作香泥沃稚松。”——以落花喻老人，将老一辈对后代的深情关怀，写得深挚感人。

《植树节感怀》：“莫笑纤苗些许大，长林原是手中枝！”——字面便有鲜明的意趣，内里更有对新生事物、新生力量的无限期许和赞叹。

《赠摄影者》：“何须画影凌烟阁，自有丰碑在望中。”——所见细微，而所感深沉。既是劝摄影者不必多趋向热门题材，而应从现实生活中发现丰美意蕴；也是说虽无重大功业可以夸说，但任何平凡岗位都可以有不平凡的业绩。其“望”字便双关，一说摄影者的镜头所向，一说期望或盼望。

《孟姜女祠》：“秦皇霸业空陈迹，偏是村姑尚有祠。”——皇帝与村姑，生前地位相差悬殊，死后的名誉却完全颠倒过来，说明任何强大的权威，都没有人心所向的力量强大。

《为友人题二十年前旧照》：“切莫伤怀悲老大，青春犹在画图中。”——宽慰友人不必为岁月流逝感伤，至少还有旧照片留下了当年的姿容。当然，这仍免不了让人伤感。关于此诗，《我有诗魂招不得》一书的附录《中国传统诗的创作与欣赏》中有详细的回忆和剖析，内云留照者说：“您的诗看似慰语，实际上正是憾词。”正透露出此诗蕴意的多重性。

《对镜》：“人生好景中年后，不到中年不解勤。”——看似浅直，却道出了年长者的人生经验，很值得后生们品味。

《昭陵怀古》：“一纸《兰亭》珍万代，皇王速朽剩高丘。”——可与《孟姜女祠》对看，是说文人的名声高过帝王的功业。这当然不是冷静的史评，却颇有哲思耐人品赏。

《南园漫兴》：“南园莫谓无风雨，树本花根谨护持。”——这绝非仅仅说满园的花草何以繁茂，实际是说好的社会发展环境与人才成长环境，都有一定的条件。也可以说是教人感恩之作。

《定西遇雨》：“秋霖纵美成何用，施惠从来怕失期。”——本是天象，诗人却念及人事，颇有政治头脑，是有关民生问题的思考。

《泾渭合流》：“人生也似黄河水，浊浪清波一例收。”——其精辟丰厚的蕴意，特别耐人寻味，既是说人的生存境遇确实复杂，更是说人的生活态度应该豁达。

《题浑河源头》：“涓涓不弃成江海，始觉源头意味长。”——与前面两句一样，形象贴切而蕴意丰厚。

《严陵钓台二咏》：“云台麟阁今何在？渔隐无为却有祠！”——这是中国文化史的重大命题，即外在功业与独立人格孰者更可贵的两难抉择。诗人的看法未必是定论，但文人的敏感不能不令人深思。其笔法，则与《孟姜女祠》和《昭陵怀古》相同，都用鲜明的对比警悚读者。

《题漂母祠》：“不因漂母当头喝，渔钓浑浑老此身。”——这是史论，更是时评，对所有具有成才潜质而困于现实坎坷的年轻人来说，这两句诗难道不正是促其猛醒的当头棒喝吗？

《吟稿》的另一大特色，是富于机趣，就是善于捕捉刹那间的灵感，精心表现形象、词语、感受、思绪及其微妙的关联，呈示一种解悟“禅机”般的审美愉悦。“机趣”与“哲思”不同，不是理性的升华，而是感性的体悟。早有论者指出：“他的诗词创意新奇。这新奇的创意来源于深厚的生活积累和敏锐独到的艺术表现功力”（董文《王充闾诗词技巧简析》，见《王充闾诗词创作论集》）。“充闾先生……的特征之一即在于善于发掘日常生活的诗意，敏于将看似平淡的生活事件赋予诗情画意”（颜翔林《寻求古典的现代心灵》，见《王充闾诗词创作论集》）。如果说哲思偏于内容蕴涵，机趣则偏于艺术表现；哲思启人心智，机趣则给人快感。如：

《泰山夜宿》：“山行只恐逢晨雨，几度推窗看晓天。”——细腻的心理刻画，生动的动作白描，很容易引发读者的共鸣。

《扫街女工》：“沙沙响似敲篷雨，扫尽街尘扫世尘。”——“街尘”与“世尘”的递进，由女工扫街的动作相衔接，既提升了作品的思想品位，更增添了艺术魅力。

《对月有怀》：“人如春燕来还去，心似秋荼苦亦甜。”——物性与人事的相似，被诗人敏感地抓住，自引人品赏。

《友人去蜀以葡萄干为赠并附小诗》：“区区薄礼无多重，巴蜀相随粒粒心。”——葡萄干与心脏都呈颗粒状，诗作因此将二者挽和在一起，引起人感受上的相通与感情上的波澜。

《瑷珲感兴》：“岁月难平庚子恨，长松如盖已干云。”——此松既是写实，暗含“树犹如此”的感慨；也是象征，喻写后辈人才的茁壮成长。

《秋游白洋淀》：“欲剪湖光留画本，不知身在画中行。”——这种身在画中而不自觉的经验，相信定能打动许多有同感的旅行者。

《域外行吟・圣彼得堡纪感》：“不堪岁暮长街立，楼阁依然世已更。”——这不仅是慨叹岁月的流逝，更是缅怀一个时代的结束。“世”者，世纪与世界双关。

《域外行吟・过原苏联上空感兴》：“茫然收却生花笔，破碎河山画不成。”——破碎的其实不只是原苏联的版图，更是留在上一代中国人心中的梦境。

《山茶花》：“徜徉十里诸香界，忘却秋霜染鬓边。”——其妙处，在于将节候的“秋霜”，与年岁的“秋霜”作替换，写出乐而忘老的心境。

《三道茶》：“未经世路千重境，且饮人生三道茶。”——有评者将其列为哲理诗，其实诗作的妙处不在说理，而在将品茶与入世作比较，是联想巧妙，而非寓意深刻。

《中秋偕友人登千山“天外天”》：“灵丹何必嫦娥窃，饱饮泉汤也上天。”——其诗眼，在“上天”的联想。诗中的“泉汤”，原来只是矿泉水。诗后自注：“诸君喝足矿泉水后，鼓足气力，‘一步登天’。”

《本溪水洞》：“天生怪诞嵌奇状，我作平和坦荡行。”——将风景的奇崛与游客心理的平和对比，极见巧思。

《回头溪》：“待得投身浊浪里，始知回首恋青山。”——诗作的妙处，在于就地名生联想，巧将溪水拟人化。

《溱潼五首》：“修道神仙还恋此，人间何苦笑情痴!”——从天上牛郎星与织女星的传说，联想到人间的爱情，自然引人感喟。

尤其令人会心深思的是，无论哲思还是机趣，多具深厚的文史底蕴，显示出诗人对传统文史典故的精熟，这也正是《吟稿》的第三个突出特色。如“化作香泥沃稚松”句，便出自龚自珍的《己亥杂诗》“化作春泥更护花”；而“青春犹在画图中”句，又显然受到苏轼《浣溪沙》词句“谁道人生无再少？门前流水尚能西”的启示。“涓涓不弃成江海”句，暗引了《荀子·劝学》“不积小流，无以成江海”。“长松如盖已干云”句，则令人想到《世说新语》中“树犹如此，人何以堪”的怅叹。许多诗作的语句甚至构思本身，便来自文史典故。如《菩萨蛮·攻关颂》中的“东风笑绽花千树”句，来自辛弃疾《青玉案·元夕》“东风夜放花千树”；《于斯初上缪思船》中的“为伊消得人憔悴”句，更直接用了柳永《蝶恋花》的成句。另如：

《对月有怀》：“手把苏词遥对月，盈亏此事古难全。”——其构思，来自苏轼《水调歌头》“人有悲欢离合，月有阴晴圆缺，此事古难全。”

《夜宿东林郡》：“夜阑未听风吹雨，也有冰河入梦来。”——其构思和语句，均来自陆游《十一月四日风雨大作》“夜阑卧听风吹雨，铁马冰河入梦来”。

《三峡即兴》：“短梦未成千嶂过，巫山何处听猿声?”——其构思，显然来自李白《早发白帝城》“两岸猿声啼不住，轻舟已过万重山”。

《阳关口占》：“如山典籍束高阁，三叠阳关唱到今。”——其构思，来自王维《渭城曲》（又名《阳关三叠》）。

《九江二首》：“车陷深塘挥汗雨，一如啼泪染青衫。”——其诗情，出自白居易《琵琶行》。

此类例子，举不胜举，诗人文史修养之深厚，许多专家学者也远远不及。辽宁省著名文艺理论家王向峰教授早就指出："充闾的诗文创作，有深厚的广博的古典诗文为文化基础，胸中广布万千丘壑。他写作诗文如欲让史籍典册脱胎换骨，由他点铁成金，皆可以不召自来，成为一种思维载体"（《王充闾诗词创作论集·引言：古典新韵的创造》）。更准确地说，对文史典故的精熟，已构成其文化人格的灵魂；传统文化的底蕴，使得王充闾同志对典故的运用达到化境。典籍在他那里不仅是"思维载体"，更是思想资源；既是表现形式，更是基础内涵。

与以上特色相适应，《吟稿》主要采用了近体诗与文人词的形式，尤其是七绝。概括地说，词和七律各约30首，五言诗、集句诗等共20余首，它们一共只占《吟稿》作品总数的零头，其余约300首诗作均为七绝。七绝这种小巧便捷的形式，最适于表现轻灵飞动的思绪，所以最被诗人喜爱和熟悉。

## 二　王充闾的诗词素养及论诗见解

《我有诗魂招不得》中，除了收有《执化斋吟稿》外，另有传统诗歌的选本《古代哲理诗（绝句）选释》，选录历代绝句二百余首，每首均作有简要精辟的注释。它虽然不是诗论专著，但确实反映了作者的诗学积累与审美趋向，作者善于在诗中表现哲理与偏爱七绝的创作特色，不正是这部古诗选本的基本面目吗？作者另在许多篇散文中，引用了大量古典诗词作品，谈及许多个人诗词作品的创作情况，更从文化传统、人格养成等方面深刻论及古典诗词的恒久魅力，这些也都可看做高明的"诗论"，似乎不妨编录一册《执化斋诗话》。如果真要透彻地把握王充闾的诗词创作，便不能不重视这些零散而精辟的"诗论"。这至少折射出作者丰厚扎实的诗词素养，若没有如此深厚纯正的诗词素养，就不会有眼下这样的精美作品。

《我有诗魂招不得》还有一篇附录《中国传统诗的创作与欣赏——在省诗词学习班上的讲演》。这篇学术性演讲稿，比较系统地论述了作者的创作观与审美观，是了解诗人创作主张的主要依据。

这篇演讲稿属于漫谈形式，实际论及抒情、理趣和写作规律问题，清晰地披露了诗人何以有如今这种创作特色。如论抒情时，特别强调诗人的“灵感”凸现：

> 有人说，祁连雪岭像一尊圣洁的神祇，壁立千寻，高悬天半，与羁旅劳人总是保持着一种难以逾越的距离，给人一种可望而不可即的隔膜感。可是，在我的心目中，它却是恋人、挚友般的亲切。千里长行，依依相伴，神之所游，意之所注，无往而不是神山圣雪，目力虽穷而情脉不断。一种相通相化、相亲相契的温情，使造化与心源合一，客观的自然景物与主观的生命情调交融互渗，一切形象都化作了象征世界。于是，我写了这样四首七绝（略，见《吟稿·西北行·祁连雪》）/这是几首抒情诗。抒情诗在古代诗歌中，占了极其重要的位置。特别是唐诗，这方面最擅胜场。

作者的诗词作品，多表现这种心灵与外界的契合，轻灵飞动，显非偶然。

在论及抒情时，作者特别强调情之“真”，认为只有作者心中有了真情，才能在作品中表现出来。后面谈及创作规律时，明确地写道：“诗人内心必须有真情实感，才有创作构思的可能性，这也就规定了被赋予一定艺术形式而表现出来的真情是诗歌作品的内容。诗歌中自然也要表现景物形象，但这归根结蒂也是为了表现‘情’的。”

《讲演》还特别论及“理趣”，这与一般讲诗词创作的大有不同。一般讲诗词创作，除首先也要谈到“抒情”而外，接下去大概要讲形式、技巧或构思，几乎没有谈及“理趣”的。因为比较普遍的认识是，诗歌的大旗高标“抒情”二字，属于形象思维，不能陷入“理障”，被抽象思维或逻辑思维破坏艺术敏感。理性似乎是排斥情感的，至少不像形象化的事物那样令人感动吧？而王充闾同志偏偏重视“理趣”，而且已经把它当成诗词创作的基本要求来看待：“依我看，诗的艺术功能也许并不仅仅在于表现人的情感，同时还应以具体的审美意象把不可替代的情感上升到哲理的层面。中国古典诗歌之所以具有其他艺术种类所无法取得的强大生命力，重要因素在于它以非常凝练的语言、丰富的情感体验，揭示出所蕴涵的人生哲理。”作者之所以对古代哲理诗情有独钟，之所以在创作中鲜明地表现出富有哲理的特征，从这里不是正可以得到答案吗?

作者还特别为这一见解做了恳挚的辩白：“世人论诗多以议论为病，其实，有些议论为诗，读来也是充满情趣的。关键是要有诗意，要有深刻的蕴涵，应该避免粗浅，防止陈旧。这里有一个问题，就是诗能否表现‘理’，或者说是否允许‘理’的存在。我想这是具有自明性的。我们似乎应该从更为积极的意义上来认同诗中之理的价值。”

实在说，重视诗词的说理性，不算十分新鲜。数年前，笔者在给友人的诗集作序时便提出：

> 文艺理论通常把诗歌归入抒情类，但人类的感情抒发从来便离不开理性的思辨，毋宁说理性才真正是诗歌乃至一切所谓以“形象思维”为主要特点的文学艺术创作真正的灵魂。真正伟大的文艺作品，总是与伟大的胸襟、宏深的理蕴相联系的，中国的《离骚》、《天问》，西洋的《神曲》、《浮士德》，就是最好的见证。宋诗的理趣化，实在不是诗坛的灾厄，而是诗坛的转机……不重视诗歌的理趣，应当说是我国诗坛雄风不振的认识误区。……诗歌固然要重视抒情，更应关注人类的命运；固然应有形象性，却也不妨多一些哲理的思考。形而下的物象，毕竟不能取代形而上的睿思；高度抽象的内心烛照，未必缺乏艺术的魅力。②

与我同样主张诗歌应该重视理趣的人，自然远不会只有我一个，我的见解，便直接受一本台湾选美国诗集的影响，那本诗集序言认为过于偏重抒情性与社会性，是当代中国白话新诗的弊端。相信稍微了解中国诗史的人，对议论入诗的理解，自会有明确的答案。诗人自己也追述了古人对诗之理趣的认识，提出：“清朝的著名诗论家叶燮以‘理、事、情’作为诗之三要素，并以‘理’居首位，不是没有道理的。”

不过，诗人对诗歌理趣的认识，虽然不能说是独创，但他将理趣作为诗歌的本质属性来看，断言它是诗歌魅力的重要因素，确实是很值得重视的论诗新见，可以说具有“石破天惊”的效果，在诗坛具有强烈的震撼力。它是对传统看法的颠覆，却又是很有理论建树、很有实践效验的诗论观点，有着振聋发聩的影响。

更值得重视的是，诗人不仅高度重视诗歌的理趣，而且精辟地阐释了诗歌如何体现理趣："这种哲理的阐释，不同于哲学中的理念——那是可以通过教科书来传授的普遍之理，是以陈述命题的方式加以表达的。诗中之理的内涵，要丰富得多。从中国古代诗歌看：诗的意蕴和理趣，或指事物的规律，或指人生的况味、人生的境界，总之，是要穿透现象揭示社会人生百态的本相。用海德格尔的话语方式来说，就是对于'遮蔽'的敞开。这是诗的很高的境界。"这一阐释，既说明了理趣对于诗歌的重要，也说明了诗歌之所以是诗歌，自有它本身的特征，与其他艺术或非艺术的表现形式，在理趣的体现上应当有所区别。

对于诗歌理趣的具体表现，在关于咏史诗的论述中，有一段话特别精彩："它们善于以立意为宗，用形象的语言说深邃的道理；往往借题发挥，或讽喻现实，或抒写怀抱，言在此而意在彼，语不多而情无限，篇幅不长而容量颇大，把形象思维和逻辑思维完美地结合起来，形成一种新的边缘艺术。"这段话用来评述《古代哲理诗（绝句）选释》也好，用来评述诗人自己的作品也好，不都很精准吗？这一偏好确实是诗人的个性使然，也是其诗学修养的直接显露。

《讲演》除论及诗歌的两大基本属性抒情和理趣后，还深入探讨了诗歌的写作规律，"亦即从诗人的角度来探讨写诗的规律性认识"，提出如下写作要求：一是要有真性情，有真情实感，要表现创作的个性；二是才情、才气、才学的问题，"主要是指诗人的审美能力和艺术表现能力"；三是胸襟、眼界、识见问题，"胸襟、眼界决定着一个诗人的识见，而识见对于诗歌创作是至关重要的。谈到哲思、理趣，就不能回避眼光与见识"；四是要有情趣，有生趣、有意思、幽默、风趣，使人看了能发出会心的微笑，不能味同嚼蜡，枯燥、生涩，面目可憎。这些方面，确实都是写诗不能不注意的地方，诗人也确实提出许多精粹的看法。尤为难得的是，这些看法不是理论教条，不是枯燥干瘪的常识性认识，而是自己的写诗心得，是凝聚着丰富经验的真知睿见，既是写作的可靠引导，也是欣赏前人作品的清晰指南。

《讲演》的结尾，是对本人几首诗作创作过程的回顾总结，自我感受是"当时仓促成篇，过后看看也还有些兴味"；"但都有些情趣，有些可以使人会心一笑的东西"。其结语转为对一般诗作的评说，虽简短浅白，却也真实可信，反而胜过许多长篇大论："诗，应该是让人读起来有一种快感，像啃哲学著作那样，佶屈聱牙，实在没有什么意思。"

除《讲演》之外，在《吟稿》中还有多篇作品涉及诗歌创作的动机、效果、作用等问题，完全可以看做杜甫《戏为六绝句》那样的论诗之作，也应略加考索。如"卅载耽诗愧未工，雕龙无技且雕虫"（《金牛山诗社成立述怀》），虽是自谦语，却也透露出一定的自知之明，即无意歌咏重大题材，也不想写长篇宏著。"升平不用喧箫鼓，曲曲清歌更可人"（《省诗词学会成立闻歌口占》），也表明诗人的美学追求，在清新与明快。"永记船山惊世语，'诗中无我不如删'"（《夜半哦诗》），则强调了追求诗作的主体性，即偏重个人感受和解悟。"人怀旧雨情偏炽，诗寄乡园兴更长"（《乡情》），则说明私人交往与个人挚情在诗人看来最易于入诗。为什么与个人生活直接相关的情事写入诗词之中能够打动人心呢？这是因为只有出自真情的东西才最感人："浊酒一杯寄意深，诗文千古贵情真。"（《阳关口占》）诗情与史笔，诗人更偏重写情，但也希望笔下有风云气："七分诗笔三分史，笑倩才人为破关。"（《自题散文集〈春宽梦窄〉》）而能否写出佳作，关键不在外界的题材，而在于诗人内心的修养："眼界胸襟关健笔，成功三昧古今同。"（《为友人题散文集》）这些见解，不是也都很精辟吗？只是相对说来，这些诗作中的诗论，因受形式的限制，难以充分展开，于此也就不再细论了。

## 三　王充闾诗词作品与诗词论述中体现的文化人格

古往今来，文人多为官员，王充闾同志同样也是领导干部，但又实实在在是国内著名的散文家和诗人，即作家。不过，其作品不仅有浓郁的诗情和深厚的人文关怀，确有文人的气质，更多上下古今的从容潇洒，出入文史的学养才情，更像一个学富五车的学者。准确地说，正是深厚的传统文化积累，构成其文化人格的底色。

记得在一次王充闾诗词创作研讨会上，王充闾同志真切地表白，写诗不仅是他的生活习惯，而且已经成为思维模式了。他见到某些景物，遇到某些情事，首先不是整理具体的感受，而是在脑海中冒出相关的古人诗文。在《一位散文家的历史情怀》一文（《山城的静中消息》卷末）中，他更直截了当地表白：

> 我在散文创作中，追求诗、思、史的交融互汇。我以为，散文本身应该体现一种诗性。传统的中国知识分子常常向往一种诗意人生境界，对他们来说，日常生活具有一种诗性象征，是人的精神自由舒卷、翕张之地。对此，我有同感。

在文中，诗人谈及他诗性思维的来源，正在于传统文化的影响：

> 一种文化传统即是一种通过历史流程而不断延伸的文化精神，是人类赖以发展的基础和灵魂，也是现代化的前提和立足点。优秀的文化传统能形成一种民族精神，激发民族活力，培养高度的自信心、凝聚力，成为民族发展的动力、源泉……无论中外作家，没有人能在业已确立了的文学传统之外从事创作，无论他是多么富有创新精神，多么激烈地否定传统。

在文中，还具体谈及记游作品的创作，可以更形象、更生动、更真切地反映传统文化对当代作家的巨大影响，是个案，但也具有普适意义，很值得人们深思：

> 数千年来，我国无数文人、骚客，凭着他们对山水自然的特殊的感受力、丰富的审美情怀和高超的艺术手法，写下了汗牛充栋的诗文，为祖国的山川胜迹塑造出画一般精美、梦一样空灵的形象。一篇在手，可以心游像外，悠然神往，把心理境界、生活情趣和艺术创造的第二自然作为三个同心圆联叠在一起，不啻身临其境，同样能够极四时之娱，览八方之胜。我把这种"面壁求索"作为徜徉山水、寄兴林泉之前的必要准备。在此基础上，再去实地考察，亲临感受，只要伫立片刻，就会觉得诗情、美蕴、哲思浑然聚在一起，犹如春风扑面，纷至沓来，启动着内心的激情、联想，逼着你把它写出来，有时竟达到欲罢不能的程度。

在传统文化，尤其是传统诗文熏陶下趋于成熟的作家，自然既有着传统文化的美德，也有着当代社会的烙印。王充闾同志也曾论及当代性与传统的关系：“新时期文学的现实性、当代性建设，应是在对民族文化传统的反思和扬弃的基础上进行的。创新，只有在与传统联系在一起的情况下，才有实在意义。传统对于人类来说，发生于过去，却永恒地生成于现在与未来；显示于日常生活，却深藏于人类本性之中。”

诗人的文化人格，即在一定文化熏陶下形成的比较稳定的人格特征，正植根于中华传统文化的深厚积淀之上，有根深蒂固的文化基础、源远流长的文化血脉、特色鲜明的文化气质、丰满充沛的文化滋养。作者的多篇文章，论及他的生活体验与创作过程，都与传统文化密不可分。这类例子不胜枚举，如《岁短心长》谈到老年的心境，便引录了多篇前人诗文，其中一段说：

> 正如唐人杜牧所云：“与老无期约，到来如等闲”。不知不觉的，我也到了花甲之年。回头一看，两万多个日夜已被抛在身后，这还了得！难道声明的基础不过是面对前生尘影事，召唤遥远的感觉世界，只剩下淡淡的追怀了吗？昔日戏言衰迈事，今朝忽到眼前来。应该承认，思想准备是不足的。突然间，强烈地觉察到岁短心长，光阴迫促，时不我待。我曾题诗慨叹：
>
> 青春梦余感蹉跎，老去狂奔逐逝波。
> 一卷未终天又晚，人间难觅鲁阳戈。
>
> “鲁阳戈”是个典故，出自古籍《淮南子》……

其感受，与前人诗句相关联；其心境，又通过含有典故的传统诗歌形式表现出来。传统文化与其境遇、其心理、其生活、其感悟交融总汇，几乎无法分辨哪些是传统文化，哪些是现实体验，哪些是当代意识，哪些是历史影响。传统文化与诗人的内心活动乃至日常举止，早已合为一体。

作者对前人的理解，也充满诗性思维的品味与感悟，是一种人格化的文化体验，更是一种传承了文化的人格表述。如《寂寞濠梁》里的许多篇章，都是这类精美华章。如《青山魂》对李白的写照，《千载心香域外烧》对王勃的缅怀，《春梦留痕》对苏东坡的赞叹，《终古凝眉》对李清照的追思，《孤枕梦寻》对陆游的感喟，《情在不能醒》、《青眼高歌》与《纳兰心事几人知》等篇对纳兰性德的描摹怅惋……充满诗意与深情的笔墨因缘，使许多古代诗人活在白纸黑字的书卷中，活在无数后人的心灵里，活在川流不息的文化传承的长河中。

在阐释前贤文化人格的文章中，我最感兴趣的是追述当代几个辽宁"诗人"的文章，这几个人的主要贡献都不在诗词，或在军政、或在书法、或在教育，但都是辽宁人，都与王充闾同志有乡情之谊，因而辽宁尤其是营口地区的读者似乎也更觉亲近一些。这几篇文章即写张学良将军的《少帅诗怀》，写沈延毅先生的《彩笔长存去后思》，以及写陈怀、吕公眉先生的《营川双璧》。写少帅的文章，重点在赞誉其爱国情怀：

> 少帅喜欢历史，熟悉古今掌故，因而常常选择"咏史"方式，借古人酒杯，浇自己的块磊。他有一首《题郑成功祠》："孽子孤臣一稚儒，填膺大义抗强胡。丰功岂在尊明朝，确保台湾入版图。"……郑成功的"丰功"，并不在于尊奉朱明王朝，而在于收复台湾，使之归入中华版图；同样，少帅此举的"丰功"，也不在于尊奉民国的所谓正统，而是谋求东三省不致沦陷于外敌之手。

举例精当，评断精审，而且有现实针对性。想想台海的现状，想想"统独"之争，少帅的情思，难道不引人共鸣吗？

而对另几位已经作古的老先生的回忆，不仅为我们勾画出数位辽海学者、书家、诗人的状貌与人格，更刻画了当代领导干部与白衣秀士的真挚"诗交"，呈示出各自的风范逸品，既有作者的心路印痕，也有描写对象的音容风采。读其文，赏其诗，追缅逝者的生平轨迹，品味回顾者的满腔忆念，确令读者有情动于衷的感受和抚卷长思的感慨。

说到底，人的个体生命终究有限，即使遐龄逾百的少帅与寿过九旬的沈延毅老人，仍使人有天不假寿的怅叹，但人类的整体生存将永恒延展，这也就是文化传承的不断延续；人类的根基不仅在肉体的存在，更在于文化的传递与发展。从这个意义说，活在诗文中的个体生命，远比其肉体生命长久。

同理，诗文不仅是传写外物和他人的手段，更是呈示作者本人文化人格的媒介。诗文的作者必须表现独特的自我，是“这一个”的生命体验，应区别于其他人的生命体验；同时，他个人的生命体验，又必须与全人类共通，是一定文化传统的呈示。诗文作家的文化人格，只有从这个角度观照，才能有更深刻的表现。王充闾同志在《关于散文写作》（见《天凉好个秋》卷末）中说：

（散文创作）应该注重蕴涵的深度，沉入文化与生命的深处，探寻人的自我心理活动……

散文应是自由精神的产物……散文是作者人格的投影，心灵的展示，人格魅力的直呈和创造性生命的自然流泻，它应该最能体现人的心性的真实存在，反映作者的人格境界、个性情怀与文学修养……

实际上，每个人都是一个丰富而独特的自我存在。文学创作，说到底是一种生命的访问、灵魂的对接，因此要从人性的角度深入发掘，具备深刻的心灵体验与生命体验，而不能满足于一般的生活体验。

由于作家人格与情感的映现，散文往往充溢着一种浓重的情韵和气氛，并由此构成诗性的意象与意境，唤起读者心灵中的美感。

以上论述，虽是谈散文创作，但同样适用于诗歌创作，可见文学创作与人格、与文化确有天然的联系。从这个角度回顾作者的诗词作品，相信读者都能从中有所启悟。《执化斋吟稿》的全部作品，都是诗人真切的生命体验，都是其文化人格的具体呈示。而《吟稿》的命名，来自《庄子》的启发，典出《庄子·人间世》，而《庄子》正是作者思想的源泉之一。在《关于散文写作》一文中，作者说到，他最喜爱的散文著作是《庄子》，“因为从年轻时节，我就特别欣赏它那浓郁的浪漫主义色彩，创造性的思维，生动逼真的描绘，绚丽多姿的辞采”。尤为重要的是《庄子》一书对其人格养成的影响：

不仅如此，庄子的人生艺术化和诗性人生也特别值得称道。庄子视人格独立、个性自由为生命，浮云富贵，粪土王侯，他的作为人生归宿的“无为”、“无待”，直接通向诗性人生。

可见，诗人一生追求的是诗性人生，因而其文化人格不妨称为以诗性思维为特征的以中华传统文化为基础的当代先进文化的代表。其具体表现就是既能承担社会责任，又有对个性自由的坚持和品赏；既能在仕途上有上佳的开拓，更能始终有文人的清醒和情怀。正如他自己在《文学创新与深度追求》一文（见《西厢里的房客》卷末）中所说：

我也同样生活在滚滚红尘里，经受着各种各样的心灵羁绊，思想观念上的束缚，市场、金钱方面的物质诱惑，都曾摆在眼前，而且，仕途经历又使我比一般作家多上一层心灵的障壁。好在我一向把功名、利禄这些身外之物看得很淡，也不过分看重别人怎么看待自己，有一种自信自足、气定神闲、我行我素的定力。我觉得，人生总有一些自性的、超乎现实生活之上的东西需要守住，这样，人的精神才有引领，才能在纷繁万变的环境中保持相对独立的内在品格，在世俗的包围中保有一片心灵的净土。

这段话，难道不正是我们了解诗人的文学创作、创作思想和文化人格的突破口吗？有如此“执化”的达观意趣而又能坚持人生追求的人，自然能有完整的人生和完美的作品。

**参考文献**

① 王充闾：《我有诗魂招不得》，辽宁教育出版社 2004 年版。
②《悠悠我心》序，沈阳出版社 1999 年版。

（本文以“第十七章　文化人格与诗词创作的成就”为题，收录于《走向文学的辉煌——王充闾创作研究》，作家出版社 2008 年 12 月出版）

# 浅谈诗歌的创造性

诗贵独创。一首诗是否富于创造性，并不在于题材的新旧，也并非一定要奇语惊人，而在于对题材的独到处理，在于开创新颖的意境。许多诗歌名篇写的只是很普通的题材，语言也非常朴素纯净，但由于作者对生活有深切独到的认识，抓住一点，开掘生发，平中见奇，淡而有味，说出了人人感到是自己想说而未能说出的话，给人以亲切、新鲜的印象，具有极强的感染力。唐代杜牧的诗句："停车坐爱枫林晚，霜叶红于二月花"，所写的景物寻常得很，所写的感受也似乎人人都道得出口，但谁能不承认这样的诗句是"独创"的呢？由此可知，诗歌的独创性，并不靠题材的生僻和辞句的新奇，而依靠对现实生活细致入微的观察，依靠去璞琢玉的技巧和匠心。

诗歌的创造性，还在于生动形象地抒写出作者具体的、独特的感受。诗歌和其他文学体裁最主要的区别，就在于抒情。而人的情感活动总是具体的，表现在诗歌中的情感也应该能够让读者具体地感受到，从而受到感染，引起共鸣或激起联想。同是写霜叶，杜牧的诗句是轻快欢悦的，而在《西厢记》里却是："晓来谁染霜林醉？总是离人泪"，充满了凄绝哀怨。从这一鲜明的对比中，我们不是可以受到启发吗？

诗歌的创造性，还在于立意的高低深浅。诗歌是抒情的，而一定的情感总是一定的思想的体现，特别是革命的诗歌，是自觉地为革命斗争服务的武器，因而表现在诗歌中的思想深刻与否、生动与否，尤其显得重要。陈毅同志描写霜叶的诗句："伸手摘红叶，我取红透底。浅红与灰红，弃之我不取。""书中夹红叶，红叶颜色好。请君隔年看，真红不枯槁。"这"霜重色愈浓"的红叶，是革命者的象征。作者是咏物，更是在写人。全诗字字平实切直，而又句句情真意深，确乎是匠心独运，超越古人，令人吟咏再三，备受鼓舞。这才是真正的创造性。

（原载《营口文艺》总第2期，1978年11月1日出版）

# 学诗三题

**诗贵独创**。诗歌的创造性，并不在于题材的独特，也并非定要奇语惊人，而在于对题材的精审处理，在于诗歌意境的开拓。优秀的诗歌写的往往是很普通的题材，但并不人云亦云，而是抓住一点，开掘生发，说出人人感到是自己想说而又未曾说出的话来，句句在人意中，而又字字启人深思，令人既感到亲切，又觉新颖。一句话，真正的创造性绝不是向壁虚造的空中楼阁，而是剖璞琢玉的匠心独运。

**诗贵含蓄**。诗歌内容的深厚，并不在于篇幅的长短，也不在于是否运用了隐喻曲折的手法，而在于作者对生活有没有深切的认识和精心的提炼，能否从平凡的生活中撷取闪耀着思想光彩或寄寓着深刻情思细节和形象。一句话，真正的含蓄丰富绝不是炫睛夺目的百宝匣，而是映射着日彩的水滴。

**诗贵朴素**。诗歌语言的精美，并不在于词彩的华丽，也不在于音调的铿锵，而在于精练和谐，尤其在于同思想感情的高度切合，从无边无际的语言海洋中找到最能表现诗歌内容的词句，如矿藏的提炼，蜂蜜的酿造。脍炙人口的优秀诗歌，其语言大多纯净朴素，乍一看甚至平淡无奇，但简短的字句涵蕴着丰富的内容，朴素无华的词语里激荡着动人心弦的魅力。一句话，真正的朴素不是芜杂粗糙的莽野，而是天然出水的芙蓉。不斤斤于雕章琢句，不等于不精心择炼。

（原载营口《群众演唱》1979 年第 4—5 期合刊）

# 语避雷同耐人思

人们爱吃热得烫嘴的油炸糕，也爱吃凉得扎牙的冰激凌，但“油炸冰激凌”的美味，只见于人们的笑谈之中（按：近年哈尔滨已有这道小吃）。写诗的选词用字，也自有习惯的类别，如写喜庆的事和写悲戚的事，常用的字词在习惯上是不能混同的，一般情况下绝不可反用。但是，也有人大胆地选用与表现题材之情感色彩完全相反的字眼来写诗，乍看不合常情，读来又恰切内容，因而收到格外强烈的效果。

据说，古代有两个诗人，一个年轻些，自恃才高，看不起另一个年老的。一次有人出题目，限定以“阶、乖、骸、埋”四字为韵，写《贺人新婚》的诗。年轻些的诗人无法完卷，只好赧颜辞谢。那个老诗人却用这几个看来很不吉利的字眼，写出一首非常切题的诗，受到人们的称赞，原来看不起他的年轻诗人也不得不甘拜下风。原诗如下：“裴航得践游仙约，簇拥红灯上绿阶。此夕双星成好会，百年偕老莫相乖。芝兰气吐香为骨，冰雪心情玉作骸。更喜来宵明月满，团圆不为白云埋。”

类似违反人们的用词习惯，让人一新耳目，以求取更强烈的感染力量的手法，在古典诗词中经常使用。不必举名家诗词，再说一首无名诗人的作品吧，题曰《咏雪》，他开口就数起雪片来：“一片一片又一片，两片三片四五片，六片七片八九片”，真是拙劣絮叨得可以，然而笔锋一转，以“散入梅花都不见”作结，精巧含蓄，挑起前三句，浑然成为一首好诗。

当然，诗的好坏，主要还在思想价值和生活内涵，不在于诗句的矜炼整饬，翻空造奇。但是，如果能力辟新径，做到构思精巧，用语奇绝，避免雷同，出人意料，一定会大大增强诗歌的感染力量。我们现在的许多诗歌平板空泛，不就跟作者经常是简单地按类选词，致使诗句陷入习惯的套套，如写工厂一定是“机声隆隆”、“炉火熊熊”，写农村一定是“改天换地”、“当代愚公”等等有很大的关系吗？在这点上，前人重视炼字琢句，力求“语不惊人死不休”的传统，还是很值得我们借鉴的。

（原载《辽河》1980年第3期）

# 梦中得诗记趣

古典小说《红楼梦》写到香菱学诗时如醉如痴，后来曾于梦中想出一首好诗。这是完全可能的，我本人便曾于梦中得诗一首。

1968 年夏天，我正在南开大学中文系学习。夜间忽于梦中置身于群山环抱、风景秀丽的郊野，在同游好友的催促下，对景吟诗，我作五绝一首：

高低山四面，远近四面山；
声噪鸣蝉近，香幽野花远。

梦中醒来，其情境犹恍在目前，宛若亲历亲临，几乎怀疑自己是否真的还睡在宿舍里。诗虽非佳作，但确乎得之于梦中。

白日细细寻味，忽然明白自己何以会在梦中得诗。原来，当时学校“停课闹革命”，学生几乎无事可做，我便到处搜求抄录当代人写的旧体诗词，我梦中所得诗的前二句，正化用了刚刚抄录的诗词佳句，即老舍先生的诗句“深浅翠屏山四面，回环碧水柳千行”（七律《扎兰屯》）；郭化若将军的词句“薄雾满江干，高低千万山”（《菩萨蛮·东江》）。诗的后二句，则脱胎于平日早已背熟的古诗名句“蝉噪林逾静，鸟鸣山更幽”（王籍《入若耶溪》）。

这大概就是人们所说的“日有所思，夜有所梦”吧。

（原载《沈阳晚报》1988 年 3 月 15 日）

# 话说剥皮诗

所谓剥皮诗，就是将前人旧作改易数字，变成抒发己意的“新作”，又称“戏拟”体诗。其来历，是对好抄袭他人诗作的唐代文人张怀庆的揶揄：“活剥张昌龄，生吞郭正一”，本含讽刺意蕴，后来则仅指有意的模仿。毛泽东同志即曾将杜甫的《咏怀古迹五首》之三：“群山万壑赴荆门，生长明妃尚有村。一去紫台连朔漠，独留青冢向黄昏。”用“林彪”替换下“明妃”二字，便把怀古之作改写成一首咏写当年时事的政治讽刺诗了。

作剥皮诗的要诀，在于选用的改写对象应当家喻户晓，几乎人人成诵。这样，一看便知并非真正的“新作”，不必解释，人家就知道你不是想抄袭，而是另有所指。如唐代崔护的《题城南诗》云：“去年今日此门中，人面桃花相映红。人面不知何处去，桃花依旧笑春风。”本来讲的是一个温馨的爱情故事，是对年前与意中人美好相逢的忆念。清初的两任江南巡按，作风大相径庭。秦世桢勤政清廉，有“铁面”之誉；继任的李成纪则寡有作为，有“糟团”之号。故时人作剥皮诗云：“去年今日此门中，铁面糟团两不同。铁面不知何处去，糟团日日醉春风。”铁面与糟团的对比，官员与美人的联想，大大增添了诗味。

（原载《辽宁电大学刊》1993 年第 2 期）

# 咏秋诗话

秋天，本来只是四季中的一个季节，但在人们的感受中，不仅意味着气候的变化，物象的更迭，更有浓郁的感情色彩和成熟、丰足等社会象征意义。由于我国文明中心位于黄河流域，秋季较短而寒冬较长，秋天多意味着肃杀和凄清。我国第一个大诗人屈原的咏秋名句："袅袅兮秋风，洞庭波兮木叶下"（《九歌·湘夫人》），成为历代咏秋诗词的基调。

在我国诗史上，有两首帝王的咏秋诗最著名，一首是汉武帝的《秋风辞》："秋风起兮白云飞，草木黄落兮雁南归。兰有秀兮菊有芳，怀佳人兮不能忘。汎楼船兮济汾河，横中流兮扬素波。箫鼓鸣兮发棹歌，欢乐极兮哀情多。少壮几时兮奈老何！"诗中的佳人实是心中的理想。诗意略谓秋天的肃杀令人痛感功业难就，人生短促。另一首是魏文帝的《燕歌行》："秋风萧瑟天气凉，草木摇落露为霜，群燕辞归雁南翔，念君客游多思肠。慊慊思归恋故乡，君何淹留寄他方？贱妾茕茕守空房。忧来思君不敢忘，不觉泪下沾衣裳。"此诗开咏秋思妇词先河，与汉武帝悲慨人生的题材成为悲秋诗的传统内容。

唐代著名诗人杜甫以七律成就最高，而杜律中《秋兴》八章尤被后人称赏，这组诗不仅有个人的悲慨，而且有对时势的关注，又拓展了怀古抚今吟咏社会现实的悲秋题材领域。如其一云："玉露凋伤枫树林，巫山巫峡气萧森。江间波浪兼天涌，塞上风云接地阴。丛菊两开他日泪，孤舟一系故园心。寒衣处处催刀尺，白帝城高急暮砧。"沉郁苍凉，磅礴深厚。

唐代诗人刘禹锡、杜牧一反悲秋传统，将秋光写得蓬勃壮丽，在咏秋诗中为一大突破。如刘禹锡《秋词二首》云："自古悲秋多寂寥，我言秋日胜春朝。晴空一鹤排云上，便引诗情到碧霄。""山明水净夜来霜，数树深红出浅黄。试上高楼清入骨，岂如春色嗾人狂。”将秋色写得比春色更美好。杜牧《山行》更将秋天的红叶写得极富魅力：“远上寒山石径斜，白云生处有人家。停车坐爱枫林晚，霜叶红于二月花。”

当代诗坛，毛泽东同志的咏秋词，将赞秋颂秋的意趣渲染得格外淋漓尽致。年轻时便咏写道：“看万山红遍，层林尽染；漫江碧透，百舸争流。……鹰击长空，鱼翔浅底，万类霜天竞自由。”将秋天写得生机无限，令人奋跃。参加革命，领导革命战争，更将秋天的战场看成人间最壮丽的地方：“一年一度秋风劲，不似春光。胜似春光，寥廓江天万里霜。”至老年，更成熟自信，一反古人悲秋情调，豪迈地唱道：“萧瑟秋风今又是，换了人间。”单就咏秋之作来说，毛泽东诗词也远迈古人。

古今咏秋诗词中，有两个断句极为知名，一是宋代诗人潘大临欲写咏重阳诗，被收租的官吏败坏意兴，只写出一句“满城风雨近重阳”。另一句是鉴湖女侠秋瑾被捕时，于供状上写的“秋风秋雨愁煞人”。虽前者是自己的创作，后者是他人成句（按：秋瑾所吟诗句出自晚清诗人陶宗亮《沧江红雨楼诗集》中的七古长诗《秋暮遣怀》。我曾撰文《“秋风秋雨愁煞人”是谁作的》向读者说明），因特别切合情境，均被人们广为传诵。

（原载《沈阳晚报》1995 年 10 月 23 日）

# 咏雪诗话

提起我国的咏雪诗，首先令人想到的便是《诗经·小雅·采薇》中第六章，抒写征人于归家途中所见所忆所感的名句："昔我往矣，杨柳依依；今我来思，雨雪霏霏。行道迟迟，载渴载饥。我心伤悲，莫知我哀!"他当年出征时，是"杨柳依依"的早春，而今返乡时恰逢"雨雪霏霏"的岁暮。尽管侥幸生还，但还要忍受行路中"载渴载饥"的折磨，又不知家人存亡，他内心毫无欣喜，只有愁烦。"雨雪"交加的环境，正是他如煎如炙的心境。诗句情景交融，感人肺腑。

提及咏雪词，如同提起咏秋诗总令人难忘"满城风雨近重阳"这篇未成之作一样，也有一首未按规定完篇而传诵千古的诗作传为诗坛逸话。唐代进士考试，考生要写一首五言六韵（即十二句）的排律诗。祖咏应试时，诗题为《终南望余雪》，祖咏只写了四句便交了卷："终南阴岭秀，积雪浮云端。林表明霁色，城中增暮寒。"有人责备他不该不按规定写诗，丢掉了中进士的机会，他却以"意尽"为由不肯画蛇添足，宁要好诗不图仕进。祖咏不愧为诗人，唯以诗为重；诗歌也报答了他，成就了他在诗史上的佳话。

杜甫名诗《绝句》中有"窗含西岭千秋雪"之句，也写的是高山顶上不易消融的积雪，同样成为千古绝唱。而毛泽东咏昆仑积雪的名作《念奴娇·昆仑》写道："而今我谓昆仑：不要这高，不要这多雪。"有改造山河、同化世界的豪迈气概，远胜于古人。

古人咏雪诗作中最美的名句莫过于唐代诗人岑参《白雪歌送武判官归京》中的"忽如一夜春风来，千树万树梨花开"。最浪漫、最有气魄的咏雪诗句是诗仙李白《北风行》中的"燕山雪花大如席，片片吹落轩辕台"。最富文人雅致的咏雪之作是白居易的《问刘十九》："绿蚁新醅酒，红泥小火炉，晚来天欲雪，能饮一杯无?”最令人感到温暖的咏雪之作是刘长卿的《逢雪宿芙蓉山主人》：“日暮苍山远，天寒白屋贫。柴门闻犬吠，风雪夜归人。”最令人感到凄冷的咏雪之作当为柳宗元的《江雪》：“千山鸟飞绝，万径人踪灭。孤舟蓑笠翁，独钓寒江雪。”卢纶《塞下曲》云：“月黑雁飞高，单于夜遁逃。欲将轻骑逐，大雪满弓刀。”大概是最令人快慰的咏雪之作了。以上几例咏雪作，全为唐人所作。后人并非没有佳作，但正如鲁迅所言，好诗差不多被唐人作尽了。

（原载《沈阳晚报》1995 年 12 月 18 日）

# 写诗纪游乐趣多

了解景点的人文背景，吟咏历代有关诗文，会使人倍添游兴。如果自己试写纪游诗，写下个人的观感和行程，更会别有一番乐趣。

本人虽不才，却有以诗纪游的习惯。因是写给自己看的，不妨带点“打油”味儿，即或俚俗，也自见真意。我曾趁换车之机，利用余暇匆匆浏览杭州，自作诗云：“虎跑泉边引茶瓯，六和塔上观清流。枕得球鞋一夜睡，换取半日画中游。”去苏州无锡游赏，适逢小雨夹雪，又有小诗纪行：“雨雪虎丘尽兴还，乌篷载我到锡山。濯足得赏八音涧，欣尝天下第二泉。”如果不是有纪行诗助兴，这种匆匆一过与冒着雨雪的出行，只能令人懊丧遗憾。

以诗纪游，还可怀古颂今，使自己牢记游历所得，真切生动地接受思想教育。如我路经南京时，拜谒中山陵，便想起封建王朝的更迭与孙中山先生铲除帝制的功绩，吟诗志感云：“东风又绿江南枝，花下低回情非痴。名山浩叹沧桑变，更向崇陵拜先师。”又，路过嘉兴时，虽未下车一游，也引起自己对中共诞生地的无限追怀：“车过嘉兴意万千，百川汇海此为源。我来圣地情思涌，追缅南湖万里船。”平时听人作报告，记忆不深；通过纪游发抒感慨，不但陶冶情趣，而且励人心志。

（原载《沈阳日报》1995年12月19日）

# 学诗偶拾

## 妙句偶得

姚莹兄现为辽宁诗词学会秘书长，本是某省刊编辑，我作为诗歌作者因投稿与其相识，但相知数年而未谋面。当我考入北京大学读研究生时，姚莹兄作为北大校友正有事返校，于是我们始得晤面。当时已是初冬，寝室里虽有两张上下铺的双人床，却只有我一套行李，于是我们干脆拥被而坐，彻夜以谈笑暖身。后来我给姚兄写诗相赠时，很自然地写出一句上联："联床絮语燕园夜"，却为难以对出下联而苦思不已。这时，宾馆的电视正播出广告，内有一句广告词云："盘锦白，塞外的茅台！"我不禁想起参加盘锦作家聚会的经历，心领神会地写出对句："沽酒长谈盘锦白"。"盘锦白"既指盘锦的白天，又指酒名，一语双关，妙句天成。

（附原诗：最美姚兄锦绣才，诗文兼擅何须猜。联床絮语燕园夜，沽酒长谈盘锦白。怀母篇章情婉转，赠人歌咏意徘徊。未曾识面心仪久，早有雁书通往来。）

## 一字之师

古来关于诗作一字之师的故事极多，如五代诗僧齐己《早梅》中的"昨夜数枝开"，由郑谷改为"一枝开"，时人称郑谷为"一字师"。我的一首七律《迎春》，被收在沈阳市文史研究馆编《沈水嘤鸣集》中。原有一联为"沃野茫茫茁嫩草，云天浩浩孕惊雷"。出版时，编者改为"血野"。"血"字是名词，与"云"对仗更工稳；不仅如此，"血野"还隐含典故，即鲁迅先生的诗句：“血沃中原肥劲草，寒凝大地发春华”。这样，原联在咏写自然景物时，兼有了象征革命先辈用鲜血赢得今日大好春光的思想意义。改一字而添深意，我虽不知是谁审定，依然感谢这位“一字之师”。

（附原诗：年年岁岁报春归，世纪发端春又催。血野茫茫茁嫩草，云天浩浩孕惊雷。暖风吹面寒方退，夜雨滴檐花乍开。盛世躬逢应庆幸，新春含笑晋新醅。）

## 细辨同音

近代著名诗人黄遵宪的家乡广东梅州的当代文士们，为纪念这一家乡先贤，创作了集诗词书画篆刻于一轴的综艺长卷《千禧雅唱》，其中有多人唱和之作。其中首倡者梁怡然先生的诗作是：“梅水汇灵连海日，扶桑诗稿墨香幽。奇缘五柳风何雅，拙号三生韵自悠。宋版青莲传善本，清言素问悟真由。百年人境同浩叹，明月清风且共游。”和者众多，除衔月楼主的和诗全用原字外，其他人只注意了同韵，而未细辨字音，如押“幽、悠、舟、游”；“秋、流、舟、酬”；“秋、楼、求、头”；“游、悠、由、流”；“幽、求、流、游”。诗作都很好，却多少令人遗憾，因为唱和的人都忽视了首倡者用韵的深意，即不仅用同韵字，而且是同音字，都是“衣欧切”。于是，在应邀唱和时，我注意到这点，怡然先生连称“知己”。我的和诗是：

其一：梅水诗传未断流，岭东一脉馨香幽。华章急就才情显，篆刻老成意趣悠。人境诗庐无畛域，邻邦思慕有来由。芳名今已存长卷，遥引红妆故地游。

其二：东邻慧女谒梅州，低首黄诗雅兴遒。人境草庐虽未入，文坛佳话信能求。偶然结识怡然子，不意梦圆快意秋。更有长轴集翰墨，吟哦一美伫高丘。

第一首和诗与原作同韵同音，第二首与原作同韵不同音，但自身又都同音，即“七衣鸥切”，依然留心了原作的匠心。另外，如同“留心”与

“匠心”有复字一样，和作第二首的颈联，有意用了复字，这也算“匠心”吧。这些虽不过是雕虫小技，但做诗的乐趣，不正离不开这类细小的探求吗？

（原载《盘锦诗词》2004年第3—4期合刊）

# 以诗图景自堪夸

诗与画是两个艺术部门，但同是借助形象反映外界，又有共通之处，古人便以“诗中有画，画中有诗”概括此境。画虽直观些，但往往限定了人们的感受，有时反不如诗歌的描绘让人感受更为真切。南宋大诗人陆游，便曾自夸他的写景诗胜过画图。其《春日》诗云：

雪山万叠看不厌，雪尽山青又一奇。
今代江南无画手，矮笺移入放翁诗。

的确，因为画面是静止的，将特定的时空固定了，难以表现景物的变化，如上诗前二句中重重叠叠的嵯峨雪峰与积雪消融的苍翠青山，便难以并现于一幅画面之中，而诗作则不受此限，可以在同一首诗中写“看不厌”的雪山和“又一奇”的青山，难怪放翁先生要以其诗作胜于画面而自豪了。

表现以诗摹景自豪感的诗篇，在放翁诗中并非罕见。如《过灵石三峰》云：“拔地青苍五千仞，劳渠蟠屈小诗中”；《秋思》云：“诗情也似并刀快，剪得秋光入卷来”。其所咏写的，不都是采景入诗的自得心情吗？

先贤名作，对笔者颇有启发，笔者所写旧体诗词，便曾借鉴了放翁诗作的意趣，有意表现将景物收入诗中的快感。《辽南秋》云：“长铺素笺饱研墨，锦绣江山待我裁”；“愿向金风索手笔，尽收奇彩入诗篇”。《春咏》云：“跳跃生机频入目，收拾花笺撰春词”。

由此可见，学习古人作品，对于提高自身的写作水平大有助益。我们在读文学作品时，要多想、多练，广泛地汲取营养。

（原载《中华诗词》2007 年第 6 期）

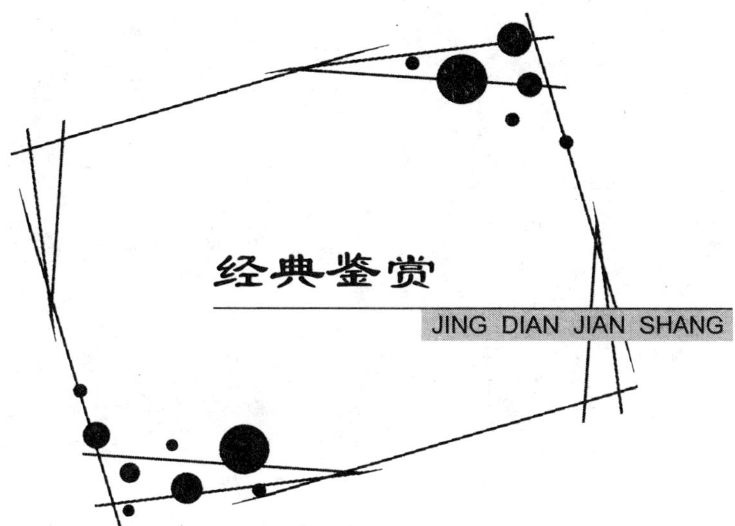

# 经典鉴赏

JING DIAN JIAN SHANG

# 毛泽东诗词对仗艺术欣赏

毛泽东认为，写旧体诗词，不能不讲格律，他在与冒广生先生谈话时指出："旧体诗格律过严，束缚人的思想，我一向不主张青年人花偌大的精力去搞；但老一辈的人要搞就要搞得像样，不论平仄，不讲叶韵，还算什么格律诗词？掌握了格律，就觉得有自由了。"[①]毛泽东本人正是精熟地掌握了格律而达到出神入化自由境界的诗人。这里只想从对仗艺术这一角度略加赏析，以领会毛泽东诗词的无穷魅力。因为对仗是一种综合性的修辞方法，作者功力是否深厚，看对仗句作得如何最为便捷。

首先，从对仗形式入手，探索一下毛泽东诗词的对仗功力。不必说一般的工对、宽对，不妨看一下几种特殊的对仗。

**当句自对** 当句自对，即在句中便自成对仗。有的句子不仅句内自对，也与对句相对，但多数只是本句自对。如：

"军叫工农革命，旗号镰刀斧头。"（《西江月·秋收起义》）——此二句为对仗句，而且"工农"与"革命"、"镰刀"与"斧头"，在句内自对。

"风樯动，龟蛇静。"（《水调歌头·游泳》）——两句对仗，且"风"与"樯"，"龟"与"蛇"句内自对。

"独有英雄驱虎豹，更无豪杰怕熊罴。"（《七律·冬云》）——两句对仗，而且"虎"与"豹"、"熊"与"罴"句内自对。

"宁化清流归化，路隘林深苔滑。"（《如梦令·元旦》）——两句不对仗。但前句三个地名、后句三个主谓词组句内自对。

"山高路远坑深，大军纵横驰奔。"（《六言诗·给彭德怀同志》）——两句不对仗，但前句中三个主谓词组句内自对。

"我失骄杨君失柳。"（《蝶恋花·答李淑一》）——本句中，"我"与"君"对，"失骄杨"与"失柳"对。

**错综对** 错综对指不是在规定位置相对，而错综成对。如：

"斥鷃每闻欺大鸟，昆鸡长笑老鹰非。"（《七律·吊罗荣桓同志》）——"斥鷃"与"昆鸡"、"大鸟"与"老鹰"、"欺"与"非"相对。调动了"非"字的位置，是为了押韵。

**扇面对** 扇面对即不是联内出句与对句相对，而是两联相对，即一、三句，二、四句为对。这在词中较为常见。如：

"看万山红遍，层林尽染；漫江碧透，百舸争流。"（《沁园春·长沙》）

"恰同学少年，风华正茂；书生意气，挥斥方遒。"（同前）

"望长城内外，惟余莽莽；大河上下，顿失滔滔。"（《沁园春·雪》）

"惜秦皇汉武，略输文采；唐宗宋祖，稍逊风骚。"（同前）

值得注意的是，后二例中，"内"与"外"、"上"与"下"、"秦皇"与"汉武"等又是句中自对。

**流水对** 流水对即如流水般不可割断，前后二句互相贯通，共同表达一个完整的意思的对仗句。这是一种极难写的句式，而毛泽东诗词中运用极多，有十多处，这里聊举数例：

"昨天文小姐，今日武将军。"（〈临江仙·给丁玲同志〉）——表对比。

"才饮长沙水，又食武昌鱼。"（《水调歌头·游泳》）——表顺承。

"不管风吹浪打，胜似闲庭信步。"（同前）——表比较。

"为有牺牲多壮志，敢教日月换新天。"（《七律·到韶山》）——表因果。

"僧是愚氓犹可训，妖为鬼蜮必成灾。"（《七律·和郭沫若同志》）——表递进。

"宜将剩勇追穷寇，不可沽名学霸王。"（《七律·人民解放军占领南京》）——表选择。

"独有英雄驱虎豹，更无豪杰怕熊罴。"（《七律·冬云》）——表可否。

"风雨送春归，飞雪迎春到。"（《卜算子·咏梅》）——表顺逆。

流水对运用之纯熟，极令人叹服。

**排对** 排对即一连串（三个以上）的对仗句。三个对仗句叫鼎足对，曲中常用。超过三个以上的对仗句，在诗词中也常见，而且多用相同的字词绾结。

"不怕压，不怕迫。不怕刀，不怕戟。不怕鬼，不怕魅。不怕帝，不怕贼。”（《杂言诗·八连颂》）——连用八个“不怕”，很有气势。

“纪律好，如坚壁；军事好，如霹雳。政治好，称第一；思想好，能分析。”（同前）——这一排对，也可看做两个扇面对。

其次，可从炼字，即从某些特殊字眼的运用上看对仗句的写作功力。

**叠字对** 叠字对是以重叠的字词相对。叠字在视觉、听觉上，即阅读与诵读上都有自己的特色，运用巧妙，别具情味。如：

“茫茫九派流中国，沉沉一线穿南北。”（《菩萨蛮·黄鹤楼》）——叠字渲染出沉郁情调。

“地主重重压迫，农民个个同仇。”（《西江月·秋收起义》）——叠字起强调作用。

“望长城内外，惟余莽莽；大河上下，顿失滔滔。”（《沁园春·雪》）——叠字之用，突出了空旷与静寂，但又有动感，为下文“山舞银蛇，原驰蜡象”作了铺垫。

“高天滚滚寒流急，大地微微暖气吹。”（《七律·冬云》）——叠字使对比更鲜明。

**同字对** 同字对即用同样的字相对，如前引排对中“不怕”与“如”、“好”等字。一般说来诗词忌用字重出，但有意使用，反别有情味，更富表现力。如：

“山下旌旗在望，山头鼓角相闻。”（《西江月·井冈山》）——“山”字重出，突出方位，强化对比，与杜甫《白帝》诗中之对句“白帝城中云出门，白帝城下雨翻盆”可比照参看。

“苍山如海，残阳如血。”（《忆秦娥·娄山关》）——“如”字重出，连用二次。

“一截遗欧，一截赠美，一截还东国。”（《念奴娇·昆仑》）——前二句是工对，第三句为宽对。三句连排，似可算鼎足对。

“风雨送春归，飞雪迎春到。”（《卜算子·咏梅》）——两个“春”字重出，表时光流逝。

“可上九天揽月，可下五洋捉鳖。”（《水调歌头·重上井冈山》）——“可”字重出，同义复用，表强调，显出革命家的阔大气魄。

**数字对** 数字对即以数字相对。巧用数字，会增强作品表现力。一般说来，含数字的对仗多为工对。如：

“茫茫九派流中国，沉沉一线穿南北。”（《菩萨蛮·黄鹤楼》）——“九”与“一”相对，且“九”饰派、“一”饰线，突出阔远或细长，生动地状写出江流与铁路在人心目中的视觉形象。

“千里冰封，万里雪飘。”（《沁园春·雪》）——以“千”对“万”，有视野开阔、对语工稳的特征。

“千村薜荔人遗矢，万户萧疏鬼唱歌。”（《七律二首·送瘟神》）——同样以“千”对“万”，同样有视野开阔、对句工稳的特征。

“坐地日行八万里，巡天遥看一千河。”（同前）——这里不是泛泛地以“千”对“万”，而是含有科学依据，“八万里”是确数，“一千河”才是约数。作者自注云：“地球直径约一万二千五百公里，以圆周率三点一四一六乘之，得约四万公里，即八万华里。这里地球的自转（即一天的时间）里程。”“银河一河也，河则无限。‘一千’言其多而已。”

“天连五岭银锄落，地动三河铁臂摇。”（同前）——此处数字不宜单读，应与后缀字连读，亦即本处实为地名对。

“云横九派浮黄鹤，浪下三吴起白烟。”（《七律·登庐山》）——此联亦为含数字的地名对，以流域对地域。

“斑竹一枝千滴泪，红霞万朵百重衣。”（《七律·答友人》）——每句用两个数字，一绝；前句递增，后句递减，一乘一除，二绝。

“金猴奋起千钧棒，玉宇澄清万里埃。”（《七律·和郭沫若同志》）——还是“千”与“万”对，却是重量与空间相较，妙。

“四海翻腾云水怒，五洲震荡风雷激。”（《满江红·和郭沫若》）——“四海”与“五洲”对，境界旷远。

“可上九天揽月，可下五洋捉鳖。”（《水调歌头·重上井冈山》）——“九”与“五”相对，“上”与“下”也相对，虽有重出之“可”字，依然是工对。

以上是数字对通例。另有看似不对仗的含数字的诗句，实是很工稳的对仗。如：

“五岭逶迤腾细浪，乌蒙磅礴走泥丸。”（《七律·长征》）——对句中的“乌蒙”虽无数目字，但与“五岭”同是地名，以地名对地名，自是工对。

“三十一年还旧国，落花时节读华章。”（《七律·和柳亚子先生》）——“三十一年”与“落花时节”因都是时间词组，不仅可以算对仗，还可算较工稳的对子。

"看万山红遍，层林尽染；漫江碧透，百舸争流。"（《沁园春·长沙》）——此扇面对有两处用数字与量词相对，即"万山"对"层林"、"漫江"与"百舸"，似宽实工，尤见奇绝（此对不仅两联相对，又含联内自对，颇具匠心）。

**颜色对** 颜色对指用表色彩的名词相对。对仗中，凡含颜色字、数字、叠字的对联多为工对。色彩对则多以反差大者相对，如红与碧、黑与白、黄与白、金与银等。如：

"看万山红遍，层林尽染；漫江碧透，百舸争流。"（《沁园春·长沙》）

"风起绿洲吹浪去，雨从青野上山来。"（《七律·和周世钊同志》）

"红旗卷起农奴戟，黑手高悬霸主鞭。"（《七律·到韶山》）

"云横九派浮黄鹤，浪下三吴起白烟。"（《七律·登庐山》）——严格说来，黄鹤之黄是借字为对，因黄鹤是禽名。但古人常用此法，如杜甫《绝句》："两个黄鹂鸣翠柳，一行白鹭上青天。"

"斑竹一枝千滴泪，红霞万朵百重衣。"（《七律·答友人》）——"斑"为杂色，所以能对"红"字。

另有"绿水青山"、"红装素裹"等句内自对，颜色对比也极鲜明。

"苍山如海，残阳如血。"（《忆秦娥·娄山关》）——"海"指海绿，作者《念奴娇·井冈山》即有"古代曾云海绿"一语。"血"，指血红。

"山舞银蛇，原驰蜡象。"（《沁园春·雪》）——"银"、"蜡"皆代表白色。

"天连五岭银锄落，地动三河铁臂摇。"——"银"为白色，"铁"为黑色。

"金猴奋起千钧棒，玉宇澄清万里埃。"（《七律·和郭沫若同志》）——"金"指金黄色，"玉"指白色。

**成语对** 成语对即直接或改削成语入诗成对。因成语本身有一定意蕴，用成语可收到言简意丰之效。如：

"早已森严壁垒，更加众志成城。"（《西江月·井冈山》）——如依词性相对之说硬抠，"森严壁垒"乃偏正结构，"众志成城"乃主谓结构，不能成对。但因二者都是成语，此处不但成对，而且是工对。

"虎踞龙盘今胜昔，天翻地覆慨而慷。"（《七律·人民解放军占领南京》）——“虎踞龙盘”对“天翻地覆”是两个成语入对，自不待言。“今胜昔”乃“今胜于昔”，“慨而慷”乃“慨当以慷”，亦有出处，虽不够规范，也可算成语，因而本联蕴意十分丰厚。

“蚂蚁缘槐夸大国，蚍蜉撼树谈何易。”（《满江红·和郭沫若》）——“夸大国”为动宾结构，“谈何易”为动补结构，本联只能算宽对，但因“蚂蚁缘槐”与“蚍蜉撼树”两个典故均为成语，本联堪称工对。

其三，可以从特殊的修辞手法，看毛泽东诗词中对句的深厚功力。

“茫茫九派流中国，沉沉一线穿南北。”（《菩萨蛮·黄鹤楼》）——因“南北”自成对，与“中国”实不匹配，但从方位词组来看，二者可称工对。“中国”指中间地区，与武汉地理位置相符。

“尊前谈笑人依旧，域外鸡虫事可哀。”（《七律·和周世钊同志》）——“谈笑”乃动词用作名词，以与“鸡虫”相对；“哀”乃动词用作形容词，以与“旧”相对。

“冷眼向洋看世界，热风吹雨洒江天。”（《七律·登庐山》）——“向”与“吹”乃介词对动词，虽词性不同，亦可称工对，乃诗律之常。

“高天滚滚寒流急，大地微微暖气吹。”（《七律·冬云》）——“急”乃形容词用作动词，以与“吹”相对。

“长征不是难堪日，战锦方为大问题。”（《七律·吊罗荣桓同志》）——“长征”为偏正结构，“战锦”为动宾结构；“难堪日”与“大问题”虽同为偏正结构，但饰辞不同，一为二字“难堪”，一为单字“大”。严格来说，难以成对。但将以上词组都看做一个名词性词组，则不仅成对，还是工对，因“不是”、“方为”这种反义句，乃对句之上佳者。

对毛泽东诗词中的对句，还可从用典、对比、设问等角度去赏析，因为那还不仅是修辞问题，也不仅与写对仗句相关，不再赘述。

仅从以上三方面来看，毛泽东诗词的对仗艺术可谓炉火纯青，出神入化，完全堪与古今最优秀的作品相并列，是极为珍贵的文化财富。

**参考文献**

① 转引自刘汉民编写《毛泽东谈文说艺实录》，长江文艺出版社 1992 年版。

（原载《沈阳师范学院学报》1997 年第 1 期）

# 毛泽东偏爱罗隐诗

人们都传说毛泽东喜爱“三李”（李白、李贺、李商隐）的诗，自郭沫若揣摩上意的著作《李白与杜甫》问世后，这种说法更深入人心。而我最近翻阅毕桂发主编的《毛泽东批阅古典诗词曲赋全编》[①]，却改变了这种固有印象。毛主席圈阅过的古人诗作，李白诗共54题72首，李贺诗共47题82首，李商隐诗共21题27首，而杜甫诗则有60题75首，并不比“三李”诗数量少。但最多的，并非李白、杜甫及小李杜（李商隐、杜牧）等名家，而是并不太出名的晚唐诗人罗隐，共圈点其诗88题90首。

那么，毛泽东何以偏爱罗隐诗呢？罗隐字昭谏，浙江余杭（今杭州）人，生于晚唐五代时期，因“貌古而陋”，又恃才傲物，在科举考场很不得志，屡遭困顿。《旧五代史》本传云：“罗隐，余杭人。诗名于天下，尤长于咏史。然多所讥谏，以故不中第。”[②]宋陶岳《五代史补》亦云：“罗隐在科场恃才傲物，尤为公卿所恶，故六举不第。”[③]罗隐虽科场失意，却并不收敛锋芒，宋孙光宪《北梦琐言》载，当其落第东归时曾讽刺当政权贵曰：“是何朝官？我脚夹笔，亦可敌得数辈。”[④]在给友人陈希孺作《陈先生集后序》时，罗隐更借他人之酒杯，浇自己之块垒，暗许自身为不寻常的角色：“大唐设进士科三百年矣，得之者或非常之人，失之者或非常之人。若陈希孺之才美，则非常之人失之矣。”[⑤]这种特殊际遇和独特性格，使其作品具有鲜明的特色。今人刘开扬《罗隐》云：“罗隐屡试不第，失意诗很多。”[⑥]清代学者李慈铭在《越缦堂读书录》中指出：“昭谏诗格虽未醇雅，然峭直可喜，晚唐中之铮铮者。”[⑦]毛泽东对罗隐诗感兴趣，似当出于对其桀骜人格的肯定和困顿际遇的同情。

不妨看看毛泽东重点圈阅或手书下来，亦即表示他最感兴趣的那些诗，究竟有着什么样的特点吧。

《曲江春感》，“毛泽东曾手书此诗”[8]。其诗后二联云：“圣代也知无弃物，侯门未必用非才。一船明月一竿竹，家住五湖归去来。”诗意慨叹自己怀才不遇，因而诗句乃反语讽世。此诗又题为《归五湖》，而作者的本意绝非甘愿归隐。

《焚书坑》，“此诗的后两句，毛泽东加了密圈”[9]。加密圈之诗句为：“祖龙算是浑乖角，将谓诗书活得人。”这同样是反语讽世。字面意谓秦始皇原本不必焚书，因为书养活不了读书人，如其本人即满腹诗书却难以自活，可见书读多了也没用。但罗隐果真甘认倒霉吗？当然不是，诗语不过发牢骚罢了。

《西京道德里》，“毛泽东曾圈点此诗”[10]。此诗乃作者落第后困居长安所作，中间二联自叹失意：“一枝丹桂未入手，万里苍波长负心。老去渐知时态薄，愁来唯愿酒杯深。”而尾联又吐露了自我宽慰之情：“七雄三杰今何在，休为闲人泪满襟。”但诗人将自己的失意同历史上的雄才俊杰相比，实际充满不甘与自负。

《浮云》，“毛泽东对此诗全部加了圈点，标题前还画着两个大圈”[11]。毛主席如此欣赏的诗为：“溶溶曳曳自舒张，不向苍梧即帝乡。莫道无心便无事，也曾愁杀楚襄王。”诗意讽刺无耻文人投靠权贵，表白自己追求自由自在，不将帝王威权放在眼里。这不单是发牢骚，而且显示出不向权贵屈服的骨气，确有文人的清高硬朗，难怪会引起毛泽东的格外重视。

《西施》，“毛泽东在此诗的标题前画着两个大圈，全诗都加了密圈”[12]。诗云：“家国兴亡自有时，吴人何苦怨西施。西施若解倾吴国，越国亡来又是谁？”此诗批驳了女人祸水论，表现出通达的史识，实际也有对当政者不知自省的讥刺。

《自遣》，“毛泽东对此诗字字圈点，一路密圈到底，并手书此诗，有两幅手迹”[13]。诗云：“得即高歌失即休，多愁多恨亦悠悠。今朝有酒今朝醉，明日愁来明日愁。”此诗是失意的悲叹，甚至有颓废的情绪，但骨子里是特别强烈的愤懑，是对世道不公的深沉抗议。诗句亦很精粹，是“今朝有酒今朝醉”这一俗语的出典，难怪毛泽东要格外偏爱它了。

《筹笔驿》，原诗云：“抛掷南阳为主忧，北征东讨尽良筹。时来天地皆同力，运去英雄不自由。千里山河轻孺子，两朝冠剑恨谯周。唯余岩下多情水，犹解年年傍驿流。”[14]筹笔驿，故址在今四川广元县北，今名朝天驿。据传，诸葛亮曾在此筹划伐魏大计，但蜀汉终于灭亡了。此诗慨叹人算不如天算，认为即使英雄豪杰，对于历史巨变有时也无能为力。毛主席虽为一代伟人，也自有难如其愿的抱憾，故对这层感悟格外动情，特别喜爱此诗。故注曰：“毛泽东很喜欢此诗。在此诗的标题前画着三个大圈，每句诗末都画着圈，第一句旁画着曲线。从第三句开始，又一路密圈到底。在二十四史《南史·梁武帝传》末，作者李延寿对梁武帝有一段评论，毛泽东读后，在天头上写下了此诗的颔联：‘时来天地皆同力，运去英雄不自由。’另外，毛泽东除了手书此诗一幅外，还曾手书部分句子。”

《谒文宣王墓》，“毛泽东曾圈点此诗”[15]。文宣王即孔子，是读书人即儒生的祖师爷，虽享有空名，供奉其神主的文庙却大多破败不堪，其徒子徒孙的命运也大多困顿，作者在本诗末联便借拜孔子而大吐苦水：“倘使小儒名稍立，岂教吾道受栖迟。”意谓叹息自己无力为祖师修饰庙宇。尤有意思的是在另一首“毛泽东曾圈点”过的《代文宣王答》中云：“若教颜闵英灵在，终不羞他李老君。”诗句含有自嘲之意，喟叹儒生自身不争气，实际上是对社会上崇尚道教之习俗的讽刺，或许也是对自己身世落魄的某种自嘲自解。

《东归途中作》与《东归》二诗，均是罗隐落第后含羞忍耻回归故乡时所作，毛泽东都曾“圈点”过。[16]前者颈联云：“老知风月终堪恨，贫觉家山不易归。”为落第而归无限伤怀。后者颈联云：“唯将白发期公道，不觉丹枝属别人。”则怀有不平与不甘。这种复杂心理，尤其是不肯向命运屈服的倔犟劲头，的确令人心动。

《王睿墓》，“毛泽东在此诗的标题前画着两个大圈；在头两句旁还画着密圈”[17]。诗云：“男儿未必尽英雄，但到时来命即通。若使吴都有王气，将军何处立殊功?”诗意略谓人要建立功业，成就英名，除本人的志向与才能外，与所处时运也有密切关系。前二句阐说此理，语切理明，故而毛泽东曾加密圈。此诗可与《筹笔驿》对看，亦可确知伟人也信命运的拨弄，也有无奈的感叹。

《偶兴》，“毛泽东对此诗逐句加了密圈”。诗云：“逐队随行二十春，曲江池畔避车尘。如今赢得将衰老，闲看人间得意人。”[18]这也是失意人的压抑和牢骚。诗人自恃长才，但在京师流落多年仍未改变命运，叫他怎能不悲愤？毛泽东虽最后成功了，但对已往的挫折贬抑亦当铭刻于心，因而能为此诗引起共鸣。

《中秋夜不见月》，“毛泽东在此诗的每句末都圈了双圈，并在后两句旁圈了密圈”[19]。诗云：“阴云薄暮上空虚，此夕清光已破除。只恐异时开霁后，玉轮依旧养蟾蜍。”此诗实为比喻，谓失意者终有得意之时。毛泽东显然对此心领神会，故加密圈以示留意。

《偶题》，“毛泽东在《罗昭谏集》中，对此诗的后两句字字都画了密圈。在《甲乙集》中，对此诗除圈点外，还批注：‘十上不中第’。”[20]此诗有个故事，据《鉴戒录》云：“钟陵（今江苏进贤县）妓云英，隐与有旧，下第见之，云英曰：罗秀才尚未脱白邪？隐遂赠以诗云。”可见这是首饱含辛酸的自哀之作。[21]诗云：“钟陵醉别十余春，重见云英掌上身。我未成名君未嫁，可能俱是不如人。”诗句虽自认“不如人”，不得不对命运的拨弄无可奈何，但又含有不服气之意，也可看做是对世情的反讽。

《忆九华》，“毛泽东曾手书此诗，有两幅手迹”[22]。此诗又题《九华山费征君所居》，前二联提及他当年曾有看淡名利、安享清闲的想法：“九华巉崒阴柴扉，长忆前时此息机。黄菊倚风村酒熟，绿蒲低雨钓鱼归。”诗的后二联云：“干戈已是三年别，尘土那堪万事违。回首佳期恨多少，夜阑霜露又沾衣。”意谓人生很难尽如人意，自己不得不在尘世奔波，却依然潦倒不堪。诗作充满失意的惆怅，却又坚韧洒脱，并不颓丧，能唤起读者自身的沧桑之感，的确颇耐品味。

《七夕》，“此诗的后两句，毛泽东圈了密圈，最后还画着一个圈套两个小圈”[23]。诗云：“月帐星屋次第开，两情惟恐曙光催。时人不用穿针待，没得心情送巧来。”此诗构思颇巧，谓正沉浸在欢会之乐中的牛郎、织女顾不得为人间送巧。实际上，这是在慨叹得意人不会在意失意人的焦虑苦闷，人的肉体痛苦本难传感，精神实更难沟通。鲁迅即曾为此发过感慨，毛泽东自认与鲁迅心意相通，当然会对此诗感兴趣。

《东归别常修》，“毛泽东对此诗每句都加了圈，并在天头上画着大的圈记”[24]。诗云：“六载辛勤九陌中，却寻归路五湖东。名惭桂苑一枝绿，鲙忆松江两箸红。浮世到头须适性，男儿何必尽成功。唯惭鲍叔深知我，他日蒲帆百尺风。”这也是失意人的落魄语，表示自己已对命运屈从，不想再强求功名了，只是有愧于师友的期许。但这种解悟，何尝不也是一种虽不甘心又无计可施的心底牢骚呢？至少，它不是悟道明性、甘于隐遁的淡泊情怀。

《题磻溪垂钓图》，“毛泽东曾圈点此诗”[25]。诗作题咏困顿到极点的姜尚苦苦等待明君赏识之典故，认为前贤有所作为，实在出于侥幸；倘若生在今日，恐怕只能真的靠钓鱼为生了：“若教生在西湖上，也是须供使君鱼。”诗句以“西湖”与“磻溪”对比，并非随意拈举，而是因自己的故乡就在西湖边上，隐含将自身际遇同前代贤良作比较的用意，既有悲慨，也有自豪，犹言自身才华不让先贤，只是没有好的机遇罢了。这种既无奈又不甘的心态，极具典型性。

这里并没有引录所有毛泽东特别标示的诗作，但已是绝大部分。这些诗有一个共同特点，都是怀才不遇的愤慨语、失意语、讽世语；换言之，都是心潮起伏不平的牢骚语。这跟屈原作《离骚》的用意完全相同。其实，人才受压未必仅仅是封建时代的悲剧，在任何时代都有这种现象。反之，顺顺当当、毫无挫折地成就功名者，未必是真正的人才，他们的功业也必定有限。老天似乎在跟才志之士为难，总要让他历经多次失意，才让他偶尔笑傲一番；总要让某些庸才顺风直上，更反衬出才志之士的窘困无奈；或者虽让才志之士留下“千秋万岁名”，却又让他们有“寂寞生前事”的遗憾，在活着的时候饱受苦难。《孟子》关于“天将降大任于斯人也，必先苦其心志，劳其筋骨，饿其体肤，空乏其身……”[26]的议论；司马迁关于“文王拘而演《周易》，仲尼厄而作《春秋》，屈原放逐乃赋《离骚》，左丘失明厥有《国语》……《诗》三百篇，大抵圣贤发愤之所为作也”[27]的感慨，都传为千秋明鉴，很启人深思。毛泽东同志也有类似的评论：

> 司马迁的《史记》、李时珍的《本草纲目》，都不是因为稿费、版税才写的，《红楼梦》、《水浒传》也不是因为稿费才写。这些人是因为有一肚子火才写的。还有《诗经》等。[28]

毛泽东所欣赏的罗隐诗，正是这类“有一肚子火”的作品。可见，毛泽东同志虽写诗劝别人“牢骚太盛防肠断，风物长宜放眼量”[29]，却并不反对诗中有牢骚。反过来，如果诗中根本没有火气，没有一种打动人心的力量，毛泽东同志怎能对罗隐之诗那样情有独钟呢？

我们固然生活在新社会，社会主义制度比起历史上其制度来，要优越得多。但这并不能保证社会公正自然实现，也不能保证所有的人都能才称其位，更不能保证所有的冤屈都不会发生。毛泽东同志对此也有明确的论述：

> 司马迁讲的这些事情，除“左丘失明”一例以外，都是指当时上级领导者对他们作了错误处理的。我们过去也错误地处理过一些干部……但是，一般地说，这种错误处理，让他们下降，或者调动工作，对他们的革命意志总是一种锻炼，而且可以从人民群众中吸取许多新知识。[30]

对人的错误处理任何时代都难以避免，关键在于当事人能否正确对待，毛泽东本人便多次受过打击，甚至被撤职软禁。因而，他最理解受社会不公伤害的人，也才能对暂时困顿的才志之士所发的牢骚产生强烈的共鸣。从这个意义说，不妨说毛泽东喜爱牢骚诗，因而才能成为罗隐诗的真正知己。从圈阅数量和关注程度看，毛泽东最感兴趣的古代诗人既非杜甫，也非“三李”，而是晚唐诗人罗隐。

**参考文献**

① 毕桂发主编：《毛泽东批阅古典诗词曲赋全编》，中国工人出版社 1999 年版。

② 刘开扬：《罗隐》，《中国历代著名文学家评传》，山东教育出版社 1983 年版，第 691 页。

③ 同上书，第 692 页。

④ 同上书，第 693 页。

⑤ 同上书，第 710 页。

⑥ 同上书，第 700 页。

⑦ 同上书，第 711 页。

⑧ 毕桂发主编：《毛泽东批阅古典诗词曲赋全编》，中国工人出版社 1999 年版，第 698 页。

⑨ 同上书，第 701 页。

⑩ 毕桂发主编:《毛泽东批阅古典诗词曲赋全编》，中国工人出版社 1999 年版，第 702 页。
⑪ 同上书，第 709 页。
⑫ 同上书，第 715 页。
⑬ 同上书，第 716 页。
⑭ 同上书，第 719 页。
⑮ 同上书，第 721 页。
⑯ 同上书，第 726、728 页。
⑰ 同上书，第 729 页。
⑱ 同上书，第 732 页。
⑲ 同上书，第 735 页。
⑳ 同上书，第 738 页。
㉑ 刘开扬:《罗隐》，《中国历代著名文学家评传》，山东教育出版社 1983 年版，第 702 页。
㉒ 毕桂发主编:《毛泽东批阅古典诗词曲赋全编》，中国工人出版社 1999 年版，第 741 页。
㉓ 同上书，第 744 页。
㉔ 同上书，第 747 页。
㉕ 同上书，第 754 页。
㉖ 徐中玉主编:《古文鉴赏大辞典》，浙江教育出版社 1989 年版，第 113 页。
㉗ 同上书，第 337 页。
㉘ 赵以武主编:《毛泽东评说中国历史》，广东人民出版社 2000 年版，第 113 页。
㉙ 付建舟编:《毛泽东诗词全集详注》，伊犁人民出版社 1999 年版，第 227 页。
㉚ 赵以武主编:《毛泽东评说中国历史》，广东人民出版社 2000 年版，第 113 页。

（原载《沈阳日报》2003 年 10 月 29 日）

# 毛泽东与杜甫诗

毛泽东喜爱三李（李白、李贺、李商隐）的诗，不大喜爱杜甫的诗，早已为世人所熟知，毛泽东本人也毫不隐讳。1942 年 4 月 13 日，毛泽东约见严文井等作家，严文井问道："听说主席喜欢古典诗歌。您喜欢李白，还是杜甫?"毛泽东答说："我喜欢李白。但李白有道士气，杜甫是站在小地主的立场。"1957 年在同臧克家等人谈话时更明确表示，他对杜甫的诗"不甚喜爱"。1958 年在南宁会议上的讲话中，毛泽东又公开指出："光搞现实主义一面也不好，杜甫、白居易哭哭啼啼，我不愿看，李白、李贺、李商隐，搞点幻想。"[①]但是，不大喜欢，并非不熟悉、不重视、不研习。实际上，正如历史上沾溉杜甫诗歌的人远远多过效仿李白的人一样，毛泽东对杜甫诗歌的了解与运用，要比李白乃至三李的诗歌更胜一筹。仅据毕桂发主编的《毛泽东批阅古典诗词曲赋全编》统计，毛泽东圈阅过的古人诗作，李白诗共 54 题 72 首，李贺诗共 47 题 82 首，李商隐诗共 21 题 27 首，而杜甫诗则有 60 题 75 首，并不低于三李尤其是李白诗的数量。[②]至于熟悉程度，也以杜甫诗为高。早在为青年学子时，毛泽东便在《讲堂录》中集杜甫诗撰联，抒写他游览南岳衡山的感受："登祝融之峰，一览众山小；泛黄渤之海，启瞬江湖失。"[③]20 世纪 60 年代参观杜甫草堂时，毛泽东对清人顾复初撰写的楹联"异代不同时，问如此江山，龙蜷虎卧几诗客；先生亦流寓，有长留天地，月白风清一草堂"很感兴趣，轻声吟诵后立即指出："是集杜句。"[④]（按：联语中有多处摘用杜甫诗句）直至八十余岁高龄时，毛泽东以听人诵读古诗作为休息，一次听护士小孟读杜甫《进艇》，小孟读到第五句"俱飞蛱蝶元相逐"，因不认识"蛱"字而卡住了，毛泽东马上把后四句背诵出来。[⑤]由此可见，毛泽东对杜甫的诗十分熟稔，而且终身诵读不辍。

毛泽东对杜甫诗歌的谙熟与关注，还可从其在自己的诗词联语创作中化用以及在日常生活中巧妙解释、灵活运用杜诗中，清晰地体现出来。仅据吴直雄著《毛泽东妙用诗词》一书的介绍，便有许多生动的实例。先看创作中的化用：

——1918年农历8月，毛泽东与罗仲言、陈绍休三人来到河南许昌，在游览魏国旧都遗址时，作联句诗《过魏都》，其中毛的诗句有云“萧条异代西田墓”，便化用了杜甫《咏怀古迹五首》之二中的诗句“萧条异代不同时”[⑥]。

——1930年7月，毛泽东作《蝶恋花·从汀州向长沙》，赞颂红军的气势云：“国际悲歌歌一曲，狂飙为我从天落。”词中化用了杜甫《乾元中寓居同谷县作歌七首》其一的诗句“呜呼一歌兮歌已哀，悲风为我从天来”[⑦]。

——1941年8月，抗战民主人士张冲（字淮南）病逝，毛泽东作挽联致哀：“大计赖支持，内联共，外联苏，奔走不辞劳，七载辛勤如一日；斯人独憔悴，始病热，后病虐，深沉竟莫起，数声哭泣已千秋。”其中“斯人独憔悴”句，出自杜甫诗《梦李白二首》之二。[⑧]

——1949年4月29日，毛泽东作《七律·和柳亚子先生》，内有“落花时节读华章”之句，化用了杜甫《江南逢李龟年》的诗句“落花时节又逢君”[⑨]。

——1955年10月4日，作《七律·和周世钊同志》，内有句云“尊前谈笑人依旧，域外鸡虫事可哀”。“鸡虫”句出自杜甫《缚鸡行》“鸡虫得失无了时”[⑩]。

——1966年6月，毛泽东作《七律·有所思》，其结句云“故国人民有所思”，出自杜甫《秋兴八首》之四中的诗句“故国平居有所思”[⑪]。

——1971年“九·一三”事件发生后，毛泽东曾作两首“剥皮诗”（即改换古诗字句以抒写新意的诗体）讽刺林彪，其中一首即套用杜甫《咏怀古迹五首》之三的前四句。杜诗原句为：“群山万壑赴荆门，生长明妃尚有村。一去紫台连朔漠，独留青冢向黄昏。”毛作只是将第二句中的“明妃”改为“林彪”，便将林彪的出生地（湖北省）与丧生地（蒙古温都尔汗）都借杜甫的诗句点了出来，成为绝佳的时事新作。[⑫]

再来看看毛泽东对杜甫诗的巧解与活用：

——1935年，当红军到达甘肃境内时，遇上敌人骑兵，毛泽东幽默地说："今后要注意这些'六条腿'（指敌骑兵）了。"并且引用杜甫诗，指导我军总结打骑兵的经验："这叫'射人先射马'嘛！什么东西都有个规律，有一长必有一短。所以你们要通过调查研究，总结出一些规律性的东西来。你们可以编一个'打骑兵'的歌子，让大家学。"[13]这里引用的杜诗为《前出塞》九首之六，内有"挽弓当挽强，用箭当用长。射人先射马，擒贼先擒王"等句。后来，毛泽东同志回顾湖南农民运动历史时，又引用该诗另一句"擒贼先擒王"，比喻斗争要抓要害，集中力量打击主要目标："赵恒惕（按：湖南军阀）长期统治湖南，是镇压革命运动的罪魁。赵是岳北白果人，因此，我们在湖南就来一个擒贼先擒王，打蛇打七寸。……我们当时的斗争目标是针对赵恒惕的。这就是湖南的农民运动首先在衡山岳北爆发的原因。"[14]1972年，在美国总统尼克松访华前夕，毛泽东为解除身边工作人员的困惑，先让工作人员背诵杜甫的这首诗，然后巧妙地借杜诗讲清了人和武器的辩证关系，并解释了办事要抓关键的道理："在保卫边疆，防止入侵之敌时，要挽强弓，用长箭。这是指武器在战争中的重要性，但不是决定的因素，决定的因素是人。射人先射马，擒贼先擒王。这是民间流传的一句极为普通的话，杜甫看出了它的作用，收集起来写在诗中。这两句表达了一种辩证法的战术思想。我们要打开中美的僵局，不去找那些大头头，不找能解决问题的人去谈行吗？选择决策人中谁是对手这点很重要。……把共和党这个最大的反共阻力挖掉事情就好办了，非找尼克松不可。"[15]仅从这一例子足以看出，毛泽东对杜甫诗歌的理解既贴切准确，又精邃深刻；其实际运用，既生动灵活，别出心裁，又不违原意，令人信服。

——1938年，毛泽东在延安会见苏群、朱光，谈及书法时，以杜诗作解云："杜甫《观公孙大娘弟子舞剑器行》并序云：'吴人张旭，善草书帖，数常于郾县见公孙大娘舞河西剑器，自此草书长进，豪荡感激……'不是至理名言吗？"[16]

——1939年12月21日，毛泽东《在延安庆祝斯大林六十诞辰会上的讲话》中引用杜甫诗表示祝贺："今天开大会，庆祝斯大林同志的六十大寿。'人生七十古来稀'，世间六十岁也是难得的……"[17]1976年6月15日，即去世前不久，毛泽东又引用杜甫的诗句，抒发自身的老年感慨，在与华国锋等人谈话时说："人生七十古来稀，我八十多了，人老总想后事，中国有句古话叫盖棺论定，我虽未盖棺也快了，总可以论定了吧！"[18]运用杜诗，既可及人，又可言己，若不是平时烂熟于心，怎可如此信手拈来？

——对杜甫评价古人的诗作《戏为六绝句》之二中论及初唐四杰的诗句，毛泽东既有直接的引用，也有引申的议论。如在读《王勃集》之后批注道："这个人高才博学，为文光昌流丽……杜甫说：'王杨卢骆当时体，不废江河万古流。'是说得对的……千余年来，多数文人都是拥护初唐四杰的，反对的只有少数。"[19]又如，1956年，在苏共全盘否定斯大林之后，毛泽东曾引用这首诗，说明对斯大林要有全面评价，绝不能全部否定。[20]

——杜甫的代表诗作《茅屋为秋风所破歌》，毛泽东不仅圈阅过、默写过，还多次诵读它，[21]显然对其十分喜爱。在参观成都杜甫草堂时，毛泽东还幽默地对其做过"别解"："主席兴致很高，……诵读杜甫的《茅屋为秋风所破歌》：'安得广厦千万间，大庇天下寒士俱欢颜。'还风趣地说：'看来，高级知识分子的住宿困难问题，是古已有之的。'"[22]

在对杜诗的灵活运用中，特别值得重视的是将其作为交际手段、维系私人关系的实例，这是文人特有的习惯，运用是否恰切，也最能反映出该人的文化素养和文学旨趣。从大量实例可以断言，说毛泽东不喜爱杜诗并不准确，只能说毛泽东因个人性情的缘故，更偏爱三李（李白、李贺、李商隐）。如：

——1922年，毛泽东早年从事革命活动的亲密战友、中共湖南支部的首批党员之一陈子博同志不幸遇难，毛泽东直接摘引杜甫《蜀相》诗的最后两句"出师未捷身先死，长使英雄泪满襟"，写成挽联，表示哀悼。[23]

——新中国成立后，毛泽东会见老同学谭世瑛，在拉家常时，引用杜诗寄托忆旧怀今之情："'世瑛先生，家里有些什么人呀！''我和婆子，还有三崽，一个已经成家！'毛泽东很高兴地说，这真是'昔别君未婚，儿女忽成行'啊。"[24]

尤其值得注意的是，毛泽东为自己女儿命名时，也取杜诗为立意出处，这鲜明地表示出对杜诗的尊崇，否则，岂能用之于子女的令名？在长女李敏将要正式取名时，“毛泽东打开《论语》中的《里仁》篇，指着其中的一句话，子曰：‘君子欲讷（nè）于言而敏于行。’对娇娇解释说：讷，就是语言迟钝的意思。敏，则解释很多……还可作‘灵敏迅速’‘敏捷多智’等解释。杜甫《不见》诗：‘敏捷诗千首，飘零酒一杯。’”[25]用于子女取名的出典之一，起码表明引用者对该作品极为熟悉；即使说不上喜爱，至少绝不会厌烦它。

毛泽东最重视的一首杜诗，大概要算《登岳阳楼》了。1964年，毛泽东南巡回京，专列在岳阳暂停，毛泽东与省委书记张平化谈工作时，问及岳阳楼的情况，忽突起感想，索笔挥毫，书写了这首杜诗，并在诗作后题注云：“杜甫登岳阳楼诗一首”。后来，这一手书墨迹，由良匠制成雕屏，装嵌在岳阳楼的三楼上。[26]得此优遇的杜诗，恐怕仅此一篇。不仅如此，毛泽东还灵活地引用它来调节气氛，以便同来客无拘无束地交谈。1965年，毛泽东在上海单独约见了著名学者刘大杰。因为是首次见面，刘大杰极为拘束。当了解到刘大杰是巴陵（岳阳）人时，毛泽东当即吟诵了杜甫的这首名诗，有效地缓解了来客的紧张情绪，并且“由这首诗开始，便渐渐地进入谈诗的正题，为广泛地谈诗论词打下基础”[27]。这固然显出毛泽东过人的谈话技巧，也显出他对这首杜诗的特别青睐。

对杜甫的另一首名篇《北征》，毛泽东更直接作有高度评价。1965年7月21日，毛泽东在《致陈毅》的信中明确提出“诗要用形象思维”的论点时，便以《北征》作为创作的典范。信文云：“又诗要用形象思维，不能如散文那样直说，所以比、兴两法是不能不用的。赋也可以用，如杜甫之《北征》，可谓‘敷陈其事而直言之也’，然其中亦有比、兴。”[28]此例足见毛泽东对杜诗的推崇。

概言之，毛泽东与杜甫诗的关系，不能简单地用不大喜欢来论定。首先，对待传统文化，毛泽东历来广为吸纳，并无门户之见，而有阔达胸襟；其次，对杜诗本身，既十分熟稔，又评价较高，实际也是较喜爱与极重视的。正如著名学者周振甫阐述的那样：“毛泽东同志阅读视野极其广阔，举凡历代作家的传诵名作，尽纳眼底……从艺术风格上讲，他自称‘偏于豪放，不废婉约’，兼容并包。基于此，他偏爱‘三李’（李白、李贺、李商隐）的浪漫主义诗篇，对‘诗圣’杜甫的‘政治诗’虽有不满，但对于他的《北征》、《茅屋为秋风所破歌》等富有思想性艺术性之作，也给以很高的评价。”[29]对此问题应有通达而准确的认识，作全面客观的品评，才能符合实际情况，得出公允结论。

**参考文献**


① 赵以武主编：《毛泽东评说中国历史》，广东人民出版社 2000 年版，第 322 页。

② 毕桂发主编：《毛泽东批阅古典诗词曲赋全编》，中国工人出版社 1999 年版。

③ 吴直雄：《毛泽东妙用诗词》，京华出版社 1998 年版，第 149 页。

④ 同上书，第 768 页。

⑤ 同上书，第 26 页。

⑥ 同上书，第 607 页。

⑦ 同上书，第 550 页。

⑧ 同上书，第 260 页。

⑨ 同上书，第 614 页。

⑩ 付建舟编：《毛泽东诗词全集详注》，伊犁人民出版社 1999 年版，第 259 页。

⑪ 吴直雄：《毛泽东妙用诗词》，京华出版社 1998 年版，第 581 页。

⑫ 同上书，第 701 页。

⑬ 同上书，第 254 页。

⑭ 同上书，第 272 页。

⑮ 同上书，第 809 页。

⑯ 毕桂发主编：《毛泽东批阅古典诗词曲赋全编》，中国工人出版社 1999 年版，第 463 页。

⑰ 吴直雄：《毛泽东妙用诗词》，京华出版社 1998 年版，第 157 页。

⑱ 同上书，第 155 页。

⑲ 同上书，第 38 页。

⑳ 同上书，第 331 页。

㉑ 毕桂发主编：《毛泽东批阅古典诗词曲赋全编》，中国工人出版社 1999 年版，第 441 页。

㉒ 吴直雄：《毛泽东妙用诗词》，京华出版社 1998 年版，第 757 页。

㉓ 同上书，第 70 页。

㉔ 同上书，第 102 页。

㉕ 同上书，第 119 页。

㉖ 同上书，第 799 页。

㉗ 付建舟编：《毛泽东诗词全集详注》，伊犁人民出版社 1999 年版，第 413 页。

㉘ 同上书，第 930 页。

㉙ 毕桂发主编：《毛泽东批阅古典诗词曲赋全编》引言，中国工人出版社 1999 年版，第 1—2 页。

（原载《沈阳日报》2004 年 1 月 26 日）

# 读毛泽东诗词札记

## 毛泽东诗词中的战场

毛泽东同志不但是伟大的政治领袖，也是杰出的军事统帅。作为诗人，在指挥作战的倥偬中不废吟咏，“在马背上吟成”许多咏写战争的诗词。据统计，已发表的诗词中，直接写战争的有20首，还有几首提及或忆及战事。对这些作品全面评述，一篇短文很难完成，这里只想赏析一下对战场情状的描绘。

说起写战场，唐人李华的《吊古战场文》传诵极广，但该文将战场写得一片肃杀，令人惊心动魄，哀伤恐怖：“浩浩乎平沙无垠，……河水萦带，群山纠纷；黯兮惨悴，风悲日曛。蓬断草枯，凛若霜晨；鸟飞不下，兽铤亡群。”这与文章要表现的反战思想是一致的。毛泽东的诗词，咏写的是改天换地的人民战争，固然有打碎旧世界的种种苦难，却更有迎来新天地的衷心喜悦。所以，毛泽东诗词中的战场，明丽壮观，生气蓬勃，令人鼓舞。如：“红旗跃过汀江，直下龙岩上杭。收拾金瓯一片，分田分地真忙。”（《清平乐·蒋桂战争》）——尽管军阀纷争“洒向人间都是怨”，但是在革命战争取得胜利的地方，却是完全相反的欢乐景象。

因为在革命战争时期，人民军队多实行运动战，毛泽东诗词中的战场，往往是流动的甚至是指向性的，但无不充满生机，如：“今日向何方？直指武夷山下。山下，山下，风展红旗如画。”（《如梦令·元旦》）“此行何去？赣江风雪迷漫处。命令昨颁，十万工农下吉安。”（《减字木兰花·广昌路上》）“赣水那边红一角，偏师借重黄公略。百万工农齐踊跃，席卷江西直捣湘和鄂。”（《蝶恋花·从汀州向长沙》）“会昌城外高峰，颠连直接东溟。战士指看南粤，更加郁郁葱葱”（《清平乐·会昌》）等等，都写出战场之美，不仅不令人避畏，反而令人向往。

毛泽东诗词中，有两首专写战场，情调高昂，词采绚烂，一反古人之陈词，独具伟人之襟怀，尤耐品味。一为写于1929年10月的《采桑子·重阳》："人生易老天难老，岁岁重阳，今又重阳，战地黄花分外香。/一年一度秋风劲，不似春光，胜似春光，寥廓江天万里霜。"——革命者眼中，单调旷远的秋日战场，不是一派肃杀萧条，而是一派"胜似春光"勃勃生机；那"分外香"的秋菊，更透出饱经风霜考验的革命者对自己的战斗生涯无比自豪。

另一首是写于1933年夏的《菩萨蛮·大柏地》："赤橙黄绿青蓝紫，谁持彩练当空舞？雨后复斜阳，关山阵阵苍。/当年鏖战急，弹洞前村壁。装点此关山，今朝更好看。"——在革命者心中，只有经过战争的洗礼，山河才更加美丽。这是因为只有经过革命战争，人民才能成为山河的主人，人民当然会对凝有自己鲜血的山河格外珍爱。

景物本是客观存在，而一写入诗词中，便倾注了作者的主观感受。毛泽东同志对战场的独到描绘，独到情感，雄视千古，远迈前人。只有胸怀"敢教日月换新天"壮志的统帅人物才能有如此气魄，如此笔力。

## 毛泽东诗词中的战将

毛泽东诗词多写战争，有多首塑造了英雄群像，如"万木霜天红烂漫，天兵怒气冲霄汉"；"红军不怕远征难，万水千山只等闲"；"钟山风雨起苍黄，百万雄师过大江"等。写单个战将的则不多，只用一句提及者仅二人，一为黄公略，见写于1930年7月之《蝶恋花·从汀州向长沙》："赣水那边红一角，偏师借助黄公略"，黄当时为红三军军长。另一人为张辉瓒。见写于1931年春之《渔家傲·反第一次大"围剿"》："雾满龙冈千嶂暗，齐声唤，前头捉了张辉瓒。"张当时为国民军十八师师长、"围剿"部队前线总指挥。这是一个敌将，一个败军之将，却因伟大诗人的诗篇得存史册，可谓败得真"幸运"。

毛泽东同志专门写给战将的诗有三首，即《六言诗·给彭德怀同志》、《七律·吊罗荣桓同志》，所写为共产党军队的杰出将领；还有一首是《五律·海鸥将军千古》，所写为国民党军队抗日将领戴安澜。依写作时间简析如下：

《给彭德怀同志》初作于1935年10月，诗云：“山高路远坑深，大军纵横驰奔。谁敢横刀立马？唯我彭大将军。”当时，红军经长征后刚到吴起镇，国民党西北马家军骑兵来袭扰，计5个团的兵力，彭德怀指挥红军由清晨至午后，一举击败敌军，在陕北立住了脚。毛泽东同志当即写了这首贺诗。彭将后句改为“唯我英勇红军”，退还给毛主席。1947年8月，彭德怀指挥西北野战军取得沙家店战役胜利，毛泽东同志重新抄写了这首诗，又赠给彭德怀，对他的英勇善战作了高度肯定。

《海鸥将军千古》作于1942年6月，诗云：“外侮需人御，将军赋采薇。师称机械化，勇夺虎罴威。浴血东瓜守，驱倭棠吉归。沙场竟殒命，壮志也无违。”这是首挽诗，哀挽对象为国民党主力200师师长戴安澜（号海鸥），抗战期间，他率军远征缅甸，与日军展开同古（即东瓜）之战，后奉命撤退回国，遭日军伏击阵亡。因其为国民党将领，此诗直至20世纪80年代末始见于报刊，但所咏为抗日名将，进行的是民族战争，应当传于后世。戴将军之英名，能附一代伟人之诗作而不朽，亦为其死后哀荣。

《吊罗荣桓同志》作于1963年12月，诗云：“记得当年草上飞，红军队里每相违。长征不是难堪日，战锦方为大问题。斥鷃每闻欺大鸟，昆鸡长笑老鹰非。君今不幸离人世，国有疑难可问谁？”诗的前二联，回顾了作者与逝者的交往，也对逝者的战功作了追述。“草上飞”指红军到处转移作战，行动迅速；“每相违”，常常别离，聚少别多。后二联高度评价了逝者的品格，吐露了作者对逝者的倚重。其中第三联为“错综对”，即错字为对，以用“非”字押韵脚，诗意谓虽有人攻讦逝者，但只显得攻讦卑污，逝者如同“大鸟”、“老鹰”般矫健。

毛泽东同志作为革命军队的英明统帅，在诗词中咏写战将，自有真情流露，值得品味。诗词涉及对历史人物的评价，更有文献价值。

## 毛泽东的咏秋诗词

古来咏秋之词，大抵悲叹草木凋零、环境肃杀、气氛凄清、生命短促，所谓“古来悲秋多寂寥”。而毛泽东的咏秋词则生机无限，景色奇丽，气象峥嵘，一异旧趣。

毛泽东最早发表的诗词之一《沁园春·长沙》，便描写出一派生命蓬勃的秋光："独立寒秋，湘江北去，橘子洲头。看万山红遍，层林尽染，漫江碧透，百舸争流。鹰击长空，鱼翔浅底，万类霜天竞自由。"读后，令人颇有"物犹如此，为人岂能不努力竞争"的冲动，意气风发，昂扬振奋。

《西江月·秋收起义》和《西江月·井冈山》，分别作于1927年秋和1928年秋，热情地歌颂了工农革命的蓬勃兴起："秋收时节暮云愁，霹雳一声暴动。"也咏写了根据地人民打退敌军进攻的战斗过程及喜悦心情："敌军围困万千重，我自岿然不动。""黄洋界上炮声隆，报道敌军宵遁。"作于1929年10月的《采桑子·重阳》，更是一曲人民战争的颂歌。在作者看来，由于革命战争的点染，秋光比春光更绚丽多彩，更令人喜爱。全词如下："人生易老天难老，岁岁重阳。今又重阳，战地黄花分外香。/一年一度秋风劲，不似春光。胜似春光，寥廓江天万里霜。"

新中国成立后，毛泽东的咏秋名句首推《浪淘沙·北戴河》中的"萧瑟秋风今又是，换了人间"这两句词，不但咏写了自然节候的变化，更咏写了人类社会的变迁，充满自豪与自信，读来颇耐品味。词意由重临曹操当年吟唱"秋风萧瑟"的地方生发出来，极自然贴切。

## 毛泽东诗词中的秋风

春天是万物生长的时节，秋天是万物成熟的时节，相应的，春风之温煦，秋风之萧瑟，也成为传统意象。我国古代诗歌对秋风的咏写，多带有凄苦肃杀的韵味，汉武帝之《秋风辞》、杜甫之《茅屋为秋风所破歌》等，都未脱此情状。

毛泽东诗词豪迈遒劲，气势远迈古人，对"秋风"的咏写也与古人大异其趣，不含任何悲凄，只余一腔飒爽。写于1929年10月的《采桑子·重阳》云："一年一度秋风劲，不似春光。"但这"不似"不是不及，而是比春光更具蓬勃活力，即"胜似春光，寥廓江天万里霜"。另一首直接咏及秋风的《浪淘沙·北戴河》云："萧瑟秋风今又是，换了人间。"虽用"萧瑟"修饰秋风，但抒发的不是物换类移的凄凉，而是"换了人间”的自豪，不仅对自然界的变化泰然处之，更对人类社会的沧桑变化充满喜悦与信心！这充分显示出革命领袖的博大胸襟。

因我国秋季多刮西风，按五行说法西方属金，所以秋风又称“西风”或“金风”。毛泽东诗词中，还有两处对秋来“西风”的吟咏，而且都以“红旗”为衬，色彩鲜明，情境旷迈。一是1935年10月写的《清平乐·六盘山》，内云：“六盘山上高峰，红旗漫卷西风。”一为作于次年的《临江仙·给丁玲同志》：“壁上红旗飘落照，西风漫卷孤城。”读者不妨闭目凝思，在高峰或古堡的映衬下，于猎猎西风中，一杆红旗迎风招展，啪啪作响。这种情景，多么令人振奋！

在《满江红·和郭沫若同志》中云：“正西风落叶下长安，飞鸣镝。”不仅咏写了秋风，而且化用了唐代诗人贾岛的成句：“秋风生渭水，落叶满长安。”但不是写个人坎坷命运引发的悲慨，而是写革命力量摧枯拉朽的威势，痛快淋漓，豪情澎湃。此句不仅有领袖风范，更有革命气度。

《忆秦娥·娄山关》中也有“西风烈”之句，但写的是冬季情景，所咏不是秋风，此予说明。

## 毛泽东同志的咏雪诗词

大雪纷飞，天地皆白，又是一年严冬，又见雪景奇观，恰值毛泽东同志百年诞辰前夕，不禁忆及毛泽东同志的咏雪诗词，重新披阅诵读，颇受教益感染。

毛泽东的第一篇咏雪之作《减字木兰花·广昌路上》，是以雪作为人事活动的背景。词作一开篇，便勾画出雪中行军的急迫和壮美：“漫天皆白，雪里行军情更迫。”下阕点出行军目的地，也与雪相关：“此行何去？赣江风雪弥漫处。”遮天盖地的大雪，为红军的出征点染出雄浑迷离的气势。《七律·长征》也属同类作品，其尾联云：“更喜岷山千里雪，三军过后尽开颜。”雪景在胜利者的眼中，格外奇丽耐看，令人陶醉。

新中国成立后写的《七律·冬云》，雪已不仅是真实的背景，更是政治局势的象征。“雪压冬云白絮飞，万花纷谢一时稀。”将美苏蒋反华的严峻气氛，状写得真切而实在。但真正的革命者是不怕任何打击和磨难的，同诗中“梅花欢喜漫天雪，冻死苍蝇未足奇”之句，便披露了革命者豪迈坚毅的情怀，并对卑劣的敌人投以恰切的轻蔑。《卜算子·咏梅》，更以雪景作衬托，写照出革命者人格的美好：“风雨送春归，飞雪迎春到。已是悬崖百丈冰，犹有花枝俏。”雪中梅花，俏丽刚强，花爱雪，雪映花，不正是真正的革命者在风雪考验中的姿容吗？

写于长征刚结束时的《念奴娇·昆仑》则是借雪抒怀之作。词作咏及昆仑山上千古长存的积雪，抒发了切望昆仑“不要这高，不要这多雪”的壮志，表示要将昆仑“裁为三截”，使“太平世界，环球同此凉热”。此时还在抗日战争中，作者已念及战争胜利后如何同包括日本人民在内的全球各国人民友好相处的问题，这是何等的远见卓识，何等的坦荡情怀！昆仑积雪竟担负着均衡环球凉热的重任，又该是多么荣幸！有史以来，谁曾想到过雪的这种作用呢？只有伟大的人物，才能有非凡的情思。

《沁园春·雪》作为毛泽东同志唯一专门咏雪的作品，更加值得品赏。此词打破了前人诗词作品的狭窄境界，一下子咏及整个北半部中国的雪景：“北国风光，千里冰封，万里雪飘。”其眼界之宽，胸怀之广，前无古人，难有来者。而且，积雪的山原在作者笔下具有蓬勃的活力，绝非僵死的景物，亦奇绝难匹：“山舞银蛇，原驰蜡象，欲与天公试比高。”其情境，大约只有《念奴娇·昆仑》中的雪景堪与比拟：“飞起玉龙三百万，搅得周天寒彻。”二词约略作于同时，一及中外，一及古今，恰可对看。《沁园春·雪》作为毛泽东同志首篇公开发表的诗词，向世人展示了领袖人物文采风流的一面，在中国诗词史上尤值得大书特书。在其他诗词作品中，还有两处用了“雪”字，但并非咏雪，而是用作比喻。一是《七律·答友人》里的“洞庭波涌连天雪”，二是《贺新郎·读史》里的“一篇读罢头飞雪”，前者喻白浪，后者喻白发，均以雪色作喻，生动真切。

## 毛泽东诗词中的雨

雨本是自然现象，但一经写入诗词，便染上了作者的主观色彩，寄寓着作者的感受，甚或具有象征意义。毛泽东同志的诗词堪称千古绝唱，其笔下的雨也格外耐人品味。

《菩萨蛮·黄鹤楼》是毛泽东同志最早写到雨景的词作，内云："烟雨莽苍苍，龟蛇锁大江。"烟雨，即迷迷蒙蒙如烟似雾的连绵阴雨，但此处的烟雨不仅是江南暮春的典型物候，更象征当时大革命处于危急关头的严峻局势，生动地透露出低沉压抑的社会氛围。作者自注："一九二七年，大革命失败的前夕，心情苍凉，一时不知如何是好。"朦胧浑茫的烟雨，不正与苍凉低沉的心境相应和吗？雨又有象征意义。"雨后复斜阳，关山阵阵苍。"不仅指雨后的山色格外清新，也含有经过革命战争洗礼的山河倍加壮丽的意蕴。《七律·人民解放军占领南京》中的"钟山风雨起苍黄"，其"风雨"更明显有革命战争的象征意义。

毛泽东同志于新中国成立后写的诗词，对雨的描写大大增多，而且多为实景。《浪淘沙·北戴河》云："大雨落幽燕，白浪滔天，秦皇岛外打鱼船。"《七律·和周世钊同志》云："风起绿洲吹浪去，雨从青野上山来。"《七律·登庐山》云："冷眼向洋看世界，热风吹雨洒江天。"有意思的是，这些雨景不再是迷蒙的细雨，而是飞洒的大雨，显示出诗人喜爱大雨的豪迈个性。毛泽东同志在延安同斯诺谈话时，曾忆起自己当学生时"遇见下雨，我们就脱掉衬衣让雨淋，说这是雨浴"。多年之后，他依然爱赏雨景，爱受雨淋，曾顶着风雨出海畅游，依旧像年轻时那样潇洒而倔强。

不过，"雨"在毛泽东新中国成立后的诗词中也不都是实景，而有多重意蕴，丰富多彩，颇耐品赏。

——《水调歌·游泳》云："更立西江石壁，截断巫山云雨，高峡出平湖。"《卜算子·咏梅》云："风雨送春归，飞雪迎春到。"此二处之雨，并非纪实，而是想象之辞，写的是心象，区别在于一为前瞻，一为追溯。

——《蝶恋花·答李淑一》云："忽报人间曾伏虎，泪飞顿作倾盆雨。"这雨，是烈士泪水所化，寄寓了烈士对革命事业的关切，也抒发了生者对烈士的怀想与崇敬。

——《七律二首·送瘟神》云："红雨随心翻作浪，青山着意化为桥。"这红雨，并非李贺诗歌所咏之纷谢的桃花，而是春雨，但把雨拟人化，认为雨也能善解人意，在为消灭血吸虫而狂喜。

# 毛泽东的咏花诗句

毛泽东诗风豪迈雄浑，而花的形象偏于秀美柔弱，而且毛泽东同志生性不喜花花草草，偏爱有实用价值的作物，所以毛泽东诗词中咏花之作不多，所咏之“落花时节”、“桃花源里”等不过是时空背景而已。只有极少篇什咏及具体的花卉，一为菊花，一为梅花。一经霜吐香，一冒雪开放，都是耐寒的品种。大概因菊与梅都象征着饱经磨难而风姿愈美的人格，毛泽东同志才对它们情有独钟吧。

先看咏菊之作，为《采桑子·重阳》：“人生易老天难老，岁岁重阳。今又重阳，战地黄花分外香。”词中之“黄花”即指菊，《吕氏春秋·季秋纪》云：“季秋之月：菊有黄华。”在严霜催逼的秋天，百花凋残，纷纷萎落，只有菊花一枝独秀。所谓“分外香”，即赞颂菊花的傲骨英姿。与春天比起来，虽无万紫千红的绚烂，但在白霜映衬下的黄菊，格外具有蓬勃的生机。如此顽强的生命力，实堪赞颂。作者偏爱这“不似春光，胜似春光”的花卉，其顽强与刚毅不言而喻。

再看咏梅之作，计有两首，一为《七律·冬云》，内云：“雪压冬云白絮飞，万花纷谢一时稀……梅花欢喜漫天雪，冻死苍蝇未足奇。”在“万花纷谢”的严冬，只有梅花凌寒开放，象征着在严峻形势下仍有乐观主义情怀的革命者。另一首《卜算子·咏梅》更系专咏梅花之作：“风雨送春归，飞雪迎春到。已是悬崖百丈冰，犹有花枝俏。/俏也不争春，只把春来报。待到山花烂漫时，她在丛中笑。”此词不仅将梅花不惧冰雪严寒的品性抒写得淋漓尽致，更生动地咏写了梅花不慕荣华的高洁品性。这虽非首创，明代王冕《梅先生传》即以花喻人地写道：“先生性孤高，不喜混荣贵”，但将梅花与众花对比，抒写更加深刻而形象。梅花俏丽而无意争春，犹如革命者不惧艰难险阻，敢为人民利益而斗争，却不计较任何私利，该享乐时却悄然引退了。花格即人品，咏花即写人，作者自有广阔胸怀，所作才能传神动魄。

# 毛泽东诗词中的红旗

观览天安门广场国旗升旗仪式是国人向往的庄严时刻，迎风招展的鲜艳红旗最能撼动革命者的心。毛泽东同志特别喜爱红旗，尤其偏爱风中飘展的红旗，在多首诗词中咏写了红旗的英姿，如：

“红旗跃过汀江，直下龙岩上杭。”（《清平乐·蒋桂战争》）——将革命势力趁军阀混战时得以迅猛发展的生动情景，状绘得红红火火。

“山下，山下，风展红旗如画。”（《如梦令·元旦》）——胜利美景，动人心魄。

“漫天皆白，雪里行军情更迫。头上高山，风卷红旗过大关。”（《减字木兰花·广昌路上》）——白雪衬红旗，格外美观。此处状写革命队伍冒雪行军的动景，可与岑参《白雪歌送武判官归京》中“纷纷暮雪下辕门，风掣红旗冻不断”的军旅静景相对看。

“唤起工农千百万，同心干，不周山下红旗乱。”（《渔家傲·反第一次大围剿》）——用红旗招展之景，写人民群众充分动员的伟力。作者自注说，他取共工怒触不周山之典，乃强调“共工是胜利的英雄”。

“六盘山上高峰，红旗漫卷西风。”（《清平乐·六盘山》）——风中旗飘，寄寓着长征胜利的豪情。原稿为“旄头漫卷西风”，后改为“红旗”，使立意更显豁，即写的不是一般的战旗，而是工农红军的革命战旗。

“壁上红旗飘残照，西风漫卷孤城。”（《临江仙·给丁玲同志》）——这里写的是根据地之景，虽非作战情状，红旗仍引人注目，特别是与“残照”相映，极为绚丽。

“红旗卷起农奴戟，黑手高悬霸主鞭。”（《七律·到韶山》）——以“红旗”象征革命，与“黑手”象征的反动势力相抗争，对比鲜明，寓意深刻。

另外，还有多处提及旗字，如“旗号镰刀斧头”（《西江月·秋收起义》）；“山下旌旗在望”（《西江月·井冈山》）；“妙香山上战旗妍”（《浣溪沙·和柳亚子先生》）；“风雷动，旌旗奋”（《水调歌头·重上井冈山》）等，虽未写明是红旗，实际咏写的也是红旗，不妨对照阅读。

# 毛泽东诗词中的颜色描写

颜色是事物的属性之一，但一经写入诗词，便不只表示事物的属性，更渗透着人们的主观感情色彩。毛泽东诗词中的颜色描写，便鲜明地显示出个性特点，颇具匠心，极耐品赏。

善于抓住主要色调，渲染宏大境域的总特色，是毛泽东诗词颜色描写的主要特点之一。《沁园春·长沙》云："万山红遍，层林尽染"，以秋山红叶，括写秋色之壮丽；《采桑子·重阳》云："寥廓江天万里霜"，借秋霜之洁爽，突出秋空之清寥；《减字木兰花·广昌路上》云："漫天皆白，雪里行军情更迫"，以冬雪的浑茫，刻画雪中行军气氛之肃穆；《渔家傲·反第二次大"围剿"》云："七百里驱十五日，赣水苍茫闽山碧"，借山色之清丽，吐露红军接连打胜仗的喜悦；《七律·和柳亚子先生》云："索句渝州叶正黄"，《浣溪沙·和柳亚子先生》云："一唱雄鸡天下白"，以"黄"状秋光，以"白"写曙色，宏大的境界与准确的颜色字相融无间，亦各得其宜。毛泽东诗词既雄壮又秀美的风格，应当说与这种精妙的颜色描写有一定关系。

善于进行色彩的对比，以便在读者心目中留下鲜明生动的印象，也是毛泽东诗词颜色描写的一个主要特点。只需排举例句，即可解悟这点：

——"看万山红遍，层林尽染；漫江碧透，百舸争流。"（《沁园春·长沙》）

——"苍山如海，残阳如血。"（《忆秦娥·娄山关》）按：海指海色，即黛绿；血指血色，即殷红。毛泽东本人对这二句也特别欣赏。（补注：中央文献出版社《毛泽东诗词集》注释云：据作者说，是在战争中积累了多年的景物观察，一到娄山关这种战争胜利和自然景物的突然遇合，就造成了他自以为颇为成功的这两句话。）

——"须晴日，看红装素裹，分外妖娆。"（《沁园春·雪》）按：宋代诗人杨万里在绝句《雪后晚晴，四山皆青，惟东山全白》中云："最爱东山晴雪后，软红光里涌银山。"毛泽东同志的词作可能受其启发，引为借鉴。

——"风从绿洲吹浪去，雨从青野上山来。"（《七律·和周世钊同志》）

——“红雨随心翻作浪，青山着意化为桥。”（《七律二首·送瘟神》）

——“红旗卷起家奴戟，黑手高悬霸主鞭。”（《七律·到韶山》）

——“云横九派浮黄鹤，浪下三吴起白烟。”（《七律·登庐山》）

——“斑竹一枝千滴泪，红霞万朵百重衣。”（《七律·答友人》）

善于借用非颜色字来表示颜色，是毛泽东诗词颜色描写的又一个主要特点。如《清平乐·蒋桂战争》云：“红旗跃过汀江，直下龙岩上杭。收拾金瓯一片，分田分地真忙。”此处“红旗”与“金瓯”实际形成颜色对比，烘托出热烈明快的色调，渲染出革命根据地军民的欢腾，尽管“金瓯”这“金”并非颜色字。又如《清平乐·会昌》云：“战士指看南粤，更加郁郁葱葱。”此处之“郁郁葱葱”本是描绘林木繁茂的形容词，却能唤起苍翠的颜色感受。它如《念奴娇·昆仑》云“飞起玉龙三百万，搅得周天寒彻”，以玉表白色；《沁园春·雪》之“山舞银蛇，原驰蜡象”，以银、蜡表白色；《七律二首·送瘟神》之“天连五岭银锄落，地动三河铁臂摇”，以银表白色，以铁表黑色；《七律·和郭沫若同志》之“金猴奋起千钧棒，玉宇澄清万里埃”，以金表黄色，以玉表白色……凡此等等，触目可辨，不胜枚举。这种手法虽非独创，却可由此窥知作者高度的文化素养。

另外，在《蝶恋花·从汀洲向长沙》中云：“赣水那边红一角，偏师借重黄公略”，此处之红即闹红、赤化的意思，系形容词作动词用，也颇见功力。《菩萨蛮·大柏地》开篇迭用七个颜色字云：“赤橙黄绿青蓝紫，谁持彩练当空舞？”构思奇，用字奇，极富创造性，在古今诗词中难有匹敌，可谓绝响。

## 毛泽东诗词中的亲情

人总是有感情的，特别是对自己的亲人。毛泽东同志是领袖，是战士，也有对亲人的真情，这在诗词中也有鲜明的表现。

与亲情有关的诗中，是一首当时赠妻子杨开慧同志的《贺新郎》和赠战友之妻而兼咏杨开慧同志的《蝶恋花·答李淑一》。前者较写实，后者较浪漫，却都浸满痴情，动人肺腑。

《贺新郎》是赠别之作，“挥手从兹去。更那堪凄然相向，苦情重诉”。“汽笛一声肠已断，从此天涯孤旅”，写实中饱含浓情。“眼角眉梢都似恨，热泪欲零还住”，写情侣情状。“今朝霜重东门路，照横塘半天残月，凄清如许。”写离别情境。“算人间知己吾和汝。”写心迹表白。“要似昆仑崩绝壁，又恰像台风扫寰宇。重比翼，和云翥。”写对未来重会的瞻望。无不真切生动，充满魅力。尤其是用“昆仑崩绝壁”与“台风扫寰宇”这样阔大雄奇的境界写夫妻相别的决绝心态和豁达胸襟，表现出革命家对事业的注重，尤为奇绝瑰丽，古今罕有其匹。

《蝶恋花》是赠友人柳直荀之妻李淑一的，“我失骄杨君失柳”，开篇便点出这种共同的失亲之痛。接下去，想象烈士魂魄升入天堂，受到仙人款待，生动地寄托了对亲人的思念与崇敬，也委婉地对友人之妻作了慰问，犹言烈士英灵不泯，生者也该欣慰了。篇末以英魂关心地上的革命事业，为革命成功流下欢欣的泪水，将天上人间、生者死者勾连起来，格外生动感人。“泪飞顿作倾盆雨”的淋漓畅快，与《贺新郎》中对泪水的描绘“热泪欲零还住”，形成鲜明对比，表现出别样情愫，尤耐人品味。

谁说革命者缺乏挚情呢？请读读毛泽东诗词吧。只是在事业与感情的抉择上，革命者更偏重事业而已。其实古来有为之士，谁曾将儿女痴情看得比事业更重呢？既献身事业，又注重亲情，这才是革命家的完整形象。

## 毛泽东的赠人诗词

毛泽东诗词中，公开标明赠人的作品有《六言诗·给彭德怀同志》、《临江仙·给丁玲同志》、《浣溪沙·和柳（亚子）先生》、《蝶恋花·答李淑一》、《七律·答友人》、《七律·和郭沫若同志》、《七律·吊罗荣桓同志》以及写给杨开慧的《贺新郎》等等。合计有15首，约占全部公开发表的50首诗词的三分之一。另外，在《蝶恋花·从汀洲向长沙》中提及黄公略同志，也可归入此类。

毛泽东赠人之作的特点之一是所赠对象广泛，既有党内同志，又有党外友人，既有武将，又有文士；既有故交，又有新朋；既有本人至亲，又有友人至亲。尤有意思的是，赠作最多的是党外老诗人柳亚子，这并不稀奇，因旧体诗词多为赠答唱和篇什，与诗人和作必然较多。

毛泽东赠人之作的特点之二是感情深切真诚，绝非浮泛的应酬。如

“赣水那边红一角，偏师借重黄公略”，以及《给彭德怀同志》之“谁敢横刀立马？唯我彭大将军！”《吊罗荣桓同志》之“君今不幸离人世，国有疑难可问谁？”都真切地表明了对杰出将才的倚重，读来令人感动。对于新交，也真情流露，自然亲近。如《给丁玲同志》云“洞中开宴会，招待出牢人”，“昨天文小姐，今日武将军”。有慰问，有鼓励，写得流畅自如、情真意切。

毛泽东赠人之作的特点之三是有深厚的历史感。这不仅表现为咏及同所赠对象的交往经历，如《七律·和柳（亚子）先生》云：“饮茶粤海未能忘，索句渝州叶正黄。”念及在广州、重庆与诗翁的两次晤面。《七律·和周世钊同志》云：“莫叹韶华容易逝，卅年仍到赫曦台。”忆及与友人三十多年前的旧游。更表现在对写诗之际的时势、历史发展等有高瞻远瞩之见。如《满江红·和郭沫若同志》云：“四海翻腾云水怒，五洲震荡风雷激。”已成为括写时势的名句。“一万年太久，只争朝夕”，也成为咏写时间流变的名句。

毛泽东赠人之作的特点之四是深刻的哲理性。不论是咏及所赠者还是借题发挥之作，往往含蕴深刻的人生感悟和事物理运，引人深思。如《七律·和柳（亚子）先生》云：“牢骚太盛防肠断，风物长宜放眼量”，既是对友人消极情绪的规劝，更是对人生正确态度的一种勉慰。《七律·和郭沫若同志》云：“一从大地起风雷，便有精生白骨堆。僧是愚氓犹可训，妖为鬼蜮必成灾”，则将史感与哲理融为一体，深厚而警策。

另如浪漫与写实交糅、咏人与自赋结合等特点，也都颇耐寻味。毛泽东的诗词乃伟人之作、哲人之作、史家之作，在其赠人作品中也有鲜明的体现。

## 高踞天外　俯瞰大地

### ——谈毛泽东诗词的独特视角

毛泽东同志的诗词不仅视野宏伟，远迈前人，千里万里，尽收眼底，而且视角独特，往往如高踞天外的巨人，俯视那人类赖以生息的苍茫大地。如：

——“看万山红遍，层林尽染；漫江碧透，百舸争流。”（《沁园春·长

沙》)

——“茫茫九派流中国，沉沉一线穿线南北。”(《菩萨蛮·黄鹤楼》)

——“五岭逶迤腾细浪，乌蒙磅礴走泥丸。”(《七律·长征》)

——“望长城内外，惟余莽莽；大河上下，顿失滔滔。山舞银蛇，原驰蜡象，欲与天公试比高。”(《沁园春·雪》)

——“风樯动，龟蛇静，起宏图。一桥飞架南北，天堑变通途。”(《水调歌头·游泳》)

——“云横九派浮黄鹤，浪下三吴起白烟。”(《七律·登庐山》)

——“四海翻腾云水怒，五洲震荡风雷激。”(《满江红·和郭沫若同志》)

——“鲲鹏展翅，九万里，翻动扶摇羊角。背负青天朝下看，都是人间城郭。”(《念奴娇·鸟儿问答》)

这种居高临下的观察视角，气势豪迈，眼界宏伟，突出了抒情主人公的高大形象，表现了作者不同凡俗的博大胸怀。虽然说这种手法并非首创，唐代诗人李贺的《梦天》即吟咏了俯卢瞰大地的感受：“遥望齐州九点烟，一泓海水怀中泻。”但前人所写境界多与神话、梦境相关，且只是偶一为之，而毛泽东同志则惯用这一手法，且多清醒纪实之作，突出了宏伟辽阔的境界，广袤的大地在作者感受中自然渺不足道，呈现出居高临下的气魄，却毫无做作夸饰，的确在师承古人的基础上大有创新，形成鲜明的个人风格特征。

尤其值得称道的是，毛泽东同志不仅蚁观天下，更蚁观地球，科学地认识到人类生息繁衍的母亲天体不过是“小小寰球”而已，在浩浩宇宙间实在算不了什么。于是，在《七律二首·送瘟神》中，咏写出前人未曾有过的银河巡行的景观：

“坐地日行八万里，巡天遥看一千河。”

这两句话该如何理解呢？毛泽东在《致周世钊》信中说：“地球直径约一万二千五百公里，以圆周率三点一四一六乘之，得约四万公里，即八万华里。这是地球的自转（即一天时间）里程。坐火车、轮船、汽车，要付代价，叫做旅行。坐地球，不付代价（即不买车票），日行八万华里……巡天，即谓我们这个太阳系（地球在内）每日每时都在银河系里穿来穿去。银河一河也，河则无限，‘一千’言其多而已。我们人类只是

‘巡’在一条河中，‘看’则可以无数。”如此识见，如此心胸，古人安足以并！

## 毛泽东诗词的时空体系

艺术世界同现实世界一样，亦有其自身的时空体系。就时空跨度来说，毛泽东的诗词远迈前人，自成一格。早在学生时代，便吟出“自信人生二百年，会当水击三千里”之句，确有“思接千载”、“视通万里”（刘勰《文心雕龙》）的笔力，显得气势雄豪，境界宏阔。可惜原诗已佚，只留残句。

毛泽东同志最早公开发表的词作《沁园春·雪》，开篇即是：“北国风光，千里冰封，万里雪飘。”整个北半部中国，历历尽在眼底：“望长城内外，惟余莽莽；大河上下，顿失滔滔。”比起杜牧“千里莺啼绿映红”所括写的南国景色，不知宏伟多少。全词上阕写景，入目千里万里；下阕咏史，心接千年万年。从“秦皇汉武”到“还看今朝”，多少帝王豪杰，一一得到评说。如此眼界，如此心胸，实堪卓立千古！

毛泽东诗词的空间，大多茫远宏伟，动辄千里万里，以至天上地下、囊括寰宇。现在最早的诗《七古·送纵宇一郎东行》即云：“要将宇宙看秭米。”它如《沁园春·长沙》之“万山红遍，层林尽染”与“鹰击长空，鱼翔浅底”，远近高低，错落浑茫。《菩萨蛮·黄鹤楼》之“茫茫九派流中国，沉沉一线穿南北”；《采桑子·重阳》之“寥廓江天万里霜”；《清平乐·会昌》之“会昌城外高峰，颠连直接东溟”等，难以枚举。甚至顶天立地、上天入地，眼界超出地球。如“横空出世，莽昆仑，阅尽人间春色”（《念奴娇·昆仑》）；“我失骄杨君失柳，杨柳轻飏直上重霄九”（《蝶恋花·答李淑一》）；“坐地日行八万里，巡天遥看一千河”（《七律·送瘟神》）；“小小寰球，有几个苍蝇碰壁”（《满江红·和郭沫若同志》）等。此等境界，古人未曾有过。

从时间描写来看，毛泽东的诗词很少咏写静止的时刻，往往思接千载，心连古今，有流动性、跳跃感，而且跨度之广，往往令人惊叹。《七古·送纵宇一郎东行》即云：“名世于今五百年，诸公碌碌皆余子”，引用了《孟子》“五百年必有王者兴，其间必有名世者”之典故，从时间的流逝感叹志士正生逢其时。《沁园春·长沙》写的是1925年深秋的所见所感，但不仅状写目前实景，而且忆及往昔："忆往昔，峥嵘岁月稠"。其结句云："曾记否，到中流击水，浪遏飞舟?"不仅是怀想旧日的风流，而且是在激励今日的斗志，瞩望未来的风浪，实际是将往昔、现实与未来紧密勾连起来，并非单纯述写一时一地之事。《菩萨蛮·大柏地》云："当年鏖战急，弹洞前村壁。装点此关山，今朝更好看。"也是思接今昔，心向未来。《念奴娇·昆仑》更是将往古、今朝、未来融会贯通的典范。"千秋功罪，谁人曾与评说?"是写往古；"而今我谓昆仑"，是写今朝；"太平世界，环球同此凉热"则是写未来。由于有明确的时间词，词境的时间张度格外鲜明。它如"今日长缨在手，何时缚住苍龙?"(《清平乐·六盘山》)；"别梦依稀咒逝川，故园三十二年前"(《七律·到韶山》)；"往事越千年，魏武挥鞭，东临碣石有遗篇。萧瑟秋风今又是，换了人间"(《浪淘沙·北戴河》)；"一万年太久，只争朝夕"(《满江红·和郭沫若同志》)；"三十八年过去，弹指一挥间"(《水调歌头·重上井冈山》)等，都极富时间张力。《贺新郎·读史》更是直述历史的奇崛之作，上百万年的人类进化史，在诗人看来"只几个石头磨过，小儿时节"；但是凝重的史实又不能不令人感慨，以致使得诗人"一篇读罢头飞雪"，千钧深情，付之于千年青史，尤值得品味。

时空难以割裂，茫远的时间范围与漫长的时间框架，是毛泽东诗词时空体系的鲜明特色，其眼界之阔，心胸之广，境域之宏，跨度之大，古今中外罕有其匹。仅从这点，已透出无与伦比的领袖风采，令人无限追思。

(文载《辽宁电大学报》1994年第1期，
又添加数则在《沈阳晚报》刊出的短文)

# 意挚情深　豪气如虹

春江浩荡暂徘徊，又踏层峰望眼开。
风起绿洲吹浪去，雨从青野上山来。
尊前谈笑人依旧，域外鸡虫事可哀。
莫叹韶华容易逝，卅年仍到赫曦台。

这是毛泽东同志1955年10月4日写给当时任湖南省教育厅副厅长兼湖南省立第一师范学校校长周世钊的一首唱和诗。诗题为《七律·和周世钊同志》。

通读全诗，前四句是叙写春天的景色，后四句是抒写感慨和对友人的勉励。

诗从写景起笔，“春江浩荡暂徘徊，又踏层峰望眼开”。这两句诗是写在春波浩荡的江边上漫步，而后又登上重峦叠翠的山顶，眼界顿时开阔起来。“风起绿洲吹浪去，雨从青野上山来。”这工整的对仗句，写的就是峰顶所见的一幅景象开阔、意境深远的春风春雨图，读来使人精神振奋，意气风发。

中国革命经过几十年的斗争，取得了巨大的胜利，新中国已经屹立在世界的东方；抗美援朝战争取得了胜利；我国国内的革命和建设正在迅猛发展。因而，不难想象，经历寒冬而呈现出来的蓬勃春景，会在诗人心中唤起多少感触和欣悦。诗人触景生情，缘情写景，使诗中荡溢着一种奋发向上的乐观主义豪情。

面对眼前的一派大好春光，回顾世界发生的巨大变化，诗人淋漓尽致地抒发了深挚的友情和强烈的感慨。“尊前谈笑人依旧”，是写与友人重逢，举杯谈笑，情致不减当年；“域外鸡虫事可哀”，是说中外反动派的破坏阻拦，只能是螳臂当车，枉费心机，历史发展的潮流不可阻挡，革命事业生机无限。这两句诗，括写了几十年的革命生涯的历史风云，内涵丰富，情意深厚，对革命事业抱着坚定的必胜的信念。正因如此，诗人针对友人“韶华易逝”的感叹，提出了恳切的勖勉。“赫曦台”是岳麓书院的附属建筑之一。三十年前，在长沙求学时，毛主席曾和友人一起登上岳麓山，“指点江山，激扬文字”，从事革命活动；虽然“韶华易逝”，转眼三十年，但这期间世界的变化是何等巨大！当年的追求，已成为今天的胜利成果；今天的奋斗，一定会成为明天灿烂的现实。“卅年仍到赫曦台”就是约友人三十年后再来这里“尊前谈笑”，共同为新的胜利而庆祝。这表现出诗人的宏伟气魄和坦荡襟怀。

这首七律，风格爽健豪放，诗情浓郁酣畅，具有强烈的感染力量。

（原载《沈阳日报》1984年1月5日，我执笔，
与张仕英合作，署名“芳仕”）

# 毛泽东《诗四首》品读

## 咏山奇篇说《看山》

毛泽东同志的诗词境界高远，词句精美，含蕴深厚，篇篇堪诵堪传，目前收集最全的本子《毛泽东诗词集》（人民出版社 1986 年版）共收作品 50 篇。集外是否还有逸诗？喜爱毛泽东诗词者无不翘首以盼。《党的文献》1993 年第 6 期刊出毛泽东咏写杭州的《诗四首》，《人民日报》和《光明日报》予以转载，满足了人们的渴求。

《五律·看山》是其中一篇。而且是其中唯一早经披露过的一篇。毛泽东咏山诗词不少，几乎篇篇有奇思，本篇尤为奇绝。此诗有二奇，一奇为五言诗作，体裁在毛泽东诗词中为仅见。1965 年 7 月 21 日毛泽东《致陈毅》信中曾明确表白："你叫我改诗，我不能改。因我对五言律，从来没有学习过，也没有发表过一首五言律。"但"没有发表过"，不等于没有写过，此诗即写于 1955 年。这一年，作者在杭州疗养，曾三次登上西湖岸边的北高峰，诗即作于第三次登顶之际。二奇是此诗虽是随口吟成，系遣兴娱怀之作，但在即兴之中有巧思，纪实之中有妙想，随意将西湖诸峰的名字巧妙地织入诗章之中，信手拈来却意趣横生，不加雕琢却精细玲珑。原诗如下，不妨细细品读：

三上北高峰，杭州一望空。
飞凤亭边树，桃花岭上风。
热来寻扇子，冷去对佳人。
一片飘飖下，欢迎有晚鹰。

诗中，北高峰、飞凤亭、桃花岭是杭州的三个地名，自不待言；“扇子”、“佳人”、“晚鹰”写的也是地名，便有些费解了，但这也正显出诗人的匠心。“扇子”实即“扇子岭”，“佳人”则指“美女峰”，“晚鹰”实为“灵鹫峰”亦即著名的“飞来峰”。热了想扇“扇子”，凉快了才便于观赏“美人”，晚归时又遇上盘旋的老鹰（灵鹫），顺承而下，自然贴切，景物情事与具体地名相融无间，浑然一体，一语双关二义，令人惊喜叫绝。尤其是末联写出动势，不仅暗扣“灵鹫峰”之名，又暗扣“飞来峰”之别名，格外含蕴深长。如此奇诗，岂可不读！

诗中“冷去对佳人”句，有的版本作“对美人”，实据作者手稿而来。然此处应为平声字，“美”为仄音，不合格律。作者最后敲定“佳”字，切合诗律，足见功力。《致陈毅》云：“因律诗要讲平仄，不讲平仄，即非律诗。”毛泽东自己作诗严守格律，故诗中应取“佳”字。诗人还曾说过“诗难，不易写”（《致胡乔木》）；“旧诗可以写一些，但是不宜在青年中提倡，因为这种体裁束缚思想，又不易学”（《致臧克家等》）。俱为由衷感言，值得镜鉴。

## 读《七绝·五云山》

毛泽东咏写杭州的《诗四首》，有三首写山，一首写水。《五云山》同《看山》一样也是写山之作，吟咏杭州钱塘江边的五云山，相传此山曾有五彩祥云罩顶，故名“五云”。诗为：

五云山上五云飞，远接群峰近拂堤。
若问杭州何好处，此中听得野莺啼。

诗意略谓，五云山景色之美，果真名不虚传，杭州的山水，要以这里最好。好在哪儿呢？在于有野景真趣，可听到自由自在的莺鸣鸟啼。

前二句，令人不觉忆起毛泽东同志另一首诗作《七律·答友人》的开头：“九嶷山上白云飞，帝子乘风下翠微。”两首诗，都从山头的云彩写起，都暗扣历史传说，一切舜帝妃子死于九嶷化为女神，一切山头曾飞起五色彩云，写法确有相同之处。“远接群峰近拂堤”，由云彩写到地理位置，极为顺畅贴切。

后二句，也与毛泽东同志另二首诗词相近。《减字木兰花·广昌路上》云："此行何去？赣江风雪迷漫处。"《七律·登庐山》云："陶令不知何处去，桃花园里可耕田。"其写法，都是先提出何处有某特征，然后点明具体地点。此诗意谓杭州何处最好，大约要以"此地"即五云山为最了。"莺啼"已很好听，"野莺啼"更多几分清新的野趣。西湖十景之一名"柳浪闻莺"，但那里是湖畔公园，人来人往，多市井喧嚣之气，没有五云山那样的幽悠之美。写此诗时，毛泽东同志正在杭州疗养，遵医嘱，常登山寻胜，自然更偏爱野趣。

宋代诗人欧阳修《画眉鸟》云："百啭千声随意移，山花红紫树高低。始知锁向金笼听，不及林间自在啼。"鸣禽在自然环境中的啼声才最动听。毛泽东同志喜爱五云山，也正是因为这里能"听得野莺啼"。可见不论古今，人们的感受是相通的。

## 读《七绝·莫干山》

1955 年，毛泽东同志在杭州疗养，写了三首即兴漫游之作，都咏写山，一是写登上北高峰所见，二是写攀援五云山所闻，再一首便是这首写登莫干山所感之作了。莫干山不在西湖岸边，位于浙江德清县西北，为著名避暑胜地，离杭州市仅数十公里，毛泽东同志当年常乘车前去游赏。本篇即某次游山后返回杭州的纪行诗。诗云：

翻身复进七人房，回首峰峦入莽苍。
四十八盘才走过，风驰又已到钱塘。

"七人房"指七座之汽车。诗意略谓从山上下来后，复乘车返回市区，回望群山重叠，令人感慨无穷。刚从艰险的山路下来，风驰电掣般沿平坦的公路来到钱塘江边的杭州市区，一险一易形成鲜明对比，更引人浮想联翩。虽未明言，诗中暗寓着人生哲理：人生的命运，不也正像登"四十八盘"山路与行平坦宽阔的公路一样，有坎坷也有畅达吗？当然，这种哲理不是外贴的、生硬的、强加的思想意义，而是自然而生、信手拈来、浑然融于景物述写之中的生动内涵。如此真切感人的哲理，不可能靠苦心推敲求得，而只能由博大深邃的胸怀中自然流出。

读此诗还让人想起作者另一首诗《七律·登庐山》中的名句："一山飞峙大江边，跃上葱茏四百旋。""四百旋"与"四十八盘"比，显然更艰险，但在作者看来也不算什么，可见诗人毫不惧怯"四十八盘"登攀之险，不过是与公路行车对比而已。"才走过"三字，似漫不经心，轻描淡写，但其中的快慰、自信溢于纸上，极耐人品味。

## 豪情溢胸赋《观潮》

毛泽东同志咏写杭州胜景的诗有四首，其中三首写于1955年，全写的是山；1957年的一首，则是写水的。不过，这水不是柔美的西湖水，而是浩荡的钱塘江。

杭州位于钱塘江边，因钱塘江江口开阔，江身狭窄，涌入钱塘江的海潮后浪推前浪，形成壮观天下的拍天潮涌。钱塘观潮，历来是杭州奇景之一。古代咏杭州最著名的词作，宋词人柳永的《望海潮·东南形胜》亦云："怒涛卷霜雪，天堑无涯。"咏及江潮。毛泽东同志的诗《七绝·观潮》写的正是观钱塘江大潮的感受。诗云：

千里波涛滚滚来，雪浪飞向钓鱼台。
人山纷赞阵容阔，铁马从容杀敌回。

"钓鱼台"在钱塘江中段的富春江滨，相传为东汉贤士严光隐居垂钓处，为著名的历史名胜。这里并非实写钓鱼台的江景，而是想象滔滔海潮逆江而上的情状。"飞向"即含有推测潮头去向之义。钱江大潮，中秋最盛，观潮也集中在此际。"人山"则包括写了观潮人数之众。江中海潮，岸上人山，倒也两相照映。

诗中值得注意处有两点：一是以"雪花"状写喷溅的浪涌，江潮如雪，古人早已咏及此景。前引柳永词不就有"卷霜雪"之语吗？李白《横江词》早就写道："浙江八月何如此？涛似连山喷雪来。"以"雪"状潮，不仅有浪花飞溅的动势，也有令人心寒的观感。

第二点可注意的，是以“铁马”杀敌的战阵，形容狂潮的汹涌，也很有感染力，渲染出潮头扑来时的情状和令人惊怖的氛围。历来传诵的咏潮作品中最著名的一篇是潘阆的《酒泉子》，内云：“来疑沧海尽成空，万面鼓声中。”万鼓齐鸣，与“铁马”奔腾，气势有相通处。由潮头想到战阵，与毛泽东同志从容指挥百万兵的戎马生涯有直接关系，是作者个人经历的自然流露。作者的许多作品本是“在马背上哼成的”。作者读史书中某名将传略时批注云：“再读此传，为之神往！”可见战争的经历在作者心中留有深刻的印象。观潮而念及战阵，虽非新创，却并非简单的喻写，实含有诗人无尽的感慨。

（原载《写作》1994 年第 12 期）

# 彩云长在有新天

## ——读新发表的毛泽东诗词二首

为纪念毛泽东诞辰101周年，《人民日报》又公开发表了毛泽东生前所作的一词一诗，即《虞美人·枕上》和《七律·洪都》。

《虞美人·枕上》作于1921年，即毛泽东同志与杨开慧同志成婚的第二年。这一年，中国共产党成立，毛泽东同志为创始人之一。此词写的是诗人为革命事业奔波在外时，孤旅难眠，夜怀伊人的情愫。首二句言愁来之汹涌，三四句言夜不能寐之寂寞，五六句写愁的缘起在形单影只，七八句写晓来仍未成眠，泪眼迷蒙。全篇笼罩着凄迷怅惘之情味，“百念都灰尽”与“剩有离人影”相对照，突出了“离人”即杨开慧在诗人心目中无以替代的分量。新婚而远行，确是令人愁肠百结的无奈之事，难怪诗人要“对此不抛眼泪也无由”了。革命者也是有血有肉的活人，自然也会有常人所具的七情六欲。

此词在艺术表现上的特色，是内心感受与外界景物、人物情状的融合无间。上下阕开头二句，即一二句与五六句，都是直言心境；而各片后二句，先写景物，后写人物情状。词一般是先写景后抒情，此词却先抒情后写景，在历代词作中都不多见。以“江海翻波浪”写愁，在抑郁中蕴有豪雄之气，更显得意境不凡，特色鲜明。

《七律·洪都》作于1965年，为毛泽东同志老年之作。洪都即南昌，王勃的名赋《滕王阁序》开篇即云：“南昌故郡，洪都新府”。毛泽东同志对王勃十分欣赏，20世纪50年代末曾写过一则读书批注，称赞他“少年英发”，“为文光昌流丽”，并由此生发出“青年人比老年人强”的强烈感慨。这首七律，与毛泽东同志的这种感慨一脉相承，必须对照思考才能予以理解。

此诗的前四句，主旨是人生当有壮志。“到得洪都又一年”，意谓时光飞逝，自己来到南昌，又迎来新的一年。飞逝的时光自然令人感到人生之有限，于是引发诗人对怀有壮志的先贤的缅怀。“祖生击楫至今传”，讲的便是东晋时祖逖率军北伐的豪迈气概。“闻鸡久听南天雨，立马曾挥北地鞭”二句，又由祖逖而连类忆及他的友人“闻鸡起舞”的刘琨，但“闻鸡”与“立马”并非仅写古人，而且括写了自己南征北战的戎马生涯。这二句紧承“祖生击楫千古传”，隐含之意是说今人的壮志与功业，均不输于古人。说起来，南昌并非祖逖渡江之处，但这里是中国人民解放军的诞生地，人民的武装斗争正是从这里打响了胜利进军的第一枪。诗作不仅是对个人经历的回顾，更是对人民军队的赞叹。

后四句是对后来者的期盼。“鬓雪飞来成废料，彩云长在有新天。”意谓在岁月的长河中，个人的生命流程只是短暂的一段；但这不必哀伤，事物总是在不断地新陈代谢，即使自己不在人世，社会依然有美好的前景。“年年后浪推前浪，江草江花处处鲜。”由人世转入景物，但实具象征意义，与第五六句的意蕴相通。

此诗之格调，恰与王勃《滕王阁序》相反，也很可品味。王勃之赋，出自青年人之口，充满建功立业的焦渴与壮志难申的压抑，毛泽东之诗则无灰颓之气，披露的是一个建立了丰功伟绩，对自己的事业怀有强烈信心，却又清醒地认识到自己不可长生不老的睿智老人的心境。

（原载《沈阳日报》1995 年 1 月 10 日）

# 读毛主席五律二首

毛主席曾在致陈毅同志的信中说：我对五言律诗，从来没有学习过，也没有发表过一首五言律。实际上，毛主席写过五言律，只是生前没有公开发表过而已。1983年，《人民政协报》非正式地发表了毛主席的五律《挽戴安澜将军》。近期出版的《毛泽东诗词集》新公开发表毛主席诗词17首，其中有7首是根据抄件发表的，从未向世人披露，内有五言律2首，即同作于1947年的《张冠道中》和《喜闻捷报》。

在诗作问世的这年三月，胡宗南指挥国民党军十四万余人，向我陕北根据地大举进犯。为避敌锋芒，在机动中消灭敌人，毛主席和党中央主动撤离延安，在陕北各地转战。《张冠道中》即记写行军情状，《喜闻捷报》则记写获胜捷音。《张冠道中》诗云：

朝雾弥琼宇，征马嘶北风。
露湿尘难染，霜笼鸦不惊。
戎衣犹铁甲，须眉等银冰。
踟蹰张冠道，恍若塞上行。

从诗意看，写的似为秋景。朝雾弥漫，霜露辅白，此际行军，艰苦备尝，戎衣（军服）像铁甲一样冰冷湿重，胡须和眉毛也都凝上寒霜，虽非塞上之地，却同寒苦荒凉的塞上一样难以行进。这种感受，凝重而不消沉，豪迈而不虚夸，真实地记写了行军路程的艰辛困苦，而又抒发了革命者坚忍不拔的英雄气概。

《喜闻捷报》诗云：

秋风度河上，大野入苍穹。
佳令随人至，明月傍云生。
故里鸿音绝，妻儿信未通。
满宇频翘望，凯歌奏边城。

诗前有一小序曰：“中秋步远河上，闻西北野战军收复蟠龙作。”交代了诗作的时间和背景。诗作在抒写喜闻捷报的欢乐时，也写到对家乡亲人的思念，快慰中有凄伤，昂奋中有隐忧，内容繁复，感情丰富，颇为耐读。

诗作思想感情健康丰富，艺术成就也臻上乘，很有杜甫的诗风，不仅就整体看带有“沉郁”的特色，而且有些句子袭用了杜律成句，如“秋风度河上，大野入苍穹”，便可与杜甫《旅夜抒怀》中的“星垂平野阔，月涌大江流”对看。“故里鸿音绝，妻儿信未通”句，则可与杜甫《春望》、《月夜忆舍弟》等诗作对看。虽然传说毛主席不喜欢杜诗，但有极为深厚的古典文学修养的老人家，对于有诗圣之称的杜甫及其作品，不可能不熟悉，也不可能不从中汲取必要的营养。

（原载《沈阳晚报》1996 年 12 月 10 日）

# 读毛主席七绝二首

1961年当鲁迅先生诞辰80周年之际，毛主席写下《七绝二首·纪念鲁迅八十寿辰》。今年适逢鲁迅先生忌辰60周年、毛主席忌辰20周年的双忌日，重读这两首诗，当格外有意义。

诗作其一云：

博大胆识铁石坚，刀光剑影任翔旋。
龙华喋血不眠夜，犹制小诗赋管弦。

此诗主要赞誉鲁迅先生同黑暗势力斗争的博大胆识和从容英姿。后二句指1931年2月，鲁迅先生在逃亡之中，听到左联五烈士牺牲的消息，于沉痛中吟诗纪念的斗争实迹。

毛主席对鲁迅先生的战士风骨早有高度评价："鲁迅的骨头是最硬的，他没有丝毫的奴颜和媚骨，这是殖民地半殖民地人民最可宝贵的性格。""他在黑暗和暴力的进袭中，是一株独力支持的大树，不是向两旁偏倒的小草。他看清了政治方向就向一个目标奋勇地斗争下去，决不中途投降妥协。""他一贯地不屈不挠地同封建势力和帝国主义作坚决的斗争。在敌人压迫他、摧残他的恶劣环境里，他挣扎着，反抗着。"对照诗句，可让人们对于述评有更深刻的体会。尤其是在险恶的斗争中，鲁迅先生那种从容不迫、大义凛然的气度和情怀，给人留下特别鲜明的印象。

诗作其二云：

鉴湖越台名士乡，忧忡为国痛断肠。
剑南歌接秋风吟，一例氤氲入诗囊。

此诗主要歌咏鲁迅先生以文笔为武器，为救国而斗争的情怀与业绩。诗作由先生的籍贯写起，说先生的高风硬骨渊源有自，将其与历史上的爱国主义传统一脉相承。前二句是说先生的故乡不仅名士较多，而且有为国分忧的光荣传统。“忧忡为国”即这种可贵的品格。“剑南歌”指宋代陆游的诗作，盖其诗集名《剑南诗稿》；“秋风吟”指近代革命女侠秋瑾的诗作，盖其临就义前挥毫写下“秋风秋雨愁煞人”之句。“诗囊”句则引用唐代诗人李贺苦吟搜诗的典故，喻写爱国文人以笔为枪的战斗精神。这些典故，颇切合鲁迅先生的身份和功业。毛主席早已充分肯定了先生在文化战线的崇高的地位：“鲁迅是中国文化革命的主将。”“鲁迅是在文化战线上，代表全民族的大多数，向着敌人冲锋陷阵的最正确、最勇敢、最坚决、最忠实、最热忱的空前的民族英雄。”诗作不仅与前述评价可资对照，更增添了浓厚的感情色彩。

总之，毛泽东主席对鲁迅先生十分尊重，称誉先生为“中国的第一等圣人”，并多次表示他的心“是与鲁迅先生的心相通的”。鲁迅先生也曾表示过，他能与毛泽东这样的“为着现在中国人的生存而流血奋斗者”引为同志，“是自以为光荣的”。正因两人心意相通，相互理解，毛主席才能给予鲁迅先生十分准确的评价和十分真挚的怀念，写下如此力透千札、情真意厚的缅怀之作。这是一座高峰对另一座高峰的仰望，一个星座与另一个星座的交映，一个世纪伟人对另一个世纪伟人的怀念，一颗睿智心灵与另一颗睿智心灵的沟通。

（原载《沈阳晚报》1996 年 12 月 15 日）

# 叶剑英元帅诗词略论

## 试论叶剑英元帅的七律

中国古典诗歌至唐代而成熟，成熟的标志便是诗体完备、格律定型，其后，原本带有时代意味的古体诗、近体诗，成为古典诗歌的基本形态，其中尤以近体诗、特别是律诗为代表形式，而又以七律最为重要。宋代文论家严羽在《沧浪诗话》中指出："七言律诗难于五言律诗，五言绝句难于七言绝句。"现代学者闻一多在《律诗底研究》中指出："研究中国诗的，只要把律诗底性质懂清了，便窥得中国诗底真精神了。"因此要研究一个古典诗歌作者，测度其功力，不能不重视其律诗、尤其是七言律诗的水平。毛泽东同志于 1965 年 7 月 21 日《致陈毅》的信中评价说："剑英善七律，董老善五律，你要学律诗，可向他们请教。"既如此，要学习、研究叶剑英同志的诗作，不能不首先关注其七律创作。

查收诗最全的人民文学出版社 1991 年 9 月版《叶剑英诗词选集》所载，在其 178 首作品中，共有七律十首，即：

1921 年《夜宴》；

1921 年《雨夜衔杯》；

1942 年《怀董老》；

1960 年《重游河内》；

1960 年《寿胡志明主席》；

1961 年《敬赠胡志明主席湘妃扇》；

1965 年《重读毛主席〈论持久战〉》；

1965 年《远望》；

1977 年《八十抒怀》；

1981 年《八一年春节》。

这十首诗不及总作品数的十分之一，数量并不多，但有两个特点：一是早年与晚年偏好七律，从写七律起手，又以七律终笔，可见作者与此诗体关系之密切；二是叶帅传世作品中最脍炙人口的正是两首七律，即《远望》与《八十抒怀》，前者曾蒙毛泽东同志手抄赠人，可见此体也确能代表叶帅的诗作水准。

这些律诗究竟达到了怎样的成就呢？

首先，诗作立意超卓，气势雄阔，透露出作者的不凡抱负、宽广胸襟。诗作虽非论著，但与人品识见密切相关，若立意庸常低俗，其诗作绝不会有感人的魅力。清初思想家王夫之《薑斋诗话》云："无论诗歌和长行文字，俱以意为主。意犹帅也，无帅之兵，谓之乌合。"不过，诗中的立意既不能直白浅露，又不能涩僻深晦，必须在字句中自然体现出来，冲撞读者的心扉。叶帅的七律，从年轻时便卓荦不群，晚年更超迈旷逸，不仅能强烈地感染读者，还极耐人反复品味。如 24 岁作的《夜宴》，虽只是青年伴侣的寻常聚会，却写得豪气逼人，特别是结句云："更怜良夜嫌更促，把剑长歌气压轩。"既扣题，又有不尽之意见于言外，那种冲决一切束缚的豪迈慷慨之气，直上云霄。另一首同期所作七律《雨夜衔杯》，也突出抒写爱国青年的热血豪情："雨撼高楼醉不成，纵横豪气酒边生。"同样令读者血沸神驰。《怀董老》与《寿胡志明主席》，都能从作者与所怀所颂者的个人关系下笔，写得亲切得体，深情绵邈。二律尾联云："春风骀荡怀人远，安得归来共整风"；"愿借'摩南'（越语万岁之音译）呼一颂，红河滚滚寿绵绵。"确觉余韵无穷。毛泽东亲笔书赠亲人的《远望》，则放眼世界无产阶级革命，从元老去世（"忧患元元忆逝翁"）起笔，以寄望后辈作结，表明历史潮流不可阻挡、人民革命一定成功的坚定信念，写得风骨开张，气势雄伟，高瞻远瞩，令人信服。而《八十抒怀》则绝无哀叹衰年的凄伤，只有信任后辈的明达真切："八十毋劳论废兴，长征接力有来人"，以及对余生的从容乐观："老夫喜作黄昏颂，满目青山夕照明"，这样的境界，岂能不令世人折腰，哲人首肯？其绝笔之作《八一年春节》，更对改革开放的新时代与社会主义祖国的美好前程寄予厚望，而相对将个人的存殁看得很淡，言及自己云："宏观代谢依新陈，接力华年一代兴。"念及祖国云："团结全民齐建国，欢呼大地又回春。"

当时的历史背景是党中央刚拨乱反正不久，第二代领导人正带领全国人民进入历史发展的新时期，这不正是叶帅奋斗一生所期盼的大好局面吗？难怪诗作气势豪雄却出语畅达，读来一气呵成，真切生动。

其次，诗作构思严密，首尾应和，蓄势雄厚，余韵无穷，在结构上次序井然而整体浑融，能将诗作立意清晰地体现出来。对诗作，尤其是律诗的结构，古人颇为重视。号称元代诗坛“四大家”之一的范椁在《范德机诗法》中便指出：“作诗有四法：起要平直，承要舂容，转要变化，合要渊永。”但在实际创作中，又不必恪守成规，亦步亦趋，必须自抒机杼，使立意表现得浑融自然。明代学者焦循在《焦氏笔乘》中即指出：“为诗殚竭心力，方造能品；至于沛然自胸中流出，可谓不烦绳削而合，乃工能之至，非率易语也。”也就是说，作诗要有规则程序，但只有写得看不出人工痕迹来，才是真正的精品。怎样才能达到这一点呢？古人也有论述，唐代诗僧皎然的《诗式》便提出“明势”的问题，认为作者应做到胸中情思充沛，具高屋建瓴之势，才能喷薄而出，自然畅达：“高手述作，如登荆巫，睹三湘鄢郢之盛，萦回盘礴，千变万态。”叶帅的七律，即深获得“势”之旨趣，写得气韵生动，淋漓尽致，并不死扣“起、承、转、合”的顺序，却具有一气呵成，顺势成篇的感人魅力。如其早年所作的《夜宴》与《雨夜衔杯》，一是写在大好景色中欣然入醉而豪兴冲天，以致夜不能寐；二是写在恼人景物中难以成醉而同样令人满腹豪情，难以入眠。诗作以主观情怀驾驭着外界景物，极力渲染景物对自身的刺激，最后又都归于精神亢奋之情态，其意绪的流转，自然而然地成为诗歌构思的脉络，无须强求谨严而油然无懈可击。这种“以气为主”的自然结构，比孜孜于雕章琢句者不知高明多少。其绝笔之作《八一年春节》，也同年轻气盛时一样有强烈的主观感情，但又对客观世界的发展规律有清醒的理性认识，诗作同样是由自身感受写起，但不再归纳为个人意绪的流转，而是舍小己而顾全民，将个人的小小悲欢融入祖国发展、人民欢乐的大潮流中，更显得浑融严整。不妨略加分析：

“宏观代谢依新陈，接力华年一代兴。”——首联从年光流逝、自觉不久人世入笔，但毫无悲凄伤感，而是认为新陈代谢的规律不可逃避，必须将革命的接力棒一代代传下去才行。其起点之高，令人叹绝。

“万里江河流可断，神州九亿是资源。”——颔联紧承首联，说祖国人民众多，定可将革命事业继承下来。这就将“接力华年一代兴”的意旨落实了，表明了对人民力量的无比信任。

“作风制度陆续改，传统优良好继承。”——颈联可谓一转，是寄托希望，盼望革命接班人坚持改革开放，但又盼望他们不要丢掉老一辈的优良革命传统。这是对后辈的具体托付。

“团结全民齐建国，欢呼大地又回春。”——尾联回应了首联，再次强调了年光流逝的变化，但这里不再是考虑自身的存殁，而是对后来人托起新中国成立大业的美好祝愿。

全诗确实讲求了章法，但不是机械地照搬诗律诗格，而是以意驭文，以超迈阔达的胸怀，抒发对祖国和人民的信念。

美籍华人、著名学者叶威廉教授在《中国诗学》中指出，一般的诗人对外界感受的思路与内心情感的思路往往脱节，只有高明的诗人如杜甫，可以将“个人的感受和内心的挣扎融入外在事物的弧线里；外在的气象（或气候）成为内在的气象（气候）的映照”。叶帅的律诗，也达到了这种“外在气象与内在气象的交融”的高度。宋代学者叶梦得《五涧杂书》云：“诗本触物寓兴，吟咏情性，但能抒写胸中所欲言，无有不佳。”但世上诗人虽多，有几个真正做到了这一点呢？反倒是不以作诗为职业的叶帅，率性任情为诗，偏能多得佳作，颇合古人所论。

再次，毛泽东《致陈毅》的信在称誉“剑英善七律”时特别强调，“律诗要讲平仄，不讲平仄，即非律诗”。其实，这不仅是在强调平仄，而是在强调律诗必须遵循的格律。毛泽东同志还在《与冒广生谈诗词格律》中指出：“旧体诗词的格律过严，束缚人的思想，我一向不主张青年人花偌大精力去搞；但老一辈的人要搞就要搞得像样，不论平仄，不讲叶韵，还算什么格律诗词?”叶帅的七律，从格律来要求，也十分严谨，颇具功力，否则不会得到大行家毛泽东的首肯。在格律诸要素中，对仗最基本的要求，也最易检测出作者对汉语的运用能力，故这里着重分析一下叶帅七律中的对仗句。

叶帅对仗句最令人叹服的一点，是不用典故，直抒胸臆，而且能采口语和现代语词入古律，颇得其乡先贤黄公度先生“我手写我口”诗界革命主张之神髓。如：

“日常生活称老好，原则从未许通融。”（《怀董老》）——日常生活、原则、通融纯是现代白话，“老好”更是口语“老好人”的缩略语，读来令人倍感亲切。

“杜鹃啼尽槟榔血，精卫填平法帝渊。”（《重游河内》）——杜鹃与精卫是典型的中国名物，杜鹃啼血、精卫填海又是典型的中国典故，但诗中又用了“槟榔”、“法帝”这样的现代域外名词，显得中西合璧，古今交融，殊为难得。

“高举红旗倡起义，遍传马列到乡关。”（《重游河内》）——红旗、马列都是现代革命语汇，透露出作者的革命者本色。

“北部欣看无冻饿，南方忧虑有腥膻。”（《寿胡志明主席》）——冻饿是现代口语，本来很容易用现成的古汉语词汇“冻馁”替换，作者却偏偏选用浅俗的“饿”字，显然是刻意追求口语化。

“赤道雕弓能射虎，椰林匕首敢屠龙。”（《远望》）——诗句描绘亚非拉美第三世界人民的革命斗争情状，将赤道、椰林这样的外域名物引入诗中，极具魄力。

“亿万愚公齐破立，五洲权霸共沉沦。”（《八十抒怀》）——破立、权霸这样的现代政治语汇，用得新鲜而贴切，耐人品味。

格律毕竟是死程式，真正的诗完全可以不为其所限，这也正是古人所说的“不以辞害意”。叶帅律诗极具功力，但也不死守戒律，有些对仗句虽不够规整，却也不容轻诋，反而显出作者的胆识。如：

“笃信力行依真理，不移不屈不苟同。”（《怀董老》）——下句连用三个“不”字，特别有力地刻画出董老对真理的态度，虽与上句失对，却突出了诗的主旨。

不过，需要指出的是，有些看上去失对的对仗句，并非真的失对，而是特殊的对仗句。这里不妨一一详辨：

“昏鸦三匝迷枯树，回雁兼程溯旧踪。”（《远望》）——“三匝”与“兼程”实为工对，盖“兼”有倍数之意。古人常这样成对，如杜甫《登岳阳楼》：“亲朋无一字，老病有孤舟。”李白《登金陵凤凰台》：“三山半落青天外，二水中分白鹭洲。”

“导师创业垂千古，侪辈跟随愧望尘。”（《八十抒怀》）——“千古”与“望尘”的确不成对，但“垂千古”与“愧望尘”两个词组成宽对。

“万里长江流可断，神州九亿是资源。”（《八一年春节》）——从字面看，不直接成对。但此联乃错综对，与下句成对的上句如打破平仄，依意义排词序，是“长江万里可断流”，正与下句成工对。这种对子其实更见功力。

“作风制度陆续改，传统优良好继承。”（《八一年春节》）——粗看不成对仗，但如将单句看成前四言后三言的两个词组，还可成对。

就对仗句的类型和变化来说，叶帅的七律不如毛泽东的律诗，但也有奇对，如：

“内行内战资强虏，敌后敌前费运筹。”（《重读毛主席〈论持久战〉》）——巧用复字，极具匠心。

古人作诗好用典故，以炫示自己的博学，被视为写诗功力的一种象征。叶帅诗追求真率平易、警策畅达的风格，不屑于故纸堆中寻诗料，故极少引用典故，但这并非不能为也，而是无意为之。尽管如此，在不经意间，也随手拈出许多旧典，显示出作者深厚的学养，如前引杜鹃、精卫的传说，便是生动的例证。再如《怀董老》中“笃信力行”与“不移不屈”一联，便暗用了《论语·泰伯》：“笃信好学，守死善道。”《礼记·中庸》：“好学近乎知，力行近乎仁。”《孟子·滕文公下》：“富贵不能淫，贫贱不能移，威武不能屈。”但在作者来说并非刻意以求，故不能以用典多少衡量作者的功力。反倒是明白如话的努力，显示出作者敢于开拓创新的胆识与魄力。

以上简要分析，实在难以探得叶帅七律的博大精深，不过是一些印象和感慨而已。叶帅的其他诗词，更是一座丰富的宝库，值得人们认真钻研。

## 试论叶剑英元帅的七绝

毛泽东同志《致陈毅》（1965 年 7 月 21 日）一信论及叶剑英元帅的诗词云：“剑英善七律。”但其七律不及诗词总量的十分之一，成就虽高，却难以说是其代表性诗体。实际上，叶帅创作最多的是七绝，在其传世诗词 178 首（据人民文学出版社 1991 年 9 月版《叶剑英诗词选集》）中，七绝有 138 首（按：《西行杂诗》十四首与《访波杂咏》八首中，各有一首为词），占作品总数的近百分之八十。这样大的数量，这样高的比例，怎能不格外予以重视？要真正了解叶帅的诗才，七绝实比七律更为重要。我个人接触叶帅的诗作，实是从两首七绝开始的。

一是《看方志敏同志手书有感》：

> 血染东南半壁红，忍将奇迹作奇功。
> 文山去后南朝月，又照秦淮一叶枫。

我曾在北京文天祥祠（即文天祥当年被拘押处）的墙壁上，看到今人手书的条幅，上面写的便是这首诗。我本不知这是叶帅的大作，只觉得后二句对文天祥的凭吊十分生动感人，遂默记在心。后来得知作者为叶帅，称颂的也不只是文天祥，而是以古人的典范映衬共产党人方志敏同志的忠贞，更觉此诗丰厚有味。《叶剑英诗词选集·编后感言》云："周恩来也很喜欢叶帅诗词，抗战期间在重庆时，曾背诵《看方志敏同志手书有感》向周围同志进行革命的气节教育。当时八路军办事处的同志争相传抄，借以互勉。"此诗的精美与感人，何须再加评述？

二是感旧怀人的《在伯力》（为《西行杂诗》十四首之一）：

> 不见加仑三十年，东征北伐费支援。
> 我来伯力多怀旧，欲到红河认爪痕。

加仑乃苏联元帅，本名瓦西里·康斯坦丁诺维奇·布柳赫尔，于1924—1927年曾任广州中国革命政府军事顾问，与叶帅结下战斗情谊。红河，乃伯力（即哈巴罗夫斯克）近郊的一处营地，叶帅自注云："一九二九年冬，我曾参加红河练兵。"认爪痕，即辨认当年的生活遗迹。此诗明白如话而深情绵远，我在"文革"中手抄革命前辈的旧体诗词时，一读到这首诗便记诵在心，反复咀嚼，异常珍爱。多年来在我的个人阅读体验中，它是令我最难忘的诗作之一。

有意识地研习叶帅诗作，在通读《叶剑英诗词选集》之后，我对其七绝，自有了较全面的认识。

绝句又称截句，意谓它只是律诗的一半。其实，从来源来看，是先有绝句（四句一章的短诗，而且无对仗要求），尔后才有律诗（八句一章，且中间二联必须对仗)。但绝句的写作要求，却又从律诗而来，主要是古绝不讲平仄，近体绝句必须讲求平仄，恰似由律诗删截而来。正如宋代文人李之仪所说：“近体见于唐初，赋平声为韵，而平侧（仄）协其律，亦曰律诗。由有律体，遂分往体。”（《谢人寄诗并问诗中格目小纸》）因其篇幅较律诗为小，其写作自有不同的要求，不追求思路的婉曲深细，却要求兴会的灵通警醒。一首绝句，只要能触动诗人的一点灵光，传达给读者一点感悟即可；若嫌内容单薄，可用联章（即数首诗连作）来扩充拓展，比单写一首长诗省心省力。对于非专业诗人来说，这种灵活方便的形式最为适宜，有感则发，不劳多虑。叶帅军政事务繁忙，无法耽于吟咏，所作以七绝最多，当非出于偶然。

从诗类即诗作的题材来看，叶帅的七绝十分丰富，但有一个特点，即是反映重大社会题材的作品，也完全是从个人感受着笔的。因而，其诗类也带有强烈的主观色彩，是主观感情的外射。如：

言志——这应当说是我国古典诗歌最悠久的传统了，孔子诗论的核心便是“诗言志，歌咏言”（《尚书·虞书·舜典》)。《礼记·乐记》亦云：“诗，言其志也；歌，咏其声也。”毛泽东同志对这一说法给予肯定，指出：“写诗就要写出自己的胸怀和情操，这样才能引起读者的共鸣，才能使人感奋。”(引自《毛泽东谈文说艺实录》)。叶帅作为伟大的无产阶级革命家，年轻时便怀有高远的志向，他在梅县东山中学读书时写的《油岩题壁》便抒发了救国救民的奇志：“我来无限兴亡感，慰祝苍生乐大同。”尔后，多次披露了同样的襟怀，如《和朱德同志诗》云：“勒马太行烟雾外，伊谁与我赋同仇?”即表达了抗日的决心。《无题》云：“坚持统战兼改造，马列相传有所师。”则坚定地申述了对马列主义的信仰。《在海军总结会上》咏道：“应向青年寻后继，不拘一格莫嫌仇。”委婉地讽劝老干部要敢于培养提拔年轻人，选用干部不要计较个人恩怨；这既是阐释革命道理，更是个人宽广胸襟的袒露。《回梅县探老家》云：“人生百年半九十，万丈霞光值暮时。”倾吐了老革命家不甘服老的壮伟胸怀，堪与其七律《八十抒怀》中的名句“老夫喜作黄昏颂，满目青山夕照明”对看。

在叶帅的言志诗中，《过五台山》三首其三最可读，它本属纪行之作，但又寄寓情怀，极耐品味：“南台山上白云低，人在云中路径迷。可有神工能扫雾，让吾放眼到平西。”平西即北平（北京）西部，当时为解放区。显然，叶帅在此是盼望解放战争能获得最终胜利，全国都得到解放。其高瞻远瞩的意象，显然出自宋代诗人王安石的传世名作《登飞来峰》："飞来山上千寻塔，闻说鸡鸣见日升。不畏浮云遮望眼，自缘身在最高层。"但其立意更为高远，政治内涵更具体而浓厚，成就超越前人。闻一多《〈冬夜〉评价》曰："不作诗则已，要作诗决不能还死死地贴在平凡琐俗的境域里！"叶帅诗作的高远境界，在言志类诗中体现得最为鲜明。

赠人——自古及今，赠人始终是诗歌海洋中的一大泽国。这与诗的交际功能有关，即诗常常被人们用来互示情意，以增进交往。即使所赠之人不在眼前，甚至无法联系上，甚而人天睽别，也不妨借助诗作申说彼此的倾慕。要了解一个人的内心，不一定看其直接倾述，只要看他的赠人诗，观察其所交的是些什么人，所契认的又是什么，便可洞若观火了。叶帅的赠人诗，多是其亲近熟知的人，从中可见叶帅的笃于情义；其赠人之作境界高华、意气豪迈，更显出叶帅的为人本色。其最早的赠人诗《羊城怀旧》，是抗战时思念年轻时一位广东同乡而作；"百战归来意气雄，廿年人事各西东。关心最是公园路，十丈红棉依样红。"红棉树又名英雄树，树干高大，花朵繁密，富有生机。作者追思红棉，实际是对英雄人品的倾慕。诗中表明自己未忘壮志，并以此来安慰二十年前的知己。《看方志敏同志手书有感》、《寄续范亭司令并呈怀安诸老》、《刘伯承同志五十寿祝》、《寿吴玉章同志》、《题安徽广暴烈子张子珍墓碑》、《建军纪念日怀战烈》、《悼罗荣桓同志》、《纪念王杰同志》等，所赠都是革命元老或英雄烈士，无不充满革命情怀，如："剩有残躯效李牧，雁门关外杀敌回"；"将军五十人称健，斩得倭酋不自夸"；"不计浮名不畏难，从无艰险落君前"；"矢志共产图宏业，为花欣作落泥红"……这些警语，完全可作座右铭来看。

即使纯出于个人私谊的赠人之作，也颇为可读，能看出叶帅的真挚亲切。如《在广州丘老家宴》是老友聚会，自然会引起思乡念旧之情，叶帅写得绵邈恳挚，风神自如："蛇羹鱼弹胜莼鲈，越秀山前客不孤。溜到新歌翻旧调，顿令乡思起乘除。"这类诗作中，写给戏曲、歌舞演员的几首最值得品读，不仅可看出叶帅与普通群众的密切关系，而且可透见一个革命先辈的文艺观点。如 1963 年《赠演员》曰："珠歌翠舞出宫廷，回到人间造典型。”歌咏了人民群众成为文艺作品主角的可喜变化。“移宫换羽关时局，响彻东方万古红。”则肯定了文艺对革命事业的贡献。《赠刘三姐剧团及演员》云：“推翻封建王朝后，欢乐山歌处处闻。”在对山歌的重视中，隐含思乡之情，因梅县古来就有“山歌之乡”的美誉。

在赠人之作中，还应特别点出叶帅对三个古代诗人黄庭坚、杜甫与屈原的咏怀。《题黄公豫章词》：“密密松林绿翠围，个中人隐小楼西。怀人感事浑无著，夜半开灯读古词。”诗意略谓自己的住所环境幽雅，但夜半忽然泛起种种思绪，难以入眠，只好借读黄庭坚的诗来排遣郁闷。诗作中之小楼，当指其晚年寓所。叶帅另有五绝《二号楼即景》云：“翠柏围深院，红枫傍小楼。”黄庭坚曾有“桃李春风一杯酒，江湖夜雨十年灯”（《寄黄几复》）这样的沧桑之叹，也许正是这类诗句引发了叶帅的人生感慨吧？《成都草堂》突出对古诗人关心人民疾苦这一情操的景仰，并以今日社会主义建设的成就告慰古诗人：“杜陵落笔伤豺虎，爱国孤悰泛斗牛。广厦万间粮亿吨，草堂公社足千秋。”《怀屈原》更是一首与古人心灵共鸣的佳作：“河畔行吟放屈原，为伊太息有婵娟。行廉志洁泥无滓，一读骚经一肃然。”由此可见，叶帅同千古仁人志士有同样的情怀，对古人怀有深切的尊敬。这不仅是尊敬历史，更是对一种超越时空的抽象价值的首肯。古往今来，“行廉志洁”的志士并不一定总能获得成功，但他们的人格将永远辉映史册。此诗作于“文革”期间，叶帅和其他许多老干部都受到无理冲击，在此刻咏怀屈原，当非出于偶然，而有一种沉默的反抗意志在诗中深蕴，令人读来荡气回肠。

纪行——这也是古代诗坛的一大泽国。叶帅生平经历丰富，履迹遍及中外，每处游踪，都是一段凝固的生命。苏轼《和子由渑池怀旧》云：“人生到处知何似？应似飞鸿踏雪泥。泥上偶然留指爪，鸿飞哪复计东西。”即使不加吟咏，也自有生命的体验常留某地；如写成诗作，更能将自己个人的生命体验与众人共享，成为一种表志言情的特殊方式。叶帅的纪行诗，常与言志、赠人、思乡等融为一体，不单单记写游踪，因而格外感人。因体验丰厚，单首诗往往难以尽情，故多联章之作，如《过五台山》（三首）、《西游杂咏》（七首）、《西行杂诗》（十四首，内有一首词《忆王孙》）、《访问印度》（二首）、《访波杂咏》（八首）、《重游延安》（三首)、《草原纪游》(十首)、《参观大寨》(八首),可见作者情思充溢,感受良多。诗中有哲理:“打破禅关惊破梦,未妨仇恨是清狂”(《过五台山》);有感叹:“钢铁煤油遍走廊,当年人道是沙场”(《西游杂咏》);有激情:“英雄一代千秋业,敢说前贤愧后生”(同前);有欣慰:“自从铁道通西域,百万青年唱出关”(同前);有痴情:“低廻留之不能去,参拜先师故宅情”(《西行杂诗·在列宁格勒》);有友谊:“第聂河畔会故友,纵古论今无尽言”(《西行杂诗·第聂伯河畔会故友》);有怀古:“今我来寻千载旧,钓竿鱼网与烟花”(《访问印度·柯城怀古》);有邦交:“问君取得何经典,友谊乡情纸满篇”(《访问印度·回国途中》);有念昔:“王家坪上杨家岭,鸿爪从头细细看”(《重游延安》);有颂今:“现逢盛世超尧舜,草木同登万有年”(《三游苏州》)……都极耐读。

在纪行诸作中,特别应指出的是作者对水库的咏写,如《十三陵水库》(二首)、《官厅水库》、《密云水库》等,如巧借地名生发出来的感慨:“永定河今真永定,官厅不靠靠人民”(《官厅水库》),既有对昔日旧官府的批判,又有对人民力量的歌颂,意丰情浓,十分感人。也许,水库的修建,与人民的利害休戚相关,又最容易体现时代的变化,因而作者才对它格外钟情的吧?

对风景名胜、革命圣地的咏怀,更易表现作者对人生的观感,这类纪行诗也格外引人注目。如《清明由镇江过扬州》云:“清明烟雨乘飞舟,回首金蕉谈玉浮。梅岭孤忠板桥怪,主人教我识扬州。”诗作特别突出了扬州的人文历史,将古城的特点渲染得鲜明真切。《游肇庆七星岩》云:“借得西湖水一圜,更移阳朔七堆山。堤边添上丝丝柳,画幅长留天地间。”写得神思飞越,想象奇特,语丽情炽,引人入胜。《由桂林舟游阳朔》则写得自然真率,历历如绘:“春风漓水客舟轻,夹岸奇峰列送迎。马跃画山人睇镜,果然佳胜在兴坪。”诗中对广东方言“睇”的采用,活泼清新,别有韵味。另有《阳朔纪游》一诗,可与此对看。《观光韶山》与《游西安办事处志感》二诗,则因瞻仰的是先师先烈的圣地,故特别刻画低回崇仰的情怀:“欲溯河源到星宿,韶山风物耐人思”;“楼屋依旧人半逝,小窗风雪立多时”。可见诗人具有多副笔墨,或彩笔渲染,或墨笔淋漓,无不曲尽其情,妙传其状,显出深厚雄健的功力。

咏物——咏物诗也起源甚古,相传最早问世的《弹歌》,就是咏写弹弓（狩猎器具）的诗作。只是后世的咏物已不仅局限于“咏物”，而是寄情寓意于外物，借以抒写人品人情。叶帅的咏物诗，同样表现出高远超迈的襟怀与深挚绵邈的情感，颇多感人的佳作。其最早的咏物诗《梅》（二首），便写得十分成功。其一云：“乞得嫦娥一片痴，孤山风雪自怡怡。林郎别久无消息，娟影依然傲故枝。”采用拟人的方法，将梅比作痴恋隐士林逋的女郎，形象生动，感情幽深。其二则正面咏写梅花柔中有刚的品性：“人如铁石总温柔，玉骨姗姗几世修。漫咏罗浮证仙迹，梅花端的种梅州。”诗的后一联尤有意韵，因作者是梅州人，在爱梅的咏写中，自然道出效仿梅花的高洁志向。《画里江山》是咏写电影的，乃写于参观长春电影制片厂之际，诗云：“许多革命英雄事，画里江山带血痕”，自然而然地将革命江山来之不易的道理与感慨，写在平直淡远的词句之中，并无疾言厉色，自具动人魅力。

在咏物诗中的题画之作，写得境真意切，颇耐品读。《题画竹》云：“彩笔凌云画溢思，虚心劲节是吾师。人生贵有胸中竹，经得艰难考验时。”体物之深入，立意之高远，均令人叹绝。《藻鉴堂赠画家》虽非直接题画，但借在颐和园与众国画家相会之机，谈出对画意画境的看法，也足资品赏：“画家渔叟喜相逢，明媚湖山写意浓。清代兴亡昨日事，匠心钩出万山松。”江山的主人可以有变换，江山的本色则不会改变，绘写祖国山河美景的画图，将超越朝代兴亡百代流传。好画如此，佳诗亦何尝不如此呢？叶帅的诗作，也有播诵千古的价值。

感怀——这里的感怀与言志是相对的，如果说后者主要是一种社会责任感的表白，前者则多是纯私人情感的抒写。虽然如此，在人生感叹中，也自有高下雅俗的区别。叶帅的感怀之作不多，但自具真情，高洁脱俗，也很值得品味。如《北戴河休养》云“大陆回环海一湾，望中迢递起层澜。双凫碌碌沙鸥懒，病卧东山惜岁年。”表达了作者病中犹惦念工作的心绪。《珍宝岛》更将病体与局势联系起来，抒写了忧心国事的高尚情怀：“病阅聊斋事可伤，恒娘读罢又庚娘。敌军压境魔侵肺，心在边疆身在床。”《松园》则将自己不服老的心境，抒写得真切感人：“四面春山列翠屏，松园（指广州松园宾馆）终不老闲身。会当再奋十年斗，归读阴那梅水滨。”写此诗时，作者已八十高龄，刚写下七律《八十抒怀》不久，其“老骥伏枥”的雄心，的确令人感动。作于次年的《绝句》，更写得雍容大度，令人感怀："百年赢得十之八，老骥仍将万里行。小憩羊城何所遇，英雄花照一劳人。"以《诗经》中"劳人草草"的典故，表自己老当益壮的从容。联想到作者壮年时写的怀旧诗"关心最是公园路，十丈红棉依样红。"（《羊城怀旧》），怎能不为诗人的风发意气所感染？

绮情——即咏写男女情思的诗作。爱情从来就是文艺作品的基本主题，甚至有人称其为文坛的太阳。闻一多即断言："严格的讲来，只有男女间恋爱的情感，是最热烈的情感，所以是最高最真的情感。"（《〈冬夜〉评论》）。恩格斯也认为爱情是人类感情中最强烈、最个人化的一种。叶帅是伟大的革命家，但同样具有普通人的情感，也曾咏写过这种纯真热烈的感情体验。《羊石杂咏十绝》是作者仅有的言情之作，作于1921年，此年年初作者在广州军政府副官处工作，五月随孙中山入桂。因而，诗当作于这年春天。虽本事不明，却显然情动于中，足令当事人刻骨铭心。从诗中看出，这番情爱似有阻碍："明灯万点人如海，恍惚银河障女牛"（《羊石杂咏十绝》其三）。但作者的痴情却难以消除："鞭息徘徊亭畔路，绮怀缭绕白云中"（其四）。因而，对无望的情思备觉凄楚："飒飒东风扫暮霞，木棉落后更无花。箫声咽似寒潮咽，不见秦楼见月华"（其六）。因而，年轻的作者，顿有年华易逝，人生苦短的惆怅："我已悽悽卿泛泛，为谁怜入鬓成丝"（其八）；"生怕西风莲有苦，不教容易误年华"（其九）。最后，一团相思，永远地留在了作者心头："神光离合彩云随，妃子凭虚未可私。最是板桥桥上柳，为卿长系阿侬思。"只是不知这隐秘的女郎，最后是否得到了真正的爱情，但从诗作来看，诗人本人的心路历程，似乎以失恋而告终。"板桥桥上柳"，出自刘禹锡诗《杨柳枝》："春江一曲柳千条，二十年前旧板桥；曾与美人桥上过，更无消息到今朝。"想来出典中"更无消息"一语，当触动作者的情怀，这才引起他对"板桥桥上柳"的忆念吧？

对叶帅的七绝之作，还可从诗格即诗歌写作特点来进行分析。叶帅的七律清爽刚健，超逸豪迈，七绝同样体现出这一总的风格特点，而且因作品数量多，题材更丰富多样，手法变化更多，诗风特点也更多样化。试就几点来稍作探讨：

豪迈——叶帅虽是著名的儒将，毕竟毕业于云南讲武堂，又曾多年担任军职，英气自然充溢胸中，此所以为一般只会作诗的文人远远不及；即使在不经意中，叶帅诗作的豪壮也不可掩抑，远胜过故作壮语的文人。我国著名文论家刘勰在《文心雕龙》中指出，人的气质先天有别，故诗文的气势也有不同，不能勉力强为："夫翚翟（野鸡）备色，而翔翥百步，肌丰而力沉也；鹰隼乏采，而翰飞戾天，骨劲而气猛也。文章才力，有似于此。"叶帅犹如诗坛的鹰隼，其才力远非凡俗所能及。其十八岁创作的《油岩题壁》，开口即有冲天豪气："放眼高歌气吐虹，也曾拔剑角群雄。"真是头角峥嵘，风骨坚挺。它如："百战归来意气雄"（《羊城感旧》）；"展翼冲霄万里行"（《草原纪游》）；"震湖浩荡壮思飞"（《太湖小箕山晓望》）；"荆卿豪气渐离情"（《建军纪念日怀战烈·刘伯坚同志》）；"一曲能当十万军"（《赠刘三姐剧团及演员·赠剧团》）等，都是气质天然的豪壮之语。《西行杂诗·由伯力返北京》云："天空海阔驾机回，万里山河入酒杯。"不动声色，随口而吟，而胸怀壮伟，豪气自生。

俊爽——晚唐诗人杜牧以擅作七绝著称，其诗的风格特点便是俊爽，主要表现在词采清丽而思致峭拔、语言平易而蕴意精深、见识中肯而眼界高隽，叶帅七绝的俊爽更多了举重若轻的从容气度和不容置疑的震慑力量，不仅有革命者的意志，也有统帅的自信。如："妙算戎机先待敌，突然捷报遍宇寰"（《抗美援朝诗三首》之一），确有指挥若定的气度。"班超不解安邦计，定远端从睦邻开"（《西游杂咏·酒泉》），评史论今，谈吐隽远。"仙乡欲到沿何路，指出十月革命途"（《西行杂诗·在莫斯科》），更从世界革命着笔，识其卓荦。它如"革命根基在政权，政权争得只开端"（《无题》）；"和平交替所有制，只把武装自解除"（《无题》）；"从来战斗兼工作，传统光荣我擅长"（《守备二十一师》）；"前沿不怕受威胁，两腿前行党主张"（《石碌》）等，虽以议论入诗，读来并不枯燥，反觉颇有说服力，这与作者诗能透出人格魅力相关。《奔四化》一绝，最能体现诗人俊爽本色，不妨全引如下："岁除四化即开端，万马奔腾路途艰。望有佳音传海外，金边台北德黑兰。"

淳厚——就是感情真挚，平易亲切。叶帅虽位居高位，仍有平民情怀，待人接物，深情纯真，毫不矫情做作，更不盛气凌人。如对先师先烈的崇仰与缅怀，便写得情思无限："低回留之不能去，参拜先师故宅情"（《西行杂诗·在列宁格勒》）；"更深拜谒英雄墓，篝火长明旦复晡"（《西行杂诗·在基辅》）；"虎穴坚持神圣业，几人鲜血染红星"（《建军纪念日怀战烈·

赵博生同志》)；“楼屋依然人半逝，小窗风雪立多时”(《访西安办事处志感》)等，无不语挚情浓，发自肺腑。对于普遍民众，叶帅同样能真诚相待，如“友人好客殷勤甚，深夜清晨远送迎”(《西行杂诗·在列宁格勒》)；“听得儿娃献花祝，引人诗兴入微吟”(《访波杂咏·奥波莱女孩们献花》)；“牧民自古能歌唱，一曲民歌妙入云”(《草原纪游》之二)等，都真率传神。《重游延安》之三最有情味，生动地叙写出领袖人物与普通百姓的亲密和谐：“乡亲呼我最情真，枣子南瓜宴故人。话到今年社里事，大家创业要先行。”这样的言行情感，真堪称“三个代表”的典范。

诙谐——是幽默的一种，即有意将严肃的话题轻松化，以调侃的语气谈正经事，以拉近作者与描写对象以及读者的心理距离。孙绍振《幽默逻辑揭秘》云：“从物理学来看，人与人之间的空间距离是不会因为人的情感状态变化的。但是人与人之间的心理距离却是可以因为情感的作用而变化的。”适度的诙谐，有利于清除心理紧张。叶帅的七绝不仅善于自我调侃，如《绝句》云：“小憩羊城何所遇，英雄花照一劳人。”又《藻鉴堂赠画家》云：“画家渔叟喜相逢。”并不端元帅的架子，而以“劳人”、“渔叟”自称，令人感到风趣与亲切。其赠人之作，更多这种诙谐特色。如《戏作》云：“故人赠我以皮包，何以报之芒果好。芒果迢迢在远方，何以致之将铁鸟。”诗作是因陈毅同志赠其一个鲨鱼皮包而写，此类题材如一本正经地答谢，将呆板乏味，以模拟张衡《四愁诗》的形式，用谐谑的语句作答，则充满同志间的温馨融洽。再如《寿吴玉章同志》云：“八十老翁心尚孩，华筵祝寿我衔杯。算公多少劳动日，不少七千二百回。”诗意祝吴老活到百岁，所以测算其还有七千二百个劳动日，约略再活二十年，这样与八十寿辰相加，正好是一百岁。如此庄重的主题，借一个简单的算式抒写出来，令人倍感亲近，远比直言“祝君百岁”高明得多。另外值得提出的是，《刘伯承同志五十寿祝》云：“遍体弹痕余只眼，寿君高唱凯歌旋”，触及的是十分敏感的话题，即刘伯承同志损失了一只眼睛，这本是极为沉重的事，但作者轻轻拈出，既得体又亲切，不能不令人叫绝。因作者有此气质，所以也能欣赏别人的同样气质，在《寄续范亭司令并呈怀安诸老》其二中云：“君独伤时异工部，小戎离黍托诙谐。”即夸赞续范亭先生吟咏国难，不用杜甫那种庄重的笔法，而以“诙谐”的笔墨叙写。这种惺惺相惜的评语，实际也有“夫子自道”的韵味。

平易——就是立意醒豁，出语畅达，令人一看就懂，没有阅读的隔膜。本来，辞以达意，能够让人读懂，是文学创作的首要条件。宋代文豪苏轼即云："辞至于达，足矣，不可以有加矣。"（游国恩等《中国文学史》引苏轼语）但文人为了卖弄文采，往往走上追求词藻和技巧的形式主义道路。叶帅本不必作诗，他的主要成就不在这里，写诗不过是其表情达意的一种手段而已，因而其诗作往往不加雕饰，直抒胸臆，形成平易畅达的特色。如《抗美援朝诗三首》其三云："苦战三年依后勤，敌机拦阻且投菌。组成网状交通站，保证弹粮给我军。"《海南亚热带作物研究所》云："四十年前旧橡园，将来发展看无边。橡胶好似人中脚，结合机床共向前。"诗作纯似口语，读诗如听谈话，理解起来毫不费力。尽管叶帅七绝出语平直，并非不讲琢炼，在看似口语的晓畅诗语中，也颇具文字加工的匠心，如《过五台山》其一首联："千年古刹千年债，万个金身万姓粮。"即巧用数字作对仗。《西游杂咏·玉门》"最新人物最新装"；《重游延安》之二"旧时窑洞旧时台"，连用"最新"、"旧时"，以复字加深读者印象。《访波杂咏·奥波莱女孩们献花》："几多绿叶几多福，一朵鲜花一片心"，则结合前二例之长，既巧用数字作对仗，又巧用复字强化感受。《西游杂咏·永登》"车上东滩滩上望"，《扎兰屯》"吊桥桥上忆东征"，《赠西瑁洲岛女民兵》"持枪南岛最南方"，《三游苏州》"三到苏州三拜访"，《密云水库》"人工终比化工高"，《草原纪游》其六"不见牧童见学童"，《与富春同志合作七绝一首·下龙湾》"镜有渔舟洞有天"，《参观大寨》其三"村无懒汉地无荒"，其对复字的运用也都很精心。《画里江山》："思想领导声色艺，工农兵力转乾坤"中，"声色艺"三个词连用，与"工农兵"三个词连用，颇见功力。《无题》："革命根基在政权，政权争得只开端"，运用"顶真"法，使诗句绾合圆转，读来格外紧凑流畅。我尤其欣赏《草原纪游》中的最后一首（其十）："雨过斜阳照晚虹，高歌眉月正当空。烧将野草薰蚊子，开着车灯舞狗熊。""狗熊"，此处指一种民间舞蹈。后一联纯是口语，却属对精当，蕴义丰厚，语含双关，虚实相应，具有多方面的审美情趣。这真可谓"淡而后朴"，对诗歌语言的驾驭达到炉火纯青的高度。

以上从诗类与诗格两方面，对叶帅的七绝作了粗浅的评析。七绝属近体诗，是我国古代格律诗的体式之一，而格律诗"是中国诗底艺术底最高水涨标。他是纯粹的中国艺术底代表”（闻一多《律诗底研究》）。因而，从叶帅的大量七绝中，可看出叶帅对中华传统文化的热爱与精熟，以及改革中华传统文化的创造精神。梅州先贤黄遵宪先生曾提出：“仆尝以为诗之外有事，诗之中有人，今之世异于古，今之人亦何必与古人同?”意谓诗歌应反映作者所处的时代特征，表现作者的主体人格；叶帅的七绝之作，便完全符合前人的创作理想，是时代的产物，是人格的写照，浓缩着风云时代的面影，展现出无产阶级革命家的高大形象。

现代著名诗人和学者闻一多还认为，格律诗里“有个中国式的人格在”（《律诗底研究》），古人也早有“言为心声”、“文如其人”的说法。而古人对完美人格的追求，以文武兼资为理想标准。刘勰《文心雕龙》对这种人格十分向往，曰：“文武之术，左右惟宜，郤縠敦《书》，故举为元帅，岂以好文而不练武哉！孙武《兵经》，辞如珠玉，岂以习武而不晓文也!”毛泽东同志也曾引用古人的话，用：“常恨随（随何）陆（陆贾）无武，绛（绛侯，即周勃）灌（灌婴）少文”一语，勉励高级领导干部文武双兼。说起来，叶剑英同志身为军事统帅，又长于作诗，不愧为文武全才的完美人格。读其诗，念其人，怎能不心向往之，由衷地敬仰呢?

## 试论叶剑英元帅的五言诗

凡年纪稍大，对20世纪70年代末召开的全国科学大会留有印象的人，无不能背诵叶剑英元帅的五绝《攻关》：

攻城不怕坚，攻书莫畏难。
科学有险阻，苦战能过关。

当时，全国人民沉浸在粉碎“四人帮”的喜悦之中，对四化建设充满信心，对向科学进军更欣欣鼓舞，叶帅的这首诗表达了当时广大民众的心声，因而脍炙人口，传诵一时。当时我以为此诗专为全国首次科学大会而写，后来才知道它实际作于1962年。虽然如此，诗作在当时的现实影响并未因此削弱，照样深入人心，成为千百万人的座右铭。

仅此一例，已足以说明叶帅五言诗的成就。查《叶剑英诗词选集》（人民文学出版社 1991 年版），在全部 178 首作品中，五言诗共有 12 首，包括 4 首五律与 8 首五绝。古人认为，因为各种诗体的要求各不相同，众体皆长的人不多，如善写古体诗的，未必善于写近体诗；能写近体诗的，也未必律绝全行；律绝兼长的，又未必五言七言皆工。毛泽东同志在《致陈毅》的信（1965 年 7 月 21 日）中便论及古人的这种局限："又李白只有很少几首律诗，李贺除有很少几首五言律外，七言律他一首也不写。"在信中，还顺便论及当代人写诗的长短："如同你会写自由诗一样，我则对于长短句的词学稍懂一点。剑英善七律，董老善五律，你要学律诗，可向他们请教。"不过，善某体不一定仅仅写某体；不善于写某体，不一定不写，也不一定没有佳作。比如毛泽东同志在信中自云："我对五言律，从来没有学习过，也没有发表过一首五言律。"但在事实上，早于 1942 年便写过五律《挽戴安澜将军》，1959 年又写过五律《三上北高峰》（均见付建舟编《毛泽东诗词全集译注》）。同样，"善七律"的叶帅，其五言诗也很有韵味。就我个人的感受来说，其五律不敢说胜于七律，五绝则肯定胜于七绝，几乎篇篇可读，不妨一一引来，略作评析。好在篇幅短小，数量有限，正可细细赏读。

《登祝融峰》（1938 年）："四顾渺无际，天风吹我衣。听涛起雄心，誓荡扶桑儿。"——简劲有力的诗句，抒写了抗日雄心，塑造出一个高大的抒情主人公形象。

《军区管海军》（1951 年）："母鸡孵鸭蛋，母子亦相亲。一日凌波去，沧波无限情。"——比喻生动，想象丰富，将陆海军关系描写得格外亲密，又极有风趣。出语清畅，而真情自见，可谓"天然去雕饰"的上乘佳作。

《离愁》（1959 年）："当歌欲一放，泪下恐莫收。浊醪有妙理，庶用慰离愁。"——原诗前有自序："借用杜公诗句，改过最后二字。"即借用杜甫《晦日寻崔戢李封》五古长诗的末四句，只是将最后的"浮沉"二字，改为"离愁"。这一改，便将一首访友慰友之作，变成一首送别赠人之作。因系套用旧诗，古称"剥皮体"，不便加评，但可借以照见作者古典文学的深厚修养。

《攻关》（1962 年），见前引，虽看似脱口而出，但蕴义丰厚，哲理警辟，发人深省，洵为杰作。

《二号楼即景》（1963 年）：“翠柏围深院，红枫傍小楼。书丛藏醉叶，留下一年秋。”——此诗咏写自己的居所，写得雅致清丽，堪称俊品。这与作者常用的口语化平直之作，形成鲜明对比，说明作者具有多种笔墨，显示出多方面的才情。谁说武将不如书生清雅？读此诗当拜服元帅诗情之秀。

《悼陈毅同志》（1972 年）：“鬼蜮含沙射，元良息仔肩。儿曹当鹤立，接力竞无前。”——诗作纯用口语，真率淳厚，既有挚情，又有厚望；既是对老战友的悼念，更是对后辈的勉慰。其中粤语词汇“仔肩”的运用，格外生动有力。

《会场素描》（1973 年）：“一匹复一匹，过桥真费力。感谢牵骡人，驱驮赴前敌。”——此诗咏写粉碎林彪反革命集团后，为老干部甄别平反之事。作者含情之深，寄意之远，与夫想象之有力，比喻之贴切，都令人感佩。可与《军区管海军》对看，同样有幽默感，表现出作者的高度从容自信。

《青岛啤酒》（1979 年）：“天下论英雄，啤酒无须煮。下班感疲劳，喝杯啤酒去。”——采口语入诗，备觉亲切。“啤酒无须煮”，既雅又俗，含“青梅煮酒论英雄”的典故，却又直白地说出啤酒的属性，真是出口成章的典范。结语更形神酷肖，畅达简劲。这首在参观青岛啤酒厂时随口吟出的小诗，读来并无浅白之感，只觉淋漓酣畅。如此笔力，横扫千军！

严羽《沧浪诗话》云：“五言绝句难于七言绝句。”因其字数太少，不便于铺排腾挪，只能抓住刹那间的灵光，写下最生动的细节或哲思，委实耗人心血。叶帅的五绝，却无一不精到，无一有雕琢气，写得似毫不着力，偏又极具魅力，引人兴味，绝非常人所及。

叶帅的五律，同样首首可读，亦不妨一一引述。

《送赵君益坚出发水东》（1920 年），是写给东山中学同学赵益坚的。作诗时，作者已从云南讲武学堂毕业，回到广东工作，赵益坚当时也在孙中山组建的新中国成立粤军任职。作为革命青年，作者对祖国的前途充满希望，也渴望建功立业，所以在诗中倾诉“燕然思窦宪”的壮志，并对美好前程无限向往：“前程处处春”。诗作生动飞扬，洋溢着青春的朝气。

《青岛》（1954 年），此诗作于疗养期间，故多有闲情逸致，生动地描写了和平生活的怡静：“轻波垂钓叟，旭日弄潮童。”但他毕竟是军事统帅，时刻挂念着边防安危，所以结尾转入对历史的借鉴：“忽忆刘亭长，苍凉唱大风。”或许，作者也感受到老之将至，对革命接班人的培养格外挂念吧？

《贵州省黔剧演出团留念》（1960 年）。此诗不仅有对革命老区的关怀，更有对革命文艺的厚望。叶帅赠剧团、演员的诗作较多，但有一个共同点，就是关心边远地区少数民族的文艺，如《草原纪游》之于蒙族歌舞、《赠刘三姐剧团及演员》之于壮族歌舞等，可见其对经济文化落后地区的格外关切，体现出老一辈革命家的风范。作者热爱文艺，但又不盲目附庸风雅，不多作锦上添花的赞誉，而热衷雪中送炭的扶掖。如此寄意，如此情怀，怎能不令人叹服？

《慰陈毅同志》（1971）不仅吐露了战友情谊，更表达了关心国事的热切情怀：“信回天有力，前路共巨艰。”作者渴盼老战友能痊愈，好共同承担国之重任。可惜老天不佑良臣，赠此诗后不久陈毅同志便去世了。但人可谢世，诗则长存，佳篇警句自可教育后人。诗中“斯人有斯疾，闻道可闻禅”一联，对仗严谨，寓意深厚，读来扣人心扉，读后启人深思。

叶帅的五言诗数量并不多，但几乎篇篇可读，人们绝不应当忽视，与其七言诗作一样，也有传世价值。即使不从革命文献的角度看，亦可视做诗坛奇葩、艺苑瑰宝，是中华民族文化的珍贵遗产。

## 试论叶剑英元帅的词

叶帅的诗，七律如《远望》、《八十述怀》，七绝如《看方志敏同志手书有感》、《在伯力》，五绝如《攻关》，都是脍炙人口的佳作。相对说来，其词作不那么引人注目。但在叶帅存世的 178 首诗词创作中，计有词 17 首，约占总量的十分之一，数量比其七律还多；就其自身成就来说，也颇具感染力，实在不该忽视。

宋代著名女词人李清照在其专论《词论》中强调：“词别是一家。”这说明词与诗有不同的艺术特征与写作要求。清末著名学者王国维在

《人间词话》中概括说："词之为体，要渺宜修，能言诗之所不能言，而不能尽诗之所能言。诗之境阔，词之言长。"这虽是婉约派即词坛正宗流派的传统观点，但确有几分道理。约略说来，词宜于铺叙，宜于表现绵远幽微的感情，即使是豪放之作，也多表现那种深沉、悠长的意绪，亦即王氏所云"词之言长"之谓。因词实即"歌词"的略说，与音乐关系比较密切，而"诗言志，歌永言"（《尚书·虞书·舜典》），早已指出吟唱的文字更宜于抒情。

叶帅最早的词作《满江红·香洲烈士》是抒发悼念之情的词作，序云："剑念河山依旧，人事全非，不禁怆然泪下。悲痛之余，词以悼之。"词作上阕是缅怀先烈，如："夜半枪声连角起，繁英飘尽风流歇。"又有纪实，又有比兴，生动而真切。下阕咏写生者的希望："革命成功阶级灭，牺牲堂上悲白发。更方期孤育老能养，酬忠烈。"上阕以"胆肠裂"作结，下阕以"酬忠烈"告慰，前后应和，意真辞挚。要之，出手即不凡。在叶帅传世的17首词作中，这首词堪称最上乘的作品。

《满江红·悼左权同志》同样深情绵邈，令人低回怅叹："风起云飞怀战友，屋梁月落疑颜色。最伤心、河畔依清漳，埋忠骨。"同时，比前词之"革命史，人湮没；革命党，当流血"等句，采用的现代语汇更多更直，如"捍卫着自由中国"、"先击败，希特勒"等，固有创造性，确为表现现代生活之所需，毕竟稍嫌直白。

正如叶帅的诗作以纪行、赠人之作最多一样，其词作也以这两样题材为主。

首先应提及叶帅出访国外时写的几首词。1957年《忆王孙·赴莫斯科途中》，热情咏写了苏联的空间科学成就，认为这显示出社会主义阵营的力量："斗争又向月球开，不须猜，西方世界苦安排。"尽管今日看来政治色彩太浓，但作为一个革命家，叶帅当时的鲜明立场，完全无可厚非。其实，叶帅对资本主义文明，从来没有完全抹杀，对于人类文明的进步与成果，从来就有大胆吸收的胸怀与气魄。1958年作《菩萨蛮·华沙公园怀肖邦》便对异国大音乐家表示由衷的敬仰和怀想："春来花竞秀，遗曲人争奏。莫叹少知音，伯牙悔碎琴。"这种吸取人类一切优秀文化遗产的襟怀，怎能不令人钦服？1962年的《水调歌头·随刘少奇主席访朝述感》，则突出表现中朝人民鲜血凝成的友谊："中朝友谊，鲜血凝成万代长。”同时对社会主义的前景予以热烈的赞颂：“放眼观天下，旭日耀东方。”依然体现出革命家的政治见解，富于时代色彩。

叶帅的国内纪行词，同样有鲜明的政治色彩，同时，多了几许闲逸情怀，更多地歌咏祖国建设的新风貌。《蝶恋花·海南岛》云：“海角天涯今异古，丰收处处秧歌舞。”直率而欢畅。《蝶恋花·榆林港》云：“浅水蓝鱼梭样去，教人疑是龙宫女。”想象奇丽而真情自见。《朝中措·鹿回头》则写得挚情深细、悠远隽雅：“撷得一枝红豆，思量寄与谁家。”词作对南国风物的铺写，格外令人流连：“椰浆消渴，咖啡醒目，南岛韶华。”对祖国的热爱之情，溢于词表。《浣溪沙·登大兴安岭》与《蝶恋花·从哈尔滨回北京》则对建设方针与政策思路，作了直抒胸臆的表述，虽直采议论入词，却让人觉得亲切有味，体现出老领导对祖国建设事业的关切。前阕云：“祖先遗树值千年，资源利用慎材艰。”提出保护资源的观念。后阕云：“发展农村凭集体，科学生产为根据。”生动地表达了农业建设一靠政策、二靠科学的实践经验。尽管具体政策会因时因地不断有所变化，但作者对祖国的关爱之情是永远不会消磨或减色的。《蝶恋花·烟台行》更对祖国四化建设的前景满怀信心，作了热烈歌颂：“九亿人民齐奋臂，完成四化开新纪。”如今人们已真的迎来新的世纪，四化建设也的确跃上一个新的台阶。

说到对祖国建设的讴歌，不能不格外指出两阕词作，一是作于1957年的《长江大桥》，未署调名，也许是作者自创的新调，极富想象力，也颇得古人比兴寄托之旨趣。如描绘大桥之建成（按：这里指武汉长江大桥，乃我国于长江上建成的第一座大桥。毛泽东《水调歌头·游泳》云：“一桥飞架南北，天堑变通途。……神女应无恙，当惊世界殊。”叶帅所作，当受其启发）云：“天公叹服，地上神仙，长桥飞架，南北东西无阻。遥想银河，斜窥牛女，端的乍惊还妒。”真写得奇幻豪壮。而下阕结语云：“流水不关情，让它滚滚东去。”实际含有“浪花淘尽英雄”的蕴义，意谓只有社会主义时代的人民最风流；同时也暗用毛泽东“子在川上曰：逝者如斯夫”的立意，慨叹长江大桥是前无古人的丰功，可留予后人评说。北宋词人柳永的名作《八声甘州》中有“唯有长江水，无语东流”之句，也颇含哲思，但柳永所作不过是咏写羁旅穷愁，感情凄切寂寥；叶帅所咏，则是祖国建设的重大成就，基调乐观高昂，手法虽有相通处，高下却大有不同。作于1978年专为歌咏首次全国科学大会召开而写的词《忆秦娥·祝科学大会》更从世界发展的形势着眼，歌咏这前无古人的创举；该词同样想象奇丽，感情昂奋，而且同样深受毛泽东词作的影响（这次是从《蝶恋花·答李淑一》与《水调歌头·重上井冈山》吸取借鉴）。因该词可谓叶帅写得最成功，也是影响最大的词作，特全文引录于下：

追科学，西方世界鞭先着。鞭先着，宏观在宇，微观在握。
神州九亿争飞跃，卫星电逝吴刚愕。吴刚愕，九天月揽，五洋鳖捉。

此词同叶帅的五绝《攻关》，在当时广为传诵，大大地鼓舞了全国人民向科学进军的信心。今日读来，犹令人振奋。对科教兴国的战略，叶帅早有睿见，令人无限追思。

叶帅词的赠人之作，也同其赠人诗作一样，真挚亲切，不加雕饰而自具风韵。《忆江南·赠西安搪瓷厂职工同志》，体现出领袖与群众的亲密接触，对基层工作给予热情的勉慰："手转机轮歌奋进，戎场曾作健儿身，骨干责非轻。"自注云："全厂转业军人占百分之二十五。"这是统帅对转业士兵的肯定与嘱托，亲切真诚，令人感慰。《虞美人·赠陈毅同志》则对老战友充满深情，尽管在当时（1966年"文革"中）不得不违心地批评几句，但更热切地渴盼与老战友继续共事，共谋大业："严关过尽艰难在，思想幡然改。全心全意一为公，共产宏图大道正朝东。"这种不避险恶的战友情怀，的确令人感动。

叶帅的诗有诙谐的特点，甚而有调笑的《戏作》，其词也一样，在真切从容中颇具谐谑幽默，读来轻松有味。如《水调歌头·车中戏作》云："车上忽然腰闪，肚子闹龙宫。漫漫七昼夜，怎如八点钟。"写得风趣横生，引人入胜。它如"天下一穹隆"，与"车头有异力，拉人迈向东"等句，也都亲切诙谐，令人读之不厌。《调笑令·会场素描》则善意地讥讽了长而冗的会风，是引人会心一乐的佳作："头重，头重，四个小时听众。腰斜眼倦肠饥，左手频看计时。时计，时计，有点猿心马意。""时计"是日文名词，写入词中毫无扞格，且与全词极为协调。这种游戏笔墨，显出叶帅的生活情趣，实不容忽视。

除词外，《叶剑英诗词选集》中还有一首四言诗《题刘志丹烈士陵园》，不妨顺便评述一下。全诗简洁有力，雅而不涩，出语真率畅达，读之令人鼓舞。“纪念先烈，以启后人”的用意，更让人永志难忘。

（本文曾分为数篇论文发表，并部分刊于《叶剑英与中华文化》，广东叶剑英研究会 2002 年 3 月出版；又部分刊于《中国当代文学论集》，中国社会科学出版社 2004 年 12 月出版）

# 叶剑英诗作鉴赏

## 少年心事当拏云

——叶剑英诗《油岩题壁》赏析

年轻人大多意气风发、壮志满怀，渴望建功立业。故唐代诗人李贺曾咏写道：“少年心事当拏云，谁念幽寒坐呜呃!”（《致酒行》）意谓即使在困顿中，年轻人的志趣也不会沮丧。毛泽东同志更曾高歌：“恰同学少年，风华正茂；书生意气，挥斥方遒。指点江山，激扬文字，粪土当年万户侯!”（《沁园春·长沙》）叶剑英于家乡梅县东山中学读书时，也曾写下一首慷慨豪迈的“少年宣言”，抒发自己的不凡壮志：

放眼高歌气如虹，也曾拔剑角群雄。
我来无限兴亡感，慰祝苍生乐大同。

此诗作于1915年，作者当时才18岁，即将从中学毕业。油岩，梅县名胜，就在东山中学的后山上。叶剑英本在务本中学读书，为反对一官办校长，同其他进步师生毅然退出该校，在开明人士资助下办起的私立学校东山中学上学。曾领导过学潮一事，早早便显露出叶剑英的峥嵘头角，预示着他远大的人生前程。而《油岩题壁》诗表明，他固然有高远的志向，但绝非为一己谋前途，而是要救国救民，创立人人平等和睦的“大同”世界。在《毕业同学录》序言中，他更雄健地宣告：“道义之友，团结不懈，成则为周武三千，败则为田横五百，可常可变，可生可死。”其襟怀之广阔，抱负之宏远，识见之通达，感情之沉雄，俱超卓可钦!

诗之前二句，抒写其壮怀豪情。“气吐虹”，出自《礼记·聘义》：“气如白虹，天也。”此处谓自己意气风发，豪气逼人。“拔剑角群雄”，出自《史记·项羽本纪》，谓项羽年轻时，其叔项梁教他读书，他不肯好好学，说能记写姓名足矣，要当英雄，于是项梁又教他学剑，他学了一会儿又不肯好好学了，说学剑只能与几个人对打，不能为万人敌，于是开始学兵法。此处谓作者不甘以书生为终生业，决心当敢于同群雄争夺天下的豪杰之士。

诗之后二句，抒写其人生理想。“兴亡感”，对历史上朝代兴亡、人事代谢生发出来的感叹，其实质是对广大人民痛苦生活的同情。因前人早已看透，不论兴亡，得利的总是统治者，受害的总是平民百姓，所谓“兴，百姓苦；亡，百姓苦”（元·张养浩《山坡羊·潼关怀古》）。作者决心跳出这一历史循环圈，追求一种新的社会理想，即后句的“慰祝苍生乐大同”，也就是为了广大人民群众真正的幸福，建立一个人人平等和睦的“大同”世界。“大同”是古代的社会理想，《礼记·礼运》：“大道之行也，天下为公。选贤与能，讲信修睦……故外户而不闭，是谓之大同。”变法维新时，康有为更曾著有《大同书》，构想未来的社会形态，曾风靡一时。这时作者还没有接受马列主义，还不了解共产主义，其“大同”观念还比较模糊，但志在利民这一点，却毫无疑问。正因有此理想，作者后来才能成为无产阶级革命家，伟大的共产主义战士。而其一生志向的确立，植根于年轻时的抱负，不能不让人佩服其早熟。

这样一首言志诗，不仅可鼓励年轻人立志成才，对其他年龄段的人也有鼓舞勉慰作用。我已是白发老翁，读此诗时固有愧不如人的惭疚，但也决心“慰祝苍生”，为人民的幸福贡尽余热。如此佳篇，出自中学生之口，作者诗才之早熟，也颇令人惊叹。

## 送友登程寄情深

——叶剑英诗《送赵君益坚出发水东》

古来送行诗中，最深情的群推为李白的《赠汪伦》：“桃花潭水深千尺，不及汪伦送我情。”多么自然而真挚！最豪迈的，大概要数王勃的《送社少府之任蜀川》：“海内存知己，天涯若比邻；无为在歧路，儿女共沾巾。”多么旷达洒脱！

1920 年，刚从云南讲武堂毕业的叶剑英追随孙中山，在广州军政府副官处工作。这时，他在梅县东山中学的同学，当时也在粤军任职的赵益坚，将去电白县就职。叶剑英在送故友赴任时，忆起王勃之作，仿其题目，取其体式，也作了一首赠别五律《送赵君益坚出发水东》：

扬鞭驱万里，之子乐风尘。
念我飘蓬意，思君奋翮身。
燕然思窦宪，珠海拟汪伦。
乱世谁非客？前程处处春！

诗作同样抒写旷远胸襟。王勃是劝友人不必因与故人远隔而伤心，因只要心意相通，路途远近算不了什么，此处则云“世乱谁非客”，谓出门的人固是客，来送的人其实也并未留在故里，同样可称之为他乡之客，大家还是不要再争论谁是主，谁是客了吧。这实在比“天涯若比邻”更看得透辟。而且，诗作同样忆及李白的诗，要将送别之地作“桃花潭”来看。“珠海”此处指广州的珠江，因其直通大海，故称“珠海”。舍“江”用“海”，实为谐调平仄，以合诗律。

此诗最精妙处，在于中间两联对仗均为互文，即“念我飘蓬意，思君奋翮身”，兼指二人都有“飘蓬意”与“奋翮身”；同样，颈联也兼指二人同样既“思窦宪”，又“拟汪伦”。其手法之精，寄意之深，达到极高的造诣。

“飘蓬意”，指就像蓬草被风吹得到处飘零一样，喻人生不得不浪迹四方。“燕然”句，指东汉东孙将军率兵攻打匈奴，取得大捷，在燕然山勒铭纪功，铭文出自班固之手，内有“振大汉之天声”等句，颇令人鼓舞。古人遂以“燕然勒铭”喻建功立业，本句也指的是建功立业的志向，更具体指民主共和的理想。

## 少年醉酒不言愁
### ——叶剑英诗《夜宴》赏析

古人云：“抽刀断水水更流，举杯消愁愁更愁。”（李白《宣州谢朓楼饯别校书叔云》）。谓人饮酒之后，往往悲愁俱来，醉意更浓，不知是愁生于酒，还是愁泄于酒，酒与愁常结伴而存，难解难离。但这多是人在中年以后的颓唐举止，年轻人则往往醉酒高歌，豪气顿生，不知愁为何物。叶剑英于1921年即24岁时写的七律《夜宴》，便颇有少年醉酒不言愁的意味：

月满危楼花满园，花前月下宴王孙。
频移杯影浑忘醉，几次琼香对笑论。
兴爽春农沾露湿，情高秋思落诗魂。
更怜良夜嫌更促，把剑长歌气压轩。

诗的首联即渲染出一幅夜宴的场景图：有花有月，有楼有园。这两句诗不避复字，颇见功力，两个满字的相互照应，花字、月字在上下句的重复强调，都生动有力，令人难忘。在这样一个花香迷人，高楼（危即高，非指危险）敞亮，园中清净，月华扬辉的月夜，一群志同道合的年轻人欢聚在一起，怎能不频频举杯豪饮，而略无醉意，反而更显意气飞扬呢？

颔、颈二联写夜宴的具体情状。细分的话，颔联写饮酒时的动态，颈联写饮酒后的情态。“频移杯影”句，表明酒饮得豪爽，毫不扭捏；“几次琼香”句，状写话语之投机，毫无冷场。“琼香”即酒香，因好酒有“琼浆玉液”之美称。“几次琼香”，犹言酒饮数巡。宴席上，每个客人各尽杯中酒为一巡。“浑忘醉”与“对笑论”成对比，写出年轻人的特有风姿。“兴爽”句与“情高”句，则抒写饮酒加深了人与人之间的情谊，是互文的手法，写与宴人不怕夜深露水湿衣，反而引发诗兴。“春衣”与“秋思”则是衣着与思绪的约举，并不确指春与秋。

尾联则写得意气风发，壮怀激越。年轻人之所以长饮而不醉，乃心中有壮志，目标高远，对人生充满自信与乐观。这画龙点睛的一笔，大大提升了诗作的思想境界。

## 醉酒不成豪气存

——叶剑英诗《雨夜衔杯》赏析

同样是饮酒，年轻人多热情，老年人多感慨；同样是听雨，少年人多躁急，老年人多平淡。南宋词人蒋捷的《虞美人·听雨》，便咏写了“少年听雨歌楼上”、“壮年听雨客舟中”、“而今听雨僧庐下”的不同情境，颇令人寻味。而在同一年龄段，则不论境遇如何，心境则大体相近，如“少年不知愁滋味”的年岁，喝醉了也不会有“举杯消愁愁更愁”之感伤，即便宴饮不成，也同样豪情难抑。叶剑英同志24岁时写有七律《夜宴》，咏写晴朗月夜的醉酒情态；同年写的《雨夜衔杯》，则咏写醉酒不成虽略觉愁闷，仍不掩豪情的复杂心绪：

雨撼高楼醉不成，纵横豪气酒边生。
会将剑匣拼孤注，又向毫锥汨绮情。
入世始知身泛泛，结交俦侣尚平平。
愁多无计寻排遣，澎湃声传鼓二更。

诗一开首便点明，虽同样在高楼饮酒（按：《夜宴》云“月满危楼花满园，花市月下宴王孙”），因阴雨绵绵，令人难以尽欢，无法成醉。但同醉后“把剑长歌气压轩”一样，同样有豪情溢于胸怀：“纵横豪气酒边生。”这的确符合年少轻狂的生理、心理特征。

次联承首联，写豪气被酒引发起来，不禁慨叹自己报国无门，求爱又不成，在战场与情场都未实现心愿的不平心境。“剑匣”，指武器，代从军；“毫锥”，指毛笔，代撰文。“拼孤注”，即以性命相搏；“汨绮情”，指描写男女绮思。这年作者还写有《羊石杂咏十绝》，正是失恋的告白，容另行分析，此不赘。但作者的情怀何以翻腾不已，在此作了交代。

颈联对自己短暂的生涯作了个小结，认识到自己之所以未达成理想，既有个人学识修养的不足，也有外界条件的不成熟，也就是既明了本人并非振臂一呼、应者云集的超人，而能与自己肝胆与共的知心友人也太少。这当然是一种清醒的反思，但绝非临场告退的怯懦之语。相反，这是在激励自己进一步锤炼自身，也更执著地去寻求可靠的挚友。也许正是这种清醒的认识，促使作者很快找到了大批志同道合的战友，加入坚强的战斗组织——中国共产党。

最后一联，则是心绪难平的抒写。所谓“愁多”，原来是寻路的苦恼，并非仅仅为个人前途担忧；因此，这种愁闷不仅没有磨损人的斗志，反而激起人的万丈雄心。“澎湃声”其实并非传报“二更”到来的更鼓声，而是作者怦怦跳动的心之律动声，是一种壮怀难抑的焦躁之感。不妨反过来读，指听到更鼓声传来，不禁令人心血沸腾、豪情澎湃。

要之，此诗虽写个人生活的情事，却充满战士情怀，颇能扣响读者的心弦。

## 旧地故人寄情思

### ——叶剑英诗《在伯力》赏析

人是有记忆的，曾结识过的故友，曾生活过的故地，总格外牵惹人的情思。因而，当1957年叶剑英元帅访苏时，写下多首纪行志感之作，诗为《西行杂诗》，计十四首。其中《在伯力》一诗最深情浓挚，读来感人肺腑。诗云：

> 不见加仑三十年，东征北伐费支援。
> 我来伯力多怀旧，欲到红河认爪痕。

前两句，即诗的上联是怀念故人。加仑乃苏联元帅，本名（俄语名）瓦西里·康斯坦丁诺维奇·布柳赫尔，1924—1927年间，曾任广州中国革命政府总军事顾问，叶剑英当时在黄埔军校任教，并曾担任粤军第二师参谋长、新编团团长、北伐军第一军总预备队指挥部参谋长等职。这期间，曾与加仑共事。如在第二师任职时，年轻的叶剑英曾身先士卒攻下淡水城，受到苏联顾问罗加齐夫的称赞。

除在中国结下战斗友情外，叶剑英同志于1929年在苏联留学期间，曾参加远东游击队，并在伯力附近的红河营地组织军事训练。而此时加仑已返回苏联，任远东军区司令，司令部即在伯力。二人不仅重新见面，加仑还曾留叶剑英在司令部工作了一段时间。

不仅与故人加仑、故地伯力有如此关系，访苏时叶剑英正担任我军训防总监部代部长，主持全军的军事训练工作，这无疑使他对自己当年红河练兵的情形，有了格外亲切的忆念。这样在重临伯力时，才会自然而然地想起加仑、想起红河营，发出“多怀旧”与“认爪痕”（生活遗迹）的感慨。此情油然而生，沛然而充，真切绵远，诚挚悠长。

另须解释的是，“认爪痕”出自苏轼诗《和子由渑池怀旧》：“人生到处如何似？应似飞鸿踏雪泥。泥上偶然留指爪，鸿飞那复计东西。”“爪痕”即飞鸿的爪印，犹如人生的遗迹。

（这组短文未曾发表）

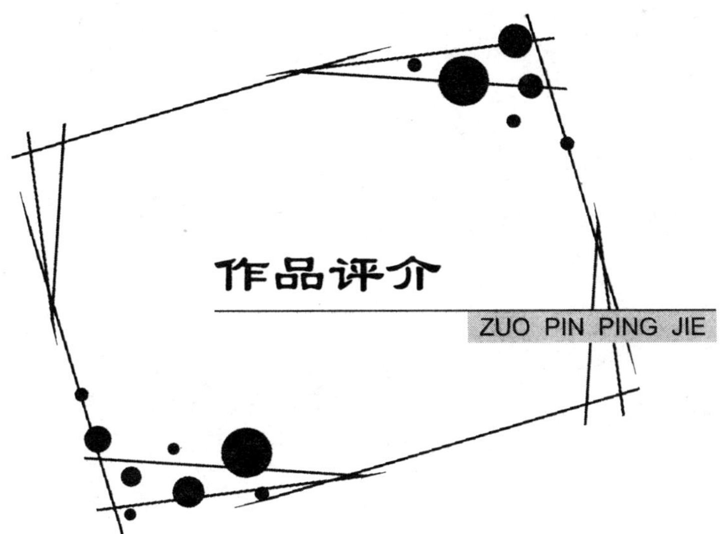

# 作品评介

ZUO PIN PING JIE

# 略说琼瑶小说的诗意美

琼瑶小说深受青年读者的喜爱，绝非出于偶然。这位台湾才女的言情之作，不仅描写细腻，感情真纯，而且充溢着灵秀之气，具有诗的情韵，诗的色彩。她不仅是一位小说家，同时是一位诗人，春风文艺出版社的《琼瑶的诗》，所收便是她写在小说中的诗作。由于这些诗作与故事情节有紧密联系，比起一般的诗作内容更为丰厚。

诗在琼瑶小说中的作用，除像传统言情小说那样，可烘托场面气氛、作为传情的媒介、展示人物性格、寓写人物命运之外，还有多方面的创造性发展。仅我读过的十几部作品中就有如下精妙的运用：

（一）将诗意化作书中实景。如《雁儿在林梢》中陶丹枫祭扫姐姐陶碧槐的场面，便化用了《红楼梦》中“葬花词”抒写的情境。《心有千千结》中，江雨薇在初冬时节的风雨园里，披着细细的雨丝立于落花之中，栩栩如生地再现了晏几道《临江仙》词“落花人独立，微雨燕双飞”的画面。《窗外》中高中女生江雁容因初恋而转侧难眠的情景，本是很难用语言描摹再现的，但琼瑶却将台湾雨季的景物与人物的幽微愁绪，借一幅由宋代女词人聂胜琼《鹧鸪天》词意具象化的图景，生动细腻地表现出来了：

> 晚上，江雁容在雨声中编织她的梦。深夜，她在雨声中寻找她的梦。多少个清晨，她在雨声中醒来，用手枕着头，躺在床上低声念聂胜琼的词：
>
> “寻好梦，梦难成，有谁知我此时情？枕边泪共阶前雨，隔个窗滴到明。”

在这里，诗情与画意融为一体，难以言传的人物情绪物化为鲜明可感的具体形象，古人的旧词竟有了新的生命，被注入现代人的情思。

（二）借诗歌揭示作品主题。这本是电影常用的手法，却成为琼瑶小说的鲜明特色。她的作品，大多穿插乐感极强的歌词一首或数首，像影片中的插曲或主题歌一样，或间接或直接地揭示作品的立意。不少小说的篇名，正由歌曲的名字得来，如《聚散两依依》、《匆匆，太匆匆》、《月朦胧，鸟朦胧》、《雁儿在林梢》、《我是一片云》、《彩霞满天》、《梦的衣裳》等。琼瑶小说与电影电视结下极深姻缘，以致由琼瑶小说改编的影视片数量比小说的部数还多，这应该是一个重要原因。

琼瑶不仅长于用自己编写的歌词揭示作品主题，也长于巧妙借用古典诗词，披露作品主旨。如《匆匆，太匆匆》结尾，在记述韩青如何又喜又悲地介绍了自己的恋爱故事之后，深情地抒写道：

> 他走了，走得居然很潇洒。我在花园里还站了一会儿，发现有几朵沙漠玫瑰枯萎了，我机械化的过去，摘掉那谢掉的花朵，心中朦胧涌上的，是李后主最著名的词句：
>
> 林花谢了春红，太匆匆，
> 无奈朝来寒雨，晚来风，
> 胭脂泪，相留醉，几时重？
> 自是人生长恨水流东。
>
> 我的眼眶又湿了。人生就是这样的。怎怪我一直重复着类似的故事？前人的哀痛与无奈，在现代的今天，它不是同样重复的存在着？岂不是？
>
> 我走回屋里，让一屋子的温暖来包围我，人，该为那些爱自己的人好活着，一定，一定，一定。

这段描写，生动地再现了李煜《相见欢》词怅恨情境，激起人们深沉的感慨，清晰地表明作者期望所有人尤其是年轻人“珍惜生命”、“珍惜感情”（见《匆匆，太匆匆》后记）的写作意图。

（三）用诗歌确定作品基调。在传统言情小说中，诗意的背景还仅只用来烘托特定场面的气氛，在琼瑶的笔下，整部作品的感情基调，往往也借诗歌来确定。如《翦翦风》便以晚唐诗人韩偓《寒食夜》中“恻恻轻寒翦翦风”这一诗句，定下全书既温煦又微带寒意、既明朗又有些迷茫的基调，于这种类似早春气候的基调下，展开一群高中生、大学生的爱情生活，表现他们对爱情既敏感又朦胧、既甜蜜又凄苦的初恋心理，确实十分贴切。

《月朦胧，鸟朦胧》也借一首久远传下的、好奇妙好奇妙的儿歌，作为整个故事开阖的轴叶，渲染出一种轻柔含蓄的基调。该书结尾的描写，更将读者引入特定情境之中，在心头涂印上好温馨好柔和的感情色彩：

> 窗外，正是月朦胧，鸟朦胧，山朦胧，树朦胧的时候。窗内，却是梦朦胧，人朦胧，你朦胧，我朦胧的一刻了。
>
> 他们静静地站着，静静地依偎着，静静地拥着一窗月色，静静地听着鸟语呢哝，人生到了这个境界，言语已经是多余的了。

历经波折之后，韦鹏飞终于寻找到出走的刘灵珊，怎么能不感到愉悦？刘灵珊又重新见到自己割舍不下的韦鹏飞，怎么能不感到惊喜？正是这种心灵的契合，才达到“此时无声胜有声”的美好境界。全书所欲弦诵的情境，不正是这种令人神往的境界吗？以这样的境界描写作为收束，自然给整部作品抹上了葱茏的诗意。

（四）从诗歌中提取象征性形象。琼瑶小说中有许多象征性形象，它们大多数是从诗歌中提取的。如《心有千千结》中的“结”，第一层含义是喻写人们心头由于种种原因产生的烦恼。书中女主人公江雨薇曾感喟地说：“我们是人，就有人类的感情，爱，憎，恨，欲……都是织网造结的东西。”这种心结形象，取自欧阳修《千秋岁》的词句：“心似双丝网，终有千千结。”琼瑶又从“结”的这层含义，引出“结”的另一层含义——男女相恋的情结。由心结到情结的转化，有一番波澜迭起的过程：江雨薇与恋人耿若尘之间，曾发生过重重误会，猜疑、犹豫、顾虑、嫉妒、自负、自卑等等，都曾在双方心头打过千千之结。最后耿若尘发觉自己的误解，写信向江雨薇道歉，深情地提出：

> 千言万语，难表此心。现在风雨园中无风无雨，晓色已染白了窗

纸。此时此情，正像我们两人都深爱的那阕词：

“天不老，情难绝，心似双丝网，终有千千结！”

不知何日何时，我们可以将此阕词改写数字，变成另外一番意境：

“天不老，情难绝，心似双丝网，化作同心结！”

至此，两人之间的误会消除，使耿若尘的痴情向往终于化作现实；引起愁烦的心结一一解开，恋成两心相系的情结。“结”这一具有双重含义的象征物，遂成为全书的构思中心。

象征物也可以喻人。《雁儿在林梢》便以同名歌曲中落在林梢寻觅窝巢的归雁形象，喻写自海外回归的少女陶丹枫。她的恋人江淮送给她的生日礼品，是一对雌雄相守的玻璃大雁，其用意如何不言而喻。当陶丹枫了解到姐姐死因的实情，对江淮又依恋又惭愧，打算飞回英国时，江淮追到机场，送给她一张卡片，上面题写着一首小诗：

问雁儿，你为何流浪？
问雁儿，你为何飞翔？
问雁儿，你可愿留下？
问雁儿，你可愿成双？……

此诗将满腔爱意，含蓄而明确地披示出来，终于强烈地感动了陶丹枫，使有情人终成眷属，也将“雁儿”的可爱形象，清晰地印在读者的心上。

（五）以诗歌作为贯穿故事的线索。在琼瑶小说中，诗的运用不仅能构筑成具体的故事情节，如《女朋友》中高凌风放声高歌《你的大眼睛》向夏小婵表达爱情，《匆匆，太匆匆》中三对恋人在一起如醉如狂地大唱歌曲等场面，都描绘得生动逼真，令人难忘；更经作者巧妙运用和精心编排，成为贯穿整个故事的中心线索。换言之，诗在这里不是只构成一个场景、一段情节，而是围绕一首诗歌展开整个故事。如《翦翦风》中，柯梦南在“小圈子”里歌唱《有人告诉我》这首歌，是他引起何飞飞等女孩子爱慕的契机，也是他与蓝采发生爱情的媒介；他后来修改这首歌的歌词，变感伤为欢快，并且只唱给蓝采一个人听，使这首歌成为他与蓝采定情的见证；十年之后，他从海外名成而归，在演唱上接到了“小圈子”中老朋友们的条子，却不肯再唱这首歌，而将歌词当作书信寄给蓝采，表明他永远难忘当年的情谊，但又不得不独自品味爱情苦果的心音。柯梦南、蓝采、何飞飞之间的情海波澜，始终与《有人告诉我》这首感伤凄苦的抒情歌曲相关，使它成为联结人物感情的纽带，展开故事情节的线索。

《聚散两依依》中贺盼云与高寒的相识与结合，也与同名歌曲密切相关，正是因弹唱这首歌曲，贺盼云才引起高寒的注意，于是在共同修改这首歌曲谱的过程中，两颗心彼此理解、相互接近了。第二天，高寒深情地演唱了经他改词定谱的歌曲，曲折而又明朗地向贺盼云发出爱的呼唤：

依依又依依，
依依又依依，
往者已矣！来者可追！
别再把心中的门儿紧紧关闭，
且开怀高歌，欢笑莫迟疑。

高寒的热情，像春风融解冰块，温暖了贺盼云因丧夫而冷却的心，使她感情的湖水重又荡起波澜。由于意想不到的波折，他们未能彼此结合，贺盼云远嫁美国，当她回国探亲打算重返美国时，高寒拉着重新聚在一起的“埃及人”乐队全班人马，在候机大厅反复弹唱这首歌，终于用“依依又依依”的情丝，将准备去美国的贺盼云拉了回来。爱情的奇迹，就这样在歌声的回荡中诞生了。

以上几种用法，分开来看，在其他人的作品中也可能见到，但很少有人像琼瑶那样，将多种诗的用法自觉而纯熟地综合运用，使诗歌与故事融为一个有机的整体——故事使诗的意境化为具体可感的形象，诗使故事带上了一种书卷灵秀之气，令人简直无法辨明究竟是诗意触发了作家撰写小说的灵感，还是作家为她所要撰写的故事披上了一件诗的外衣。《心有千千结》、《梦的衣裳》、《聚散两依依》、《雁儿在林梢》、《翦翦风》、《匆匆，太匆匆》、《月朦胧，鸟朦胧》、《在水一方》、《彩霞满天》等，都是极富诗意的作品。这里仅想以《我是一片云》为例略作剖析。

《我是一片云》讲的是段宛露与孟樵、顾友岚之间的三角恋爱的故事。全部情节是以“云”的喻义为基础展开的，而这一灵感得之于徐志摩婉曲怅惘的短诗《偶然》：

> 我是天空里的一片云，
> 偶然投影在你的波心，
> 你不必讶异，更无需欢喜，
> 在转瞬间消灭了踪影……

诗以云的飘流不定，比喻爱情的归属难以预料，写得既惆怅又洒脱，将爱情的偶然和神秘抒写得那么动人，那么贴切。《我是一片云》中的女主人公段宛露以“我是一片云”自居，她的爱情归属不易决断，自然在人意中。由云象征难以安定的人物性格，又衍生出其他具有象征意义的形象——风与瓶。风象征孟樵那狂暴而热烈的爱情，瓶象征顾友岚平静而可靠的爱情。是飞进“瓶”中，接受顾友岚的爱情？还是随着“风”飘，接受孟樵的爱情？段宛露始终游移着，痛苦着，折磨着自己，也折磨着别人；最后毁灭了自己，也毁灭了别人。

《偶然》一诗不仅渲染出整部作品的感情基调，赋予作品立意和人物性格以象征性的形象，还在书中反复出现，成为贯穿故事情节的线索，而且直接衍化出若干具体情节，如孟樵得知段宛露已嫁给顾友岚后，直到半夜仍发疯般地弹奏钢琴，而弹来弹去，都是同一支曲子，徐志摩的《偶然》：

> 不知道是弹第几百次了，这单调重复的曲子，把那寂冷的夜，似乎已敲成了一点一滴的碎片，就象屋檐上的雨滴一般，重复又重复的滴落……他已弹得痴了狂了。
>
> 孟樵注视着手底那些白键和那些黑键。他熟练的让自己的手指一次又一次的滑过那些冰凉的琴键。如果说他有思想，不如说他没有思想，他只是在机械化的弹着这支曲子，朦胧中，唯一的意识，是在一份绞痛的思绪里，回忆起第一天见到宛露时，她那喜悦的、俏皮的、

天真的声音：

“我叫一片云！”

一片云！一片云！你已飘向何方？一片云！一片云！你始终高高在上！一片云！一片云！呵！我也曾拥有这片云，我也曾抱住这片云！最后，却仍然象徐志摩所说的：“我走了……不带走一片云彩！”……

这是小说的情节，更是诗的情境。这一感人的片断，令读者不由地联想其他与《偶然》一诗相关的情节，使得怅惘凄楚的感情基调更为鲜明；孟樵对“云”的刻骨忆念，不仅带出他作诗以风自比的意象，还使人不由得想起顾友岚自称为“瓶”的象征意义，引发对人物关系及人生命运的深沉思索。它表现出丰富的内容，更触发读者丰富的联想，境界深远，韵味无穷。在小说写作中，将诗的作用发挥得如此淋漓尽致，实在不能不令人赞叹。

诗意美是难以言传的，加之我个人文学素养不足，又没读完琼瑶的全部作品，对琼瑶小说诗意美的理解当然十分肤浅。我不揣粗陋地随手记下读琼瑶小说时的点滴感受，只是想说明琼瑶小说确实是比较纯美的，能使读者获得艺术美的熏陶。一般的评论都将琼瑶小说归入俗文学中，其实琼瑶小说的文学素养底蕴深厚，高雅脱俗的特色更突出些，诗意美即为其一端。试问所谓纯文学作者中，有几人的作品有那样葱茏的诗意？有谁对古今诗歌像琼瑶那样谙熟并运用自如？因此，认真探讨琼瑶小说的诗意美，有助于我们更深层更准确地评价琼瑶小说，进一步沟通大陆与台湾的文学交流。

（原载《台湾研究》1988 年第 1 期）

# 诗的沃土　诗的源泉

## ——喜读《南大荒》诗刊

诗也需要土壤的培护，这里便是一片诗的沃土；诗也需要泉水的浇灌，这里便是一眼诗的源泉。《南大荒》的沃土，孕育出葱茏的诗林；《南大荒》的甜水，滋润出绚丽的诗花。谁能想得到，在芦苇丛生的黑土地，在油浪翻滚的三角洲，在建设工地的轰鸣中，竟有如此响亮的诗的伴奏；在经济振兴的宏图里，竟有如此鲜明的诗的线条！来到盘锦走访，我这个爱写诗也爱评诗的老业余作者，做梦也未想到这里竟会有如此多的诗友，如此好的诗刊，如此难得的对诗歌的执著追求，如此罕见的对诗刊的苦心经营。

诗，的确是浪漫的游戏，在衣不蔽体、食不果腹的艰难境遇中，甚至于在枪林弹雨、牢狱刑场的生死关头，也总还有人偏偏要超越冷酷的现实去做诗意的玄想，以致吟诵出比人的短暂生存远为长寿的不朽诗篇。也许这正是人类本性的显现，是对世界的囊括，是对人生的超越吧？

但是，诗的定型，诗的保存，诗的传播，诗的流传，又不能不受现实的制约，是非常不浪漫，甚至非常懊恼人的实实在在的问题。没有笔和纸，随口吟成的诗句便会消逝在空气中，好像它从未产生过；没有报刊和图书，再好的诗也难以实现广泛的交流。写诗还仅仅是个人的事情，但要寻觅知音，激起自己更强烈的诗情，却非借助一定的媒介不可。这就要从云端降至凡尘，去筹措经费，去联系印刷，去张罗发行。没有实实在在的努力，没有孜孜不倦的热心，零散的诗稿怎能汇编印成一期期诗歌刊物？当我了解到《南大荒》这一诗刊硬是靠几个热心人的坚韧撑持，竟从1984 年办到现在，出版了 90 余期刊物和二十余册诗集，联络了数百个本地和外地的诗友，内心受到强烈的震撼。谁得知这一业绩，能不由衷地感到惊佩和赞赏呢？这两千多个日日夜夜，这无数量的琐务杂事，这一腔心血、一片赤忱，绝非纸面上的诗行那般浪漫。然而，不正是这平凡而朴实的业绩，化作成千上万的诗行，走进了千百人火热的心窝吗？这本身不正是一首诗，一首关于蚕的诗，一首关于蚯蚓的诗，一首最最浪漫最最动情的绝妙诗篇吗？

从1990年的几期诗刊中，我感到《南大荒》颇具地域色彩，这也正是编者的刻意追求。辽河油田耸立在这一片沃土，石油诗自然成了这里最响亮的歌唱。从《那个黑三角》（詹克胜）、《崛起的脚手架》（詹福祥）到《荒原魂》诗辑，的确吐露了《石油诗人》（克胜）的痴情："旋开爱的阀门/喷出浓浓的黑色情输给祖国/烧红加热人们的生活/煮沸民族情绪。"但石油诗并不尽是粗犷火爆的油味，也有细腻婉转的情思，如《油娃》（陈殿军）便很动人："第一声啼哭/钻塔收下了你/板房成了摇篮/我扬起童心/启蒙的帆/开始了远航/一组未来的理想/在油海上空飞翔。"在这样的环境中长大的孩子，怎能不在睡梦中都闻着油香，把自己的生命与祖国的石油事业熔铸在一起呢？

《南大荒》还培育起一群才情纤细的青年女作者，她们的诗确有一股温馨的青春气息，与石油诗分别代表了两种不同的格调。如果说石油诗是青天碧野红日铁塔交织成的斑驳浓烈的油画，这些少女诗便是银白鹅黄嫩绿绯红勾抹成的轻淡娟秀的水粉画；石油诗较多男性矫健的阳刚之美，少女诗则较多女性清丽的阴柔之美。如《三月雨》（赵雁）、《风的季节》（靳立娟）、《月亮只有一个》（丘建芬）、《别离》（李月娟）、《送别》（管燕晖）、《那日夜晚》（李晓薇）、《爱》（邵惠敏）、《激情》（孙伟）、《相思》（刘爽）、《黄昏》（熊丽坤）等作，都颇耐品味。这些女作者中，有一大半是盘锦师范学校的学生，是否在女性集中的环境里，更易培植起少女的柔情呢？还是因缺少实际的爱慕对象，更容易在心头编织玫瑰色的梦境？《爱》是其中最成熟的诗，确有心灵的颤动。不过，这些情诗多半直吐胸臆，很少能借助巧妙的意象，尚有一些幼稚。

在其他诗中，我最喜爱林岩的《童话诗》："太阳是位大诗人/白天在收集素材/晚上便在广阔的天幕上/写下晶亮的诗行/而太阳的诗/只有月亮才能读懂/于是，朗诵给/夏夜乘凉的小朋友"。"晶亮"一词用得也较恰当。写诗，必须咬字嚼文，不反复品味定夺，就写不出好的作品。

“八方诗友”、“诗诊所”、“桥”等专栏办得也很有特色，尤令人感兴趣的，是诗后均附作者介绍，不仅为名家列传，为发表处女作的新作者也发简介，这便于诗友间相互联系，实在是颇具深心的编法，显露出心的赤诚。《南大荒》既如此好客，我也就不揣冒昧地闯了进来，愿与各位诗友结识。

（原载《盘锦文学》1991 年第 1 期）

# 歌咏人才问题的绝唱

## ——读谈立人《咏史》诗志感

人才问题，自古以来便引人关注，但处于不同的地位，关注的角度各异。在野的贤才，常慨叹知遇之难；执政的权臣，常慨叹掣肘之多；似乎只有跳出自身境遇的治史者，才能更客观地认识人才问题的真谛。谈立人同志虽非史官，但学识渊博，鉴古知今，又曾多年担任省级领导工作，具有高屋建瓴的眼光；而今退居二线，更便于冷静地审视和度量有关问题，对人才问题独具真知灼见。其《咏史》一诗，不啻一篇识见深透的人才专论，品味再三，颇有所得。惜乎本人修养有限，难以领会其全部内涵。现仅就个人所解，谈一些体会，以引发更多的同志品读此诗。原诗如下：

开基成败治兴衰，亘古同思济世才。
渭水迎来周一统，茅庐请去汉三裁。
轻疑误死江头恨，乏信奔离垓下哀。
千里群空非所用，何名燕蓟筑金台。

前联开门见山，点明人才的重要。“开基”指创业，包括推翻旧朝，建立新邦；“治”指治理，即日常的工作。全联意谓不论特殊时期还是一般时期，总是需要人才的。有无人才，直接关系到事业的成败兴衰。“亘古”指从古以来，既总结历史，更有现实用意。

颔联和颈联承首联意，从正、反两方面申说人才对于邦国的重要。“渭水”句指周文王在渭水边上访求姜子牙之事，“茅庐”句指刘备三顾茅庐请诸葛亮之事，全联以周得姜子牙统一天下，取商代之；刘备得诸葛亮得建蜀汉基业，有天下三分之一这两个历史典故，从正面说明得人才者兴盛成功的道理。“轻疑”句指吴王夫差错疑伍子胥事，结果伍死吴灭，空留伍氏遗恨推动钱江怒潮；“乏信”句指项羽不重用韩信其人，结果让韩信改投刘邦，导致垓下之围，死于韩信指挥的大军的包围之中。“乏信”的信字在句中是信用意，但兼指韩信其人，有双关妙趣，确为顺手拈来的神助之笔。这两句是以吴、楚败亡的历史教训，从反面说明失人才者衰亡失败的道理。

以上还只是泛泛地论人才的重要，那么怎样才能使人才真正发挥作用，不至于有遗才之憾呢？最后一联点明主旨：对人才要用得其所才行，不能摆花样求虚名。“千里”句指伯乐相马的典故，意谓发现人才不算太难，前人有“伯乐一过冀北之野而马群遂空”（韩愈《送温处士赴河阳军序》）之句。“何名”句引燕昭王筑黄金台招揽人才的典故，但反用原意，不是称赞这种举动，而是说完全用不着讲究虚礼。为什么呢？乃承上句“非所用”而来，意谓如用非其才、才非其用，表面的礼貌尊崇实毫无意义。这一见解点明人才问题的要害，确是发人深省。

古人谈人才的诗作，尤以白居易的《放言》五首最著名。白氏集中说的是人才的难以辨别：“朝真暮伪何人辨？古往今来底事无”（其二）；“试玉要烧三日满，辨材须待七年期”（其三）。谈老的《咏史》则着重论述了人才问题的另一个方面——识别、选拔出人才以后，如何正确使用，以充分发挥人才的作用。在社会主义中国的今天，群众中蕴藏着巨大的积极性，优越的社会制度也为人才的成长开辟了广阔道路，但是人才涌现出来后如何使人尽其才，则是亟待解决的严重问题，也正是谈老日夜思虑的问题，于是方有《咏史》之作，借历史的经验教训，使人们对才得其用（姜尚、孔明）与才不得用（伍子胥、韩信）导致的成败兴衰之由，留下深刻的印象，充分认识到人才使用问题的重要性。这哪里是简单地咏写历史，而是有的放矢地对现实提出的精警之论。其胸怀之广，眼界之高，思虑之深，识见之明，无不令人感佩。没有对革命事业的高度责任感，没有丰富的阅历和广博的知识，尤其是没有长期做领导工作积累的经验和远见，便无法写出如此深刻而感人的诗作。实可谓有不让古人、有益今人、启迪后人之效，很值得人们反复吟咏。

（原载《辽海诗词》1991 年第 2—3 期合刊）

# “童心今世在，文笔老方成”

## ——读月人著《润金书斋词稿》

近年来，旧体诗词的创作日趋繁盛，这恐怕不仅在于旧体诗词较便于遣兴抒怀，更由于旧体诗词有浓厚的民族特色，较便于吸取和展示渊源久远的民族文化传统。生长于历史文化名城的陕西电大月人君，对旧体诗词既偏爱又精熟，恐怕正与他浸润的文化营养有关吧？他自奉甚俭，但却肯自筹重资，自费出版《润金书斋词稿》，其痴其豪其执著其慷慨，难道仅仅是他个人的爱好，与我们民族文化的深厚伟力没有关系吗？霍松林先生在词集序言中赞扬作者“以弘扬中华民族文化传统为己任”的实干精神，正揭示出作者创作有成的秘诀。

但是，吸收民族文化传统是一回事，词的取材又是另一回事，人生固以民族国家事业为重，但在词作之中实不必硬拉大题目。只要是真正的龙的传人，一笑一颦自会有东方人的神韵。月人君的词作以诚为本，剖心铸辞，自然有血肉有生命。谈月人词，也不必正襟危坐，如好友对晤，任凭说长道短皆能合宜。既如此，还是从自道身世、吟咏情怀的角度，来认识其人其作吧。词集依“感兴”、“遣怀”、“旅游”、“交往”、“闺情”等分卷，正是以自身为轴心编排的。

说身世，作者祖居田家湾，求知西北大学，供职陕西电大，其词作，对这三处的美好景色、风俗人情乃至个人的悲欢离合，均有细腻的描述。如《忆江南·田家湾杂咏二首》、《忆江南·西北大学杂咏四首》、《破阵子·贺母校西北大学建校七五周年、重建五十周年》等，都清新可读。描绘家园春景的词作，尤觉韵味深厚，如《临江仙》记写“居处当街有牵牛花自绕泡桐枝上，红绿相间，分外妍丽”，首意在红花与绿叶的映衬上下笔，上下阙结语云：“红花轻白蕊，绿叶爱黄香”；“花红如点火，叶绿似层云”，色彩绚烂鲜明，景中寓满痴情，令人印象颇深。

谈行止，作者南来北往，游历过许多古迹胜景，所行多有词作。我到西安时得与作者相会，他告诉我：“别人每到异地，常爱摄影留念，我却爱做诗填词，记写自己的感受。”《忆江南·途次汉中》、《江城子·拜谒黄帝陵》、《采桑子·初谈杭州西湖》、《巫山一段云·经蓝田赴商州途中》等，都可为佐证。这些作品，有的以抒发感受为主，借景生情，如《江城子·夜舟豪饮兴庆湖》：“一湖绿水荡轻舟。爱风流，恨残秋。风风雨雨，偏不把春留。”有的以描述景色为主，寓情于景，如《摊破浣溪沙·车过渭南渭河大桥》：“万亩良田一眼收，迷人春色润歌喉。云落长虹接天地，夕阳留。”王国维氏所谓有我之境与无我之境，或可概括两类词作的美学意趣。

论交游，作者热情厚重，善待宾朋，无论长幼，咸愿与之论交，赠答之作，遂成为月人词的一大门类。这些词，意挚情深，写来如行云流水，读之如娓娓晤谈，我个人尤其偏爱。如《江城子·亚军、振孝二君造访寒舍》：“倾杯豪饮乐悠悠。菜风流，酒温柔。喜逢知己，即醉也无忧。”《青玉案·编辑部同仁王爱萍、彭西京、陈国兰欣然光临寒舍，遂设便宴款待之，并邀建劳、建平二君奉陪》：“高朋满座豪情在，醉美酒，无须怪。四壁清尘今日改。密林丰草，龙吟虎啸，狂语飞窗外。”两词同题材、同情境，但写得一旷达、一豪放，其情如一而韵致有别，俱耐人品味，动人心扉。两阕赠女士的词作，一写俞琳的舞姿，一写刘丽娟的风度，人秀美，句旖旎，心朗朗，情依依，人品高，词格美，读来印象极深，忆同窗、别友人、赞学员的词作，也不乏佳品，如《临江仙·闻友复好文学》：“意气书生多变故，宏图化作烟凝。不堪回首葬深情。童心今世在，文笔老方成。”既是臆写他人心事，也是自道创作甘苦，确有一腔童心、老成文笔。

道亲情，更显得意厚情真，语出至性，对长辈，既有贺父寿辰之《玉蝴蝶》，也有在亡父墓前寄寓哀思的《临江仙》；对妻子，既有直抒洞房欢悦的《点绛唇》和记叙蜜月柔情的《虞美人》，也有状写旅程别愁的《阮郎归》和思念妻儿的《酷相思》，还有悬拟闺情的《一剪梅·赠思》、《谒金门·妻怨》等；另有《鹊桥仙·题赠表妹春燕子》等作品，因近于传统题材，刻画更为细腻，描摹更为逼真，韵致更为含蓄，在艺术功力上稍胜于他类词作。几首仿李清照韵的词，明显地表露了作者的追求。《钗头凤·绍兴沈园感赋》对于恋情难舍、孤怀难遣的深层心理，体味得特别深刻，抒写得缠绵悱恻，早已超出了对陆游爱情悲剧的追索，而具有品味爱情与人生普遍意义的价值，最耐人品读，不妨引下半阕为证：“牵芳影，流荒径，一任烟雨黄梅病。春风宴，桃花面。倒看星月，满天生怨。叹！叹！汉！”

由于受格律限制，月人君的词作，反映的生活面还比较狭窄，也不那么具体形象。但歌哭自然，毫不矫饰，不仅活脱脱地表现了自己的生活，也赤裸裸地捧出了自己的心灵。尽管技法还不够圆融蕴藉，缺少些精微空灵，但终因充满生机，极富感染力。可以说，作者能以诚挚的人生入词，才能写下挚诚的词作。读其词可见其人；品其词，可见其心。如此真诚的人，如此真诚的心，怎能不孕育出最真诚的词作，怎能不拥有最忠诚的读者呢？凡与作者会过面的人，必将为其人格气质倾倒，而对其词作获得更深层的理解。

不必讳言，旧体诗词因有格律限制，作起来较难，读起来也较难，没有一定的素养，很难与作者实现淋漓酣畅的交流。但也正因为这一重难处，既增添了作者创作的乐趣，也增添了读者欣赏的乐趣。从意境、情调到一字、一句，由作者的咏写到读者的解悟，虽有一段距离，并非难以逾越。阅读中，往往有会心之处，在那一刹那间，时间的长河，空间的阻隔，立时尽皆消失，作者与读者在电光般的瞬间，便化为心灵上的交流，达成难以言说的默契，获得心神愉悦的审美快感，真比喝了老白干还让人陶醉。间距会产生美感，读旧体诗词的审美快感与读白话新诗的审美快感相比，或许更为深厚。不过，因月人君与我们同处一个时代，会心之处自然比读古人之作为多，这又是同阅读古人之作别有情味之处。相信读者诸君，定能自行领略月人词的妙处。

（原载《电大语文》1993 年第 3 期）

# 读《盘锦诗词选》札记

顷接东白兄寄赠之《盘锦诗词选》，开卷兴趣横生，不忍释手，感慨良多。本书以地名名集，然作品并非限于歌咏盘锦风物，而是作者均与盘锦有关系，内容则无所限制。其中佳章妙句，美不胜收；略仿古诗话体例，随记所感。有话则长，无话则短，拉杂写来，浅陋难免，就教高明，不敢自专。

## 1

谈立人同志可谓塞外吟坛盟主，诗词兼长，尤擅长词。词这种形式，限制实比格律诗多，青年人知之者尤少。谈翁信笔拈来，写得如行云流水，颇为当代吟坛生色。《鹧鸪天·再游盘锦书感》概括写出盘锦改革开放以来的巨大变化："昔日瘠贫遍地霜，今朝稻浪碧天长。"究其原因，则是创业者不辞艰辛的成果："黎庶苦，我人当。千军万马下寒塘。血濡汗滴溶冰土，变了当年南大荒。""黎庶苦，我人当"句铿锵作响，吐露了共产党人、领导干部的博大襟怀与顽强意志。

## 2

王充闾同志现为辽宁省委常委、宣传部部长，仍保持文人本色，待人平易亲切，没有丝毫世态炎凉。其诗咏道："旧雨喜谐新雨至，诗情每在宦情先"，颇切衷怀，人品与诗品俱高。如此风雅的儒官，如今已不多见，因随时代变迁，有深厚传统文化修养的人越来越少了，这实在是一种遗憾。唯愿不知作旧体诗词的官员，有王充闾同志一样的高洁人品，庶几少些遗憾。

王充闾同志曾在营口市工作多年，而盘锦一度归营口管辖，其与当地情缘颇深，自不待言。我也曾在营口工作过，与王充闾同志交往多年，谊在师友之间，曾赠其诗云："原有真情非做作，本无欲念自纯淳。党风端正文风雅，人品高洁艺品尊。"人与诗总是互相关联的，要写好诗，首先应做好人。

## 3

林声同志原为副省长，又曾是"老团干"，做过多年共青团工作，因而与"当年工作在辽宁的部分老团干部，相聚仙鹤之乡盘锦市"，自然情意洋溢，作《自度曲》抒怀。曲词流丽畅达，我尤喜开篇数句："疾蹄飞，雪灿梅，岁末老友鹤乡会。满堂春风起，三九心地翠。白发不染少年头，开颜皱纹退。谁论年花甲？青春今犹随。"时当岁末，会见老人，天冷情热，人老心雄，客观之严酷主观之潇洒，对比鲜明，豪气逼人。

## 4

项冶同志的诗，有好几首记写"文革"中在盘锦落户的情境，多农家风趣，五言诗不加雕饰，自见情致，颇得陶渊明诗的神韵。如"塘深蛙跃急，草浅燕飞低"；"野甸开瓜圃，荒丘辟稻畦"；"宜人秋雨后，草艳放芦花"。其《七绝·登钻井塔》后二句写得也颇有感受："登临日暖烟如柱，绵浦新城眼底收。"

但是，个别诗句雕琢过甚，写得吃力，读来也费力，弄得不像旧体诗，而像放不开手脚的白话诗，刻意求工反而失去诗味。如"河弯林如网，路坦马蹿痕。""汗水成冰冰又汗，凝光疑是启明星。""路坦"与"凝光"二词尤其别扭，不似古诗。

## 5

姚莹兄长于写散文与旧体诗词，其作品有两大特点，一是感情深挚，二是豪气鼓荡。其诗之豪，不是生造出来的，而自然蕴涵于畅达的诗句之中，如《七律·登盘锦双台子河闸》，首联开得便有气势："飞跨辽河何壮哉！千年祸水一时乖"；尾联结得更见气派："大闸任剪滔滔水，泄涨由人一景开"。正因姚兄的豪来自"内力"，出自本人的气质胸襟，不必借助外在的夸饰，他的朗诵诗写得尤其淋漓酣畅，在省内颇有名气。去年七运会辽宁省体育代表团出征时，少先队员朗诵的送行献辞便出于姚莹手笔，可谓不负其才。

## 6

王明希是省内颇有名气的诗词大家，其咏盘锦鹤乡的作品写得颇具情味，颇堪吟诵。虽是深秋初冬，入鹤乡却只见："十月春归南大荒，芦花百里涌流光。羽衣天使优游地，不现红妆现素妆。"鹤颇通人情，令人留恋，请看其诗："有缘相会默无言，吻手牵衣情半含。禽鸟交人通大礼，依依送客至门前。"

## 7

孙丕任学术有成，对帝王诗尤研究有素，其旧体诗词创作，在省内也颇有名气。其《七绝·鹤乡秋意》写得简洁明净，颇可读。读云："辽水收波叩北溟，霜白蒹葭满秋风。繁红缛绿删芟尽，始见长天野鹤行。""繁红缛绿删芟尽"一句尤见功力，将"霜白蒹葭满秋风"句衬得格外生动真切。

## 8

诗贵创新，但也不妨承袭，毛主席诗作便往往径用、改用前人成句，如"天若有情天亦老"、"败鳞残甲满天飞"等。陈默的五古长诗，有几句改用前人诗，读来倍增情味。诗云："我住辽河南，君住辽河北。彼此情无限，同饮一河水。"一看便知，此诗套用了陈毅诗句。陈总《赠缅甸友人》云："我住江之头，君住江之尾。彼此情无限，共饮一江水。"而陈总之诗，系化用宋代词人李之仪《卜算子》的词句："君住长江头，我住长江尾。日日思君不见君，共饮长江水。"文化传统的长河，正是在这种相承之中奔腾不息。

## 9

盘锦素称鹤乡，因此地多苇塘，便于鹤鸟栖息。营口又称金牛之乡，因此地有金牛山，发现原始文化遗迹。易兆鸿七律巧用两地别称入诗，读来别有情味："仙鹤奋飞腾健羽，金牛开拓着先鞭。"历史与未来融为一体，催人向上。

## 10

贾文第是盘锦本地诗人，其诗有旷逸气，透出襟怀之坦荡，如《六十寿辰感怀》云："功名利禄皆粪土，雪月风花上笔端。"《离休有感》云："云烟过眼随它去，风月宜人任我吟。"《秋游千山》云："萧萧落叶传私语，一抹斜阳恋晚山。"有超脱世俗的诗人气质。不过，"恋晚山"似太直白，不如"依晚山"为妙。"恋"为主观心态，"依"为客观状态，诗自以含蓄不露为高。

## 11

寄寒衣是妇女诗传统题材，张心培的《寄寒衣》则带有时代特征。诗前题记云："董先生由台返大陆故里，郑氏托先生归台时，将自己亲手制作的寒衣交与阔别多年的丈夫。"国共两党的内战，大陆、台湾的分离，造成许多家庭悲剧，当今的"赠寒衣"已无多大实用价值，阔别已40年，岂能真待穿这"寒衣"？但却包容着分量极重的乡情亲情，有难以估量的历史价值、感情价值、民族意识价值。诗云："两岸云迢远，心思紧依偎。愁人归故里，缝语寄寒衣。"诗很纯真，本身无大味道，但用以纪实，很有意义。不过"愁人"系生造之词，不如改为"乡人"。

## 12

怀古诗要想动人，要有史感史识，最好能推翻旧案，别出机杼。但历史往往早已被前人吟咏多遍，有新意很难。宋女词人李清照《绝句》云："生当做人杰，死亦为鬼雄。至今思项羽，不肯过江东。"王志敏的《七绝·夜游汉江渡口》有意另立新说，与李清照抬杠，认为不过江东才是无大志。诗云："沿江灯火势如虹，恰似连营百万兵。慨叹项王无大志，宁死不肯过江东。"其立意并不新鲜，杜牧早作过类似的翻案文章，但此诗能即景生情，发怀古幽思，还是可读之作。其《七绝·西望长安》、《七绝·大连老虎滩》等，也都有历史感，显出作者特长，值得肯定。但有的诗句太费解，不顺畅，如"长城此固非天险"便不好理解，应再仔细推敲。

## 13

老人问题是现代社会的一个重要问题。我国的老一辈大都经过历史的考验，有着旺盛的斗志，身老心不老，显出革命者的刚毅气节，有别于旧时代叹老嗟衰的风气。叶剑英同志有"最爱青山夕照明"之句，臧克家有"不用扬鞭自奋蹄"之句，都传诵一时。王树勋的两首诗，都是老同志发奋之作，确有"阳春有脚生命更旺"的感受。如"手扪桑榆不觉晚，阳春有脚返华年"；"且喜今天夕照景，余晖似火色粉红"等句，颇耐品读。

## 14

我当过中学教员，对教师诗颇感兴趣。盘锦市高中段松田同志的诗作，不愧教师本色，写得有情有味。"沧桑夜话西江月，不觉鸡鸣伴晚钟"；"春风送暖涌新潮，虎跃龙腾启吾曹"等句，都可吟诵。《七绝·诗会》（六首之四）最耐品读："山是眉峰水似怀，芦荡儿女展英才。细雨多情千溪唱，滚滚诗潮动地来。"写得生机盎然，物我俱活。

## 15

盘锦市高中段清岩老师的诗，也颇堪品味。《学诗》云：“太白斗酒吟百首，吾翻蒲叶入新声”；“欲握芦荻权做笔，蘸来辽水写蓝天。”富有地方特色，有些诗味。只是其诗多直抒胸臆，畅达有余，含蓄不足。

## 16

盘锦市第一中学的郑明伦，诗词兼擅，功力显在二段之上。其词作中，《六洲歌头·归队有感》最堪品读，将受迫害、得解放的经历、心境真切吐出，很有代表性。原词俱在，不再征引。《七律·除夕照镜》中颈联堪咏：“半世拙谋箕裘业，几年好景病中过。”《七律·生辰》则通首可读：“弹指年华六九春，今朝鱼肉庆生辰。诗书满架堪为富，子女成群不算贫。课语课勤三世业，学诗学礼一家人。乖乖幼女聪明甚，七岁习歌且善吟。”《七律·教师节感怀》亦堪读，后半首尤妙：“雪融大地曈曈日，斗柄回寅处处花。化雨春风今盛世，桃花园里展风华。”《七绝·无题三首》也很耐品味。一个老知识分子“丹心不忘酬华夏”的心态，淋漓尽致地呈示笔端，表现出改革开放对人才的解放，可喜可贺。党的政策的英明，中国知识分子的忠悃，可颂可仰。

## 17

丁宝兴同样诗词兼长，其诗，长于炼句，如“挑担移肩仙鹤舞，挥铣振臂柳莺旋”，颇具匠心；其词，则通畅明快，不加雕饰，如《江城子·访友》上半阕：“驱车访友去钢城，路直平，伴疾风。旭日初升，杨柳绿荫浓。小院农家烟淡淡，鸡犬叫，马长鸣。”诗词对读，风格有异，别见情调。

## 18

古人主张行万里路，以广见闻。今人的交通条件比古人便利得多，出行范围远远超出神州故土，远及海外，遍及世界。甄质诗作大多写域外见闻，如《访万景台》、《拜金佛寺》、《巴提雅之夜》等，显出时代烙印。惜诗作直抒观感，不移精细含蓄。

其诗全为律、绝，且以绝句为多。两首七律均为访朝之作，“吟到中华以外天”（清代诗人黄遵宪句），很可一读。但比较起来，我更偏爱其绝句，因确有灵机，耐人品味。如《芦乡行》：“风卷芦花万顷淘，长堤逶迤路迢遥。一双仙鹤腾空去，马背横笛上九霄。”尤以《游燕塞湖》最有余韵：“山抱湖水水环山，迭翠峰峦入眼帘。亭阁悬崖仙鹤立，泛舟搬棹不思还。”将对湖光山色的流连，写得低回绵长。《板门店有感》与《拜金佛寺》以情寓理，以理运情，突出理趣，也别有滋味，虽不如《游燕塞湖》之类优美，也可聊备一格。

## 19

焦世友的海外纪行诗能抓住特色，以景寓情，故较为可读。如《巴黎之行》云：“穿云过海乘风行，塔影石雕缀满城。雨里丁香分两色，返航嘉日早霞红。”《观凯旋门》虽亦为直抒观感，但能抓住“凯旋”二字下笔，虽未细致描摹景物，仍耐人品味：“塞纳河长连碧天，飞出多少好儿男。马赛一曲刚唱罢，凯旋门中庆凯旋。”

## 20

赵立山的十首词，全为纪游之作，意达词畅，功力圆融，首首可读，但无特色鲜明的篇章、诗句，不好摘录，但这不能算不足。正如小学生习字，有几个较成形者，老师可画圈褒扬；一书法家作品，个个字都不突出，你能因对比之中无特别出色者而认为他不如小学生吗？如硬要摘的话，我以为“水怯山羞烟笼面，花娇柳媚雨梳头”（《微雨赏西湖》）；“翠馆红楼相栉比，参差绿树更葱葱”（《兴城海滨》）等句较可读。另外，《千山咏怀》中“仙人台上真山意，抚我清风亦浩然”也可读，但“真山意”费解，似应作“有仙意”或“真仙境”。

## 21

阎墨林的新诗和小说，我在营口工作时便拜读过，他的旧体诗也很有造诣。《登香山》便极堪吟味：“久慕香山万叶红，今朝来访绿荫浓。清泉足下水帘洞，云海涛尖鬼见峰。百卉飘香流惬意，千岩竞秀寄深情。他年喜待重阳日，再谒仙山醉叶中。”读此作，真令人忆起杨朔的散文《香山红叶》，把游香山而未见红叶的心绪写得婉曲深细，极为动人。

## 22

东白是诗人，又是画家，还是文艺评论家，多才多艺，令人敬佩。其诗词之作的鲜明特色是极富时代气息，而又未带白话词语。有些写惯新诗的同志写旧体诗往往不够纯粹，东白之作却无此弊端。《五古·无语过清明》是悼念周总理之作，感情最为深挚：“无语过清明，痛极心欲碎。悲云知我心，漫天倾泪雨。”其他几节也极堪诵。《七律·游本溪水洞》等纪游之作，也首首可读，通篇完美。“银河浪卷千堆雪，巨厦棚悬万口钟”；“岩溶有像成珍宝，木偶无魂变至尊”；“关门口外云如海，一架长虹跨九天”等句，形象逼真，气势磅礴。《七律·谒靖宇石》尾联云：“汤沟溪畔浓荫下，可有当年抗寇人？”思致深细，出句警省，极佳。

## 23

一般说来，田园景象宜入诗，喧腾厂房难入诗。工业生产中，最富诗美的大约是采油了，一是铁塔高耸，极富特点；二是地处荒野，周围有自然风光。盘锦既是鹤的故乡，有无边苇丛，又是新兴的石油基地，以“铁塔”入诗者极众。符永库《七律·游辽河油田公园》饶有情味，颇可一读，其颈联云：“擎天钻塔钢骨竖，铺地云锦妙手织。”极耐吟咏。反过来，符君写工厂的词作，则造词生硬，晦涩难解。如“骨软渗碳，细化年轮”，不加注，谁解其意。工厂诗难写，又得一证。

## 24

旧体诗词宜于写那种缠绵刻骨的恋情，尤其宜写失恋与相思，写热恋、美婚，则不如奔放热烈的新体诗。吴志俨的《无题》诗，显然是写因政治迫害破裂的恋情，既有挚情难舍："遗丝断藕无踪影，陷阱波澜脱祸身；"又有旷达超脱："人生何必温前梦，到处芳菲胜似春。"虽语句锤炼欠工，犹堪品味。其《赠师》之作，更为可读："弹指卅年才相见，不改乡音话语谦。逆耳良言潜肺腑，隔窗苦口动心肝。耕耘大海滔滔浪，描绘群星灿灿天。座右春蚕丝吐尽，情怀如旧越雄关。"置诸全集，亦为上品。

## 25

一般来说，政治口号很难入诗，但也有写得畅美耐读者。陈青雨《七律·茶话会有感》中间对仗的两联，便以口号入诗而不碍诗美："深化改革除旧弊，坚持开放振新兴。文明昌盛群心暖，物质充盈万家丰。"我近日祝贺省唐代文学学会第十届年会的献辞，尾联云："改革开放谱新曲，盛世围炉歌永年。"亦采"改革开放"时髦词语入诗，虽写得不够生动，亦自知其中甘苦。

## 26

冯国珠诗作不多，却颇具功力，其《七律·登凤凰山》尤耐读。诗作开篇云："凤凰岭上凤凰空，千古奇观望眼中。"令人自然忆及李白诗《登金陵凤凰台》的开篇："凤凰台上凤凰游，凤去台空江自流。"而李白诗，又系套用崔颢《黄鹤楼》的开篇："昔人已乘黄鹤去，此地空余黄鹤楼。"不过，冯作虽有承袭，自切实景，化用前人佳句，反而增添读者兴味，并无雕琢模仿之弊。其诗尾联也很耐读："把酒临风生感慨，落花流水古今同。"

## 27

张海航诗《虎年画盘锦虎》构思极巧。“盘锦诞生正虎年，穿山跳涧气非凡”。将市建制与年庚相合，又借属肖状写本市发展前景，有民族风味，地方情事，可思可味。

## 28

四言诗在《诗经》之后，已鲜有佳作，李荣的《仿古》却有佳句堪味：“丽日洗心，戏鸟驰魂；远山招目，近水留人。”既切眼前景，又含悠悠意，惜开头二句与结尾二句未能与之般配。其他诗作、词作，优点在确有挚情，缺陷在不够含蓄，虽可读，但不耐品赏，俱不如前引二联。

## 29

杨柳青是大学教员，其诗作不多，却都堪玩味。《仿古》云：“昨日入城市，归来泪满襟。书上署名者，不是著书人。”诗句套用宋人张俞诗《蚕归》：“昨日到城郭（一本作“入城市”），归来泪满巾。遍身罗绮者，不是养蚕人。”所述事实，切中时弊，目下“出书难”是知识分子的大忧，某些有钱或有权的人纷纷挂名编书、著书，而著书人为使成果向社会公布，也只得忍痛相许。其《学诗》之作，巧用叠字，有巧思，有体验，亦可堪玩赏：“彷彷徨徨觅诗门，烦烦恼恼天地寻。隐隐约约门窗处，推推敲敲更殷勤。”有人说用叠字、双声、叠韵等是玩“文字游戏”，但真作“游戏”又有什么不可呢？起码可以提高语言驾驭能力，可以增强争竞之心，可以拓展诗词园囿，何必讥诮呢？

## 30

贾洪昌诗六首，有四首是七律，分别以“春风”、“夏雨”、“秋月”、

“冬雪”命名，妙的是能将景物与情思融为一体，因而含点题之句的下半阕往往胜于上半阕，不妨将四首诗的后二联俱抄录一下，共作赏析：“天开塞北千峰秀，日照江南万树红。难怪翩翩归雁急，家乡已改旧时容。”（《春风》）“珠辉碧水三江满，玉影银花万里遥。尽把污浊搜卷去，山河净化自多娇。”（《夏雨》）“团团树影依楼翠，阵阵花香近路浓。气爽风和秋夜好，家家敬仰一轮清。”（《秋风》）“不求上帝播春雨，自把繁花撒锦城。本色清白尤可贵，天涯处处抖晶莹。”（《冬雪》）其七绝二首亦在咏物中托以寓意，但太生硬，有做作之感。

## 31

王发学之作，俱为纪游诗，但首首可读。其《游本溪水洞》一律，首尾二联自然天成，堪称上品。首联云：“曲径通幽迤逦行，洞奇石美自晶莹”；尾联云：“泊舟登岸频回首，一并桃源入画屏”。可惜中间二联主观感受写得太直白，什么“千般态”、“万媚生”（对仗亦不工整），“迎迓意”、“送别情”，有碍诗美，如果改为纯写景，品味自会提高。通首诗，不能句句含主观情思，亦应有客观述写。《七绝·乐山大佛》亦有浮露之弊，但畅达醒豁，也还算佳作。

## 32

朱景华是中学教员，其词作畅达有挚情，都堪吟咏，就词的写作水平来说，在本集中属上品。《诉衷情·夜课》吐露了教师的一腔心血，十分感人：“都缘心血浇注，顿化作，大江长”；“千钧朱笔，殷切期望，寸寸柔肠”。

## 33

戚英发之作，颇具功力，首首可读，平心而论，在本集中属佼佼者。《七律·海角夜店》尤有诗味：“街旁矮坐慢酌酒，路侧高桌细品茶。健身兴淋桑拿浴，抒情乐舞夜酒吧”。“桑拿浴”与“夜酒吧”之类新词语，写入旧体诗中，颇有清末民初“新派诗”之韵味，可谓别有情趣。

## 34

五古易写难精，田育广的《海南行》则清新流畅，颇可一读。“五月走天涯，高翔云海间”，与“巨厦耸盘锦，窗扉借海南”两联尚巧，但未能尽五古之长，才开头便收束，写得太单薄，应适当展开些。五古七古宜作长篇，如吟短章，不及律绝有味。做诗应量体裁衣，发挥各体之长，庶几少些遗憾。后文将评及王恩忠诗，其《七古·登泰山记咏》便充分发挥了古体长篇的特长，写得洋洋洒洒，气度恢宏，洵为佳作。

## 35

孙宝贵诗不多，但两首纪游七绝均可读。《登九门口长城》尤有味：“片石河畔又逢春，九门长城面貌新。汉瓦秦砖终未老，迎来游客逐征尘”。但句中之“终未老”不如改作“犹未老”。

## 36

夏为中年轻有为，其新诗集早有幸拜读过，此处又读到他的旧体诗词，颇觉清新纯净，一片水光芦影。其写景小诗尤有韵味，如《荆柳》云：“杨榆挺秀风光丽，荆柳花开蕊正红。”《长堤漫步》云：“东风昨夜播春雨，夹岸凌河草正鲜。”其“蕊正红”与“草正鲜”看似平淡，细味则真切生动。但学力不足，只能为短章，难为长篇；能描摹眼前景，难含蕴沧桑感。其词作，更留有新诗痕迹。这是多数青年诗人的通病，宜辅之以饱读诗书，学识丰厚与否，出语自有差异。

## 37

耿春林三首诗作皆为七绝，二首怀古，一首写老人，显见其情趣偏于幽思默想。二首怀古，尤堪品读。“当年铁炮今犹在，硬骨铮铮向天横”（《营口西炮台》）；“翠岭悬崖晚课灯，凭险砥砺志士诚”（《老父阁怀古》）。虽较平直，却因有历史内涵，读来令人遐思。

## 38

王颖诗，也多为纪游怀古之作，其功力显在耿青林之上，作品也更耐品读。《天涯诡石》尤奇崛：“马岭山前怪磊群，神工鬼斧兀嶙峋，奇石巨柱云潮现，海角天涯系岛魂。”

## 39

郭孟春诗词作品，有相当功力，题材也较多样，但较可读的，仍是纪游之作，《九马画山》尤堪品赏：“旭日初升参斗退，红霞万朵染群山。扬鬃九马迎风啸，翘尾双鱼向壁欢。榜眼经魁识几许，凡夫士子辨多难。嫦娥五易涂神话，赐予搬家把力添。”

## 40

左宝尊诗，流畅自如，首首可读。《沟盘道中》、《赵圈河苇场》二绝尤有味。《七律·春日即事》即景抒情，即景感怀，亦见功力。“稻浪喜随银鹤舞，油涛欣逐紫鸥旋”；“风俗尚待播新雨，纲纪尤须著铁鞭。”均为可涵咏的佳联。

## 41

吴化杰专攻词作，就词作造诣来说，为本集翘楚。《念奴娇·心舟一叶》下半阕云：“最慕海样胸怀，山般奇志，玉洁冰清节。阅尽英雄成长史，本在平凡之列。铺路粗沙，肥田小草，笑涌殷殷血。高山仰止，青云翘首飞跃！”写出革命的人生观，可堪吟诵。

## 42

魏书生是全国知名的模范教师、五一劳动奖章获得者，其教学经验、优秀事迹，已广为人知。他虽不善诗，所作《七律·步杜甫闻官军收复河南河北韵》亦可读，写出为人师表的高尚情怀："六载夙愿今始偿，初闻啼泪满衣裳。却看昨日愁何在，强抑激情喜莫狂。白日攻读须刻苦，青春莫负好时光。莫以童心付童年，笑看花苑迎朝阳。"从诗意看，是勉励一刚考入大学的昔日学生。"六载夙愿今始偿"，说的是中学六年的求学生涯。尾联以师长口吻写出其内心之喜，眼看学生将成才，作为教育工作者怎能不高兴呢？此作真切而朴实，虽不够新鲜浓厚，亦可品赏。

## 43

王本道的《七绝·访辽南故里》颇有乡情味，第一首尤奇绝："一路青山影淡浓，奇峰如黛水溶溶。天边几抹丹青色，疑是乡邻正掌灯。"将他乡游子久别归里连夜赶路的见闻记得画得真切而生动。

## 44

王恩忠诗功力深厚，显对古典文学素有研究，不是嗜好新诗的青年人所能仿效者。其七古长篇《登泰山记咏》为本集罕见的鸿篇，气势恢宏，值得一读，这里不征引了。几首七绝，亦能有感有情，如《参观汕头大学有感》云："桑清山前起校园，华侨助教世称贤。韩公举目应堪慰，师道风范耀海南。"怀古颂今，流畅真切。

## 45

于长山二首诗全为七律，难得的是咏写地方风情，很有韵味。《双强盛世》中二联云："琼楼迭翠融今古，长街纵横拓新篇。市呈珍宝千重秀，轩舞罗纱万户欢。"对市容的描绘，十分生动。但推敲不足，如将

“迭翠”改为“迭压”，“千重”改为“千门”，就更准确了。因“迭翠”与“纵横”对仗不偶，而“千重秀”言秀色之多，与“万户欢”言乐者之众不谐，改后从字面到意义都更准确。可见作诗应讲究炼字。

## 46

王政佳诗词亦具功力，颇可一读。《咏阳朔》融古人诗句入自作篇什，清丽自如，尤堪品味：“阳朔风光果不凡，轻舟驶入镜中天。青山舞曲青罗带，碧水摇弯碧玉簪。”《登庐山》、《望谨墓》都能点出古人诗句，切合眼前题咏，足见学识也是做诗的必备条件之一。没有足够的学养，所作难以深厚。

## 47

陈晓昕是成绩斐然的青年诗人，才情横溢，所作新诗颇堪吟咏，所作旧体诗则功力不逮，难窥堂奥。本集所收两首七绝，虽合格律，仍带新诗痕迹，如：“忽然巨翘随风起，鹤影朝霞火样红”，是新诗格调，而乏古诗情味。前面论及，才与学相辅相成，青年诗人往往学问积累不够丰厚，应以学力弥补才情。

## 小　跋

寒冬夜长，不觉更深，燃灯一宿，撰成此文，信马由缰，不知所云。平明起视，积稿一帙，唯愿以此为贽，结交盘锦诗友。凡未在札记中提及者，非其诗作不佳，是本人未及细品，还望见谅。

（原载《辽宁电大学刊》1993 年第 4 期）

# 遗篇自有传世作
## ——翟镜清《秋兴》十八首读后

《辽海诗词》编者在“编后寄语”中慨叹：“稿件品种多不平衡……《诗海钩沉》则奇缺。”的确，编辑新作较易，搜罗遗篇较难，尽管代代都作钩沉辑逸的工作，湮没散失的佳篇妙句仍难以数计。若得从诗海退潮后的浅滩拾得几片贝壳，其欣喜当比初见大海的儿童更为强烈。近日从《锦川石二集》（锦州市老龄诗词社选编）中得见翟镜清的《秋兴》十八首，眼睛为之一明，心为之一动，自认为它们确为辽海诗坛难得的“钩沉”佳作。

编者对作者的简介说：“翟镜清，生卒年不详。经访询，始知为锦县余积屯人，曾任锦州女子中学教师。本诗是编者收存于1940年。当时作者是伪满奉天女子中学教师。”

诗作表现出诗人对中国传统文化有深厚学养和深挚情感，在日寇统治下的殖民地，这种对民族文化的认同不敢尽情宣泄，只得借助兴衰存灭的史鉴和消息循环的物理（物之理运，非今日之物理科学）曲折地吐露出来，凝为不少堪诵堪味的诗句诗篇。

先看咏史鉴之句。“蹇驴闲策辽东路，笑看炎威次第除”（其三），于似不经意之中，写出对侵略者的痛恨和对光复祖邦的信念；“凭吊古今情不已，飞来落叶打书斋”（其六），明是写读书的情景，实是写世情变幻。“一叶知秋”，秋意既深，社会岂能不变？“汉制多因秦郡县，晋廷广用楚人才”（其七），对史实颇有精见；“开卷眼垂千古白，燃藜灯照一囊青”（其十三），对千秋兴亡，自觉脱略情怀；“天道无凭若有凭，好从往史论衰兴”（其十四），将史感与物情、人运与天道视为一体，怅叹中自有达观，低回中透出坚毅；“风流记得唐天宝，往事伤心忍细论”（其十八），则将心事与现实对比，流露出无限的伤感，充满对上国旺族的缅怀；“惊心怕见秦关月，掩耳愁闻汉塞笳”（其十一），则将心事与景物融为一体，充满对沦亡处境的悲咽。但切勿以为诗人只会悲叹伤感，吊古嗟今，其胸中的爱国豪气实难以压抑，于字里行间频频吐露。“政策因循多误国，身形放浪竟忘骸。养痈成患夫谁怨，掘土营坟适自埋。”（其六），对造成亡国惨变的反动统治者多所讥抨。“豪气应收迄未休，哪堪宋玉复悲秋。……创业能提三尺剑，成功谁泛五湖舟”（其十五），“国家有忧常在抱，江山无处不关心”（其十六），则刻画出一个忧心国事的志士形象，塑造出豪迈悲壮的人格特征。

再看咏物理之句。“年来参透循环理，道念油生欲念微”（其二），看似窥破红尘，甘于栖隐，实则隐含作者对侵略者的警告，意谓万物皆在循环变化，不可久居，一时的嚣张，并不能久长。“欲念”其实并非衰微，反而更高涨了，坚信“循环理”一定能昭昭实现，直正演示出万物之道来。“色即是空空是色，惜人能解莫能逃”（其十），蕴意同前，大略谓万物本无差别，这个“道念”人们能够解悟，但很难身体力行，让“欲念”消退。隐含之意是说，满洲国名义上还是中国人治理，何必推究故土是否沦丧了呢，反正沦不沦丧一样都要活下去，自己虽用这种念头安慰自己，却总也愁怀难释。换言之，即是说对故国的思念不可抑制。“闭眼懒观身外事，清吟常到月三更”（其十二），似得解脱，实盘郁难安；“涤尽余氛胸次阔，凝神兀坐读《西铭》”（其十三），立意同前。“劝君识透繁华梦，得了休时便了休”（其十五）；“休将动静问巫咸，静畏失机动畏谗”（其十八），实际都是自我劝慰之辞，但诗人的“道心”，并未因此而真正“开悟”，他对人世的关切，并不能了然释怀。反之，过多的“欲念”仍在他心头焚烧，使得他忧愤满怀，这才吟咏出一组言志之诗，聊表心迹与阅历。

翟诗有的偏重咏物理，有的偏重咏史鉴，有的则二者兼顾。原作十八首篇篇可读，难分甲乙（原作见本期“逸响遗音”栏）。

论句，除前引之外，尚有不少可称传世的佳句，如“北地霜寒花落早，南楼月冷雁来迟”；“鹤在丹霄鱼在水，鸦栖衰柳凤栖梧”；“去路霜痕寻马迹，前途雪爪印鸿泥”；“千寻峭壁连银汉，万顷银波映紫瞰”；“两手砧敲闺月冷，一身剑抚塞云寒”；“水向三江流去缓，风从五月过来高”；“漫将官府歌唐乐，且把离怀续楚骚”；“野草因风能纵火，天河无路可通槎”；“花落花开知物态，天寒天暖见人情”；“明月难圆心里镜，狂风不灭腹中灯”；“十年踪迹云中雁，半世浮沉水上鸥”；“四面青山皆向北，满天酷暑已西潜”；“诗题红叶临风写，酒泛金杯趁月衔”等等，置于古人之列，亦可分据一席之地。

辽海诗坛，人杰地灵，想来定有许多佳篇妙句散佚流落，有心人搜集起来，定当大有益于诗界，大有益于同仁。望各位响应《辽海诗词》编者之约，给《诗海钩沉》一类薄弱栏目多多供稿，以使刊物更能吸引人，更多传世价值。不过，凡事不必强求，随时留意则可，念念在兹则非。吟坛师友，钧鉴若何?

（原载《辽海诗词》1994 年第 4 期）

# 为有源头活水来

## ——序王建树《溪流浅潭》

诗人，我见过不少，但大多只是善于写诗，并非真有诗人的气质；学者，我见过更多，虽不乏笃实沉稳者，但多半有仕宦习气，缺少儒雅平和。这怨不得文士自身，大约是多年政治气候的影响，造就一代社会风气，人们不能不越来越务实，减却诗人的浪漫；不能不自觉地贬损改变自己，减却学者的执著。连毛泽东他老人家都慨叹“形势比人强”，作为多数凡庸文士，哪能永葆天真和愚顽呢？

然而，王建树君却童真不泯，热情依旧，从骨子里有诗人的气质，尽管他写的诗未必华美，却有无须掩饰的真挚浓情；同时也无间寒暑，著述不辍，颇具学者风度，孜孜不倦地钻研无法在政坛登龙的文艺学，尽管未必称得上博大精深，却无愧朴实明晰，没有盛气凌人的新八股腔。要之，王君无论在创作上还是在理论上，都有相当的造诣，在苇花与海浪齐飞、井架与高楼并矗的盘锦大地，已深深地扎下根，为当地文坛生色多多。其为人的诚笃忠厚，更具人伦风范，可以毫不夸张地说，当今人品胜于文品如王君者实已不多。

而今，王君的首部诗学论著《溪流浅潭》，即将问世，文如其人，从其文风便可想见其为人，故毋庸在此赘言，漫加评论。从近于人品的角度看，随笔式的诗话，比专论式的诗评更加耐读。天道酬勤，人情喜真，勤奋真诚的王君，终于有传世之作问世，自然令人欣慰。从其集名来看，作者十分谦逊，自比才情似涓涓溪水，作品如浅浅清潭，与长江大湖自不能比，与浩渺海洋更不足道，但其秀其清，自具风韵，又何必去相比呢？记得鲁迅先生评价刘半农时说过：“不错，半农确是浅。但他的浅，却如一条清溪，澄澈见底，纵有多少沉渣和腐草，也不掩其大体的清。”王君虽无韩（愈）潮苏（轼）海的才情学识，但得一“清”字已足矣，实不必抱愧。人各有别，怎能都成名家鸿儒？我行我素，我乐我果，得其所哉，又何求焉。

当然，人也不能自满，由浅而深，由狭而博，应是今后努力的目标。尤其重要的是个人终究渺不足道，只有随时代前进，为社会服务，才能找到自己的人生价值。诗人梁上泉诗云：“在山泉水清，出山泉水洁，泉水涌大江，高歌永不歇。”溪流浅潭之水，只有汇入时代的江海才能拥有蓬勃不息的生命力。愿以此与王君相勉！

（此书由山西高校联合出版社 1994 年出版）

# 充满泥香的好诗

## ——读夏为中组诗《乡民·乡土》

《盘锦文学》1995年第8期（总第24期）是“诗歌专号”，刊载出大量优秀诗作。令人赏心悦目。夏为中的组诗《乡民·乡土》尤为我偏爱。

我国诗歌历来讲求情景交融，即以一定的景物体现一定的感情，将一定的感情寄寓于一定的景物。但仅止于此还不够，还应有特色——地域特色及个人特色。《乡民·乡土》便颇具特色——苇乡风物与乡土诗情，确与诗题切合。不妨将组诗各篇点明题旨的那节诗引录于下，佳诗共欣赏：

《乡民·乡土》：“动情于初春温润的泥土/小草与野花送来宁静的祝福/乡民报以殷实痴切的追求/一种盈溢感情原汁的执著。”

《不息的心潮》：“呵，苇工不息的心潮/一腔厚爱赋给多情的苇涛/相伴水鸟浅吟清透的鹤唳/足音敲响葱茏的辽河金三角。”

《泥香的体温》：“难以按捺的激情/奔流翔舞旷野的韵律/写着苇工泥香的体温/舒心的倾听太阳脚步的厚重。”

《苇林听雨》：“两耳漫过透明的雨音/整个身心都为之陶醉/最亲切的体验一曲/平野高洁清唱的意蕴。”

不难看出，作者笔下的景物，是苇乡特有的景物，清新、悠旷、秀丽、深邃；作者笔下的痴情，也是苇乡人特有的乡土恋情，朴实、真切、单纯、执著。

这样的景物，既有北国荒原的俊爽，更多江南水乡的秀美，于是作者的笔墨也轻柔亮丽，仿佛透明的水彩，叠印出苇乡的绰约风姿。除前引情景交融的诗句外，偏于写景的诗句更引人着迷，诱人遐思，如：“当淡淡鹅黄跃上堤岸的柳梢/沼地纷呈芦笋泛滥的春潮/悄然爆绽遍地星星野花/

在返青小草的簇拥中浅笑”（《不息的心潮》）将春天的苇乡写得有如淳朴的村姑。而“夏风吹拂风唤苇叶青/真挚的泪吻给了沼泽/一曲鹅乡小调滋滋润润/唱绿一处独有的风景”（《泥香的体温》）则将苇乡夏日的蓬勃勾描得鲜明而生动，那如泪似曲的夏雨，又激起了作者“听雨”的情思：“走进绿莹莹的苇林/静听淅淅沥沥的雨声/吮吸清馨致爽的苇气/徜徉其间任雨潇洒泽润”，多么富有诗情画意，仿佛使读者亲身处于苇林之中，任雨水打湿全身，任雨点敲在心头。这样独到的感受，非苇乡何处寻觅？

这样的乡情，不像现代都市人那样，既依恋自己的住所又对生活的喧嚣有些厌烦；也不像久别归来的游子那样，既狂热地热爱故乡却又对故乡感到陌生，而是地地道道的乡民对乡土的感情，是生于斯长于斯也将终老于斯追随祖祖辈辈的灵魂的那种深情，是带着泥土的芳香泥土的温度泥土的颜色的赤子之情。你可以笑他褊狭，却不能不承认他的真挚；你可以嘲其浅陋，却不能不感佩他的执著。除前引诗句外，还有不少诗句咏写了这种朴实深挚的乡情：“从心之深处膜拜土地/那是堆满生命本色的乡土/万年如斯的家园/亲近不够她母亲般的淳朴”；“质朴厚重的苇工情牵梦绕/挥一把银锹辛勤的放牧渠水/用浓浓的汗水染岁月/让碧青的苇浪飞起自豪”；“与苇同步拔节的心境/坦然直露搏击抗争的梦/思绪只愿随芦花飞舞/踏实地走过平淡无奇的一生”。

是的，乡民们足不出苇田，说不上伟大，但他们的生命却很充实；乡土虽有苇海鹤群的美景，也说不上是天下奇观，但在乡民心中却是最美好的家园。朴朴实实的人，自然热爱这朴朴实实的乡土；朴朴实实的情，自然化作这朴朴实实的诗句。《乡民·乡土》确是一组耐人品读的好诗。

（原载《盘锦文学》1995 年第 8 期）

# 长歌挽先烈　浩气励后人
## ——姚莹《哭张志新烈士》赏析

张志新烈士像清纯的小草，迎狂风而不披靡；像鲜美的花朵，遇浩劫更显贞丽。悼念烈士的诗作多至不可指计。新体诗当以雷抒雁的《小草在歌唱》最为著名，旧体诗则当以姚莹的七律《哭张志新烈士》传诵最广了——在全国书法大赛中，有著名书法家书写参展；《当代诗词点评》、《全国中青年诗词选》等多种权威选本都不约而同地选入此诗；《辽海诗词》二三期合刊登载于雷关于《辽海吟唱集》的书评，也专门论列此诗。确如诗评家们所论“这不仅是对张志新烈士高风亮节的热情歌颂，同时是对四人帮迫害革命干部的血泪控诉”。从内容上，笔者不拟多说；在技巧上，此诗颇见功力，很值得与众诗友共同探讨。原诗如下：

痛览遗文忍自持？潸潸清泪伴歔欷，
难能慧眼穿云日，正是奸雄肆虐时。
断首断喉难断志，忧国忧民不忧私，
风高节亮垂青史，誓取英魂步步师。

首联抒写追怀烈士的深情，意谓云破日出时，披览烈士当年划破夜空的睿智檄文，令人不禁痛彻肺腑，为国悼惜良才。“忍自持”，亦作“何自持”，意义相同而情味有别，“忍”比较婉曲，“何”比较直接；“清泪”，亦作“热泪”，显然，“清”比“热”感情幽冷一些。可见“何自持”与“热泪”相应，基调略慷慨些；“忍自持”与“清泪”相应，基调略低回些。我个人觉得深挚婉曲的意境更美一些。

次联是对烈士明敏见解的赞叹。这是个流水对，两句诗构成一个长句子，意谓在奸雄肆虐的高压时期，烈士竟能一眼识破他们的奸谋，真是难能可贵。李白《春思》诗云："当君怀归日，是妾断肠时。"是本联的出处。本联显系摹拟李白的诗句，但化用得不留痕迹，是巧妙的继承，也是一种成功的创造。"难能"又作"谁能"，后者显系滥改，问得没有道理，因诗歌咏谁早已十分明确；亦作"敢凭"，改得也不高明，显得过于直露，减薄了诗味，而且将第三者的赞叹语气，改成第一人称的自白语句，与上下联不相恰。对诗作，尤其是旧体诗作，不应当随意改动。今日的读者自视过高者太多，对他们赏爱的诗作，在传抄时往往径自改动，殊不知匆匆一读，远不及作者沉吟许久下的工夫大，滥改之处往往弄巧成拙。书刊编辑也往往自以为是，更令人怅叹不已。

第三联是对烈士思想境界的赞誉，也可看做是对烈士何以有英雄作为的原因的索解。此联妙在叠字的运用，以反复出现的同一个字眼强调了烈士思想境界之高。每句三个叠字，前两个是同义相叠，后一个与前两个是反义对举，每句之中自有波折，更见意深字妙，极耐品读。"断首"、"断喉"之痛、之虐与"难断志"之鲜明对照，"忧国"、"忧民"之真、之切与"不忧私"之警譬映衬，将一个站在时代前列的共产党人的英灵刻画得惟妙惟肖！

最后一联是抒写效法先烈的心志，字真意切。了解了姚莹为人，你不会以为他是信口做一般的政治表态。他本人就像烈士一样，疾恶如仇，见义勇为。

为了探讨诗作成功之处，征引了几处传抄中的异文，以便比较对照。作诗是个苦差事，必须字斟句酌，敏捷如梁启超者，为文每点钟可二三千言，而吟诗往往半日难成一篇。可见不认真琢炼，写不出好诗。品味他人吟诗的苦心，自会有所收获。诗圣杜甫尚且"颇学阴何苦用心"，况我辈乎？姚莹兄的大作，正好给众诗友提供了探讨的范例。只是浅陋寡识，所言难以中鹄，恳请诗人姚莹及众诗友多多指教。

（原载《辽海诗词》1996年第1—2期合刊）

# 希望之光　青春之花

## ——读《盘锦文学·校园诗文选》有感

接到新出版的《盘锦文学》总第27期，见到在“希望之光”栏目刊发的一辑“校园诗文选”，收有一诗三文，乃是从大洼县第二中学高中学生自办刊物《希望之光》中选录的。作品确很稚嫩，但自有一种纯真，而且是成熟的长者写不出来的纯真，有如婴儿啃脚趾头的样子憨态可爱，一个老头子再去做这种姿势便滑稽可笑了一样。

编者这么做是有明确目的的，即“编后絮语”所说，是为了帮助青年人在心田里留有一片文学的天地，“有这个爱好和没这个爱好，许多感受都会大不一样”，语重心长，言隽情浓！

要让青年人喜爱文学，首先应让文学接近青年，在报刊上适当发表学生作品，正是普及文学的最好方式之一。见到自己的文字公开刊发出来，会使青年受到极大的鼓舞，那种兴奋，那份激励，比让他写几十篇作文，得几十个优秀，还要强有力得多。许多著名作家，都从小便在报刊上发表过作品，现代女作家琼瑶、张爱玲都如此。我的一个学友，著名鲁迅研究专家钱理群教授，儿童时便曾在《大公报》上发表过谈个人理想的文章。我为写硕士论文从旧报纸中翻查资料，无意中有此发现，赶紧告知钱兄。当年的剪报早已弄丢，但此事在他头脑里印象极深，数十年后旧物重光，确令他喜不自胜。

笔者无才，却也有类似的经历。本来，我是喜爱自然科学的，尤其羡慕地质学家，初中时便读了《地质学》、《矿物学》、《古生物学》的科普读物、中专教科书、大学教科书等数十种，什么“古生代”了、“白垩纪”了以及比重、硬度，矿脉、露头等等至今犹能脱口而出，理科成绩尤其数学成绩也远比文科尤其是语文成绩好。只是在上高中后，第一篇作文便被语文老师当作范文在课堂上作了讲评，还加了“有清顺明白之美，欠含蓄深刻之功”的批语。不久，又在全校作文竞赛中，获高中组第一名，名次竟在高三、高二大哥哥大姐姐们之前，确令本人有些自豪感，于是兴趣转向文学，尤其是诗歌，在报刊发表了几首小诗，也接到了几家杂志社热情洋溢的退稿信，即叫我将作品修改后再寄去，如《新港》、《鸭绿江》等。从此我走上了文学道路。虽然考入大学中文系后，得知大学主要培养学者，生活才造就作家，几十年来也就以教学和研究为主，创作只是业余爱好，成绩实在菲薄得很，毕竟与文学结下深深乃至终身的缘分。

由我个人经历可知，年轻时受到的实际鼓励，确可影响人的一生。正如《盘锦文学》编辑所说：“有了文学爱好，就有了一处属于自己的独特天地……只要你真诚地与真正的文学结成好友，文学会给予你世上金钱所永远买不到的真诚。”仅从人格塑造来说，有没有文学素养便大不一样。宋代学者掌禹锡很有学识，尤精医术，但不擅长诗文，忽有一次参与宴集，也写出诗来，欧阳修惊叹地说：“此公忽作人言。”可见在旧时文坛，不管你有多少学问，没有诗文才华，也不会引起他人真正的尊重。今日虽专业分工多得多，以诗文为代表的文学才华仍然是人的素质的重要组成部分。毛主席、周总理如无诗才，怎能有那种潇洒的风度？不论其他，单就这一点来说，毛、周诸公便远比蒋介石形象完美得多。陈老总和叶帅不也因擅长诗词，得到风流蕴藉的“儒帅”之称吗？无论如何，在青年时期多与文学接触，对人一生有益。

我欣赏《盘锦文学》编者的眼光与胸襟，也欣赏“校园诗文选”这样的栏目，还可以青年工人、青年公务员、青年农民等开辟相应的专栏，让更多的年轻人在文学天地里飞翔。这是希望之光，这是青春之花。愿星光灿烂，春花绚丽，使盘锦的文学空气日益浓厚。

（原载《盘锦文学》1996 年第 3—4 期）

# 仕宦生涯与文人情怀

文人或曰知识分子，其报效国家、民族的方式，不仅是用他的才能传承文化、发展文化，还包括通过仕宦途径议政参政，直接作用于社会。古往今来的统治者及其部属，即组成国家机器的人员或曰官员，绝大多数是文人，但文人一入仕途，其身份与一般文人或曰布衣文人便有所不同，生活理想、生活情趣也渐渐地有所差异，这就产生了仕宦生涯与文人情怀的矛盾。在旧社会，因政治的腐败黑暗，这种矛盾常发生强烈的冲突，以致不少正直的文人甘愿退出官场，返璞归真，“少无适俗韵，性本爱丘山”的陶渊明便是其中的典范。在我国，因政权性质发生了根本的变化，走上领导岗位或曰仕途的文人，与一般文人并无根本的利害冲突，情愫也互相联通，但因环境、责任的不同，其仕宦意识与文人情怀也难免有所矛盾，主要表现在为国家和他人考虑的责任感（仕宦意识），与自我愉悦、自我消遣的自适感（文人情怀）并不能完全融合。而事实上，作为一个有血有肉有多种需求的个人，不可能时时处处都考虑工作或责任，也可以而且不可避免地要考虑一下自身的需求。这两种需要、两种情怀，都会在入仕文人的创作中自觉或不自觉地流露出来，成为一个特殊的“情结”，从而使其作品具有与一般文人创作不同的魅力或曰韵味。读王充闾的旧体诗词，便可切实感到其作品中确有因领导身份产生的责任感与一般文人在日常生活中的自适感所发生的冲突及其交融，读来有极强的感染力。不妨依《鸿爪春泥》的排列顺序，品读几首这样的诗作。

《秦安道中》，写的是车过秦安县即古成纪时，因其是李广故乡和杜甫旧游之地，作者生发怀古思今之情，既有文人的幽思，又有仕宦者对世情的关注。“诗圣情长住，将军梦未还”，偏于文人雅兴；“千秋人换世，佳果满林峦”，便是从政者的情思。

《沁园春·题电视剧〈荒路〉》，虽咏写的是剧情剧作，但也借题发挥，抒写了自身对宦海沉浮的豁达心境："直须抖擞尘埃，任荣辱升沉不介怀。纵征程迢递，常坚信念；难关层叠，尽可推排。"是写剧中人的壮志，也是在表白自己的胸襟。

《题〈辽宁名胜新楹联选〉》云："珠蕊琼花着意裁，毫端顷刻百花开。江山也靠诗家捧，人爱风光我爱才。"这首诗颇占身份，确有领导一方地域文化事业的入仕文人的口吻。诗作显出身份不是缺点，而是难得的长处，这并不是摆官架子，而是因没有一定身份不好自居一定的语气。倘若陈毅同志不具备高级将领身份，也吟写"此去泉台集旧部，旌旗十万斩阎罗"这样口气的诗句，便不会有那样的感染力。

《自嘲》是脍炙人口的名篇，集中抒写了仕宦生涯与文人情怀的矛盾，但又并非厌恶宦情，而是感慨公务繁忙，是新时代、新文人、新入仕文人特有的情怀，读来十分动人："会海文山久羁身，星辉霞彩任浮沉。情知宦后诗怀减，俗吏偏思效雅人！""俗吏"与"雅人"本相矛盾，但作者将其写了出来，便化俗为雅，或俗中见雅了，既是尽职尽责的领导干部（俗吏），也是有诗才的普通文人（雅人）。俗与雅、吏与民，本来可以相通，可于此见证；当然，也小有矛盾，亦可于此为证。

《登辽宁彩电塔》写得境界开阔，感情浓郁，其中第二联也吐露了不同于一般文人的胸襟情操，极见功力："情怀小异登楼赋，襟抱遥同胆剑篇。"意谓自己没有去国怀乡之忧，而有君臣遇合之感。《登楼赋》乃三国时文士王粲不得刘表器重时自抒苦闷的文章，《胆剑篇》乃话剧名，写的是越国大夫范蠡与文种辅佐越王勾践雪耻复国之事。这两个历史典故，一反用，一正用，寄意深厚。当然，新中国的领导干部不同于封建大臣，其"知遇"之感不是敬谢哪个个人，而是为自己有为人民服务的机遇而欣慰。

《元宵节金牛山诗社诸友过访》也是一首脍炙人口的诗作，主要抒写作者升官不忘旧人、入仕不忘诗兴的高情雅志。如果说《自嘲》强调了仕宦生涯与文人情怀的矛盾，此诗则重在写二者相较，作者似更偏爱文人情怀，强调的是二者的一致性。全诗如下："一样吟讴庆上元，人生转盼又经年。无暇劳燕疏音问，有幸家山续雅缘；旧雨齐偕今雨至，诗情每在宦情先。青云凌越无停翼，遥看东风荡纸鸢。"金牛山乃营口市地名，而作者在任省领导干部之职前，曾多年在营口市任职，因有“家山”、“旧雨”之说。

《乡情》是为作者故乡盘锦市“香稻诗社”所写，立意与前篇相似，后四句较耐读：“人怀旧雨情偏炽，诗寄乡园兴更长。文运向来关世运，繁荣进步喜南荒。”与前篇可对看。

《舞会口占》作于东北三省宣传部长雅集之际，是仕途交往之作，但颇具文人情怀，很可一读：“晚雨迎凉送暑天，未谙歌舞愧华筵。非关左旧轻时尚，为恋诗书断雅缘；盛会岂堪人寂寞，良朋空羡影翩跹。吟诗且作他年约，重会春城再比肩。”

《夜半哦诗》也表现了作者的文人积习：“缒幽探险苦千般，夜半吟哦入睡艰。永记船山惊世语：‘诗中无我不如删’。”领导干部公务之繁忙，文人积习累人之劳苦，使得作者比一般官员与一般文人都更加辛勤，但这在作者看来恰是一种享受，自有无穷乐趣。

《对镜》一诗，集中抒写了作者不惜两重辛苦（仕途公务与文人积习）的豁达情怀，对其他人很有激励作用：“对镜初惊雪渐侵，劳劳不觉又春临。人生好景中年后，不到中年不解勤。”其勤，当含勤于从政与勤于吟诗两重意蕴。

《天池》（三首之二）云：“一览瑶池百虑删，宦情消向碧波间。风轻舟稳云容淡，摇首长吟意态闲。”此诗表明因入仕之冗劳，确令人想求得自适，因而一遇适当机会，文人积习便会表现出来，平添无穷乐趣。相信无文人积习的官僚，自不会受夜半吟诗的劳苦，却也要失去许多文人才能体味到的乐趣。

《参加中华诗词学会成立大会感赋》七律二首，均是抒写文人之乐的佳篇，通篇均可读，但就表现仕宦生涯与文人情怀的角度看，二诗各有一联极耐品味。其一颔联：“奔兢此间无俗客，推敲今日尽诗人”；其二尾联：“官清不碍吟哦兴，奋袂低回气尚遒。”

《写怀寄友》堪称集中压卷之作，传诵也最广，表现的是仕宦生涯与文人情怀的统一性，情真意切，字字珠玑：“埋首书丛怯送迎，未须奔走竞浮名。抛开私忿心常泰，除却人才眼不青；襟抱春云翔远雁，文章秋月印寒汀。十年阔别浑无恙，宦况诗怀一样清。”“宦况”与“诗怀”之所以能统一，关键在于人品高洁。品清则为官清正，入仕原无碍纯真；品清则诗兴方浓，入仕亦不绝创作。“除却人才眼不青”与“宦况诗怀一样清”这两句尤为警策，简直可作格言来看，不妨书以悬诸墙壁，或置于案头，常吟常品，获益无穷。

还有其他一些诗作，虽未专门述及仕宦生涯与文人情怀，但也兼涉这一旨趣，颇可寻味。如开卷第一篇《贺“海内外中华诗词大奖赛”》中云：“湖海襟怀大雅情，千门红紫竞峥嵘。侬家笔弱无奇韵，且向诗坛送掌声。”从口气看，是自谦之词，似乎入仕后已置身诗坛之外，但从“送掌声”之关切来看，又含有对诗坛的一腔浓情，诗人的本性并未冷淡，也在赞赏、鼓励他人写诗的同时，涌动着自身不可遏止的诗兴、诗情。其他论诗之作，如《题〈辽宁名胜新楹联选〉》云：“江山也靠诗家捧，人爱风光我爱才”，既有文人的自豪，也有领导者的胸襟；《中秋诗会咏怀》云：“但得文宗挥健笔，一时辽海领风流”，既是对他人的推誉，也是对自身的期勉；《省诗词学会成立，闻歌口占》云：“升平不用喧箫鼓，曲曲清歌更可人”，既有讴歌盛世的文人雅兴，也有开创升平的仕宦豪情，……不难看出，同是论诗，因个人身份不同，角度自有差别，王充闾同志的论诗之作，几乎都同时有领导者和诗作者两重身份，熔两种情怀于一炉，很值得单独立论。依我个人爱好，《鸿爪春泥》诗集中涵咏传统文化之作与吟咏人生哲理之作，也很有特色，值得细品。

还有两首诗，本是纪游之作，但述及诗人感兴，也兼有对入仕生涯的某种遗憾，更鲜明地显示出作者的文人情怀，实不容忽略。诗即《秋游白洋淀》十四首中的其九、其十一。其九云：“难得秋江一棹横，独将拙句写娉婷。等闲久被尘缘误，悟到诗情鬓已更。”其十一云：“痼癖烟霞未了情，公余饶兴以诗鸣。予怀渺渺伊人杳，目断蒹葭百感生。”其“痼癖”乃文人对自然的亲近感，其“尘缘”乃仕宦生涯，作者虽从自身“公余”仍能“以诗鸣”而自慰，毕竟不能倾力去做自己喜爱的事，较优劣于一韵之中，任凭文人本兴尽致淋漓地得到发挥，也稍稍有些遗憾，从而慨叹人生苦短，岁月不居，“鬓已更”而情未了。

总之，作者入仕不废吟咏，赋诗不妨宦情，是颇具文化素养的领导干部，或者说是具有省级领导职位的文人雅士。其作品的成功，其感染力的独特性，正是于触及了入仕与作诗、官员与文士这一似乎互相妨碍，处理好了又可互相补充的矛盾，有比较特别的审视角度、创作用意。

对王充闾的诗，还可从其他角度审视和评析，如诗作中的抒情主人公形象、寄意的哲理性等等，但都无法从整体上把握其创作特色，而由其特殊身份、特殊经历这一角度入手，便于作宏观的、整体的把握，所以我作了以上介绍和评述，希望能由此窥见一些作者的匠心。

我个人与王充闾也有过交往，深深钦佩他的文才尤其是人品，曾作诗贺岁，现将拙作《赠王充闾部长》抄录于下，权充结尾：

升官犹具平民魂，交往如常意态真。
原有深情非做作，本无俗念自纯淳。
党风端正文风雅，人品高洁艺品尊。
与我当初称旧识，以诗贺岁共迎春。

（原刊于王向峰主编《王充闾诗词创作论集》，
辽宁人民出版社 1996 年版）

# 依依乡土情　拳拳赤子心

## ——读戚英发《清泉集》中的言情之作

《清泉集》是戚英发同志的旧体诗词结集，多为纪行之作，亦有言情之作。孙丕任学史为该集写的文言体序言便指出：“其诗于山川形胜，多所触发。”又云：“英发言情之作十之有三。”不过，这两类诗又很难断然分开，丕任学史亦明言之矣：“一切景语皆情语，船山之言诚是。考之英发风景之作，当作如是观。”我因阅历有限，对集中的纪行之作，只能望洋兴叹，岂敢妄加嗤点？这里只能就我个人比较感兴趣的言情之作，谈点肤浅体会。

言情并非仅指艳情，首先令我动情的是作者的乡情，也就是对家乡的热爱之情。家乡是人的立身之本，特别是对英发兄这样生于斯、长于斯的地方诗人来说，乡情更是融于血肉之躯的灵魂，是其他一切情趣的基础。集子的开篇之作《七律·秋到渤海湾》，便对家乡新貌作有生动的描绘，诗人的家乡盘锦，古称斥卤之地，于是当地才有了“稻浪与海浪交映，歌声与仙鹤齐飞”的奇丽新观。诗人笔下的家乡秋景，最美的景观正是这一荒滩变良田的崭新面貌。诗作首联云：“举目秋时渤海滨，金波稻浪淹千村。”尾联亦云“挥镰歌起观稻海，浪里起伏游泳人。”虽“稻海”两字重出，却并不累赘，反而令人印象极深。我觉得，“稻海”一词，在本诗中堪称诗眼。一般认为诗眼当为动词，但就本诗来说，最动人的景观在“稻海”这一亘古未有的新景象。既如此，名词何妨为诗眼呢？

《七律·落雪》、《鹧鸪天·白絮》、《鹧鸪天·春牧》、《七律·无题》、《七律二首·寒秋》、《七律·竞春》、《七律·春思》、《杂言诗·燕归》、《七律·雨季》、《七律·汛期》、《五律·雨后》、《七绝·知春》等诗作，也都描摹了家乡的美好景象，吐露了作者热爱家乡的深挚感情，既有人性的共同感受，也有鲜明的地域色彩。如雪景："初瞧似看棉投地，细睹如观羽落台"（《落雪》）；"不妆梨花香三月，独化腊梅慰残冬"（《白絮》）；如春景："春暖溪堤柳漫垂，蛙歌初对燕双飞"（《春牧》）；"春雨夜携胭脂来，一宵擦俏果枝白"（《春思》）；"村头弯弯花柳溪，清明细雨绿新堤"；如雨季："忽有霹雷裂晚霓，生风暑气摇桑枝……一夜潇潇连梦雨，晓闻咯咯蛙潜池"（《雨季》）；"伏雨随风连日落，江河水涨漫堤频"（《汛期》）；如秋景："时逢霜降草凄黄，浮羽惊鸣戏水凉"（《寒秋》）等，无不笔洒五彩，赋形造景。《鹧鸪天·春芦》更将苇乡风光写得令人神往："昨有春雷走夜空，一宵细雨苇萌生。芦芽迅起锋拨雾，葭叶急发刃斩风。"

其次，令我动情的言情之作，抒写的是作者对家人和乡亲的痴情，不妨通称之为亲情诗。如《七绝·童忆》云："回忆童年难忘啥？随娘走亲王婆家。北园摘果黄桃树，南塘击水采莲花。"此诗将乡情与亲情结合得天衣无缝，融似水乳，颇为耐读（顺便说一句，第三句的"黄桃树"若改为"攀桃树"；或将下句的"采莲花"改为"粉莲花"，则显得更工整些）。他如《七律·探村》、《七古·天伦乐》、《七律·赤婴》、《七律·九叔》、《七律·夜雨情》、《七古·叮嘱》、《七律·贺母八十三寿辰》等，都是挚情深浓的好诗，不乏可诵之句。如"东邻九叔性自尊，贫穷不走富家门……虽缺文化明事理，节俭生活乐助人。"（《九叔》）"八十三载长春树，四世繁生果满枝。暮岁依勤亭厨事，耄耋照理子孙衣"（《贺母八十三寿辰》）读起来都很有味。还有两首作品描写了新时代的乡村女性风貌，尤其值得细读。《七律·走远城》咏写道：

山姑有胆闯人生，赤手天涯走远城。始练酒吧歌舞术，间习桑拿按摩功。隔时兼业成门主，转日联营做股东。小女单骑行大道，谁说只有丈夫能？

《鹧鸪天·乡妇下海》也咏写了商海大潮挟下的新式乡村女性：

六月伏天值农暇，乡妇上市卖西瓜。荆条新篓肩头担，沾露香梅发簪花。白手帕，亮刀叉，半围短带细腰扎。一声叫卖甜街客，小伙奔来洽批发。

这样的诗作，既有对乡亲的夸奖，又有对新生活的欣慰，既是人物图谱，又是风俗画卷，作者对乡亲的真情自可打动人心，作者对生活的敏感也很让人钦佩。

说起来，诗集中并无爱情诗作，连写给自己妻子的作品也没有，更没有缠绵费解的“无题”之类和无病呻吟的倒牙之作。但这并不是说作者缺乏感情，前面评述的言情之作不都是真情的结晶吗？我本人偏爱这种比较正统的人品和诗格，相信自有同好者可资印证。因此，拉杂地写出自己读《清泉集》的体会，以与诗友广泛交流，共同品赏。至于集中的主要部分，也就是纪行诗作，只有静待其他诗友评说了。

（原载《盘锦诗词》1999 年第 4 期）

# 彩云追月挥彩笔　坎坷岁月酿佳诗

## ——喜读赵玉华诗集《彩云追月》

### 一

我国历史悠久、文化遗产丰厚，但由于封建年代漫长，封建礼教肆虐，广大妇女的才智长期受到压制，以致才女寥寥，屈指可数。尽管如此，仍有李清照这样的文坛奇葩，以其情深词丽的传世佳作光耀千秋。新中国成立以来，特别是新时期以来的当代文坛，才女辈出，佳作纷呈，千娇百媚，妍丽芬芳，女性文学取得令人注目的飞跃进步。盘锦女诗人赵玉华的诗集《彩云追月》（银河出版社 1999 年版），就是鲜明的例证。

我对诗人生平毫无了解，正如我所从事的专业古典文学研究一样，只能主要通过作品探讨作者的境遇经历和心路历程。因为现代女性毕竟不同于传统女性，她们的心胸要开放得多，也就便于读者通过作品媒介与作者进行交流，共同获得对人生的体悟，而这不也正合于作家的本愿吗？我与普通读者站在同一起点上面对共同的审美对象，所得点滴感悟也许更容易和他们共同品位咀嚼。也正如此，我才不揣浅陋地想写出阅读《彩云追月》的心得体会，以获得文朋诗友共赏佳作的温馨愉悦。

《彩云追月》是女诗人个人作品的结集，带有鲜明的个性色彩。首先从诗集编排上说，就打破了新旧诗体不混合收编成集的俗例。全书分为两卷："彩云追月"卷收词作，"玉树琼花"卷收诗作。词作又依内容的分工，分为咏写个人事情与咏写社会生活的两辑；诗作则依体裁为类，分旧体诗、汉俳、新体诗三辑。

从编排体例便可看出，作者很注意将个人情事与社会生活密切结合，虽不兼咏，却不偏重，既不走唯重个人的旧路，也不效仿唯重社会的前例，而是既重视个人的内心世界，又不将其封闭起来。笔者个人撰写旧体诗词时，也曾有意进行这种探索。拙作《三夏集》自序云："然情境单一，歌咏者愈频，重复者愈多，故兼采时事，点染成篇，欲以自拔。得失与否，知我者当会之矣。"我不敢唐突才女，谬托知己，但对于作者既重在咏写个人情怀，又有意点缀社会时事的写作初衷，自以为能够领会理解，大有"于我心有戚戚焉"的会心之感。没有创作体验的人，就不会有这种甘苦自知的解悟与知音互勉的冲动。

虽然有总体上的会心，毕竟不能代替对具体作品的欣赏，而一个人默默地阅读，总不如和他人交流心得更加愉悦。"奇文共欣赏，疑义相与析"（陶渊明《移居》），是读书人最大的快活。为此，我愿将自己品读《彩云追月》的浅陋体悟随笔记下，与喜好诗歌者互通心声，共享审美之乐。

## 二

一般来说，女子比男人更加重视爱情；在生活中遭遇过坎坷的女子，比起其他女子来对爱情对家庭也有着更深的体悟。前面已经说过，我不了解赵玉华的生平，但她的作品绝大多数吟咏爱情和亲情，而且其中颇多对人生坎坷的品味，既含哀怨，更多旷达，原来她经历过家庭的变故，也经历过有花季却无硕果的恋爱。这如同经历过家破与婚变的李清照，其晚年作品更加深沉丰厚一样，特殊的人生经历也使得女诗人的作品别有一番韵味。古人云："国家不幸诗家幸，赋到沧桑句便工"（元遗山《论诗绝句》），点明国家的苦难会给诗家提供诗料诗情。虽然人们厌恶动乱，但既有这样的经历，也未尝不是值得珍惜的财富。同理，婚姻的不完美，对普通人来说只是痛苦的回忆，对诗人来说则可酿就对生活体验的浓酒。即使这是杯苦酒，也能使人陶醉。我们不妨首先共同品赏诗集中的爱情作品吧。

《长相思·思》："思悠悠，怨悠悠，错把春心付水流。无缘不苛求。/爱悠悠，恨悠悠，恨到白头方始休。青春落荒丘。"词中既有忧怨，也有解悟；既有心底的叹息，也有忆旧的哀婉。

《浣溪沙·忆旧》："不惑时时忆旧年，几经风雨弄春残，红消香住对愁眠。"这仅是上半阕，但立意已很完整，颇有传统闺怨词的神韵。结句

“凡夫俗子入闱难”，是写实也是理想，是对自身机遇的怅叹，也是对自己人生追求的表白。《浪淘沙·依然》云“降格屈就岂心甘”，同样是作者人格的写照、心声的披露。《虞美人·遣怀》云：“素怀心事谁知晓，孤傲知音少。仰天长啸自清高，空有离愁别恨苦煎熬。/情丝系在天涯处，望断迢迢路。历尽沧海荡孤舟，只有清风助我散烦忧。”更是吟咏心事的佳作，表明诗人对爱情追求的高标准期待。

《江城子·知己古难求》则咏写了一场情变及其对当事人心灵的深重损害：“几年恩爱俩依依。畅淋漓，似胶漆。山盟海誓，痴迷不相疑。本欲情同结伉俪，遭风雨，又分离。/杨含忧愤柳凄凄。不思议（按：“议”似应为“忆”），泪千滴。春风满面，知己古难觅。纵有衷肠无处诉，寻梦境，醉佳姬。”可见爱情并不一定带来甜蜜；痛苦，也许更合爱情的本色。

《风入松·情殇》是在爱的付出反而造成伤害后的自白：“强颜作笑苦争春，心碎智昏昏。年华似锦香消去，怕离分、转瞬成真。昔日甜言相许，而今另觅佳人。/只听旧琴奏新音，谁慰己孤魂。湿巾频诉人难做，恨多情、更悔痴心。柳遇春风增绿，矜持不动芳心。”词作感情深挚而含蓄不足，不过结尾以物托志，有些余味。

在这场情变之前，诗人似乎曾经有过丧失爱人的痛苦。《采桑子·静思》云：“楼高目断荻花影，独自彷徨。又到新凉，总有情思系热肠。/檐前燕雀云中雁，对对双双。转瞬秋光，憔悴幽兰谁抚伤。”前半阕的直抒胸臆已很感人，后半阕的借物喻人更加耐读。《采桑子·又到中秋》的后半阕也咏写同样的情思：“伊人已去情犹在，又到中秋。最怕中秋，案上青灯映旧楼。”《阮郎归·无题》云：“伊去八载忆当初，惨留苦寒儒。愁云淡月雁飞孤，心虚若瘦竹。/衾枕冷，暖炉无，柔肠似草枯。昏灯荧荧照空庐，艰辛岁又除。”他人每到佳节分外欢快，诗人在此时则分外悲苦。这种愁思，正与李清照相似，李词《永遇乐·落日镕金》云：“如今憔悴，风鬟霜鬓，怕见夜间出去。不如向帘儿底下，听人笑语。”不妨对看。

正因如此，诗人对于情变的承受力远大于一般少女。《浪淘沙·善待情缘》便是失意后的解悟：“别后遇江南，细雨潺潺。云中紫燕飞旋。戏水鸳鸯相顾盼，衷曲绵绵。/把酒庆团圆，相视无言，多年恩怨化云烟。

了却前缘为挚友，爱洒人间。”据心理学家说，对往日情人最好忘却，不妨将其当作陌生人甚至死人，但是化解怨恨，仍作友人，可能是更恰切的选择。《鹧鸪天·重逢》显系纪实之作，写的正是饱受爱情折磨的女性对变心男友的宽容：“昔日伊人毁旧盟，异乡偶遇小楼亭。离合散聚沧桑曲，爱恨交织总有情。/消旧怨，喜相逢，双拳紧握泪盈胸。东君负我春三月，缘尽还能作挚朋。”女性毕竟比男人心软，也更加善解人意。遗憾的是，本来娇嫩的花朵，偏偏更容易受到风雨的摧残。

情变毕竟饱含痛苦。《钗头凤·真情误》便咏写了挚情化为泡影对当事人的伤害：“相思苦，铭心骨，错将金玉当泥土。欢情误，真糊涂，空留遗恨，几多酸楚。负！负！负！”还有其他几首词，抒写了同一题材。这些出自真情的作品格外感人。如《采桑子·伤春》云：“山高水远寻知己，谈笑几何？梦断南柯，孤燕穿云自垒窝。”《菩萨蛮·无题》云：“爱侣相伴东流水，如今空洒离情泪。花谢又重开，魂飞不再来。”都很感人。《酷相思》中的迭句颇见功力：“沧桑水，流还倦，沧桑曲，听还倦。情未了，理还乱，缘尽了，理还乱。”

即便如此，诗人对美好的爱情与婚姻依然怀有执著的愿望，足见她对生活的挚爱和坚韧。《水调歌头·伴君行》云：“忆源头，谈眷恋，吐心声。犹石击水，情如潮涌血奔腾。好个人生末期，天地虹桥生彩，皎月爱寥星。愿我红颜面，藏在你胸中。”表明诗人也品尝过美好的爱情乳汁，至少曾怀有美好的爱情憧憬。《南乡子·追寻》云：“何处觅知音？人海谁能抚旧琴？……追寻，赏我心中月一轮。”对未来充满希望，是诗集中颇为读者称道的作品之一。《双双燕·相约》云：“目光融融互慰，浪漫曲，歌好人醉。欢聚共享甘甜，总在爱中品味。”词作似乎不是忆旧，也不是写实，恐怕是对想象中的爱情的涵咏。《鹧鸪天·相思》似乎也是对美梦的向往：“心切切，语轻轻，嘘寒问暖总关情。日来长哼相思苦，夜里恩君如画屏。”《水调歌头·真爱何须守》也咏出耐人品味的警句：“不悔痴情一片，心内灵犀共有，一瞥尽开颜。真爱何须守，聚散总是缘。”其结句同样精辟：“告大千寰宇，真情不老。”

在吟咏美好爱情的词作中，《蝶恋花·开颜》是最愉悦的一篇：“凤落梧桐相遇晚。敛翅开颜，倾慕情无限。隔岸翩翩飞紫燕。双双朝思暮眷恋。/君宠佳人春色满，一线长天、曲子唱千遍。吞尽人间悲与苦，知音拥有我遗憾。”但愿这是诗人重新找到意中人的纪实之作，而不仅仅是对未来的理想。我不知词作的具体写作背景，但希望作者永远保持这种欢悦的心境，哪怕世间会因此少一些言愁诉悲的感人文词。

诗作中，吟咏爱情的不多，读来只见到两首。一是《七绝·夜思》：“一帘幽梦满腔情，静夜相思到五更。四季门庭春紧锁，痴心日夜伴君行。”似为悼念亡君之作。二是《七律·盼重逢》：“萧萧冷夜室空空，转辗怀君梦未成。望月遐思飞万里，凝灯酷想到三更。心虚坐椅吟诗卷，潮涌临窗数寒星。痴盼心湖明若镜，相逢玉面总春风。”与其词作比起来，过于肤浅直白，远不如词作耐读。

汉俳中，有《心中的玫瑰》、《情爱为何物》、《笑听一首歌》、《只因有了你》等组诗，也是吟咏爱情的作品，不乏可读之句，如“真爱戒朦胧，痴心娇美任凋零，天缘悦终生”；“情爱不久恒，信誓旦旦难澄明，痴迷会伤痛”等，但也远不如其词作。新诗中则有的篇章吸取了词的长处，有些可读之作。如《想你》：“想你的时候，凝眸望云开，盼你千里乘风来。静听那小桥流水，清泪挂满腮。/想你的时候，浑身不自在。潮起潮落几多时？窗前月影已西歪。小院独徘徊。”《沉重》、《期待》、《莫说》、《理解》、《依恋》、《蓝天一片云》等，也都很有韵味。《相识》则同《蝶恋花·开颜》一样，是咏写爱情欢乐的佳篇，不妨引来对读：“昨天有缘相识，彼此微笑着对视；深沉的目光传递希冀，心灵底片已摄入了你。/情相融多了默契，心相印成了知己；精心编织着人生甜梦，时时如醉如痴。”

## 三

大凡善于表达爱情的人，对其他方面的感情往往也体悟得比较深切。《彩云追月》对亲情、友情的抒写，也很值得品味。

最浓重的亲情，当属对死去的亲人的怀念。陶渊明的《拟挽歌辞》云：“亲戚或余悲，他人亦已歌。”便咏及这一人情之常。集中有两首咏写清明的词作，颇耐品味。《西江月·清明祭》：“又是东风阵阵，恰逢春雨绵绵。云烟袅袅雁低旋，杨柳丝丝哀怨。/几片荒郊衰草，一掊孤冢难掩。苍苍野树罩平川，怎耐怀君无限。”《离亭燕·清明怨》也是同样的题材。其直接咏怀对象是其亡夫，但也不妨看做是对所有亲人的追忆。悼亡也算爱情题材，以此连类而及咏写亲情，可谓顺理成章。

对于父亲，诗人也做了吟咏。《七律·悼父亲》云："大地寒凝满目苍，家严谢世了残阳。深恩未报愧为女，悲诉难消欲断肠。一辈勤劳德品厚，终生质朴业精良。如山父爱铭心骨，遗训明昭日月长。"颈联对老父人品的歌咏最为真切动人。《七律·生日》则是唱给母亲的歌："慈母六旬过寿辰，寒屋冬日暖如春。老人尽赞夕阳好，少辈频传后岁新。儿敬三杯蒙厚爱，孙歌五曲颂情深。人间首礼先行孝，娘享天伦悦子心。"其尾联犹如警语，可以当作格言，垂范后人。

对于自己的同辈，诗人也牵挂在心。《巫山一段云·手足情深》咏道："幼小连枝长，华年各自荣。参天巨树必经风，光洒韵葱茏。/血液浓于水，根深叶更红。平常小事莫伤情，无愧母同生。"《西江月·不情愿》似是追悼同辈死者，内云："本是同枝欢聚，却要撒手分离。……相知最恨不相依，形影匆匆何必!?"这种沉痛，未经历者也可意念相通，此作更将内心哀泣写得令他人感同身受。

至于后辈，自然更让人挂念。诗人似乎只有独子。《南乡子·扬眉》便是对丧父幼子的勉励："萧索门庭雏燕长，扬眉，展翅翔云任远飞。"《七绝·示儿》则是在儿子入伍时情动于中的壮行之作："吾儿从戍捍国疆，戎马驰驱志要刚。母爱殷殷十九载，春晖行报做忠良。"但儿子不在身边，不能不让做母亲的牵肠挂肚。《临江仙·岁末思儿》、《鹧鸪天·思念亮儿》都是写给儿子的作品，词中多有警譬之句，如："建功遂母愿，立业日中天"；"雏鹰要展鲲鹏志，骏马扬蹄莫等闲"。母子情、军民谊，使这些词作别有意蕴。

对于没有血缘关系的友情，诗人也十分看重。《七律·友谊情深》、《汉俳·朋友五咏》直接歌咏友情："诚心结挚友，患难之时伸出手，风雨乐同舟。"另有大量的赠答之作，俱情浓意厚，很耐品读。如《七律·迎东白老师出访归来》中之"踏遍沧桑风雨路，青山满目颂中华"；《七律·读诗友李天成〈雨丝集〉》中之"有幸三生结挚友，书读百遍慕高朋"等，都堪称佳句。还有赠锦州、辽西友人以及报刊编辑等文友的诗作、词作也颇有味。诗友之间的切磋，犹如打火石之间的撞击，是产生创作冲动的重要途径，真正想写诗的人，谁能不心向往之呢?

因为诗人的职业是中学教员，她对人民教师的热爱与吟咏，自然是其作品的重要题材。《满江红·教师节书怀》对教师做了热情的歌颂："教师节，惊天地，菊花绽，飘香（按：飘为动词，似与上句不协，宜改为浓字）溢。九州同庆贺，校园魂系。立志不离翰苑外，扎根永在百花里。创辉煌，携手共前程，山河碧。"《临江仙·从教感怀》更以自身感受，抒发了教师的博大胸怀："清风盈两袖，双目永澄明……红颜消退去，桃李笑春风。"《卜算子·园丁》坦言："心血育英才，坦然情专注。待到新松百丈高，翘首同欣慕。"《七律·教海行舟》云："但有豪情托伟业，本无奢望索封侯。一只（按：似应为支）粉笔培俊秀，三尺讲台育名流。"《七律·怀恋教坛》云："腹有诗书生妙趣，青灯独对写风流。"这不只是诗人的职业情怀，也是对同行的深厚情谊。

从以上分析不难看出，诗人是重视感情的人。这是一个人能否成为诗人的前提条件。近代大学者王国维就说过，"诗人者，不失其赤子之心者也"。赤子之心，就是一片赤子之心，一片挚爱之情。有此先天素质，继之以后天的勤奋，诗人才能确有所成，不断有新作问世。

## 四

除咏写各种人际情感外，集中的其他题材也颇有佳篇。

首先是对个人身世的吟咏。《忆少年·小时候》概括了困苦而忧烦的儿时生涯："无穷饥饿，无边落魄，无端停课。谁怜嫩花朵，误了童年乐。/美好天资埋陋舍，怨苍天，负了春色。儿时梦一场，咀嚼还苦涩。"不但能被诗人自己品尝，也可让读者有所体味。两首《鹧鸪天》即《童年》和《岁月》则吟味了苦涩中的甜蜜，也就是对个人资质的肯定。如"学碾米，练薅秧，聪明灵秀露锋芒"；"默守清贫心好强，几经风雨几经霜"，都写得真切感人。这并非自我标榜，而有普遍意义。凡是有所成就的人，哪一个不是既有一定资质，又能自我奋励的呢？自谦可以，但不必自贬。

从人生经历中获得的人生感悟，也是一个重要题材。《诉衷情·明天》便很警策："人生苦短驾轻舟，顺逆任琤（按：琤正，难解；似应为'争'）流。无私天地宽广，大度了却千愁。/真善美，眼中留，写春秋。

明天美景，一卷彩画，令我追求。”这不也正是人们的共同追求吗？《鹧鸪天·超脱》勉励人们面对不遂意时，要自我开解：“遂意事，梦难求，乌云障目坠深沟。诗文助我神魂健，不老青山景自幽。”当然，每个人自有其开解之径，不会都依赖诗文。《木兰花·奋进》云：“独桥举步身心稳，逆境求生须奋进。”《七律·醒诫》云：“人生苦旅步艰难，口纳黄连带笑颜。悲喜相融皆美景，不贪富贵自心安。”这些解悟之言，都带有哲理性，可资劝世诲众。被取作集名的《蝶恋花·彩云追月》，本是念儿之作，但后半阕含有对人生追求的抒写，因出自挚情，故尤为可读：“夜雨敲窗心抑郁，凝视寒灯，吟唱昂扬曲。自信苍天含笑语，彩云追月九霄去。”为追求生活的彩云，我们岂能陷入一时哀怨的困溺呢？

古人讲求天人一致，特别注意从大自然中获取感悟，所以十分留意身边的景物。诗人既有敏感，又有学养，当然也关心景物，留有佳作。《鹧鸪天·郊游》便写得有情有味：“枫叶彤红天满霞，相约漫步赏仙葩。登山喜采相思豆，踏陌偏摘野菊花。/乘画舫，品香茶，才思涌动叹年华。神清笔健抒新韵，异口同欣景色佳。”《荷叶杯·公园漫步》、《水调歌头·夏夜》等也都是纪游之作。其中，有的是对家乡美景的咏写，如《醉花荫·油城漫步》云：“春满辽河扬翠柳，五月油城秀。碧草又青青，淡粉桃红，细雨添绸缪。”《七律·鹤乡美》则描绘了家乡的郊野之美：“鹤乡盛夏好风光，无际芦花苇海扬。瑰宝洁白丹顶鹤，良田碧绿稻居王。”有的则是对外地美景的记写，如《如梦令二首·西湖》咏写杭州风光，《水调歌头·咏大连》则对滨海名城大连做了描绘。这些作品对于开拓心胸、陶冶情操，有着重要作用。因而，作者颇有体验地在《采桑子·情系山河》中高歌：“情系山河，抒写人间不老歌。”古人于读书之外极重视“行万里路”，实在很有道理。今人又加上“与万人谈”的提法，以扩充人际交往经验，也很值得借鉴。

咏物之作，本是女诗人的长项。本集作者身为女性，也确实擅长此道。《调笑令·自吟》以草喻自身的人品，很意蕴：“小草，小草，遍布天涯海角。生来无意争春，甘为绿色掩尘。尘掩，尘掩，一片清新久远。”《西江月·原上草》更写得淋漓酣畅：“嫩叶清新有致，鲜花平淡无奇。只为绿色掩春泥，四季枯荣随意。/不羡牡丹娇美，何言玫瑰旖旎。敢同百卉论高低，簇簇昂扬直立。”其他如《淡黄柳·丁香》、《七绝四首·咏花》以及《调笑令·萤火》、《调笑令·白兔》、《水调歌头·咏蜜蜂》等，也都即物见人，颇有韵味。

集中还有一类诗词，是对自己吟诗填词这一爱好的咏写，最易打动诗友的情怀。至少，我读这类作品时，颇有“于我心有戚戚焉”的亲切之感。如《诗为侣》云：“独守空楼心自凉，吟诗作赋暖枯肠。黄昏酌句不觉苦，半夜成文倍觉香。/功底浅，蕴诗狂，书山探宝神飞扬。孤灯最喜诗为侣，残月悬窗醉影双。”《鹧鸪天·倾心诗侣》也坚决地表白：“离恨短，爱绵长，倾心诗侣不彷徨。贫寒未必真潦倒，留得青山放眼量。”写诗，使作者摆脱了生活不幸的折磨，沉醉在精神的追求之中，因而她常写由此得到的愉悦，如“庆幸诗为侣，心静更芳甜”（《水调歌头·除夕诗趣》）；“吟诗到日暮，夜里伴钟声……松魂常慰我，挥笔借东风”（《临江仙·吟诗乐》）；“荣华富贵何足道？腹有诗文气自扬”；“神韵可人谁与度，愿共诗词书画”（《离亭燕·甜梦》）等等，都确有实感。《七律·自信》更是对这种努力的高度肯定，有誓词的分量，理应细读：“清新爽朗展歌喉，窥镜才知倩影留。几度坎坷心未冷，数年辛酸志难丢。诗情旺盛勤执笔，神韵充足绣锦绸。抒尽人间真善美，山青水秀竞方舟。”凡有志于诗词创作者，都应有这样的决心。

对于咏写时事的作品，不想多说，因这类作品不能不写，却又很难写好，借以得知诗人生活背景而已。

拉拉杂杂地写了这许多文字，向读者推荐赵玉华的《彩云追月》。自知见解肤浅，不过做“文抄公”而已；但女诗人的佳作实在让人钦慕，品赏之余，无法简要介绍，只得如此冗赘地加以品评。望读者“得鱼弃筌”，主要品味文中引录的佳篇美句，切勿因笔者文字拙劣错过赏读女诗人作品的机会。

（原载《盘锦诗词》2000年第1期）

# 岂必山川尽入目　凭栏任醉一枝葩
## ——喜读古求能《衔月楼诗抄》

余生也无才，但也忝列文人，对诗文高下自有一定的见解。简单地说，我一接触陌生的诗文，总习惯同本人的水准相比，大体分为比自己高明的可读之作，与未必强于自己的泛泛之作，总要觉得有可佩服可借鉴处，才能引起细细品味的兴趣。这或许是不通世情的文人陋习，但在我来说已成习惯，一时半会儿怕难以改正，暂且由它去罢。

我最早见到的古求能诗作，是刊于《梅州日报》咏建党八十周年的两首七律，一见便佩服得五体投地，自愧不如。因我当时也正苦思冥想地写了两首七律，但总跳不出一般祝颂的套语，写得平板乏味，自己也不满意。而古兄之作，由凤凰更生之喻切入，根本不直言八十年历程的具体情事，而歌颂了党永远年轻的蓬勃活力。其警句如“烽烟焚木生金凤，砥柱横流藐浪峰”，“雪里尚存梅竹骨，火中不灭凤凰身”，何等警拔，何等峭丽！另两联对仗也同样余味不穷：“鸡犬升天天不许，英雄失路路还通”，琢字精审，哲理深刻；“红旗无愧前驱血，青史重光故国魂”，体悟深切，感情浓厚。即使不对仗的各联也颇上口成诵，引人入胜，如“金花今又醉如云，锦绣河山入梦亲”，“漫道雄关犹似铁，昆仑泰岱祝长春”，都是功力劲挺的诗句。如此佳篇，敢不拜服？

在这以后，我有幸得到古求能与其他诗友合出的诗集《同声集》，收有他本人的《衔月楼诗抄》，匆匆一览，如入宝山，佳篇美句，目不暇给；诗苑奇葩，词坛芳草，荟萃卷中，堪赋吟咏。欣慰之余，得小诗两首，聊抄录于下作读后感：

喜诵梅州衔月诗，联翩妙句会心知；

忽发懵懂学童愿，甘做抄公录美辞。

佳篇如树句如花，会意存心自可嘉；
岂必山川尽入目，凭栏任醉一枝葩。

诗意略谓，其诗不是没有通首可读的佳作，但豁目醒心的妙句更多，许多诗词妙句令人陶醉不已，难以忘怀。我既无才力评赏其全部作品，何不将自己触目动心的妙句摘抄下来，与众诗友共赏呢？因此，愿冒充“文抄公”之嫌，将其顺序引来，权当再交一次“课堂作业”吧：

“读破唐贤三百纸，联翩诗思向天涯。”（《少年心事》四首之一）——学有根底，才自渊远。

“胸中种有长春树，枝自峥嵘花自香。”（同前题，之四）——比拟生动，情动于中。

“莫问明朝何处去，明朝如梦复如烟。”（《记梦》四首之三）——有人生感慨，却并不低沉。

“岂知桶中无为物，原是江中搏浪材！”（题《桶中鱼》）——千古才志之士，当与之有共鸣。讽世而兼警世，洵为格言。本诗实堪传世，作当代诗词年鉴者不应漏采。

“举头前路云和月，天更多情地更宽。”（《迎春走笔》四首之四）——虽新诗味浓了些，但确能鼓舞人心。旧体诗亦当创新，这种语调虽失之浅直，亦可聊备一格。

“天倾难抑倾天泪，四五回旋五四风。血管流来都是血，红旗撕碎自留红。”（《“四五”三周年作》）——一下引了两联，都能巧用复字，极具匠心。其实，该律诗的尾联亦极可读：“春风有意荣枯草，滚滚长河又向东。”相比之下，首联稍弱了些。但诗能写到如许精粹，已足令人钦佩。

“鸡犬升天终畜类，麒麟伏地亦雄才。”（《消息》）——是真志士，自当引以为座右铭。

“仗剑悲歌英气在，运筹谈笑寇沉沦。”（《喜读〈叶剑英诗词选集〉》）——不仅对仗精工，还巧嵌人名，非精于诗者，孰能为此？

“请君试看诗三百，哪首凭人捧出来？”（《致诗友》）——识见通达，众诗友当引以为戒。

“血荐轩辕，心怀孺子，回敬敌人眼与牙。”（《沁园春·怀念鲁迅先生》）——将鲁迅的诗文化入自己的诗句中，自有力度与厚度。

“日理百事仍嫌短，夜读三更不觉长。……半生富贵书千卷，万里征程桌一张。”（《夜读》）——书生雅志与雅趣，令人会心一笑。

“供不应求新故事，乐而忘返旧童谣。”（《为女儿写真》）——富于童真，令人惬意。此诗全首可诵，是极富生活意趣的好诗。

“精心把握衡文尺，得意每逢拔萃诗。”（《编辑吟》）——抒写编辑的真诚与快慰，颇为真切动人。我也当过多年编辑，亦有编审职称，对此颇有同感。

“攀山誓必凌峰顶，铺轨宁辞作枕材。”（《出席地区文化系统先代会志感》）又有壮志，又甘于平凡，写得真诚而不消沉。

“雪里梅红原有骨，云中竹翠本无骄。”（《赠给琴江二首》之二）——这也是对人品的咏诵，但托物寄怀，更多一层意蕴。

“写作不多力戒伪，交朋虽少但求真。”（《答客问》）——书生自白，颇得东方朔之神髓。该诗通篇一气呵成，语语有味，是作者最成功的诗作之一。

“举国喜腾龙虎气，此身盍为稻粱谋。”（《秋歌两首》之一）——有时代感，堪与龚自珍原作对读。

“昔求方仙岛，秦皇志决；东临碣石，魏武诗豪。换了人间，导师留韵，形象思维格调高。”（《沁园春·北戴河》）——历数先贤，令人遐思。

“莽莽乾坤浮眼底，几人识得范希文？”（《登岳阳楼》）——登楼赋兴，识见不凡。

“佳句久违当是恨，童心不老即为诗。”（《依韵奉和刘岐先生》）——确是诗人情怀。

“天涯知己寒三友，水上浮名月一弯。”（《中年自检》二首之二）——胸襟旷逸，性情中人。

“岁月频催春草绿，人生几得笑颜红。”（《依国强先生原玉奉寄》）——抒人生感慨，可与古人“年年岁岁花相似，岁岁年年人不同”对读。

“一身正气人争效，满苑芳菲手自栽。”（《痛悼谢老师》）——为师尊如此，已无所憾；有弟子如此，良足欣慰。

“白发太狂催黑发，讲台何速接灵台。”（同前题）——复字用得准确有力，含情无限。

“伤心事迫舒心事，悼念诗当眷念诗。”（《哀折将》）——擅用复字，且又有不同变化，即“伤心”与“舒心”、“悼念”与“眷念”的变换，极具匠心。诗虽小技，亦不能不精心探求。

“文关国运虽其小，血热中肠分外亲。”（《书生秃笔》二首之一）——虽然文能经国，大抵与书生辈无关，但诗文的感人作用亦不容抹杀，这便是文人虽自哂而又自重的原由吧？

“国家不幸诗家幸，国运兴隆文运衰。推论可能生谬论，摊牌切忌出王牌。”（《〈长篇小说〉杂志停刊》）——这里引录的是前二联，亦可见作者复字运用之精熟。

“当开风气新生面，不凑官腔老掉牙。”（《读秋瑾感时诗，试次其韵》二首之二）——作诗不写套语，要求不高，实难做到。

“但期天马行空日，不是斯文扫地时。”（《衔月楼自咏》十首之二）——文人不论面对武力霸权、权力霸权、金钱霸权，总是软弱无力的一方，但文字的韧性，又岂是各种霸权压制得了的呢？文人不必自卑，斯文终将延续。

“梅经狂雪花方俏，月照缁衣胆不寒。”（同前题，之三）——照见人品，文如其人。

“夜深侃艺人忘倦，兴极敲诗酒尽樽。”（同前题，之七）——文人之乐，亦足自适。

“书卷窃藏秦火后，古诗偷读水牛旁。”（同前题，之九）——追述学诗过程，亲切有味。

“文难济世渎卑职，笔不生花愧俸钱。”（同前题，之十）——语出衷情，人自赤诚。

“绵绵故里春江水，耿耿天涯赤子心。”（《依韵奉和黄元珍先生迎春诗》二首之二）——以叠字入句，亦见匠心。

“每当社鼠弹冠夜，总是馋猫渎职时。”（《世风》）——一针见血，道破世风。

“兴观群怨诚能事，一卷吟成贵在真。”（《读〈三余吟草〉，赠思深友》四首之三）——是写给诗友的，也是“夫子自道”，堪以为鉴。

“天性向来难改癖，书生自古只宜贫。”（《癸酉端阳偶作》）——有癖何妨，家贫何碍，书生之乐，自在诗中。

“好诗不是杯中水，要在人心卷大波。”（《原诗偶得》六首之四）——确有所悟。

“玉堂金马由他去，明月清风任我求。” （《依韵和友人〈山居感怀〉》）——这未必是阿Q的自嘲。人生很难完全自主，安于平淡并非短志。

“真诗岂必名人写，梦笔何妨百姓抓。”（《题友人诗集》）——见解真淳，有文人自尊。

“花开路畔月华晚，意入天边韵味长。”（《诗心十首》之三）——生活中处处有诗情，唯有心人能得之。

“韵险只凭知己赏，名微唯赖爱妻封。”（同前题，之四）——亲切风趣，余亦有同感。

“长恨诗无燕赵气，扬鞭跃马向冰天!”（同前题，之六）——有志气，有体悟。

“诗能独步斯为健，语既惊人死便豪。”（同前题，之七）——难怪李贺辈痴情于诗，令其老母哀怜。诗人耗尽心血，但求好句，但“妙句本天成”，又怎能全凭苦功得来?

“人微言重言难得，位重诗微诗可哀。”（同前题，之八）——道破千古真诀。

“梦回远寒千堆雪，情系征帆万里心。”（《练笔用老杜〈秋兴八首〉韵》之一）——有气魄，有真情。

“斥鷃偶闻欺大鸟，昏鸦几见占高枝。”（同前题，之四）——能活用古典（《庄子》）、今典（毛泽东诗），颇见功力。

“早乞艺苑绝秦火，更盼春风度玉关。”（同前题，之六）——这确是人生的美好理想。

“着意春从枝上闹，瞒人丝在鬓边生。”（《敬和孔凡章翁甲戌迎春曲四首》之一）——岁月流逝，人生易老，写得情真意切。

“心经百折归平淡，冷暖而今只自知。”（《中年感慨》二首之一）——此诗通篇俱佳，是楼主最好的诗作之一。

“情系青山心未老，诗关民瘼句留伤。”（《依韵奉寄叶乃新词丈》）——赠人兼励己，有情有义。

“几杯淡酒浇诗种，四壁图书伴壮游。”（《衔月楼杂咏》九首之一）——文人雅兴，情溢词表。

“哪本恒言能醒世，连篇演义只封神。”（同前题，之七）——巧用古典小说名慨叹世事，妙不可言。

“呕心文字天边月，报国襟期梦里功。”（《喀血》）——沉痛而挚情。

“多少梦，成追忆；磨不尽，书生气。”（《满江红·春望》）——又何必希望磨去书生意气？人生多点呆气，未必该受嘲讽。

“每于绝壁访幽兰，更从云雾觅青山。”（《浣溪沙》三首之三）——有豪气，有哲理。

“铁砚磨残犹寂寞，蜃楼望断总朦胧。”（《依韵敬和孔凡章翁丁丑迎春曲十二章》之三）——感慨深沉，亦人生一得。

“欲望英雄嫌气短，共怜时世怕情多。”（同前题，之五）——颇具有自知之明，与我心有戚戚焉！

“读报读题徒解闷，知人知己只空谈。”（同前题，之七）——文人常有功业无成的惭愧，写得真切感人。

“诗人本色饶刚介，热血男儿富激情。事事关心君太累，声声入耳意难平。”（《痛悼张化禅师》三首之三）——是对他人的称誉，亦可看做对自身的期许。

“镂云刻月终何用，留在人间是口碑。”（《依韵为俞蘅〈戏为六绝句〉续貂》）——诗人都想写出传世佳作，但也不妨以作诗自遣。

“心无负累般般好，家有娇妻样样贤。”（《赠悠然斋主人》二首之一）——凡人的安稳日子，何尝不也是一种幸福？

“神驰天外挟雷电，人在楼头听雨声。”（《题〈听雨轩小品〉》二首之二）——人生总常有种种心与身的矛盾。

“笔墨无能酬社稷，俸钱有愧对苍生。”（《依韵奉和思深友〈虎年迎春〉》二首之二）——语挚情真，实堪吟味。

其他妙言隽语还有许多，为惜篇幅，不再抄录。我的感受十分肤浅，但衔月楼主古兄的佳诗妙句确实值得吟咏。摘句如上，并非说古兄有句无篇，但也不可否认其警句极多而佳篇有限，多少是个遗憾。但古人云“一句能令万古传”，况妙句连连乎！谨志管见，就教于众诗友，盼高明者拨冗指正。

（原载《梅江诗苑》总第4期，2001年12月出版）

# 安然恬淡适闲诗

## ——喜读丁思深《适闲堂诗选》

有人说，青年是诗的时代，中年是小说的时代，老年是散文的时代。至少对文人来说，其青春岁月必定有诗情澎湃，曾与诗结缘。我便是从高中时迷上诗歌的，不仅写有大量新诗，也写过一些旧体诗。“文化大革命”期间，在大学中文系读书，更与同学唱和，写下几首小诗。其实，那些作品幼稚得很，不过留下些当年的回忆而已。正因自己起步稚嫩，读到丁思深同志的诗集《适闲堂诗选》时，见其起步与自己约略同时，但一开端便相当成熟，不禁顿生钦佩。自然，其存世之诗，并非练习写诗的草稿，但他一上道便功力扎实，的确非一般诗友所能及。至少，我是自愧弗如的。比如其开篇的两首七绝，作于1970年5月1日，时为劳动节，地为水库工地旁，而其与好友的共同乐趣却在赏读诗文。其一云：“相思风欲扣停云，旧雨新朋聚满门。漫道别来沧海事，牢骚歇后赏奇文。”其二云：“微风拂去岭头云，明月如丸窥牖门。何日故人重把盏，潘江陆海细论文。”其感情的深挚，用语的老到，使典的浑融，平仄的谐和，非老手不办也！诗题为《成祥、求能、华君、国良诸友参加三渡水库劳动，途经寒舍，喜成二章》。这使人对其文友也留下极深印象，不禁念及唐代文豪王勃的名作《滕王阁序》：“请洒潘江，各倾陆海云尔”。

在开篇之作的次年写的《车次韶关》，不用旧典，纯用口语，同样写得真挚动情，耐人品味：“夜半驱车到北江，寒风拂面动回肠。南门桥上依南望，无限高秋绕故乡。”而该年年底的《家山怀远》，更显情思浓郁：“昨夜山中结白霜，晓来寒气袭人凉。千山万水遥相问，带缓衣宽几许长？”用典而令人不觉，文笔清畅自然。尔后的《秋雨怀远》亦很可读：“连宵秋雨落霏霏，道阻河梁又失期。莫说江潮皆有信，只缘世事总乖违。”不明旧典，无碍对此诗的理解。但若你懂得“河梁”与“潮信”这两个旧典，忆起“携手上河梁，游子暮何之?”（李陵《与苏武诗》）；“嫁与瞿塘贾，朝朝误妾期；早知潮有信，嫁与弄潮儿”（李益《江南曲》）之诗句，体悟自会更深。而用典如何做到令读者几乎不察，非功力深厚者难为，可丁兄乍一出手便达于此境，能不令人感佩?

集中可读之作颇多，如《忆北江》七绝四首、《重读〈雷锋日记〉》七律一首、《感今是昨非，寄立晖、亚求、炳宏友》五律二首、《寄赠炳宏友》七绝三首、《求能友赐墨赠言依韵奉酬》七律二首、《乙巳新春雅集，用刘岐先生〈七十初度〉原韵祝其〈乔梓诗抄〉出版》七律一首、《谒叶剑英元帅铜像》五律一首，《参观惠州西湖苏东坡纪念馆》七绝二首、《学习邓小平同志南巡谈话喜赋》七绝三首、《学诗断想》七绝四首、《与青年朋友一起游大东岩、千佛塔》七绝二首、《毛泽东同志诞辰一百周年》七绝二首、《答友人来书》七律一首、《闲居同学友好相聚，诗以纪之》七绝三首、《虎年迎春两首》七律、《韶关行记吟》七绝六首、《读〈同志集〉》七律二首、《纪念十一届三中全会召开二十周年》七律二首、《784班同学入学二十周年纪念在梅城聚会》七绝六首、《梅州杂咏》七绝七首、《和求能友〈悠然五十〉诗》七律四首、《二千年抒怀用庚韵》七律四首、《适闲堂自咏》七律四首等，都是可赏耐品的佳作。

从前引诗题、诗体可以看出，作者多咏写个人情事，即使社会重大题材，也都从个人感受落笔；而且，内容多为友人间赠答唱和。其体则几乎是近体律绝，而且以绝句为多，后期则多写七律。以上现象，正是旧体诗词的独特魅力所在，因为诗歌的初始功能，不过是自我排遣、自我娱乐；尔后进化为交际应酬，互相唱和；再后来才发展为重在反映社会现实，褒贬社会现象。其社会化的功能，白话新诗承担得较多；其个人化即自遣自娱、唱和交往的功能，则主要由旧体诗词表现。因旧体诗记虽篇幅有限，形式与技法却高度成熟；虽难以容纳重大题材，却十分便于遣兴抒怀。这种自然而然的题材分化与功能分化，使旧体诗词的生命力将长期存在，难以被白话新诗完全取代。此论点我在《旧体诗词的生命力》（刊《写作》1999年第5期）一文中已述及，于此重复一遍，以解释丁兄诗作之特色。

丁兄诗佳句亦多，但因其诗比较圆熟，妙句并不格外突出，整体美的特点更鲜明一些，因而此处不再摘录断句了。但不妨指出，丁兄起点高、手法熟，诗作几乎首首可读，也就显得变化不大、特色不足，较多古人意味，略少自家风格。古求能之书序独具只眼，批语说其诗主要的毛病在于“纸上得来的东西多于生活中获取的东西。当他要表达某种思想感情的时候，他首先不是仔细地去体味、捕捉生活中一些新的感受、新的发现，而更多的是想到一些经典的诗句，借以启迪，点化成诗。”一语破的，见解明睿。我读丁兄诗后，也有同感，只是不能像古兄说得那般准确透辟。万物皆有不足，丁兄诗自也不会例外。但这不应也不会影响其创作热情。人亦各有所长，以丁兄对诗道的谙熟，人们完全可以期待读到他更多的好诗。

（原载《梅江诗苑》总第4期，2001年12月出版）

# 心如明镜　情如溪水

## ——喜读《东白诗词集》

实在说，乍读《东白诗词集》（银河出版社 1999 年版）略觉失望，因为同他的新体诗创作比较起来，其旧体诗词的魅力要稍稍差一些。东白的新体诗境界阔大、感情炽热，又有深厚的史感和丰富的学养，令人读来如触炭火，感情为之沸腾，心旌为之飘荡，既感动又钦佩，我读后便有自愧弗如的体验。读《东白诗词集》便没有多少冲动。

细细品来，这与题材的选择大有关系。东白的新诗创作主要取材于社会生活，题材领域十分广阔，丰富而动荡的社会巨变，为其创作注入了火热的情怀；其旧体诗词创作，则主要反映个人生活，基本题材只有两大类，即纪游和赠答之作，相对狭窄的选材自对诗作的感人魅力稍有影响。即使如李白那样主体性极强的诗人，他歌咏个人际遇的作品，其影响也不及有关社会生活的作品，更遑论他人呢？

我在《旧体诗词的生命力》（《写作》1999 年第 5 期）一文中，提出便于表现个人生活，正是旧体诗词生命力的重要体现："稍加留意，就不难发现，新诗多反映社会生活，旧体诗词则大多同个人经历相关。新诗的生命力似乎是外在的，旧体诗词则是内在的。这种内容上不期而然的分工，大约正是旧体诗词一个比较特别的长处。……格律的存在，使得旧体诗词写得比较像诗，而且因其容量有限，更便于表现个人生活的一个片断。这可能正是它仍有生命力的主要原因。"《东白诗词集》的创作实践，似乎验证了我的见解。当然，这绝非东白先生得知我的见解后从事了那样的实践，而是我从许多人创作实践的体现中发现的有关现象，的确合乎事实，正可说明东白先生的这种不同体裁的作品有不同的题材重点的写法，并非出于偶然。

再细细品来，题材的重大与否，与诗作的成功与否，并无简单的因果联系。虽是个人生活的写照，却也不乏真情，也同样含有哲理。这里不妨引录一些从纪游和赠答中透出作者人格或人生体验的佳句，略作品赏："闯出山隘口，就是大连湾"（《车过辽东半岛地峡》），是出行的观感，也是人生以奋斗提升境界的深刻警示。"寒来暑往青山老，美玉难寻找。铁鞋踏破影无踪，原来悄悄藏在丑璞中。"（《虞美人·有赠》）这是对传统典故和民间俗谚的概括总结，既含美在丑中的美学原理，更有伟大出于平凡的人生哲思。"闾山有劲松，偏在峭崖生。……华夏松七亿，高天众手擎。"（《闾山有劲松》）这是咏松，更是咏人。"忧乐心中有序，捷足未必先登"（《风入松·登岳阳楼》），不仅是歌咏范仲淹老先生，更是对所有志士的勉慰和对历史得失的品味。"志高总觉人生易，身老方知世事艰"（《参加"五四"老干部团联谊会即席口占》），更饱含人生感慨，令人想起陆游的诗作《书愤》中"早岁那知世事艰"的感叹，引发自身的种种回忆和感伤。看来，即使是写旧体诗词，作者的长处仍在理致的深刻，仍在激起他人的思索。

不过，长处与短处往往相伴，作者的旧体诗词之所以魅力不足，正在于立意太显浮露，如"小我牺牲成大我，只缘心里有阳光"；"宁作一株草，不当假牡丹"等，含义自无可厚非，但话说得过于直白，韵味当然会有所减色。新体诗无妨表达得淋漓尽致一些，旧体诗词则以含蓄为妥。

尽管我个人偏爱韵味淳厚的诗词，对于东白兄那些虽浅直但清新的作品也很喜爱，如《秋夜》："夜静灯如豆，秋风透草帱。促织床下唱，入梦枕红楼。"《题〈春花秋月〉》："夕阳路上马蹄疾，老树新葩竞吐奇。秋月春华情未了，采菊觅句有东篱。"《赠画家王奇成》："翠谷青峰绕碧溪，奇石穿水费寻觅。辽东处处皆佳境，水秀石奇人更奇。"《无雨过清明》之四："房檐雨如注，桌案暗如漆。忽尔小窗开，光明豁然起。"类似的诗作，都清新可读，堪称佳品。

就诗与词来比较，作者的词要比诗更为可读。如《水调歌头·贺〈盘山县报〉问世》云："五月盘山美，暖雨报佳音。出墙一朵红杏，喜煞众人心。展现乡土风貌，传递环球热讯。鼓劲壮精神。鹤舞昊天上，骏马共腾奔。"不必全引，仅这半阕足以让人窥豹于一斑。

总之，就整体水平说，作者的新体诗作要高于旧体诗词，但其旧体诗词仍有相当的功力，也不乏可读之作。即使偏爱作者新诗的读者，也不妨读读，以增加对作者的全面了解。

（原载《盘锦诗词》2001 年第 4 期）

# 喜读《东白汉俳集》

近日有幸得到《东白汉俳集》（金陵书社出版公司2001年版）一书，非常高兴，一口气读完才掩卷深思：俳句这样一种简短的诗体，究竟有什么魅力，竟吸引具有多方面才能的东白先生孜孜以求，勤作不辍，以致结为专集了呢？

俳句本是日本的诗体形式，即以十七个假名写出的短诗，相当于汉语中的一联诗句。日本历史上最著名的俳句诗人是江户时代（相当于我国清初）的松尾芭蕉。因为这种形式特别短小，不能包容更多的内容，只能写印象最深刻的见闻或感悟，以注情于景或直言感触为“诗眼”，追求朴实天然的情韵，既精练耐读，又颇具庶民性。也许正是这点打动了东白先生吧？

东白先生自言，他学写汉俳，实际是师从赵朴初、林林先生：“上世纪八十年代，在《人民日报》上始见赵朴初、林林先生等的汉俳作品，这种体微可容大智慧的新诗体，当时数量很少，却有异乎寻常的艺术魅力”（《代序》）。汉俳并非日本俳句的简单移植，实际上已是一种汉语新诗体。日语的十七个假名，翻译成汉语大体只有两句，与联语更接近，如松尾芭蕉的绝笔俳句是：“旅途罹病，荒原驰骋梦魂萦。”汉俳则用十七个汉字，一般是三句，而且以句句押韵为常见形态。东白先生也正是将它当新诗体看待的：“它是诗词百花园里的一朵别致的新花，风姿绰约，淡雅清馨，精短凝练，灵动可人。一字一句，无不是思维和智慧的结晶。”（《代序》）出于对这种新诗体的喜爱，十多年来，东白先生竟写下三百多首汉俳，其毅力之坚，才情之富，真令人惊叹！

日本人素以观察之细致、体悟之婉曲、感情之含蓄著称，因而俳句的最高境界，是以客观平实的笔墨，勾勒出生动鲜明的景物，在无言中自然流露人的主观感情；用中国传统的评论来看，就是讲求诗中的“禅意”，表现为清幽的韵味，具有“不着一字，尽得风流”的审美意蕴。如松尾芭蕉的俳句：“乌鸦立枯枝，秋暮正迟迟。”东白先生也有这类汉俳，如《黄山》之一：“秋雨透帘笼，山色浓淡变幻中，撑伞绘云松。”之二：“缆车穿雾行，人到群峦第几重，薄绢掩翠屏。”《棋盘山》之三：“山水结芳邻，树海深处藏小村，松鼠夜串门。”《苇塘小景》：“芦荡水一湾，白鹭双双午梦闲，相依立滩前。”颇有水乡地域色彩，宁静而恬淡。《水上居民》：“船泊屋檐下，几根木桩撑个家，群童戏浪花。”人物的感情并不外露，但其情趣何在，自能令读者会意。描写技巧最高超的是白描，不动声色的抒写，也自有其魅力。

俳句中最常见的作品，还是直抒胸臆地表白主体的见闻感受。但这并不等于平铺直叙，而往往含有婉转深厚的情意或清幽隽永的哲理。如松尾芭蕉咏写鉴真肉胎雕像的名作：“嫩叶滴翠，何当以拭尊师泪！”语直而情真，象简而意浓，虽只是一个简单的联想——树叶好似手巾，但又有曲折回荡的情思——明知树叶不能当手巾用，却又真心想为尊师拭泪；如果再想到鉴真大师早已圆寂数百年之久，诗人犹有那么真诚深挚的敬爱之情，岂不更添情味？东白先生的汉俳，也多是这样的篇章。如《杭州北高峰》之三：“灯下蕴词章，山居夜雨透新凉，枕诗入梦乡。”使人读后，仿佛胸中也有诗情在涌动。《鹰潭龙虎山》之二：“文友喜相逢，好汉坡上步履轻，幽谷录心声。”好汉坡的语义双关、幽谷孕回声的联想，在看似略不经意的抒写中，透出浓郁的诗情。《关门山写生》：“关门豁然开，诗情画意汩汩来，青石当砚台。”诗句的豪迈本已动人，而深知作者多才多艺的读者，当更能领会画家的特殊诗情，或诗人的会心画意。《咏泉州风动石》：“碧玉本无根，天摇地动不移心，冷眼看风云。”以人拟石或以石喻人的写法，自使其意蕴丰厚。《冬夜》：“更深人静时，小屋春暖两心知，风吟白雪诗。”是自白？还是题赠？是忆旧情？还是写实景？尽可让读者骋怀竞狂，确耐品味。《燕南飞》：“华光不可追，地转天旋东流水，紫燕又南飞。”虽道理老套，但语句警辟，仍有可读性。《访兰园》：“石径几回肠，没进园门身已香，幽兰山里藏。”同样是未脱以花喻人的老套，却是仍有可读性的佳作。

日本俳句也有赠人的，但不如写景抒情之作成就高难度，东白先生的汉俳则以赠人之作最有特色，至少我个人最为喜爱，这似乎可算汉俳与日本俳句争雄的一个角逐吧，更该细细品赏一番。《赠诗人晓帆》：“菊香访红滩，芦荡赏鹤舞翩跹，骚人诗如泉。”有情有景，余韵悠然。《赠诗人阿红》：“七十称小翁，童心不泯火样红，诗园绿茸茸。”写出诗翁特点，令人读来欣然会意。《赠诗人纪鹏》：“诗心永年轻，老树新花香更浓，霞灿夕阳红。”热情洋溢，读之令人振奋。《忆作曲家刘炽》：“六九天正寒，老九围坐小炉前，热酒暖心田。”旧日情景宛然在目，忆来情真意切。《小记华君武在关门山》：“轿车放空行，华老早坐大客中，妙语伴春风。”记写名人逸事，可为艺苑谈助。《赠诗人赵玉华》：“夜空星如海，彩云追月不徘徊，清音飘天外。”对写出诗集《彩云追月》的女诗人赞誉得体，引人共鸣。《读诗人王充闾关于诗的信》：“兴会聚盘锦，把酒临风论诗文，缪斯抖精神。”确有知己之感。《赠诗人浅野黍穗》：“连句节奏明，十七音里妙趣生，声声颂友情。”更对日本俳句诗人作了推崇，颇有追本溯源的意趣。其他多首赠人之作也极耐品味，难以一一征引，令人留有沧海遗珠之憾。相信多数读者会与我有同感，最喜爱东白先生汉俳中的赠人作品。

《东白汉俳集》还收有一批联语作为附录，这是正宗的国产短小诗体，我作为古典文学研究者格外欣赏。不妨随意摘录几副让更多的读者过过目，权充本文结尾。《赠文学爱好者联》：“学艺术学艺品艺品高于艺术，练作文练作人作人重于作文”；《题〈古今诗词一千首〉联》：“诗山采矿，墨海觅珍”；《赠诗人徐长鸿联》：“山居无虑，雪爪有痕”；《贺中国楹联学会四大在湖北黄梅召开联》：“群贤聚古邑楹林漫洒黄梅雨，盛会开新篇联海轻拂翠柳风”；《为听雨轩茶艺社撰联》：“雅室品茗隔帘听细雨，幽斋观艺面壁赏奇葩”。

（原载《盘锦诗词》2002 年第 3 期）

# 喜读《肖玉汉俳集》

刚写完《喜读〈东白汉俳集〉》，又收到赵玉华女士寄来的《肖玉汉俳集》，不禁加倍高兴，深为汉俳这种诗体形式在盘锦大地喜获丰收而欣喜。

我与赵玉华女士结识，源于友人推荐其诗词创作，称其为当代罕见的女才子。近年来，人们早就认为文学界也同体育界一样，出现“阴盛阳衰”的现象，女才子们在小说、散文、新诗领域都有令人震惊的成就，唯独在旧体诗词或曰格律诗体领域，似乎男子仍固守着传统的主导地位。实在说，这并非女子才能不及，而是旧体诗词更具个体性，因其讲究“占身份”，就是语气要与自己的社会身份相宜。比如陈毅元帅可说“此去泉台集旧部，旌旗十万斩阎罗”，我辈书生就不能如此夸口，因为新诗可作集体的代言人，旧体诗词则与个体生命联系更紧。但从社会现实来说，尽管妇女地位有了根本的变化，还是男权占上风，男子写旧体诗词，天然地在身份上便有较多的自由，也就比较容易成功。正因如此，在旧体诗词创作上横空出世的才女，格外令人敬服。我也就在敬佩之余，为赵女士的诗集《彩云追月》写了书评（《盘锦诗词》2000 年第 1 期）。

但是，严格说来，赵女士的才情不仅表现在旧体诗词、尤其是词的创作上，是能驾驭多种体裁的高手。我当年那篇书评就曾指出：“《彩云追月》是女诗人个人作品的结集，带有鲜明的个性色彩。首先从诗体上说，就打破了新旧体诗不混合收编成集的俗例，全集分为两卷：‘彩云追月’卷收词作，‘玉树琼花’卷收诗作。词作又依内容的分工，分为咏写个人情事与咏写社会生活的两辑；诗作则依体裁为类，分为旧体诗、汉俳、新体诗三辑。”可见刚一上道，赵女士就爱上了汉俳。她如今能出版专门的汉俳集，并非偶然。

即便如此，在短短两年不到的时间，就从数十首尝试之作，撰写成收录四百多首作品的专集，其才情之富，其毅力之坚，其诗思之敏捷，其创作之勤奋，怎能不令人惊叹？全集分“田园野趣”、“山水寄情”、“情海迷茫”、“人生感悟”、“世相扫描”、“陋室杂咏”六辑。这六辑作品，有如六片名胜景区，不妨先作一番浏览，然后细细回味。我这不称职的“导游”，愿仿古人诗话式的点评，引导读者领略某些我个人比较感兴趣的景点。究竟是披沙沥金，还是取椟遗珠，只得在所不计了。读者若略有余暇，请随我举足跋涉：

“田园野趣”确有田园意味，恬静清新，爽心悦目。如《春趣》：“村前牧笛响，雨洗桃花阵阵香，小燕啄泥忙。”春意盎然，活泼素雅。《乡村晚景图》：“长渠水溶溶，蛙鼓声声稻香浓，情侣月下行。”平和温馨，情意悠然。《垂柳》：“摇曳柔姿美，风动情思婉如水，窈窕生百媚。”清丽柔婉，有如少女。实际上，本诗及其他十多首咏花之作，确有以花喻人的意旨。

“山水寄情”则是纪行诗篇，观察细腻真切，颇有诗眼诗情。《泸溪漂流》其二：“天光明镜里，鹰翔蓝天水鸭嬉，小鱼画中移。”美景挚情，耐人品读。《黄山》其三：“登上始信峰，雾海滔滔浪千层，仙人云上行。”苍茫壮阔，引人入胜。不过，本辑之作，多直述见闻，含蓄不足，可能与作者出行机会较少有一定关联。对诗人来说，实际的阅历，有时比书本中的探求更加重要。我也有难得出行的遗憾，因此颇理解赵女士纪行诗作相对较弱的苦衷。

“情海迷茫”感情深挚，缠绵动人。这里既咏爱情，也咏亲情。《可怜天下父母心》对亲情的表述质朴而真诚，其一：“白发耳边垂，肩扛锄头手提水，踩着夕阳归。”只是勾勒一幅画面，亲情自含其中。《送儿参军》则从为人父母的一面，写出另一种亲情：“寒冬朔风吼，母子握别语塞喉，不忍再回头。”纸短情长，无语凝咽，读来拨人心弦。另有对童年的回忆与文友的咏写，都颇含情韵。至于对爱情的咏写，由于诗人有丧偶的经历，体验更深、更广，写来尤胜人一筹。《抹不去的记忆·窗外》：“窗外风萧萧，空室瘦影心涨潮，怀君泪滔滔。”景凄清，心悲痛，情景交融，真切感人。尽管如此，诗人对爱情的甜美，也有切实的体验与描绘。《爱的回味·牵手》：“歧路遇奇缘，天涯共寻一港湾，鱼水自成欢。”

便写得欢快轻松，“别有一番滋味在心头”。爱的甘苦，诗人体会深切，表现得也就格外见功力。归根结底，只有与个体生命紧密联系的作品，才是真正的精品。古代著名女词人李清照如此，当代的才女也不会例外。这一辑佳作极多，务请能读到原书的读者对此多加留意。

“人生感悟”朴实真诚，富有哲理，显出诗人美好的心灵与广博的爱心，既见诗品，更见人品，也很值得留意。《路》其五：“人生路千条，踏遍沧桑是正道，苦乐皆自豪。”有感而发，警拔简练。《人生杂咏》其一：“人生像条船，自由飘泊云水间，时刻寻港湾。”亲切随意，自有情致。《厌恶施舍》：“最怕惹人怜，拾片落叶丢眼前，伤口撒把盐。”出语铿锵，掷地有声，有力地维护了人身尊严。此辑可读之作不少，但浅直之作也较多，不如上一辑。

“世相扫描”抉幽剔微，激浊扬清，对人心的丑恶与社会的痼弊进行了暴露与批判，表现了诗人对世俗生活的关心热爱，以及发自内心的社会责任感，毫无做作之意，展现出赤子心魂。《纱刺儿（案：或应是“纱翅儿”，指官帽上的饰件）》：“庸官头衔多，偏要处处当婆婆，遇事瞎参谋。”讽刺了不正常的官场现象，有一针见血之利。《校园怪象》其一：“手机呼声急，扔下课本去扯皮，学生上自习。”刻画出职业见闻，很有生活情趣。《时髦女郎》组诗，从女性的角度反映女性问题，自然别具目光，引人深思。另外，也有个别咏写社会美好事物的作品，如《密友》，似放在其他小辑中更为相宜。

“陋室杂咏”则偏于个人生活的写照，似乎特别适宜汉俳这种诗体，佳作也最多。如《出游》、《中日诗歌比较研究会成立有感》、《沈园留题》、《闻南京花数百万修建“媚香楼”有感》、《青春乐章》、《佳作》、《赠阿红先生》、《诗》等等，都很可读。不过，杂咏的题材实在太杂，许多与前几辑有重复，从全书编纂来看，似思虑不周。恕这里不再引用原文，以免变成文抄公。

总的看来，才女毕竟出手不凡，全书读来虽有芜累平庸处，并非全是精品，若要传世，尚须提炼；但是确有“杂花生树，群莺乱飞”的蓬勃生气，也有“羚羊挂角，夕阳依山”的清秀之美，可让人一口气读完。许多佳篇美什，令人朗朗上口，齿颊生香。

取得这样的成绩绝非偶然，与赵女士丰厚的文化底蕴密切相关，尤其与其精擅旧体诗词密不可分。诗人在附录《汉俳的魅力吸引着我》一文中自云："学写汉俳，钟情于汉俳，都缘于我对优秀的传统文化古典诗词的酷爱。"可见，只有立足于本民族优秀文化的根基，才能真正吸取外来文化的精华，使之"为我所用"。这也算是在作品之外，赵女士的成功给我们的启示吧。

（原载《盘锦诗词》2002年第4—5期合刊）

# 格调高昂的岁月之歌

## ——序郭成诗文集《岁月之歌》

我是沈师中文系的普通教员，与多数知识分子一样，喜欢抠书本而不擅长与他人打交道，对领导则敬而远之，从不主动联系。因而，与属于“领导”的郭成老兄相识，纯属偶然。记得那是20世纪90年代末的一天傍晚，在沈师旧校园的会议厅大楼梯前，郭兄正与几个退休老师谈松山小区卖房的情况，表示如有谁需要，他可以帮忙。我见他毫无架子，未想到他竟是校工会领导，只当成一个值得信赖的热心人，印象颇佳。后来在中文系年底聚餐时，我恰巧与郭兄同桌，这才知道他是大大的“上级”，但他的谈笑风生使我毫无拘束，仿佛早为旧识。从此，我与郭兄成为略无隔阂的朋友；又因为同在院报发表诗作，以及参与迎接澳门回归的诗文朗诵比赛，成为志同道合的文友。

虽然真正的世纪之交在2001年，但早在2000年国人已经庆祝新世纪的到来，郭兄找到我说，现在是全球世纪新、全国面貌新，沈师又搬进新校园，踏上新征途，真是一切皆新，令人欣慰。院工会打算举办“迎接新世纪，爱我新校园”的诗文大赛，让我当评委，帮他筹划此事，我高兴地答应下来。可惜，这以后我接受广东一所大学的聘请，协作搞科研，有大半年未在沈阳，这事就拖过去了，令我颇觉遗憾。

这时，郭兄交我一摞打印稿，原来是他业余创作诗文的结集。略略一翻，首先打动我的就是咏写新校园的一大批力作，如旧体诗《庆沈师院更名师大而作（三首）》、《踏莎行·为沈师新校园而作》，朗诵诗《为新沈师放歌》，歌词《沈师——托起明天的太阳》，散文《沈师，我为你自豪》、《沈师的未来更美好》等，无不热情洋溢，语出至诚。原来，热爱新校园的激情，使得他这业余写作的爱好者，不动笔写出自己的感受便难以平静，因而早就变成了“征文”任务。这是自觉自愿的写作冲动，丝毫没有个人功利考虑。不妨说，爱沈师，是郭兄的一个主要情结。

从郭兄的诗文数目来看，的确不算高产，但从内容看，篇篇出自真诚，确有催人泪下的挚情。这些作品，主要体现了爱沈师、爱家乡、爱祖国、爱生活的健康情操，洋溢着积极向上的高昂格调，不是顾影自怜的无病呻吟，更不是敷衍搪塞的官样文字。读这些诗文，就像与一个老朋友敞开心扉作直接交流一样，真诚平等，自然亲切。同辈人不用说，就是晚辈后生，也能从中得到感动，受到启发，体悟出人生的酸甜苦辣，涌动起在人生的海洋搏击进取的豪情壮志。

就文体来说，全书分为三编：一是专收旧体诗词的“雪泥鸿爪”，其特点是清爽自然，感情鲜明；二是收录新体诗和歌词的“心海浪花”，其特点是激情澎湃，语言畅达，尤其是《渔火》等蕴涵哲理的小诗，更为耐读；三是散文的结撰“人生履痕”，其特点是平实亲切，娓娓而谈，毫不做作而自有风韵。如果要我直述感受的话，我觉得其散文水平最高，新诗又胜于旧体诗词，但这只是我个人直觉，未必精确。每个读者，想必都会有自己的评价。

以上是我作为朋友，为郭兄的诗文集聊作介绍，希望能对大家的阅读有所帮助。若果如此，余愿已足。不当之处，务请见谅。

2002年春暮

（该书由春风文艺出版社2002年出版）

# 风雅联中外　神思贯古今

## ——喜览综艺长卷《千禧雅唱》与《人境传馨》

2001年8月8日，北京西郊达园宾馆福缘楼内的二楼会议室，传来阵阵赞叹，许多中外学者边伏案观赏，边啧啧称奇。

原来，来自香港的“香江钓翁”梁先生，携来其与梅州友人合作的两轴综艺长卷《千禧雅唱》与《人境传馨》供诸案头。长卷集序文、诗词、书法、绘画、篆刻于一体，并收有多家名流的题赠，具有浓郁的中华文化韵味，极具观赏与收藏价值，又极耐品味吟咏，融会着中外文化交流、文坛雅士唱和、先贤后辈沟通、古人今人结缘等文坛轶事、士林佳话，是具象化的人间真情，是凝固了的历史时空，是中华民族文学艺术的结晶，更是开放时代人类心灵相映的见证。如此精品奇珍公开展示，怎能不引起人们的共鸣和叹赏？出席“黄遵宪与近代中日文化交流国际学术讨论会”的与会代表们，展卷观摩，赞叹不已，心潮起伏，神思悠远，无不庆幸在这千年一遇的吉日良辰获此厚福良缘。

我仅仅是一个普通的中国古典文学研究者，虽雅爱诗词，却对书画篆刻艺术慕而不能，无法对综艺长卷作全面的评价；但幸蒙钓翁垂顾，会后邀我至其旅舍房间单独重新观赏了长卷，又简要介绍了长卷的来龙去脉，使我得知其中蕴涵的催人泪下的挚情厚谊，又不能不一吐情衷，略志感慨。这便是本文写作的缘起。

### 一

学术研究，当然是公共领域，任何人只要感兴趣，都可涉足其间。但任何一个具体的个人与某一课题的关系，则往往有一种令人悠然神往或喟然长叹的奇缘。如陈寅恪先生写《柳如是传》，乃因其家中藏有本属柳如是的红豆，这样后代学者便对先朝美人发生了研讨兴趣，以致有数十万言的皇皇巨著问世。我本一北方学子，与生于岭南的先贤黄遵宪素无瓜葛，只因在北京大学读研究生课程期间，一南方同学赠送我一册《人境庐诗草笺注》，促使我的学位论文选题为《黄遵宪与诗界革命》，而后又陆续写了数十篇有关这一课题的长短文章和两本小册子《晚清诗界革命论》、《黄遵宪·梁启超》，无意中成为"黄学"的耕耘者之一，以致黄公故里梅州的最高学府嘉应学院要成立"黄遵宪研究中心"时，垂青于我，聘我来到岭南，与"黄学"结下更深的情缘。

这本是平淡无奇的个人经历，但香江钓翁梁先生与我见面即说：你与"黄学"有缘似乎是老天注定的，因为你的名字起得好呀！接着解释说：我名叫"永芳"，而他曾与一个老朋友香港著名实业家姚美良先生共同合作举办过一些振兴"黄学"的活动，姚先生的基业正是"南源永芳集团公司"。呜呼，此中果真夙有天意吗？记得黄遵宪先生本人也曾为自己的名字发出过慨叹："呜呼专制国，今既四千岁；岂谓及余身，竟能见国会？以此名我名（按：遵宪），苍苍果何意！"（《病中纪梦述寄梁任父》）因而，我在赠梁先生的诗中曾云："人生缘分真天定，信有冥冥顾盼眸。"（《敬赠怡然兄二章》其一）但话又说回来，不管我与"黄学"结缘是否真有天意，我与梁先生的结识实乃由"黄学"作为媒介却不容否认，我为此也赋予吟咏（《敬赠怡然兄二章》其二）：

本名原愧偏阴柔，赖以结交嘉应叟。
缘份当由天注定，知音亦靠自身求。
若无黄学夸同好，岂有墨轴示友俦？
珍爱惺惺相惜意，飞书传柬寄梅州。

梁先生与"黄学"的结缘，当比我的偶然入道更具必然性，因其祖居梅州，又在文化部门工作过。他曾在考察黄氏祖居时发现黄遵宪身着官服的影像（即梅州《侨乡月报》2001年第4期刊于封面的黄公侧身图），还曾在梅州城郊农居掘出黄遵宪墓的残碑，收存在博物馆里。此类功德之举还有多端，已非常人所可企及。而就振兴“黄学”之系列工程来说，梁先生还亲身参与或承办过足以载入“黄学”史册的六项实事：

其一：1980年，直接参与了黄遵宪人境庐故居的修复工作。这是“文化大革命”后黄遵宪重新引起人们关注的信号与标志。

其二：1985年，动员其表哥泰国侨领邓树勋先生为人境庐捐赠了黄遵宪先生的汉白玉半身雕像。这是黄公的首座雕像。

其三：1988年由三联书店出版的郑海麟著《黄遵宪与近代中国》，乃“黄学”史上的重要成果，标志着“黄学”已由传记研究、创作研究，进入思想研究、理论研究的更高层次，而且将其个案研究纳入近代中国研究的总体框架。梁先生提供资料与经费，全力促成本书的问世。没有这大量的幕后工作，“学术著作出版难”的困境至少会延误本书的出版发行。而且，在该书的跋中，梁先生大声疾呼，绝不能仅仅把黄遵宪当做诗人来研究，认为“只有从我国近代思想启蒙的角度去观察，才能认清他的历史地位，由此作出的评价才可能是客观公允的”。这是振聋发聩的学术告白，对推进“黄学”有莫大功德。在跋末，梁先生还提出“衷心祝愿国际‘黄学’的研究讨论会早日召开”。想想十余年前的这一期待，看到其配合北京大学王晓秋教授于2001年8月在北京召开“黄遵宪与近代中日文化交流国际学术讨论会”，怎能不令人既欣喜而又略觉心酸呢？真要办成一件有益于社会、有益于学术界的实事，的的确确很不容易。

其四：20世纪80年代末，当姚美良先生捐资修建梅州大会堂之际，他倡立八贤铜像（黄遵宪为其中之一）于大会堂中，既弘扬了客家文化，也有助于提高梅州市的知名度。此八贤铜像的照片，曾引起当时任上海市市长的朱镕基同志的高度关切，垂询过有关情况，对黄遵宪与李惠堂尤为尊重。香港知名人士梁学濂先生于本次黄遵宪学术会议上的讲话回顾说：“据我所知，十余年前，朱镕基先生刚担任上海市长，在一次接见香港客人的会谈中，手中拿着黄遵宪先生的铜像图片，倾心赞叹这位历史人物的不朽功业，肯定他是值得后人尊敬和怀念的变法改革先行者。我想，在座的专家、学者，对此亦有同感吧。”（梅州《侨乡月报》2001年第4期）与会代表对此报以经久不息的掌声。会议主办单位北京大学历史系的王晓秋教授兴奋地说：“这条首次公开披露的消息，将会议带入一个高潮。”朱总理多年前即高度评价了黄遵宪，这怎能不使“黄学”研究者大为振奋？

先贤黄公的知音，绝非仅仅限于学界人士。

其五：1990年隆重举办了《纪念黄遵宪先生当代书画艺术国际展览》，这是梁先生为姚美良先生精心策划的“弘扬中华文化，振奋民族精神”八项重大系列活动之一，在海内外引起巨大反响。许多学者高度评价这一活动，认为用艺术形象纪念先贤，更加生动真切，也更易与大众接近，是宣扬爱国主义的好形式。半个多世纪来一直坚持“黄学”研究的钱仲联教授，即赋《水龙吟》词曰：“海角天根，手张千轴，国魂呼醒。”有人还认为这一活动开创了企业家参与文化工程的先河。中国史学会会长戴逸教授即指出：“（书画展）引起社会各界人士的高度重视，他们携手合作，共同为弘扬中华文化而努力，令人振奋！十八世纪法国百科全书是由一大批文化巨人编纂的，但也得到了法国和欧洲社会的支持，特别是企业家的财政资助，像霍尔巴赫就是思想家又是财务支持人。今天，在中华文化的丰碑上，同样应该镌刻上学者、专家和企业家以及所有支持这一事业的人的名字，因为这是他们携手合作共同完成的。”（《纪念黄遵宪先生当代书画艺术国际展览》纪念册）也许正是这次成功，促成了梁先生与其友人共同创作综艺长卷的灵机吧？我也正是在这一时期与梁先生初识，可惜只是在电话中获知信息，让我协助沈阳鲁迅美术学院的两个年轻画家创作专题画幅，未能当面晤谈，以致我后来慨叹：“画展传音面未谋，十年始遇京华秋。”（《敬赠怡然兄二章》其一）人生际遇是那样偶然平易，却又那样艰滞多迕，人与人若真有幸结下深缘，确乎弥足宝贵。

其六：尽力为姚美良先生进行策划，捐资一千多万元人民币在中山大学建立“近代中国研究中心”，并于楼前广场树立起十八尊近代先驱人物的全身立像（黄遵宪亦为其中之一）。塑像由半身而全身，由一人至八人至十八人，由诗人而及各界精英，由地方先贤而及全国杰出历史人物，梁先生的视野越来越广，气魄越来越大，而其于黄遵宪的关注则一以贯之，始终未渝。实际上，他只是将黄遵宪研究视为一个突破口，所关注的不仅是家乡先贤的个人命运，而是要透过中国近代知识分子典范的黄遵宪先生，更清醒地观察百余年来的近代中国，弘扬具有几千年悠久历史的中华传统文化，为增强民族凝聚力提供一个坚实的支点。

尽管建树多多，梁先生却从不愿提及自己，而始终感谢他人对“黄学”的贡献，尤其是学界“三老”对黄学的执著与关爱。“三老”指

《人境庐诗草》的笺注者、内地著名国学大师钱仲联教授；《人境庐丛考》的作者、首倡“黄学”之名的新加坡著名学者（现于香港讲学）郑子瑜教授；日本国老一辈汉学家、已经故去的“黄学”研究者实藤惠秀教授。在福缘楼的会议室内，梁先生深情地介绍说：为给“黄学”研究提供基金，郑子瑜教授曾打算义卖自己珍藏的多件国宝级珍贵文物；为弘扬“黄学”，九十四岁高龄且刚刚动过大手术的钱仲联教授，在梁先生专程赴苏州拜谒他时，由亲属推着轮椅，抢先一步亲去东吴饭店与其会见；一生致力于中日友好事业的实藤惠秀老教授，更将其镇家之宝“日本杂事诗最初稿塚”石碑的精美拓本，在其米寿（八十八岁生日）纪念之际寄赠梅州人境庐纪念馆……桩桩感人事例，直说得听众热血沸腾。在会议发言中，梁先生还大力赞许了开创实业界与文化工程联姻之先河的姚美良先生，为其英年早逝唏嘘不已，也为振兴“黄学”的多项举措未能落实而深深抱憾。他哽咽着说，振兴“黄学”不仅要靠学界人士，更需各方精英共襄盛举。若姚先生活到现在，那该是何等喜人的情景！梁学濂先生在其讲话中提到的成立研究中心和基金会、出版发行黄遵宪全集和年谱长编、修复黄遵宪先生的墓地等，都是正待我们去做的具体实事啊！……说者动情，听者动容，热烈的掌声和共鸣之怅叹，曾多次将其发言打断。“黄学”作为联结人间真情的纽带，实在具有超越时空超越国界甚至超越生死之限的巨大凝聚力量。

归根到底，《千禧雅唱》与《人境传馨》两轴综艺长卷的问世，也完全出于“黄学”的感染与链接。这也正是我备述个人与梁先生相识经历的缘故，以引起诗词为介、“黄学”为媒铸就的两段文坛佳话。

## 二

《千禧雅唱》咏唱的是中日文化交流逸事。它实际完成于“庚辰重阳日”，即2000年农历九月初九。尽管千禧之年实际是2001年，但急于早一天见到新世纪曙光的人们，谁不曾尚在去年便陶醉于自己是跨世纪的人物了呢？而《千禧雅唱》阐述的故事首尾，实际也不折不扣地属于跨世纪的情缘。

早在1996年，日本姑娘广户真理子小姐于广州中山大学进修中文时，应中国同学之邀，曾于春节期间到广东梅县隆文镇采风。她在遥远而陌生的中国粤东山村听山歌，吃酿豆腐，喝客家酿酒，对中国的民风有了进一步的了解，也更加深了对中国诗文的喜爱。出于对梅州前辈诗人黄遵宪的崇敬，原打算拜谒其故居人境庐，不巧适逢闭馆，只得抱憾离开。

怀着既亲切又抱憾的心情，真理子小姐返回日本后仍孜孜不倦地研读黄遵宪的作品，并选定《黄遵宪在日本时期之友人关系》作为她在东京学艺大学的硕士论文课题。后经日本学者佐藤保教授等辗转介绍，她于己卯年（1999）与香江钓翁梁先生取得联系，尔后信函往来不断。庚辰年（2000）清明，她更亲临东京都平林寺，“虔敬参拜黄公诗稿塚，拍照以赠。一片冰心，情深意远。”真理子小姐的芳札与稿冢石碑照片，更勾起梁先生一腔真切的回忆，即日本学者实藤惠秀先生，当年曾将黄公“日本杂事诗最初稿塚”的石碑拓片寄回中国。其于 1984 年 5 月 13 日的信函云：

> 数年前，我与广东省梅州市（黄遵宪的故乡）博物馆梁通氏有了书信往来，由此知道一九八〇年七月成立了“梅州市修复人境庐筹备委员会”，并得到旅港乡贤的资助，按原貌修复人境庐，供公开展览。我经过深思熟虑，感到这珍贵的日中友好纪念物，与其自己独赏，不如把它赠给黄遵宪故居，让大家共赏。所以，在我米寿纪念日，把它寄赠给中国。

这是多么深情的赠与！而且，这一拓片，本是稿塚倡立者大河内辉声（源桂阁）分赠友人的原始初拓本，故精美清晰，远胜于后人所拓（如此碑沉埋多年后重新发现者铃木由次郎先生之照片）；拓本上又有大河内辉声的笔迹“石川君”，证明此拓本是赠给黄遵宪另一日本友人石川鸿斋者，原由石川氏珍藏（实藤先生得此拓本，亦有一段感人的机缘，另待别叙）。与日本友人结有深缘的拓片，就这样又回归祖国。天意人情，铸此美谈。所以实藤先生的信函还深情绵邈地写道：

> 黄遵宪先生热爱日本而恳挚题字，现在让他的手迹回到他更热爱的故国。大河内辉声生前憧憬一游中国，曾发愿说：“能去中国，死

而无憾。”而今他的笔迹也永远留在中国，和大多数中国人民见面了。敬爱的两位先贤在天之灵，也会回眸笑慰吧。

时光荏苒，人事代谢，而今实藤先生早已去世多年，良可叹惋；所幸者，中日友好事业后继有人。中日关系史专家汪向荣教授在《悼实藤博士》一文中写道：“现在您和宫川都成了故人，我也白发苍苍，尽管我们共同努力的目标还没有达到；但是，请安息吧！年轻的一代，还踏着我们的足迹在前进，他们的努力将更快地完成我们的理想，中日两大民族永久的友好、合作。”（中国《中日关系史学会会刊》）果然，真理子小姐这一年轻的日本朋友，在实藤先生辞世十余年后的新世纪初年，又证实了百余年前黄公留下的稿塚石碑依然完好。这异国一老一少、一男一女、一生一死对黄学的“接力”研究，怎不感人肺腑？于是亲历其事的梁先生由衷怅叹，发为吟咏，终于促成《千禧雅唱》长卷的问世。其自序云：

百年风雨，人境沧桑，惊喜诗塚，安然无恙，松苍樱红，诗灵土香，幸何如之。抚今追昔，不禁浩叹：知日本者，黄公也。景仰黄公者，更有日本友人矣。白发睿智（按：指实藤惠秀），红颜慧心（按：指广户真理子），异域知音，代有传人，奇缘证道，宁不澄然了悟哉！爰抒七律一首寄赠。梅岭诸友会心唱和，梅水汇灵，雅然可诵，为之陶醉。兹请留花庵依次书于云笺，并属野风堂将隽句铭于金石，以慰黄公诗魂，且以结缘同道云尔。

广户真理子小姐读到《千禧雅唱》之诗作时，黄公故里人士对她的理解和鼓舞使之产生强烈共鸣，既惊喜又感动。留花庵主的一联诗云：“我已懒寻天问壁，君犹苦觅陆沉舟。”赞许她在黄公故里之人都对“黄学”渐渐冷淡时，作为日本人却仍对“黄学”有浓厚的兴趣。真理子小姐激奋地说：“读到这一联诗，我流出热泪一夜未能入睡，不禁想到黄遵宪先生于一百多年前，不正是通过汉诗与日本友人交往的吗？真未料到我本人也能有这样的机缘。”诗作的移情作用竟至如斯感人，哪里仅仅是文人消闲的手段呢？

就这样，一轴综艺长卷，记写了人间的一段真情，文坛的一篇传奇。

难怪钱仲联先生观赏此卷后，由其学生搀扶着立起，专门索要毛笔，濡墨写下极为动情的识跋："钱仲联敬观：俱扶桑文士有关人境庐之墨迹，读之为神驰岭外矣。辛巳夏敬识。时年九十四。"

梁先生亦请我题咏，我敬谢不敏但又情思难抑，另纸写了首七绝咏叹此事：

神驰岭外挚情浓，长卷题辞九四翁。
我亦应邀附骥尾，愧无佳句报梁兄。

其实，与今人神思贯通的又岂止是作古不及百年的黄遵宪与大河内辉声、石川鸿斋、实藤惠秀等日本友人，还可以溯及得更远更古。黄氏的书屋题曰"人境庐"，取义来自晋代著名诗人陶渊明的传世名句："结庐在人境，而无车马喧"（《饮酒》）。而真理子小姐的导师松岗荣志教授，正是研究陶渊明、黄遵宪的专家。尤可叹为奇缘者，梁先生自号"怡然子"，其取义也正出于陶渊明的散文《桃花源记》，内云："男女衣着，悉如外人；黄发垂髫，并怡然自乐。"可见梁先生也与陶渊明心灵互通，看中的是人类大同、老少共乐的社会理想。因而，在其七律中特别强调这种渊源关系："奇缘五柳（按：陶渊明自号五柳先生）风何雅，拙号三生韵自悠。"自注云："人境五柳，因缘际会（按：述古人与古人的心灵相通）；一脉相承，可谓三生有幸矣（按：述自身与古人的因缘）。"原来，梁先生钟情黄学，并非仅只出于地域与职业的关系，而其来远古，于典有征，既富情感，又丰理念。这种博大胸怀，也得到友人理解，古梅山樵所赠《自度曲》，便提示其心迹云："莫道文章等闲事，怀抱足千年。……只待那，平等心花遍撒诸天。"这种信念，更直接得自黄遵宪的影响。《人境庐诗草》卷四之《纪事》便歌咏了人人平等的社会理想："红黄黑白种，一律平等视。人人得自由，万物咸逐利。"古人与今人，生者与死者，前贤与后辈，虽相隔千年、百年、十年之久，其心灵却扣合无间，实源于具有共同的高尚宏愿。

梅州友人之和作，更不乏警言妙句。如留花庵主述写真理子访人境庐落寞而归的失意感云："人境庐中尘寂寂，小蛮笺里意幽幽。扶桑想见秋光好，梅水相看雁影悠。"贴切而生动。砚谷堂主和诗之颔联，将此行之憾写得更为凄婉怅惘："多情留步扶桑女，遗恨空敲问壁楼。"映绿轩主的和作颔联云："客家有客寻天籁，人境无人看水流。"巧用复字，别有意趣。衔月楼主的和作颔联运用叠字，颇见功力，也很耐读："万里采风情恳恳，一衣带水梦悠悠。"野风堂主的和作，则将真理子小姐超越国界的"黄学"情结，刻画得入木三分："步履平林声寂寂，神驰人境思悠悠。"凤子的和作，则直接入题，明快劲爽："云笺飞自海东头，稿塚长风韵独幽。"其颈联直抒梁先生、真理子等人的共同心愿，更可谓知音之声："心从柳岸蹈明月，梦向桃源逐水流。"得知本事的读者，自当慧心有悟。

梁先生的原作，入韵四字为"幽、悠、由、游"，出自十一尤韵，妙在同音而不同字，充分显示出旧体诗琢字炼句的功底。本人不才，也有一曲和作《有幸得见〈千禧雅唱〉诗书印长卷，步怡然叟原韵，追和梅州诸贤》云：

梅水诗传未断流，岭东一脉馨香幽。
华章急就才情显，篆刻老成意趣悠。
人境庐诗无畛域，邻邦思慕有来由。
芳名今已存长卷，遥引红妆故地游。

诗中的《梅水诗传》，本为梅州地方诗歌总集名，编者为清代文人张榕轩，黄遵宪曾为此书写序，后此书又有续编。书的本名当为"诗传（zhuàn）"，即以诗立传之意；同时，又可读为"诗传（chuán）"，即指诗歌传统。梅州号称"人文秀区"，明清以来名士辈出，崛起一大流派"岭东诗派"。至今当地文风极盛，雅士颇多，《千禧雅唱》长卷之问世，正是这一传统诗派的血脉延续，才情彰显。这种地域文化现象，识者自会留意。

因效颦成瘾，我又有一首和作为《文字结缘，人生乐事；激情难抑，续和一章》：

东邻慧女谒梅州，低首黄诗雅兴遒。
人境草庐惜未入，文坛佳话信能求。

偶然结识怡然子，不意梦圆快意秋。
更有长轴集翰墨，吟哦一美伫高丘。

屈原《离骚》云："忽反顾以流涕兮，哀高丘之无女。"以不见神女喻理想渺茫。本句反其意而用之。"一美"，既有象征意，又有实指，即"东邻慧女"真理子小姐。诗歌的韵字，亦全部同音。这种雕虫小技固不足夸，但做诗甘苦，撰者自知。其着意之处，亦望被人理解。历代诗人之讲求唱和，不正出于这种心理需要吗？

众多唱和之作，虽给真理子小姐以心灵的安慰，毕竟无法抚平其向往人境庐的感伤；只有重履斯土，才有可能有所弥补。衔月楼主即深情地相邀："人境庐前花正好，问君何日再来游。"果不其然，这一天很快就到了。在21世纪初年的金秋八月，真理子小姐随数名中国学者于北京散会后再赴梅州，不但两次进入人境庐故居，在其廊庑庭院间徘徊瞻仰，还参观了丘逢甲故居、联芳楼、棣华居、南华又庐等梅州地方名胜，圆了怀有多年的梦想。为此，她感慨地说："这一切，真使我太高兴了，太难忘了，好像是在做梦一样。我回到日本后，要让家人、亲朋分享'梅州之行'的幸福，珍惜中日两国文化交流的友谊。"甚至羞涩而又果决地表示："如果2005年在梅州召开纪念黄遵宪先生逝世一百周年暨国际学术研讨会，那么我将会带上小孩再次来到梅州参加会议，与文友们重逢。"（梅州《侨乡月刊》2001年第4期）中日友好的种子，有望又在下一代人心中播下。孰能料到，梅州人士的雅集唱和，竟促成中日友好代代延续的宏远成果。借用梁启超当年传布黄遵宪诗作时的自我称许，可谓"以是因缘，以是功德，冀生诗界天国！"（《饮冰室诗话》）《千禧雅唱》咏叹的原为并不圆满的本事，却能有个十分圆满的美好结局，不仅是真理子小姐的幸事，也是"黄学"研究的幸事。梅州人士的心事，终于得以了却。回首真理子小姐寻梦圆梦的过程，"苦觅"与"懒寻"的对照，"遗恨"与"再游"的互补，多么令人深思！"苦觅"等词刻为印章，自有遥深寄托。

实际上，《千禧雅唱》仍未结束，除我这梅州新客的唱和外，梅江客叟等也纷纷联唱：留花庵主本已赋诗二章，仍"心动步韵"，续有新作书于卷上，自叹"人生缘分，皆在有无得失之间欤"。看来，随缘固是本分，主动寻缘更是人生乐事。庵主叠次唱和，岂非情难自已、欲结诗缘乎？真理子小姐当初在致怡然先生的信函中即转达说："我报告佐藤保老师，他很高兴地欣赏你们的诗。而且他要找能做汉诗的日本人，如果找到了跟您合适的汉诗人，佐藤老师就介绍您。"同时表示："现在我打算学习做汉诗，不知道什么时候，会做好一点的诗，您能不能看一看。"（引文据原件）可见日本友人也打算参与唱和。第二次来到梅州时，真理子小姐便用日文写了首和歌，并自行译成汉文，赠给梅州诗友。其序云："我来到梅州，听到中原的口音（保留到现在的）。"为客家人的文化传统深厚而惊叹。其作品云："土楼前的池塘之水，蜻蜓飞来飞去。"前有鱼塘，后有菜圃，正是梅州客家民居围龙屋的典型格局。和歌所云，极具地方风采。这番唱和，更使《千禧雅唱》成为中外人士共同的雅集（按：可作"集会"与"集作"双义理解）。

## 三

如果说《千禧雅唱》重在咏写中外文化交流，那么《人境传馨》则重在展现前辈学者与晚辈学人的亲切交往。此卷完成于辛巳醉竹日（端午节后七日，又名龙生日。按：在龙生日填《水龙吟》调，其选日当系有心而为），稍后于《千禧雅唱》。因有制作前一长卷的经验，此卷更为完美，诗（词）书印外，又增添了人境庐外景的写意画。画面简洁明快，线条传神，空白悠远，颇具丰子恺漫画的韵味。

《人境传馨》的得名，来自北京大学教授、《人境庐集外诗辑》实际主编吴小如先生咏写人境庐的诗句："遗容从此垂遗爱，四海传馨道未孤。"（《赠梁怡然咏黄遵宪先生汉白玉像》诗，稿存梁先生处）早在1990年"纪念中国近代史开端一百五十周年弘扬中华文化座谈会"上，吴先生便作有《黄遵宪先生的诗歌成就》之学术报告，并热情洋溢地呼吁各界重视黄学研究，"做出新的贡献，新的成绩来"。

由黄学结缘，吴小如先生还曾题赠梁先生一首五律：

梁子治黄学，孜孜夙夜求。
美材完利器，硕果富金秋。
性不因人热，情能到处流。

小诗陈仰止，聊写素心酬。

诗中用梁氏先祖梁鸿信步徐行、不赶“热灶”的高尚懿德，称誉梁先生为发扬黄学所付出的热情和独立品格。不慕俗荣，却热心公益事业；保持独立人格，又关切社会大众，这正是香江钓翁梁先生的为人处世之道，也正是他能赢得前辈学者垂爱的缘由。“钓翁”取名的得来，在于梁先生对东汉高士严光的倾慕，其《梦游钓台》七绝云：

梦里钓台何处有？富春江水自悠悠。
一丝九鼎了然悟，相笑白云愧漫游。

对于唾手可得的荣华富贵，高洁之士弃如敝屣，此清风朗月般的襟怀，正是梁先生追求的人生境界。其友人也这样理解他的胸怀，古梅山樵唱和之词，即云：“垂钓香江，神驰沧海，慧心常醒。”“渔隐无心逐竞，踏烟波，澄怀自胜。”“愿结庐人境，庭栽五柳，去维摩病。”可谓知心之语。梁先生还有一篇前题七律，也不妨引来一读：

莽莽神州一钓台，三生石上梦中来。
香江缱绻天涯步，桐水流连高士怀。
光武有心来携手，先生无意去惹埃。
骚人千古兴亡怨，天际松风一扫开。

吴小如先生所赞赏者，当正是这种人品与气度。所以，吴先生还在诗中用了“仰止”一词表自谦，实际是前辈知名学者对努力上进的后学所作勉慰，从中也透露出老先生对“黄学”兴复的热望。吴先生也是我的授业恩师，还曾为我的第一部论文集《清代近代诗文述略》题写了书名。这也可算我与梁先生的缘分之一吧，也同样借助于“黄学”为媒介。

同样因黄学媒介使梁先生与前辈学者结缘的还有钱仲联先生。钱师与我的研究生导师季镇淮教授是老朋友，季先生曾赞许钱师为“海内第一笺注大家”。但我迟至2000年深冬，才有机会当面拜会钱师，而钱师在与我谈话时，对梁先生大加肯定：“梅州人对这一项目（按：指黄遵宪研究）的重视不只在认识上，也有具体的行动。梅州人梁通现于香港经商，他对这一课题就很重视，本人对黄遵宪也很有研究。”（拙文《苏州访钱老纵论黄公度》，即将公开发表）。梁先生与钱师结识，不仅远在我之先，更远比我密切深入，几乎已成莫逆知己，颇多往来。

巧得很，钱师与吴小如先生也有极深的渊源关系。在1991年10月6日致梁先生的函中，钱师当仁不让地接受了吴先生对其所作的推许：“顾国内数十年专门研讨并藏有不少文稿及时人评论文章至夥者，实弟一人而已。《座谈会专集》（按：指在人民大会堂召开的纪念中国近代史开端一百五十周年弘扬中华文化座谈会《专集》）所载吴小如教授一文（按：即前引《黄遵宪先生的诗歌成就》），承其谬推为专家（按：前引吴先生文内云：现在国内如苏州大学的钱仲联教授、海外如郑子瑜教授，都是研究黄遵宪的专家），并谓‘值得我们很好地学习’，虽过奖，却是公论。”两位老先生的互相尊重，实也缘于对“黄学”的共同研讨。我与梁先生的“后辈缘”，亦当多谢“黄学”之媒也。

明了“黄学”联络起众多文人学者这一大背景，才能言及《人境传馨》之问世。此长卷的主体是词作，而首先填词咏写“黄学”研究状况者，正是钱仲联老先生。梁先生步其韵唱和，这才引来梅州诸贤的呼应，又完成了一轴综艺长卷。词作问世的本事，不仅有个人交往的错综，更多今昔时空的变幻，其首尾迷离繁复，远较真理子两访梅州更加感人。

据词序所载，庚申（1980）年梁先生曾专赴苏州，拟拜会钱师，未遇而归，却获钱师赠两诗相慰，内云：“南海明珠吴苑月，相思为照两吟人。”颇有知己之慨。梁先生迁居香港后，又获赠诗相勉云：“愿力重新人境庐，旧乡临睨感何如。黄公造像遥相寄，海角吴根道不孤。”庚午（1990）年，两人终得晤面，钱师不仅亲笔书写黄遵宪佚作《侠客行》相赠，还又赋诗两绝志感，其一云：“地异龙岗有草庐，劳君再顾感何如；梅江人境神常往，先报南云一纸书。”第二年（1991）夏季，梁先生邀钱师于杭州观赏纪念黄遵宪先生的书画展览，钱师为赋《水龙吟》以记其事，并为得遇黄学知音极度快感，抚掌笑道：“此乃平生一大快事也！”时间又过了十年，本年（2001）春，梁先生与钱师步韵唱和，钱师作函相复，不仅称许“词佳甚”，而且亲录其旧撰《近百年诗坛点将录》一则相赠。复函与录文，对一个九十多岁的老人来说本非易事，而这次复函又是在大病初愈、濒死复苏的状况下进行的，其函中写道：

> 公度先生诗草面世九十周年（按：《人境庐诗草》于1911年初刻于日本），联（按：钱师自称）理应趋梅祝贺纪念，不料两个月来，病危几于死者两次，现尚天天挂盐水瓶，苦不可言。为表对先贤之纪念，另纸录上拙作《近百年诗坛点将录》一则，乞采用。

已经著作等身的学界泰斗，耄耋高龄犹执著于“黄学”，对黄遵宪先生及其故里怀有眷眷深情，这怎能不令世人感泣于心，且特别让梅州人士情动于中呢？因而当梁先生将钱师《水龙吟》原作与近期复函展示于梅州友人面前时，立即引起烈反响，诸友纷纷唱和，又玉成一则文坛佳话。梁先生之序言也饱蘸感情地记盛抒情：“幸哉！米寿晋六，天真依然，情系‘黄学’，壮心不已，诗灵德馨，景仰神驰……梦苕雅韵，一往情深。留花照眼，十载重叹（按：其本事详见后文）。野风拂石，心印人境。梅水同道，海天阔处；墨花心影，情意融融。……倘黄公有知，将为之莞尔乎？”钱师与梅水诸贤的情义，就这样借对“黄学”的共同爱好融成一片。

钱师的性情甚为竣烈严正，并不轻易称扬他人。郑逸梅《艺林散叶》云：“钱萼孙于诗少许可，即古人亦侃侃肆讥弹，无恕词，当者无完肤。”在其所作《水龙吟》中，既提出疑问：“江山文藻今谁领？”又批评一些黄学研究者浅尝辄止，像“瞎子摸象”般无所成就：“几辈凡庸，叩槃摸象，居然自圣。”但他对梁先生却大加赞许，感慨其出身名门（五噫家世），又地处秀区（旧乡恰傍，息亭花影），不愧是黄学研究的知音。甚至在词中将自己比做仅有首倡之功的“陈胜”（笑吴侬，区区陈胜），而将梁先生比做能造就大业、“拓开世界”的刘邦（尔真赤帝）。如此厚褒，出自钱师之口，能不令人震惊？反过来，这也证明了梁先生对黄学进展的切实贡献（如前述六件实事）的确不可磨灭，非徒展现前辈的宽厚而已。前引钱师十年前的信函，便推心置腹地赞许道：“公筹展览公度先生书画会，遍及海内外，影响亦及于海内外，可谓盛事，对推进黄学研究为力至宏。”

面对前辈的夸奖，梁先生自然不便自领，于是其和作重点咏写日本友人对“黄学”的贡献：“他山悟道，乘风观日，共持斗柄。”同时，心悦诚服地拜颂钱师的泰斗地位：“九十春秋，心光灵汇，悠然入圣。”并号召学人共同致力于“黄学”研究：“黄学群贤相竞。”如此措词，颇为得体。对“黄学”振兴的前景，作者充满强烈的信心：“冀沧海龙吟，万峰高唱，慰忧天病。”其结语实出自黄遵宪的诗句，如“忧天热血几时摅”（《日本国志书成志感》）、“杜鹃再拜忧天泪”（《赠梁任父同年》）等，与前贤的爱国情怀强烈共鸣。钱师之作歌咏“国魂唤醒”、“起群生病”，何尝不也有同样的立意呢？

和作诸词，均能紧扣振兴“黄学”的题旨落笔，或讽世情，或颂先行，奇思睿境，层出不穷，隽言妙语，词采纷呈，读之俱令人神往。留花庵主其实是最早同钱师唱和者。钱师1991年10月6日函，即填词后不久写给怡然先生的信，即提及“陈先生大作前已收到，至佩”。十年后制长卷时，他又和了一阕。其所作二词的后一阕，最为犀利透骨，值得细细品味，不妨引录其下阕与读者共赏：

似鲫名人相竞，喜弹冠，汝赢他胜。刊书立论，滔滔信口，徒供笑柄。余子纷纷，各捂铜臭，装神扮圣。捧心香一瓣，黄公像前，哭吾侪病。

近年我国学术界兴起对学术道德、治学规范的讨论热潮，显然并非无因。商品化的社会需求，使学者难免浮躁，学术研究也难免作秀与包装，这也未必都是坏事，至少有利于学术普及化、公众化，走出高高在上、孤芳自赏的象牙塔。但又很可能腐蚀学者，败坏文风，不能不引起人们的警觉。初读此词，我心头也不觉一紧，不禁扪心自问，自己是否也步入追逐“铜臭”的行列了呢？虽自认尚能自持，却也感谢诗人的鞭策提醒。衔月楼主和作云：“对比时贤，缅怀先哲，愧同参圣。和水龙吟调，骖随骥附，祛糊涂病。”果能祛除世人糊涂，实亦一大功德。目前受商品化世俗之风的冲击，使人的道德水准和学术水准都令人担忧，所以味象斋主的和作即感叹道：“浊世凡庸，装傻售假，阿Q称圣。愿天公开眼，重施药石，治沉疴病。”五四时期鲁迅先生塑造的阿Q形象，正是对故国陋习的针砭，其关于改造国民性的主张，有极强的针对性和预见性。梁先生便早就与黄遵宪心灵相通，关注及国民素质教育。他在《从魏源到黄遵宪——浅谈黄遵宪的历史影响》一文即云："近代中国的悲剧在于'救亡'压倒'启蒙'，而'救亡'最终只救了一个旧文明，国民素质依然故我。黄遵宪的卓识在于他很早就看到'启蒙'非'器物'、'制度'所能取代，并为之点点滴滴，默默耕耘，直至生命最后一息。他的独立思想和独立人格，至今使人钦敬不已。"（1990年《纪念黄遵宪先生当代书画艺术国际展览》画册）难怪他钟情"黄学"，发起唱和。说起来，振兴"黄学"正有提高全民素质的意义，因为黄遵宪是开放时代中国知识分子的先觉者，其一生所求，在救国救民，在探求民主，在与各国平等交往，在渴望全人类和谐相处。对这种伟大目标的共同求索，至少可使研究者多几分清醒，少几许迷茫；多几分悲天悯人，少几许追名逐利；多几分视接千载的阔达，少几许作茧自缚的褊狭。概言之，振兴"黄学"，不仅是在彰表前贤，也会提升研究者自身的素质。那么多老学者孜孜以求，那么多后继者努力不懈，一曲并非长篇的《水龙吟》会激起那么强烈的反响，不正在于有这种共同的求索吗？"人境传馨"，香气常溢，美化着人间世界，熏陶着人类灵魂，其功厥伟，堪赋吟咏，佳作连篇，其乐何极！

在诸多词友的感染下，我也咏出一阕《水龙吟》词，追和钱师与梁兄，录之如下：

> 嘉州人境书庐，千秋美誉已足领。梅江北岸，古坊攀桂，婆娑树影。遥念先贤，乘舟泛月，波惊雀醒。虽放归故里，功名尽削，福与祸，犹待证！
>
> 浊世纷纷争竞，须后代、史评决胜。几多豪杰，当时跋扈，终留笑柄。反观黄君，生前叹蜡，而今称圣。算仁人志士，无非心念，救苍生病！

"叹蜡"，引用孔子见朝廷年终祭礼草率，慨叹国势衰颓的典故，表明百余年前爱国志士的内心忧愤。黄遵宪在《支离》诗中怅叹："技悔屠龙拙，时惊叹蜡新。"伤感于他从海外学来的民主思想，未能在祖国的大地上成为现实。而今先哲虽去，其愿已偿，伟大祖国欣欣向荣，蒸蒸日上，正大步奔向高度民主高度文明的现代化社会。其美好前景，远超乎先贤的想象！虽然如此，前辈的贡献丝毫不容抹杀，后辈的尊崇也不容稍许减弱。老辈学者如钱仲联先生、郑子瑜、吴小如先生等对后学的高度评价与殷切期许，怎能不化为振兴“黄学”的强大动力。

《人境传馨》作为前辈学者与后辈学人间真诚交往的见证，也得到许多未及参与唱和者的认可，国内旧体诗词创作的后起之秀、广东李杜杯诗词大赛一等奖得主、安徽学者刘梦芙（啸云楼主）研究员，便谨次原韵填词一阕，高度评价了钱师对“黄学”的贡献：“犹忆当年，笺诗人境，睡狮催醒。”也热切披示了孺子的仰慕之情：“梦苕庵里，心灯照我，辉同斗柄。”原来，他也亲炙过钱师教诲，词注云：“梦苕庵诸篇为余常读之书，近十年来，屡承钱公赐函，教益良多。”诗词可以纪事，可以证史，可以抒怀，可以志感。《人境传馨》将诗词的作用发挥得如此淋漓尽致，实堪称文苑绝唱，艺坛奇葩。

## 四

《千禧雅唱》与《人境传馨》两轴综艺长卷，创意新颖，成品精美。分别展阅，各有所悟；对照观赏，体会更深。两长卷一以诗为主，一以词为主；诗为诸体中最见功力的七律，词为较难成篇的长调；诗韵同音不同字，词韵褊狭且有不易化用的“醒”、“竞”、“病”等字。这些，都增加了创作的难度。因而原唱与和作，均能充分展示作者的才华。书法、绘画、篆刻、序文也能各擅其胜，便之极具中华文化神采。

但仅从创作来看，不论是咏写真理子小姐与“黄学”的缘分，还是唱和钱仲联先生对“黄学”的热忱，虽寄意遥深，毕竟未脱“黄学”篱藩。实则综艺长卷的价值，更在兴复“黄学”之外别有意蕴，即诸作者创作之动因，实乃渴求中国富强，主张人类平等，争取世界和平。这种追求，这种情怀，借诗词唱和及其他艺术形式综合表达出来，充分显示出诗词影响世道人心的巨大魅力。著名国学大师饶宗颐先生（选堂）是黄遵宪的广东同乡，他为《千禧雅唱》题词云：“沧海龙吟”，高度称许了乡亲们的题咏，也隐含着期望家乡诗学振兴的用意。他又为《人境传馨》题词云：“发皇诗教”，则将其立意更醒豁地表达出来。孔子指出：“不学诗，无以言”（《论语·季氏》），而且提出以诗立教从政的主张：“兴于诗，立于礼，成于乐”（《论语·泰伯》），认为应在精通诗书的基础上去认识世界：“博于诗书，察于礼乐，详于万物”（《墨子·公孟》）。即使在现代，这些见解仍不失其积极意义。至少，精熟诗词的人，总要有一定的文化修养和审美情趣，这自然有利于其人格素养。

如果说饶宗颐先生“发皇诗教”的倡导比较精要概括的话，钱仲联先生为《人境传馨》题写的“陶诗黄境”一语，则对诗词创作的走向作了具体深入的宏观指导。照我理解，是说今人创作诗词，必须继承陶渊明诗所代表的数千年来的优良传统，还要学习黄遵宪诗适应时代变化而开创新意境的努力，庶几才可使古典诗词保持其强大的生命力，并因时而变，成为中华文化传承的重要一隅。

概言之，饶、钱二师对长卷的题词，都有原则性、指导性的重要意义，值得人们认真领悟。正是有感于长卷的这种文化传承意义，我阅后题赠五律一首：

诗词书画印，长卷夸奇珍。
风雅联中外，神思贯古今。
发皇诗教力，振奋贤达心。
双璧交辉映，千秋传逸闻。

其中“振奋贤达心”确有实指，讲的是诸多名流对长卷的称誉。除钱仲联先生、饶宗颐先生为长卷题词、作跋外，他如国家文物鉴定委员会主任委员、中国书法家协会名誉主席启功先生为之题词“玉振金声”；国家文物鉴定委员会副主任委员、中国收藏家协会会长史树青先生为之赋诗；著名学者、专家吴小如教授、汪向荣教授、戈革教授、柯文辉先生、苏庚春先生、王贵忱先生等也都有题咏。这自然表明综艺长卷的艺术价值之不凡与文化蕴涵之丰厚。我也附于骥尾，咏《沁园春》一阕以称誉两个综艺长卷：

人境传馨，千禧雅唱，长卷通神。喜群贤毕至，高丘凤舞；佳篇荟萃，沧海龙吟。墨迹琳琅，词章锦绣，逸事足堪夸古今。兴黄学，舍梅州士子，谁与侪伦？

湛然嘉应风光，育无数先贤史册存。念蒙吉就义，二何归隐；子峨出使，逢甲从军。临水草庐，倚山高塔，精舍念台淡定村。论秀区，有遗风流韵，响遏行云！

词的后半阕，述写了嘉应州当地先贤南宋末年的蔡蒙吉（被元军杀害），明朝末年的李士淳（字二何），清代的何如璋（字子峨，曾任使日大臣，对黄遵宪的影响极大）与丘逢甲（曾任台湾抗日义军大元帅）等。还述写了三处名人故里，即梅江边上的人境庐（黄遵宪修），松口镇的元魁塔（李士淳倡建），以及蕉岭县淡定村丘逢甲的故居“念台精舍”。

梅州古称“人文秀区”，人才辈出。清乾隆十七年（1752），广东全省考中进士11名，嘉应州本属（梅县）一地就有5名，曾轰动全国。如今这里依旧文风蔚秀、雅士如林，两轴综艺长卷在此地问世，确非偶然。

我本与梅州无缘，因“黄学”之媒，受聘于嘉应大学，自然与此地有了血浓于水的依存关系，而且有了一种振兴“黄学”的历史责任感。嘉大聘我，是让我主持“黄遵宪研究中心”，以使“黄学”有实体机构支持，真正持续开展。早在十年前，即1991年12月，钱仲联先生即致函怡然先生，提出创设中心的意见：

至于专门深入研究，做出各项成绩，则必须有专一机构。目前上海之客家研究中心，广州之近代史研究中心，虽可包括黄学，但非专一机构，恐不易取得成果。

在钱先生努力下，苏州大学直属校长领导的“黄遵宪研究中心”于1992年得以成立，对“黄学”发展厥功甚伟。但中心不设在研究对象的故里，终归令人遗憾。而今，研究中心在黄公家乡也得以成立，实在是顺应了历史的要求。从我自身到梅州的一帆风顺，再想到古代文人知音难觅的困厄，不禁庆幸有缘结识香江怡然先生与梅州众才之士的难能可贵，感而赋《永遇乐》一阕抒怀，词云：

千古文人，知音难觅，际遇多蹇。豁齿张仪，佯狂孙膑，厕溺凌张禄。刘伶醉酒，嵇康打铁，阮籍穷途痛哭。更有那、登楼王粲，城头啼泪盈目。

戋戋心事，铮铮傲骨，何妨布衣枵腹。青钱身价，青衿意气，漾漾豪情逐。青天可待，青睐可盼，不信终身孤独。最堪喜，寄书师友，佳篇共读。

词的上阕以战国与魏晋时期几个古人的际遇，说明文人薄命；下阕则抒写书生意气，意谓只要恒心不改，一定可笑傲人生。自然，今天的读书人所怀志向，远非古人能比；他们所处环境的优越，也远迈前人。时代为我们提供了前所未有的机遇，我们也应该做出无愧前人的业绩！

仅悟出文人的沧桑际遇，实在还未能领悟两轴综艺长卷的真谛。还是前辈学者人生经验丰富，识见深邃旷远，观赏长卷时所悟也更为透辟宽广。如史树青先生为《千禧雅唱》题诗云：

扶桑风物尚依然，弹指流光一百年。
展卷诗人多妙句，结庐人境赖人传。

其结语尤妙，将伟大人物也要有人理解这一哲理命题，发挥得淋漓尽致。众诗友怀念先贤联袂吟咏，岂止是“奇文共赏”，更是在履行着传承文化的历史职责。文化遗产绝不仅仅是默不作声的文物，更应该是活泼泼的传播与接受过程；反过来，将本无具象的传承过程凝固定型，转化为可触摸可保存的实实在在的文物，也是在积累文明成果。综艺长卷的文化意义，不正可从这两方面进一步予以探究吗?

原中国对外友好协会副会长林林先生为长卷书写的题辞，更将其文化意义，升华为努力建设一个更美好的人类生存世界之主旨，尤为耐人思索，也将综艺长卷的价值评点得更加警豁深刻：

有幸拜观斯卷，感慨良多。忆五载前拙作怀念夏衍同志文，有及人境庐诗句：“解甲歌太平，传之千万亿。”（按：见《人境庐诗草》卷三《陆军官学校开校礼成，赋呈有栖川炽仁亲王》）甚为敬佩。吾意要保卫世界和平，还要加上发扬人类文明，反对滥用科技制造杀人武器。

明哉斯言！文化的发扬，不仅能促进人类进步，也能有助于保卫世界和平。文化工作者闻知此言，怎能不受鼓舞？有如此睿智的解悟者，长卷的策划者、制作者，应该激起知音之乐，当能进一步为推进人类文明而尽心尽力。

《千禧雅唱》和《人境传馨》不仅诗词可赏，序文也骈散相间，清丽潇洒，颇具魏晋文风的韵味。另外还有书艺可供悦目，篆刻、绘画可以赏玩，是风华婉转的艺术佳作。著名艺术评论家柯文辉先生为长卷题词云："思凝广宇千秋短，行到危崖寸步长。"另有十六字边款题识，语精义雅，对长卷的艺术成就作了高度肯定："诸家妙迹，和谐辉映，长幼奋翼，观之神旺。"能令行家法眼"观之神旺"，其价值岂可小视！因文字便于流传，现主要将对其诗词佳作的读后感录写于上，对其他艺术作品的评赏则俟诸他人。梅州《侨乡月报》已刊出长卷的部分彩印版，有意者不妨寻观。

（原载《苏州铁道师范学院学报》2002年第4期）

# 学者生涯才士情

## ——评孙文光教授《天光云影楼诗稿》

安徽师范大学孙文光教授的《天光云影楼诗稿》，所收作品起于1976年2月，止于2000年10月，这时作者早已是事业有成的著名学者，其身份与学养足观，但所作并非雕章琢句不解风情的学者型韵句，而是才华横溢感情诚挚的诗家词人篇什。其全部作品可分为三类题材：一是赠答之作（含哀挽诗词），二是纪行之作（含咏写乡情的诗词），三是感怀之作（含读书有感及评诗之作）。不论哪种题材，都带有学者的印记和才士风采，是反映学者生涯、体现才士情怀的诗作词章。

赠答之作直接反映作者的交往，他与当代许多学术名家有师生之谊或忘年之交，赠答对象中如刘海粟、吴组缃、林散之、唐弢、冰心、顾廷龙、季镇淮、钱钟书、丁景唐、宛敏灏、唐圭璋等，任何一位都足以令人肃然起敬。作者同前述名贤中多人有不同寻常的亲密关系，其诗词作品也深挚感人。如季镇淮先生为其研究生导师，与其有过唱和之作，其《挽诗》自然格外深切，既有对师生情谊的追怀，怅惋曰“垂教卅年恩义重，寸衷难报愧材骀”；又有对先生治学垂教风范的敬仰追忆：“坐拥书城开绛帐，南窗时见一灯红。”再如与另一位北京大学前辈教授吴组缃师的交往，因有安徽同乡之谊，更见亲近。《侍吴组缃师返泾县茂林》云：“南天一路拂春风，水抱山环认旧容。地自钟灵人自杰，乡亲争道念吴公。”自然质实的语句，如沐春风的温馨，读来亲切真挚。

纪行之作中，有许多直接反映作者的学术生涯，如《赴武汉参加全国高校文科教材暨学报工作会议，华阳至小姑山道中作》、《中国近代文学学会年会代表泛舟大明湖，有作》、《由合肥赴广州参观台湾书展》、

《赴郑板桥艺术思想国际研讨会，暮抵兴化》等，仅从诗题便可想见作者身份。传统诗词特强调主体意识，即作者必须明确把握并准确体现自己的身份和经历，不得任意写虚浮之词，此谓“占身份”，因此前人的诗词才能作自传与“诗史”来读。正是这一优良传统，使得旧体诗词独具魅力，具有新体白话诗难以替代的作用。笔者曾在专论《旧体诗词的生命力》（《写作》1999年第5期）提及：“在个人生活的抒写上，旧体诗词更为适宜。”孙教授的作品，似乎正可证明我的“一得”愚见，即旧体诗词更“近于个人生命的一部分”。即使不是参加学术活动，作者也对带有文化意味的景点更感兴趣，诗题便有《谒秋瑾墓》、《采石太白楼》、《过李贽故里》、《谒隆阜戴震纪念馆》、《谒曲阜孔庙》、《福州访邓拓故居》等，这与一般人的游山玩水确实兴趣有别。尤有意味的，是对所游之处的述写中颇有文人雅兴，显示出深厚的学养。如《谒梅园新村》，本是对周总理的缅怀，却引用龚自珍的诗句表现对革命伟人的敬仰：“卅年香度神州路，化作春泥更护花。”读来自有更深切丰满的意蕴。再如《夜泛西湖》，作者并不在意美景与繁华，也不在意风情与兴衰，而是畅想先贤的风流潇洒，将诗情凝注于曾在西湖高唱《洞仙歌》的近代著名诗人龚自珍：“一样西湖明月夜，倚栏谁唱洞仙歌?”其思绪的别致，真令人倾倒。如此纪行之作尽显文人情怀。

感怀之作，更是文人情怀的丰美展现。《读红楼梦》、《看电视剧严凤英》、《论近百年诗家绝句》等，表明作者最关注、最动情的正是文化内容。尤其令人感佩的，是作者对龚自珍先生的热爱与精熟。仅从诗题看，就有多篇与龚自珍有关的作品，如《论龚五首》、《纪念龚自珍逝世一百五十周年》、《集龚二首，呈冰心先生》、《集定公句，说诗》、《撰郑燮与龚自珍竟，再以二十八家书尾》、《集定公句，寄小力厦门》等，其论诗绝句组诗更以咏写龚自珍开始，称颂龚“能开风气便堪师，天挺诗才此最奇”。这自然与作者的治学成果相关，人们总是对自己最了解的事物最亲切，又因亲切而更加了解。作者在龚学（龚自珍研究）方面的成就海内外共仰，既写有专著，又编有资料集，其辛勤与执著，既滋养出丰硕的学术成果，也催生出许多风雅痴情的诗篇。

从诗体看，七绝最多也最为出色；其诗作长于表现刹那间的感受与轻灵悠远的韵味，缺少雄健的笔力和磅礴的气势。可见作者并未将写诗填词当做全力以赴的正业，不过是治学之余遣兴抒怀的娱乐手段，借以表现文人积习而已。也正因作者不刻意为诗，其作品有清新潇洒的韵致，并无丝毫矫饰和窘涩，读来亲切畅达。

（原载《芜湖日报》2003 年 2 月 13 日）

# 拳拳诗人爱女情

## ——读星汉先生的赠女诗词

虽说古代重男轻女，但父母对于女儿，也同样充满爱意。晋代著名诗人左思的《娇女诗》，便对自家的女孩垂爱无限："吾家有娇女，皎皎颇白皙。"而唐代大诗人李白为了思念儿女，竟至"南风吹归心，飞堕酒楼前"。并于千里之外凭内心的意念看到自己的女儿："娇女字平阳，折花倚桃边。折花不见我，泪下如流泉。"（《寄鲁东二稚子》）杜甫呢，对女儿更是想得真切彻骨，在叛军占据的长安城中，于《月夜》遥念家属，写下"遥怜小儿女，未解忆长安"的名句。

近日，接到星汉先生寄来的诗集《举杯邀明月》，内收《星汉诗词选》，佳作颇多。其中写给他爱女的诗词，读来尤有情味。《小女入学四题》（七绝）、《旅居天津想小女剑歌》（五律）、《清平乐·闻剑歌高烧住院，后愈》、《清平乐·春日将小女剑歌登妖魔山》、《接小女剑歌信》（五律）、《剑歌被选为少先队中队长》（七绝）、《行香子·剑歌十二岁生日作》、《剑歌十三岁生日作》（七律）、《西江月·霍尔果斯口岸为剑歌买礼物》、《送剑歌赴中山大学就读，返程留嘱》（七律）、《电话闻小女剑歌被中山大学录取为研究生，赋此寄之》（七律）。仅仅读这些诗题，就很令人感动，其小女从小学入学到成为研究生的人生历程，以及为人之父的心路历程，全都呈示出来，历历在目，痴痴在心。

最难得的是，作者能以童真的心理，记写小女的成长履痕。如《小女入学四题》之二，写小女初得开门钥匙的喜悦："红衣小女六龄孩，丝环钥匙颈中来。自傲掌权今日始，房门偷闭又重开。"这种稚趣不被做父亲者理解的话，哪能写得如此可亲可爱呢？又如《剑歌被选为少先队中队长》更有调侃意味："大红等号臂间悬，近日双眸斜左边。只怕针穿额头破，白牌才未挂眉前。”小女当上学生干部，自然会很得意，但并不至于忘乎所以，大人善意的调笑，倍显轻松自然。

不过，家长虽永远珍爱子女的童年，却又无不盼其迅速成长，当子女如愿成才时，那种又惋叹又自豪的心境，没有亲身经历的人绝难领会。两首七律赠给升入大学后的小女，形式的厚重与心情的繁复正相契合。《送剑歌赴中山大学就读，返程留嘱》后两联云：“但得长风乘万里，不求寸草报三春。悬心总是爹娘事，家信还期递送频。”感情真挚浓郁，用典自然贴切。《电话闻小女剑歌被中山大学录取为研究生，赋此寄之》则风趣轻松，亲切欣慰。如第二联写小女成才的艰辛：“可怜斗室睡眠少，也赖老妈巴掌多。”第四联写对小女的期待：“还须学问照常铸，咱管人家干甚么!”于口语化的谈吐中，流露出血浓于水的深情。

在未点出剑歌名字的其他诗作中，也有描写父女深情的动人诗句。如《辞家返京》云：“妻儿送我处，几棵街冬树。”《十二月十一日夜业余大学授课归舍》云：“高楼灯黑一窗亮，知是妻儿待我归。”出自挚情的诗句，自然感人至深。这样的作品，正是梁启超所谓“真是和那作者的生命分劈不开”的肺腑之言，写的是“作者亲历的情感”，这样的作品“是要亲历其境的人自己创造，别人断乎不能替代”（《中国韵文里头所表现的情感》）。总之，星汉先生的诗作，再次验证了一条文学创作规律：作品要让读者感动，作者先要自己动情；做作与矫饰，写不出真正的好诗。

（原载《新疆日报》2003 年 2 月 14 日）

# 佳作心底出　诗花带血开

## ——喜读《中华诗词》知青诗三首

《中华诗词》2004年第1期在“逝水留痕”栏目中，刊发知青诗三首，一首是五古《知青舍》，李伏伽作；另两首是七古，即滕伟明的《成都少年行》和陈仁德的《下乡插队二十周年感赋》。这三首诗的共同长处有三：

一是深沉的历史感叹，即把知青经历看做历史大戏的一幕时事剧，认为不管它当年曾掀起多大的风浪，毕竟已成过眼烟云，因而至今不过留给人们深深的感喟而已。如《成都少年行》云：“当年同学影已单，往事朦胧如云烟，偶然相逢一杯酒，犹能淡淡说辛酸。”《下乡插队二十周年感赋》云：“二十年间如闪电，乾坤几度风云变，当时浪漫少年郎，对镜黯然纹生面。”《三国演义》开篇词（杨慎《临江仙》）云：“古今多少事，都付笑谈中。”其实并不是历史虚无主义的颓废感情，而是表现出一种对往事的超越意识；与其将历史看做包袱，何如适度地疏离呢？

二是强烈的生命体验，即不是用宏观的眼光审视往日的经历，而是以细腻的笔触记写个人的直观感受与鲜明记忆；不对历史加以任何粉饰，而是赤裸裸地再现其苦难与丑陋。如《知青舍》云：“门内遍垃圾，门外尿成滩。”《成都少年行》云：“藤帽钢钎夹克衣，畚箕把作护心盔，纵横市井君休笑，武卫文攻行一时。”《下乡插队二十周年感赋》云：“伟人一语传九天，百万少年走如烟，拜辞庭闱异乡去，不学文章学耕田。”这些场景与事件，在所有当事人眼中心中该是何等的熟悉啊！昨日的现实丑，竟化为今天的艺术美，真是白云苍狗、世事难料。这样的历史纪录，才真是活的历史，不是纸面的装饰，而是一代人心头的烙印。读这样的作品，才能真正达成心灵的交流。

三是生动的自我调侃，即不仅有庄重的历史情状回忆，更有诙谐的自我形象勾勒，这种作者个体的自白自描，拉近与读者的距离，仿佛促膝长谈般实现了与读者的相互沟通，使其感染力大大增强。如《知青舍》云："白日情绪恶，高卧梦邯郸。夜深恒苦饥，偷菜去前湾。"《成都少年行》云："倏忽老大养妻子，辗转回川人不齿，引车卖浆意已足，还从儿童学书史。"《下乡插队二十周年感赋》云："初闻招工疑非真，群起夺路技纷纷，不堪归心急似火，犹自强说要扎根。"这些诗句读来亲切有味，有相似经历者自会引发共鸣，没有相关阅历者也会含笑品嚼，很快便感同身受。

# 喜读《梅州春咏》

《梅州日报》2005年3月刊出的五律《梅州春咏》，是难得的地方风情诗，写得清新隽永、深情绵邈，极具地方色彩，也颇见功力。

依格律，五律首联可以不对仗，但本诗开篇就是一副绝佳的对仗句："蕉岭三更雨，梅城二月花"，点明地域和节令，洋溢着浓郁的春意。而且，此联实有出典，即清代著名天才诗人黄仲则十岁时吟出的名句："江头一夜雨，楼上五更寒。"从修辞技巧说，这是一个流水对，上下句是因果关系，意谓春雨的降临，催开了艳丽的春花。如此贴切题旨而又意蕴深厚、流畅自然的诗句，堪称佳联。

诗的颔联云："玉兰香旧畹，金柚吐新芽。"紧承上句，以玉兰、金柚为典型风物，具体描绘梅州的春景。香，此处为动词，很有生气和动感。"旧畹"，则写出梅州历史的悠久，与"新芽"的物种新、景物新形成鲜明而生动的对比。

颈联则由风物转入人文，突出了"客家"故里的独特情状："风物饶乡土，人文重客家。"梅州令人怀想，不仅因风物优美，更因人文积淀深厚，乡俗、乡情、乡亲、乡音，无不萦绕胸怀，引人遐思。

诗作的结尾，既收住全诗，又留有余韵，颇合"起承转合"的诗格。句云："山歌飘四季，流韵漫天涯。"点出梅州乃山歌之乡。尤耐人寻味的是，结尾也从时间和地域落笔，但由春天扩为四季、由梅州扩为天涯，让时空的延伸拓展了读者的思绪，确有"余响无穷"的品味。

# 吟咏从心传真意　新诗旧体比翼飞

## ——喜读易行《从心集》

近日，易行先生的《从心集》由线装书局正式出版发行。作为曾有幸读过诗稿的早期读者，我自然感慨良深。而且，因为我与易行有校友之谊，所得感悟自然也会更多一些。

实在说，刚见到诗稿时，引起我强烈反响的不是兴奋，而是惊奇。我之所以惊奇，当然绝非仅仅因为易行像变魔术似的突然冒出一本诗集来，更是因为他的诗作很不一般，诗论更有睿见卓知。不妨先从其诗体的运用与他对诗体的认识谈起。

《从心集》所收诗作，多半是旧体诗词，同时也有新诗。一般说来，旧体诗词的作者，认为写新诗的人缺乏功底，不通格律，不屑与其一较高低；而写新诗的作者，又鄙夷旧体诗词限制过多，不适应语言的发展，抱残守缺，不能与时俱进，也不屑与其一论长短。即使两栖作战而声言“新诗旧诗我都爱”的作者，一般也将新体旧体分别编集，两不混淆。这两大阵营，虽能和平共处，却各有领地，很难无间相容。易行却毫无芥蒂地新旧交融，混编裒辑。他在《前言》中坦陈：“诗多为七绝、七律，只有十几首用旧体实在难以达意的，改用了新体，或称之为‘自由体’。”

那么，为什么有时“旧体实在难以达意”？新诗的表现力与旧诗究竟有什么差异？“自由体”又是什么样子？《从心集》的创作实践与作者的清醒认识，对以上疑问作出很好的解答。作者认为：“因为旧体、新体各有所长，就像义勇军手里的大刀、长枪。何况，有些所谓的新体诗，其实就是旧体诗的变奏……有些旧体诗，如果改成新诗，会索然无味。”所以，他“觉得新诗、旧诗不可各执一端，而应并存并行”。的确，有些题材用新体、旧体都能表现，有些题材却有所受限，只宜于采用特定的诗体。如作者所举的《老子》之类的咏古之作，用七绝的形式十分方便，因为只要有一点灵动的感触，很容易结撰成篇。反之，用新体去写，则因没有特定的意象和构思的核心，如同用漏勺去舀水，很难收拢成形。也确实有些新诗与旧体，有很深的渊源关系，在句式上、语气上、构思上，都很接近，实在没有必要强分畛域，硬要套进固有的格式。而作者的灵活变通，也实在不仅仅由于认识开放，更由于两体皆擅，因而在写作时游刃有余，左右逢源，各尽其美。

如集子中的新诗《黄河》与旧体词作《三峡·六州歌头》，构思全都是歌颂景物雄奇、人物超迈、历史悠久、新貌壮观，形式也都是三字堆垛、长短交错、节奏铿锵、气势酣畅，很好地证明了两体的相通，足以引为范例：

> 黄河之水天上来！/浮大禹，/荡司马，/洗太白。/掉头东去，/轰鸣长啸，/奔流到海不复回。/千重浪，/九曲湾，/百丈崖。/出壶口，/育英才。/多少雄诗壮语，/震歌台。/……绘宏图，/炸险滩，/截激流，/没千山。/刘家一坝高耸，/三门百尺闸悬。/花园电灌如注，/浪底浊浪喷烟……/全化作，/今日，笑语欢颜。（《黄河》）
>
> 长江万里，/何处放豪情？/西陵险，/巫峡壮，/瞿塘凶，/夔门雄！/……其间多少/，惊天景，/名人迹，/故交情？/屈原醒，/李白醉，/杜工吟，/郦元行/……圆三峡旧梦，/环岭筑新城，/万顷波平。（《三峡·六州歌头》）

有意思的是，其新诗中，直接用古人诗句入诗，善用对仗尤其是鼎足对，颇见传统文化积淀的“功力”，而在旧体之作中，吸取了新诗长于“连排”、长于叙述、近于口语等长处，读来颇有新鲜气息。

从好用连排、长排来说，若偶一为之是文字游戏，有意为之则是一定的“格律”。易行似乎偏爱这种形式，在其新诗之作中，首首都见排比，而且淋漓酣畅，务求爽彻。如我本人最喜爱的《向往高原》：

> 向往高原　缺氧后/呼吸的快感，/向往高原　春雨后/生命的浪漫。/向往高原　天空/秋水一般的湛蓝，/向往高原　白云/雪浪一般

的变幻。/向往高原　雄鹰/俯冲时的优雅，/向往高原　骏马/飞奔时的舒展……

说起来，这与其说是形式的偏好，不如说是气质的体现。作者言行沉稳，内心却豪情激荡，他的诗作，不论新体、旧体，都特别长于表现豪迈、雄阔的景物与气势，比如新诗《五大连池》：

是火山口的千年一叹，/带来的万年震撼；/是火山口的一声呐喊，/震落了银河，震瘫了群山。

其旧体诗词，更多这类豪情的抒发，如："突兀一柱起红尘，气压东南万里云。"（《泰山·七律》）"飞瀑轰鸣惊碧浪，流云浩荡入平川。"（《黄山·七律》）"丹江一望小中原，七十余峰尽自然。"（《武当山·七律》）"云开雾岭，举红霞，万里长空高挂。日驾六龙来海上，气势非凡华夏。"（《晨思·念奴娇》）

进一步说，新诗讲求构思的新巧，旧体讲求学养的深厚，而作者两者兼长，所以往往新体里见功力，旧体里见精妙，很有个性特点，也正是本诗集所收作品的过人之处。

先看其新体诗作中的功力。如《黄河》中的"浮大禹，/荡司马，/洗太白"，完全可以看做词曲中的鼎足对。再如《九寨沟》："喻为人间仙境？/俗。/比作世外桃源？/浅。"便引用了陶渊明《桃花源记》的典故。又如《杭州》："只一片西湖，/便招来多少名儒！/只一壶龙井，/便醉倒多少茶楼！/……这便是杭州！/秀丽，/钱塘万丈潮吻，/富庶，/运河千里来投。"句式完全是新诗，但内涵透露出丰厚的传统文化，能引起读者关于江潮、关于运河、关于"钱塘自古繁华"的诸多联想。另如《扬州》："哪里去寻/'二十四桥明月夜'，/哪里去问/'玉人何处教吹箫'?"构思和语句都是十足的新诗，但又直接引用前人的诗句，古诗与新作，已完全融为一体。

再看其旧体诗作中的精巧。如《泰山·七律》："五岳独尊非浪语，神州赖以壮国魂。"既点出泰山在传统文化中的地位，更写出当代人对泰山的情感。《嵩山》："中岳隆隆身欲起，鹏飞一举过江南。"其构思是想象嵩山飞至江南，实际喻指中原地区也要崛起，在经济和文化建设上要赶超走在前列的江南地区。思路与寄托都是当代的东西，但其中又隐含着对英雄的缅怀与哀悼。因为岳飞是河南人，且字“鹏举”，他既在江南创立了功业，却也遗恨江南，所以“鹏举”语含双关，沟通古今。这样的精巧绝非偶然得之，相信它一定经过作者的推敲锤炼。再如《游香山·巫山一段云》：“拥堵回城路，相迎尽塔楼。红枫悟语劝回头，人类已深秋。”其环保意识固然非当代莫属，其精巧构思亦非旧体诗词的韵味。《衡山·点绛唇》中“说是名山”与“真是名山”的对举，也属于新诗常用的写法，旧体诗词一般比较含蓄，大约不会如此明确地点题，但该词的意蕴也正在这对举之中，只能说写新诗的习惯思路为旧体的创作拓宽了途径。

易行对旧体、新体的通达识见与透辟掌握，还表现在他对诗歌语言运用的见解上。《前言》提出：“说心里话，我觉得现代人还是用现代语汇现代诗韵写旧体诗为好。这样，写者易学，读者易懂。”而他“此次写旧体诗，还是尽力遵守老规矩”，同时也注入了新鲜的气息。这主要表现在今典的运用上。如《庐山》：“当年泪洒庐山恋，恋到天荒泪始干”，便将电影《庐山恋》写入诗中；《大理·七律》：“金花五朵今何在？处处欢颜处处春”，也将电影《五朵金花》写入诗中。《忆京郊之春·古绝五首》中的其一云：“春日寻春过圆明，春过圆明不肯停”，其二云：“古寺竟然有咸亨！咸亨到此也春风”，则将英法联军火烧圆明园的历史事件与鲁迅先生小说中的酒店名称写进诗中，确实鲜活生动。以这样的语汇作诗，如同晚清诗界革命“挦扯新名词以自表异”的做法一样，虽然较为稚拙，却的确是诗坛的新出路。

诗作不拘古今、诸体兼擅的特点，最集中地表现在带有幽默感与哲理性的人生感悟上，不论新体、旧体还是联语，都有这样的精辟之语。如《衡山·点绛唇》：“舜长禹短，只有飞泉溅。”《嵩山·七律》：“突起千峰秦岭梦，风行天下少林拳。”《黄山·七律》：“梦笔生花觅诗句，竟无一句配黄山。”《峨眉山·七律》：“应嗔蜀地多云雾，难见文君展细眉。”《武当山·七律》：“大道无争岂有败？武当参透是真山。”《登泰山·清平乐》：“谁道之乎者也？神州亿万孔丘！”《谒悬空寺》：“教分儒释道，徒有北西南。莫怪香火少，不知拜哪边。”《忆京郊之春·古绝五首》之四：

“百食不厌绍兴菜，沾唇欲醉状元红。”《山居有感·七绝三首》之三：“行者但说乡野好，却回闹市买新鲜！”这样的警句，其见解也许不算标新立异，但那种轻松潇洒，却绝非常人所能。幽默的本质，其实是对自身力量的肯定；有如此情趣的人，当然具有满腔的自信。

提及精辟之语，有意未引第二辑《百代人杰》中的范例。这一辑的32首七绝，首首可读，几乎篇篇都有警句。七绝本来就讲求一点会心的感触，易行的睿思妙想层出不穷，并非出于苦思，而是自然地流露出胸襟气度的本色。人们常说“诗如其人”，但也只有达到一定境界，其人其诗才能相互印证。从这个角度看，我觉得易行的绝句比其律诗更耐品味。如《老子》云：“出关仅著五千言，后世文评似涌泉”，便对注疏文字远远超过原著的文化现象作了善意的调侃。《项羽》云：“恃强反败千秋恨，艺苑年年唱别姬。”说的是史实，也是哲理，是文化的传承，更是人性的张扬。《周瑜》云：“赤壁火攻成笑柄，妙龄诸葛戴长须。”不仅是翻历史的陈案，更是慨叹文学作品的魅力，似乎也有对近年媒体作用的反思。虽然并非事实，但一般人心目中，诸葛亮的年岁要比周瑜大许多，这究竟是他的悲剧还是幸运呢？被民众认同的东西，是否一定要符合历史的真实呢？一首小诗自然难以给出答案，但能够启人思考，已经难能可贵了。在此要特别提出的是，《百代人杰》无愧“史评”之名，对历史人物的论定，实可谓入木三分。有些警句也许缺乏含蓄和幽默，但直截爽劲，若板上钉钉，极富穿透力，亦不妨摘引数联。《嬴政》：“纵使取回神效药，能医二世三年亡？”《卓文君》：“私奔一举成韵事，万代千秋唱不足。”《司马迁》：“史家绝唱心凝就，无韵离骚血写成。”《诸葛亮》：“托孤白帝成春梦，败在全心作蜀臣。”《武则天》：“死后碑文无一字，空空如也胜千言。”《颜真卿》：“字与身心俱壮美，圣雄哪个不书生！”《朱元璋》：“杀尽功臣高枕卧，江山怎保万年牢！”《玄烨》：“一统版图真伟业，正评戏说年复年。”相信这些精辟之语，确能令人过目难忘。

如果说易行的绝句耐读，其词作也耐人寻味，其中有的清新隽秀，如《华山·长相思》、《衡山·点绛唇》、《漓江·西江月》；有的雄奇超迈，如《恒山·定风波》、《三峡·六州歌头》、《长城·破阵子》，都可圈可点，可赏可叹。其联语，更警辟雄健，意厚辞美。如《泰山孔丘联》：“重整山河，神州崛起成东岳；再造日月，华夏和谐重孔丘。”气魄足，立意深，读之振奋人心。《漓江联》："寻幽静，来者请听，漓江清唱无伴奏；觅真情，各位坐好，三姐对歌尚未婚。"韵味清新，语气风趣，品之余味无穷。尤其是题写郏县三苏墓园的六副联语，不仅出语精美，而且余韵绵邈。为免遗珠之憾，愿全部抄录于下，与有兴者共赏：

《三苏墓园正门联》："一门三学士，如天如日如月；四海五大家，无左无右无前。"此联的精妙，一在数字相对，二在叠用复字，三在暗含深意——上联是说苏氏父子的文学成就，是天生日月，且以苏轼这"日"最为耀眼；下联是说苏轼的个人成就，在四海之内他一人独当"诗、词、文赋、书法和丹青"五大家，这是空前的但并不绝后。两联共用"一、三、四、五"四个数字。其中缺"二"，暗含"举世无双，独一无二"之意。

《三苏墓园仰苏堂联》："曾以忠直顶天地，故宜方正继坡公。"此联的妙处，在于将对前贤的缅怀与后辈的自我表白相对举，而且每句都含人我对比、古今沟通的蕴意。另外，联语中的虚词运用十分得当，倍添韵味。

《三苏祠联》："在天为星辰，朗照千秋万代；在地为河岳，滋润万树千花。"此联不仅数字对得流畅，而且境界阔大，气势遒劲，笔酣而墨畅。

《苏氏先贤祠联》："一门皆忠，功德泽及百代；三才并秀，文章雄视千秋。"此联立意集中，都是对苏氏父子的礼赞，其数字的相对、评价的允恰，都很准确，只是不够警豁。

《东坡碑林园门联》："文悬日月八万里，忠魂永在；公归净土九百年，神韵犹存。"此联韵味浓，用词精，感情深挚，古今相通，确是一副妙联。其精妙处，仍在数字的相对、人我的对举，特别是下联的"公归净土九百年"，既切题，又玄远，超越时空的阻隔，引发后人的怀想。更有趣的是，作者还把"文忠公神"四字嵌在句头。而"文忠"正是苏轼的谥号。

《东坡居士赞联》："前朝夏日，后世春晖。"此联最为简短，却最为精美，含蕴也较深广，不止能用在对苏轼的评价上，对其他成就较高的先贤乃至对整个传统文化，也是很好的论赞。夏与春，不仅是时序的越承（越过了秋冬），也是世代的传接；不仅是文化的滋养，也是情感的绵延。

此外，诗集中《嵩山苏轼联》云：“峻岭无争，中岳禅心安四季；大江有望，东坡文胆壮八方。”直抒胸臆，词稳意安，也是礼赞坡公的佳联。

仅从咏苏氏联语中，已不难看出作者的学养和胸襟。好的联语和好的诗词，绝非仅仅是文字功夫，更是一个人内心世界的展示。所以对《从心集》的品读，在我个人来讲确是一次启迪与提高的历程。

最后要说的是，从集名便可看出，作者编撰此集的缘由，肯定与年龄相关，与孔老夫子关于人生成长的历程相关。果然，其《前言》表白：“本想到七十岁再出诗集……书还是定名为《从心集》。因为那里的东西都是‘从心所欲’出来的。”也许，正缘于这“从心所欲”，更可从“诗如其人”的角度，窥知其为人的风采吧。我之所以愿意将读后感公之于众，正在对作者主体风姿的倾倒。若能真正引导读者作“心灵的探索”，对披示作者心性的诗作发生兴趣，那就真正“于我心有戚戚焉”了。

（本文摘要发表于《中华读书报》2006年11月8日，后全文发表于《踏歌集》，线装书局2007年版）

# 中国诗人与友好邻邦的对话

## ——李广泽诗集《你好，俄罗斯》序

李广泽先生是著述颇丰的作家、诗人，多年来，我与李先生同居一个城市——沈阳，同操一个职业——教师，同有一个爱好——诗歌，却一直无缘结识。2006年秋天“中国诗歌万里行”活动推广到沈阳时，召集众诗人聚会，我才得以同李先生一见如故，成为诗友。因而，有缘先睹为快，读到他的新作《你好，俄罗斯》（以下简称《你好》）的校样，为其浓郁的诗情、高超的诗艺而倾倒。

《你好》一书，是一个人和一个国家的对话，是一个中国诗人同友好邻邦俄罗斯的对话。用对话一词，不是矫情，不是夸饰，而是最平实又最适宜的词语。对话，是平等主体之间正常交往的最合适的方式，比起有主次高低之区分的应酬答对、有恩怨情仇之负担的字斟句酌，对话的轻松与坦然，在人际交往中难道不正是最好的表述方式吗？

说起来，近三百年的历史中，与中国关系最密切、对中国影响最深刻的国家，是俄罗斯与日本两国，尤以俄罗斯为甚。一连串的不平等条约，伴随着俄罗斯帝国的扩张与中华帝国的衰落，曾在中国人心中留下惨痛的记忆；而阿芙乐尔的炮声，又曾唤醒了迷茫的中国人，使得俄罗斯一度成为中国的老师，引起中国人近乎狂热的“一边倒”式的崇拜；然而风云变幻，世事无常，当年的老师竟又突然成为“债主”与靶标，受到狂风暴雨的批判，“苏修”的恶谥造成两国间多年的隔绝与敌对。在这样的历史背景下，普通中国人对自己最大的邻国，既熟悉又陌生、既亲近又仇恨、既美好又恐怖、既向往又厌弃，多重感情的交织，多种心理的交融，其复杂与多变，实在很难理顺。在那样的情况下，也很难有对话的可能性。只有在两国都经过脱胎换骨般的变革，凤凰涅槃似的重生之后，国家之间才恢复了正常的往来，人民之间也才有了互访的机会。于是，个人同国家的对话、诗人同历史与现实的对话，才能顺畅地展开，并凝成一行行的诗句，一首首的诗篇，以至一部纸页菲薄而真情厚重的诗集，这便是李广泽先生的近著诗集《你好》。

《你好》共收录21首抒情短诗，全是诗人近期访问俄罗斯时的见闻感受，更是一段感情复杂的心路历程。诗人是普通的中国人，自然拥有对邻国的兴趣；诗人更有难忘的人生经历，曾经有过对俄罗斯太多的感情纠葛。年轻时，诗人学过俄语，并曾与俄罗斯女中学生通过信；诗人对“老大哥”的文化，更曾有过刻骨的喜爱。正如集中第一首诗作《你好，俄罗斯!》所咏：“卡秋莎、红梅花儿开/莫斯科郊外的晚上……/脍炙人口的歌曲/当年，像风一样/在中国的大江南北到处传唱和播送/那动人的旋律/同样美妙我们中学生的生活/愉悦我们纯洁天真的少年心灵。”因此，诗人对俄罗斯的访问，不是一般观光客的猎奇，而是一次信念的朝圣、青春的梦忆、感情的升华、灵魂的受洗。

正因有如此经历，诗人访问邻邦俄罗斯时，带着青春的梦幻、中年的困惑以及老年的向往。在他心灵的视野里，最亮丽的风景线不是现实的变化，而是历史的辉煌；不是政坛的风云，而是文化的积淀；不是权贵的纵横捭阖，而是民众的日常生活。其诗作自然因此别有特色。如从诗题可知，诗人访俄时到过的地点有伊尔库茨克、圣彼得堡、维堡、莫斯科、海参崴、格罗迭克沃。其中，维堡、格罗迭克沃都是无名小城，却深深地打动了诗人，这是为什么呢？维堡打动诗人心扉的，是反法西斯战争取得胜利时，当地仅存的居民因故乡变成一片瓦砾，只得用一个三岁女童的裙服“布拉吉”做成红旗欢庆胜利。诗人连写两首《血色的裙旗》来歌咏这种惨烈和美丽：“这哪里是一面旗/这分明是一件/带着累累弹痕的连衣裙/这分明是一件/只有三岁女孩才穿得的布拉吉/在浴血捍卫祖国的神圣中/在一切都已烧焦的废墟上/高高举起——/举起还没有散尽的硝烟/举起遭受血腥灾难后的胜利”。而诗人之所以会如此关注裙旗，正是要求人们记得历史，记得战争，记得自己的责任：“记忆是过去/记忆拒绝忘记/拒绝历史的重演/拒绝生灵涂炭的史页延续。”格罗迭克沃之入诗，表面仅仅是因为诗人从这里离境，所以偶然地来到这个“远东边防小城”，但更深层次的缘故，则在于诗人在这里迈开离别的脚步，却割舍不下对俄罗斯的留恋，故而诗题亦云《离别，无法告别留恋》，诗中写道：“等待的离别/是扯不断的话题/是情感的五味子/是留恋的满足。”不妨说，这个小城实际是整个俄罗斯的缩影，是诗人留恋邻邦之心绪的寄托。

对苏联功绩的回顾，是诗人挥之不去的情结，凝铸成充满深情的诗作。如《打造新宇的灵魂——写在加加林塑像前》，是对世界上第一个宇航员真挚的追悼；《这里……——访俄印象》则直接披露了对苏联的缅怀：“克里姆林宫的红星/仍然闪亮莫斯科多彩的夜晚/却不再闪耀北斗星的骄傲/骄傲/给了双头鹰顶起的皇冠。”《瞩眸阿芙乐尔号战舰》更是对十月革命情有独钟，对当今俄罗斯忽视那段历史发出深沉的感慨：“阿芙乐尔是一座丰碑/——时代的丰碑/沉默的丰碑/沉默不是忘却/岁月不会长出皱褶/记忆不会长出皱褶。”也许，俄罗斯人民对有关苏联的记忆与诗人有所不同，也许诗人的感受与我们邻邦人民的情感有所隔膜，但是却无妨这些真诚诗作的存世价值，因为这确实是同苏联历史密切关联的中国数代人心底的印痕，是一个中国诗人坦诚的歌唱。诗人用不着去猜测他人的感受，尽可用自己的歌唱与他人交流，这才能成为对话，成为心语。

《你好》中感人最深的诗作，还是诗人对俄罗斯文化的敬仰与热爱。作为心胸宽阔的当代人，凡是人类文明的成果都应该大胆接受，本不必有国界与民族的疆域限制；更何况曾有一段时间，“以俄为师”是风靡中国的时尚。中国人，尤其是20世纪五六十年代读中学、大学的中国人，对俄罗斯与苏联文化的认知与接受，是其学识构成的重要组成部分，有的甚至盘踞其文化视野的中心位置。诗人正是俄语教育高潮时期的优等生，怎能不对俄罗斯文化印象深刻呢？《你好》中过半数诗作都抒发了对俄罗斯文化的深深挚爱，如《拜访圣彼得堡》就高唱：“彼得堡的古老/俄罗斯的骄傲/人类智慧和文明的结晶/彼得大帝的荣耀。”它如《彼得大帝：在俄罗斯民族的心里》、《俄罗斯的骄傲——写在普希金故居塑像前》、《怀念列夫·托尔斯泰》、《列宾别墅前的沉思》、《拜访高尔基文学院》等，都是对俄罗斯历史名人、主要是文化巨匠的追思，自然体现出诗人的情怀所系。《莫斯科郊外的晚上》一诗，则将同名苏联歌曲在中国流行的情状与时下的旅行观感结合起来，写出了一份深情、一份思念：“一支歌——一支岁月悠悠传唱的歌/悠悠我的少年纯真和梦想/动听着我的向往和愿望”；“抒情的莫斯科的郊外/抒情的晚风中轻轻的吟唱/牵起了我对俄罗斯——/当年的俄罗斯的想象”。这样的情怀，怎能不令人感动?

诗作的内容深刻而缠绵，并带有些许历史的感伤，但总的格调并不低沉，而是强烈而又理智。其感情既是奔放的，又是收敛的；是婉曲的，也是坦荡的。与之相适应，其抒情方式既豪放奔涌，又细腻真切，与其采用的西化很深却又有民族底蕴的散体自由诗的形式极为相称。其用语生动有力，特别善于运用以小见大、化虚为实的修辞手段。如《莫斯科郊外的晚上》云：“虽然，小路逶迤着/无法续写的歌声/心，却保留着/永远的怀念和期望”，就将对苏联的缅怀通过对歌声的感受抒写出来。

《离别，无法告别留恋》结尾云：“大千世界　人在旅途/返程列车铿锵着归心似箭/满脸霞彩伴着留恋/走着岁月/走着人生”，竟由旅途的脚步联想到人生的脚步，点明访问俄罗斯的旅程，不止是心路历程，更是人生的历程。

诗人将他生命中极为重要的一段行程，化为《你好》这本诗集。作为读者，我们每个人也都应走好自己的生命历程。众人的生命历程凝聚起来，就是历史的脚步，人类进步的脚步。生命不息，旅程不息，请让我们与诗人同行！这也许就是《你好》给我们带来审美愉悦的同时，也传达给我们的人生启示吧！

（该书由黑龙江人民出版社2006年出版）

# 青藏飞虹飘新曲　时代华章歌丰功

## ——读《江西诗词》随感

偶然读到《江西诗词》2006 年第 2 期，开篇是一组时代颂歌《青藏飞虹》，有诗有词，有近体有古风，无不热情洋溢，发自肺腑地咏唱新开通的青藏铁路。这是我国社会主义建设的新成果，是举世震惊的人间奇迹，是巨龙在世界屋脊腾飞，也是彩虹在雪山峻岭高挂，确实值得吟咏。专辑可谓首首都是佳作，篇篇都是精品，几乎字字似珠玑，声声赛仙乐，令人吟来满口生香，听来如醉如痴。

我最喜欢其中的三首词，首先是林峰的《水调歌头·青藏铁路开通有赋》，词作形象生动，气势恢宏，既繁复壮丽，又深沉豪迈，读来令人心胆开张。如上半阕云："鬓染野蒿白，衣卷塞沙黄。风流儿女何处，击鼓斗洪荒。唤得玄龙狂舞，搅起银涛千丈，气吐迅雷张。且化珠峰雪，来醉手中觞。"尤其是结语，写得感情深挚，物我交融，刚柔相济。其下半阕结语也同样颇见功力："但借云车去，屋脊立苍茫。"如果说上阕是写景物解人意，下阕就是写人物恋美景。如此情景相生，怎能不引人入胜？

其次是朱德勤的《水龙吟·青藏铁路全线开通运营》。该词上阕即景怀古，慨叹："正马帮铃韵，和亲姻帜，岁月里，尘封久。"下阕睹物颂今："且今朝、为我群豪把盏，挂红披绶。"景与人、古与今，就这样融为一体，读来顺畅而完美。

还有一首是熊耘涛的《行香子·青藏铁路全线通车有感》。此词与前两首不同，不是借助意象咏怀，而是以直抒胸臆为主，从开篇到结语，都以作者的慷慨襟怀倾诉，开头是"惊绝人尘，骇断昆仑"，结尾是"教千山服，万河驯，响龙奔"。其情之壮，气之酣，语之刚，意之爽，确能动人。

两首古风，词句参差，结构回环，思致老到而又意气风发，篇幅宏大而又语句凝练，无论戴云波《梦游青藏铁路》的幽默旷达，还是巢理庭《离天最近青藏线》的热切开放，都是很有功底的篇章。特别是后者，阑入外国人名，颇有近代新派诗的味道。如："火车穿梭上'屋脊'，保罗梦语见阎王。冰上行车时速快，史蒂芬逊亦忧伤。"与梁启超、黄遵宪等人滥用新名词的流行诗风，显然有渊源关系。

其他作品也颇为可读，限于篇幅，不再一一论列，只想再摘引一些比较耐品味的诗句，与大家共同欣赏。如："迎酷暑，冒严寒，风风雨雨苦犹甘"（江日柯《鹧鸪天》）；"十万大军书历史，五年禁地写辉煌"（胡盛海《青藏铁路通车喜赋》）；"莫忘大军驼马骨，常怀骁将慕生忠"（戴华祥《贺青藏铁路通车》）等，都令人阅后难忘。

（原载《江西诗词》2007年年刊）

# 宋楚瑜大陆行留下的对联

对联是汉语独有的文字形式，是两句或两句以上字数相等、词性相对、平仄协调的语句组合，是最精练的富有诗意的情意表达方式，是中华传统文化中的瑰宝。连战先生访问大陆时留下多副对联，显示出传统文化的修养；宋楚瑜先生来大陆访问，更是用对联开头的。他在5月5日到出访的第一站西安，便在机场讲话中说：

> 我们亲民党主张两岸要和平。我们都是炎黄子孙，两岸一家亲。也就是我在离开台北的时候写的那个对子：炎黄子孙不忘本，两岸兄弟一家亲。我们所期盼的，就是创造华夏文明和两岸和平的一个基础，让我们无保留的来搭起这个能够建立互信的桥。

很明显，为进行本次的大陆之行，宋楚瑜先生早在台北便写好一副言志抒情的对联（联语1）：

> 炎黄子孙不忘本
> 两岸兄弟一家亲

这副对联，上联是从贯通古今联系的角度落笔，表明两岸的同胞无疑都是炎黄的子孙；下联是从跨越地理阻隔的角度落笔，表明两岸同胞本来就是亲密的弟兄。“不忘本”与“一家亲”既一脉相承，又一笔双关。从修辞技巧论，这是互文的笔法，是说两岸的同胞都不应当忘却根本，都应当将对方看做骨肉亲人。严格说来，“不忘本”与“一家亲”就字面来说不对仗，但将其当做两个词组来看，又可算作对仗，并不违背对联的体例。

从平仄来说，上下联音调谐调，也完全合乎对仗要求。正因对这副对联十分重视，在黄帝陵的祭文中，又将其写了进去，只是换了个词，变成“炎黄子孙不忘本，两岸和平一家亲”。

除此之外，宋楚瑜先生在其简短的机场讲话中，实际还包含了两副对联。一是（联语2）：

寻血缘之根
搭未来之桥

这同样来自其讲话：“能看到这么多可爱的乡亲同胞们，用这么热情的心情欢迎来自于台湾同样炎黄子孙的乡亲，楚瑜也不禁要说一句，我们大家都是炎黄子孙。因此，楚瑜特别选择我们亲民党的大陆访问团第一站在西安，有两个重大的意义，那就是这是一个寻血缘之根，是搭未来之桥。也就是我们要寻我们的血缘、我们的血统。”此联言简意丰，将出行目的概括得完整而精辟。

另一副对联是直接相连的几个词汇（联语3）：

了解、谅解、和解
共识、共生、共荣

这同样来自机场讲话：“我把我们的目的讲得非常清楚，就是‘三个解’、‘三个共’，那就是我们要真正的去能够‘了解’、然后‘谅解’、更重要的是‘和解’，这是‘三解’；我们更重要的是要建立‘共识’、然后才能够‘共生’和‘共荣’。‘三解’、‘三共’就是我们能为中华民族、为两岸中国人帮中国人，创造21世纪的共同光辉，复兴华夏文化的共同未来，这一大家努力的共同目标。”此联技巧性更高，属于“复字联”，重复运用同样的汉字而增加立意的深邃和丰厚，如联中的三个“解”字和三个“共”字。同时，这又是“当句有对”，即“三解”与“三共”各自在句内成对。

5月7日，在南京拜谒中山陵时，宋楚瑜先生在演说中指出：“中山先生心心念念所想的，就是希望中国人不要像一盘散沙，人为刀俎，我为鱼肉。让我们所有的华夏子弟，所有中国人，能够心心念念了解到，富强尚未完成，两岸仍须努力。华夏一统尚未完成，两岸的兄弟们要加油，我们要更加努力。”这里实际又提出一副对联（联语4）：

富强尚未完成
两岸仍须努力

这副联语乃套用孙中山先生的临终遗嘱：“革命尚未成功，同志仍须努力。”正因如此，很容易被人记住，而且能引发人们的历史联想，对未来发展的思索自然更加深入，十分耐人寻味。后来到清华大学演讲时，宋楚瑜先生强调指出：“现在是中华民族有史以来最繁荣、富足的时候，也是中国人摆脱百年屈辱最关键的时刻，因此，两岸真正的敌人不是兄弟彼此，而是束缚了中国数百年的落后和贫穷。让中国人挣脱落后和贫穷成为一个均富的社会，这才是海峡两岸共同追求的目标。”

5月10日，在参观岳麓书社时，宋楚瑜发表了讲话，其中提及：“今天楚瑜非常非常的荣幸，能够到我仰慕已久的家乡岳麓书院来一了心愿，来瞻仰前贤，同时也能够不仅是通古今之变，也希望能够给楚瑜一个读书人的更大的鼓励，那就是读书破万卷，其实根本的道理不仅是神交古人，更重要的是能够胸怀天下。”这其中实际也包含了一副对联（联语5）：

神交古人
胸怀天下

这是对青年的希望，又何尝不是对他本人乃至具有普遍意义的期望呢？

离开岳麓书社时，双方互赠礼品。有关报道说：“宋楚瑜在岳麓书院的赫曦台题字之后，宋楚瑜同书院有关领导交换礼物。书院送给宋楚瑜岳麓书院的学规，以及《中国学院》画册，宋楚瑜回赠花莲玫瑰石，并表示这是‘书中自有山水，心中惟有文章。’”这就明确提出一副对联（联语6）：

书中自有山水
心中惟有文章

这从字面看，是对双方所赠礼品画册（有山水景物）和花莲玫瑰石（有天然花纹）的题咏，但又何尝不是对美好人品的赞誉呢？

5月12日，宋楚瑜与胡锦涛总书记会面并发表讲话，其讲话结尾表示：“这就是易经上所说的，举而措之，天下之明，是为事也。这就是我们共同的大事，和平是大事，两岸和解是大事，中国人要重新振奋起来是大事，我们在这个基础之上共同努力，因此再长的隧道也有出口，再长的黑夜也有天明的一天。”其中也包含一副对联（联语7）：

再长的隧道也有出口
再长的黑夜也有天明

这两句话颇有格言的意味，极为精辟，确有鼓舞作用，仔细品味很能使人对未来充满信心。

宋楚瑜先生离别大陆之际，在北京机场的道别致辞中强调了一个观点，实际也是一副经典的对联（联语8）：

合则两利
分则两害

当然，这不是宋楚瑜先生的创造，但却是他认可的、坚持的道理，其理解的深刻，十分令人感动：“只要让我们齐心协力，才能够符合两岸我们共同的利益，合则两利，分则两害，让我们齐心协力，把这个地区稳定下来，才是我们中国人对世界和平所做出的最大贡献。”因此，将其视做宋楚瑜先生大陆行留下的对联应无可厚非。

另外，宋楚瑜先生归岳麓书社的题词：“湖湘道脉，明德扬善；天下至理，愈辩愈明。”也不妨看做一副扇面对，即一、三句和二、四句分别相对。只是在这里一、三句对仗工整，二、四句难以成对。因而，不能算规范的对联。还有，他在清华大学演讲时提出：“我们成长的方法是从消除误解到了解，从了解产生谅解，然后从谅解找出方法来化解，由化解再产生可长可久的和解。”从这段话中，完全可以归纳出一副对联来，不妨录以助兴：

释误解而增了解，增了解而生谅解
生谅解而求化解，求化解而达和解

这副扇面对中含复字、连珠、递进等技巧，从形式上看相当不错。更重要的是，怀着这样的期待来预祝形势的发展，加强两岸的来往，以求顺利实现和平统一的大业，难道不正是两岸政治家的努力方向和两岸民众的共同意愿吗？而且，它与联语3有密切联系，不妨对照赏读。

（原载《人民政协报》2005年6月6日）

# 连战连番大陆行　联语沟通两岸情

2005年春中国国民党主席连战率团访问大陆，开始了破冰之旅；2006年春，他又以国民党名誉主席的身份第三次来大陆访问，参加了两岸经贸论坛的会议，并返回福建老家寻根认祖。在这两次访问期间，留下多幅题词；在这些题词中，有不少是精美的联语，充分显示出连战先生深厚的中华传统文化修养和政治家的眼界与胸怀。

所谓联语，又称“楹联”、“对联”、“春联”等，是汉语特有的语言表达方式。从形式上看，是两句或两句以上字数相等、词义和平仄相对的语言组合；从内涵上看，是最精练的诗意化的情意表露；从表达上看，是最能体现作者汉语运用水平的修辞手段。不熟悉汉语及其相关文化，很难写出言简意丰而又字顺音谐的联语来。因而有意撰写联语本身，就是一种民族认同的表态，其自身内涵更耐品赏。

为了更好地记住台湾与大陆两岸交往的重大事件，更深入地理解连战先生撰写联语的立意和期许，现将有关联语辑释如下。

## 一　2005年所留联语

其一，4月28日，游览故宫的题词。横批：继往开来。上下联为：

昔日禁城百年沧桑难回首
今日故宫几番风华齐向前

这是一副典型的古今对比联，表明了题词人主张超越历史向前看的观念，既为难回首的百年沧桑感慨，更提出要在经历几番风雨之后具有向前看的远见和胸怀。从撰联技巧来说，“昔日”与“今日”的两个“日”字复用，“百年”与“几番”的数量词相对仗，都很见功底。

其二，是4月28日晚在老舍茶馆品茶时的题词联语：

振兴茶文化
祥和两岸情

此联充分表现出题词人对祖国传统文化的热爱和对两岸同胞情谊的肯定。粗看起来，对仗不够工整，但若将“茶文化”与“两岸情”各看做一个词组，则不但立意是稳妥的对仗，连平仄都能工稳地对仗。在现当代对仗句的撰写中，以词组为对仗单元的作品日益增多，已经不是什么技术上的缺憾了，反而是合乎潮流的一种修辞技巧的发展。

其三，是4月29日在北京大学的讲演中提出的一个口号，也可看做联语：

为民族立生命
为万世开太平

此联的立意是对当代知识分子特别是青年学子的勉慰：“身为一个知识分子，我相信大家都有这种百折不回的决心和勇气。因为在各位的肩膀上，要担负的就是历史的责任，要为广大的人民来找出路。一肩挑起来，就是现代知识分子的一个伟大的格局。”其主要特色是寄意深、气魄足。从渊源看，与北宋大儒张横渠的传统名联：“为天地立心，为生民请命”有继承关系。

其四，是4月30日下午游览秦兵马俑博物馆时的题词，上下联为：

游秦塚而悯万民
跨海峡为创双赢

这是怀古与感今兼有的对联，既对秦皇的残暴充满历史的遗恨，又对自己今天的使命有真诚的担待。怀古的感叹中，对人民的困苦颇为同情，

“悯万民”的情怀，实在与古仁人心意相通。古人曾感怀“伤心秦汉经行处，宫阙万间都做了土”，而为天下百姓悲叹：“兴，百姓苦；亡，百姓苦。”（张养浩《中吕·山坡羊·潼关怀古》）题词人显然也有这样的仁者心怀。但更重要的是，他更有当代人的意识，决心以政治家的智慧，为海峡两岸的百姓谋求福祉，这就与他这番跨海使命相关了，于是才有“创双赢”的祈愿。“悯万民”与“创双赢”的对举，既有时间的超越，也有空间的超越，确有“超越”历史恩怨与海峡阻隔的胸襟与气度。从技巧论，杂用地名对、副词对和数字对，繁复有致。

其五，是5月2日参观上海城市规划展示馆写下的联语：

古今文化并蓄
东西风华辉映

这也是对比联，不仅有古今的对比，也有中外的对比，既有故国的情思，也有开放的心胸，既是对自己生活过的旧上海的追怀，也是对自己颇有陌生感的新上海的称誉，既是对上海已有变化的衷心肯定，更有对上海未来发展的美好祝愿。“古今”与“东西”的括指，“文化”与“风华”的并提，都很有意味。

其六，是5月2日在看完上海博物馆馆藏的青铜器和古代字画后，写下的联语：

观青铜而兴思古之幽情
赏画展再悟源远而流长

此联颇为切题，确实是参观完青铜器与古代字画后的感悟。上联之感，真切绵远；下联之悟，深刻隽永。正因为青铜器反映出中华文明之久远，所以才引发出题词人“思古之幽情”；也正因为有此“思古之幽情”，才能使人悟出中华文明“源远而流长”的道理。这种感悟，是民族认同的表露，是血脉一体的自豪；是生生不息的灵感源泉，是根深叶茂的文化传承。抒写如此感悟的联语，自然辞美情浓，耐人深思。

## 二 2006年所留联语

其一，题孙中山衣冠冢联：

青山有幸伴中山
同志无由忘高志

4月15日上午，连战赴北京香山碧云寺参观孙中山纪念堂，拜谒了中山先生衣冠冢。随后，连战提笔写下“青山有幸伴中山，同志无由忘高志”，表达他的敬仰之情。出纪念堂后，连战一行拾级而上，在中山先生衣冠冢前三鞠躬，并植下了一棵白皮松。

连战先生的这副联语，主要用了两个典故，一是杭州岳庙的名联：“青山有幸埋忠骨，白铁无辜铸佞臣”；二是孙中山临终遗言：“革命尚未成功，同志仍须努力。”联语的内容主要是歌颂国民党创始人、中华民国的国父孙中山先生，并表示自己要继承孙中山先生的遗志。而这又很有针对性，暗中批判某些人妄图割断历史，实行“去中国化”，以致将中国史当做世界史、孙中山当做外国人，数典忘祖，甘当民族罪人的丑行。“无由”即不应该，“高志”即孙中山先生振兴中华民族的宏伟遗愿。

其撰联技巧，主要是巧用复字，如“青山”与“中山”、“同志”与“高志”，使得全联在统一中有变化，在反复中有递进。

其二，题八达岭长城联：

几多烽烟渺渺去
万古雄姿峨峨存

4月17日，中国国民党荣誉主席连战一行登临北京八达岭长城，并为北京八达岭长城题字：“几多烽烟渺渺去，万古雄姿峨峨存。”

长城是我国古代以农耕为主的中原王朝，为了抵御西北地区游牧民族的侵袭而修筑的军事工程。它既以其伟岸成为中华民族的骄傲，又因其修筑意旨所包含的历史悲剧内容，以及修筑时所付出的巨大牺牲，而令人无限怅惘。这样两种情绪始终困扰着人们对长城的态度，实在有些爱恨交织。连战先生的这副联语，生动淋漓地披露了以上两种纠缠不清的情结，既有对历史烽烟的感慨，又有对民族创造力的敬叹歌讴。“几多烽烟渺渺去”的感怀，“万古雄姿峨峨存”的自豪，准确精警，对比鲜明，很有历史的穿透力和现实的感染力。

其撰联技巧，主要在于叠字的运用，如“渺渺”与“峨峨”的对举，形象凸显，音韵和谐。

其三，题福州鼓山涌泉寺联：

圣学经典藏宝阁
罗汉涌泉润山灵

4 月 18 日，连战一行参观了福州马尾中国船政文化博物馆后，欣然为博物馆题词“中学为体西学用，马江巨舰驭狂涛”。随后，在福州千年古刹鼓山涌泉寺礼佛上香后，连战应邀为涌泉寺和方丈普法大师分别题词“圣学经典藏宝阁，罗汉涌泉润山灵”和“法缘一家”。涌泉寺建在海拔 455 米的山腰处，面临香炉峰，背枕白云峰，相传因寺前有罗汉泉涌出地面而得名。联语将罗汉泉之名嵌入其中，虽是信笔拈来，却颇见功力。

其四，题家乡漳州马崎村连氏宗亲祠堂联：

明心见性，垂教后嗣
积善福世，上继祖德

4 月 19 日，连战回漳州马崎村祭祀祖先，与宗亲代表在祠堂内叙亲情，聊家常，并当场题词：“明心见性，垂教后嗣；积善福世，上继祖德。”表达对祖先的崇敬和缅怀之情，以及对后代的期望。这种对宗亲的认同，本是中华民族凝聚力的一个重要来源，但多年曾被当做封建余毒加以批判，而今拨乱反正，其优良传统方才得以恢复。但连战祭祖的意义不仅限于个人的归宗，更有巨大的感情冲击力，对于那些背弃祖国、遗忘祖先的败类来说，实在是有力的抨击。连自己的宗亲都可以抛弃的人，能对民众真正负责吗？连自己的民族、祖国都可以背叛的人，能真的代表民主和进步吗？人们自然不难得出结论。

其五，为厦门大学题词联：

泱泱大学止至善
巍巍黉宫立东南

4 月 19 日，连战在厦门大学发表精彩演讲之后应邀欣然为厦大题词："泱泱大学止至善，巍巍黉宫立东南"。厦门大学有东南最高学府美誉，是福建省唯一一所全国重点大学，"自强不息，止于至善"是其校训，语出《周易》"天行健，君子以自强不息"和《礼记》"大学之道，在明明德，在亲（按：读作"新"）民，在止于至善"。本联揭示其校训，夸赞其学术地位，十分切题。

从撰联技巧来说，也是应用了叠字。值得一说的是，"黉（hóng）宫"，即学校，本是当年的常用词，而今却成为生僻字，乃至厦门大学的校长也读错了音。国家一流大学的领导，人文素养尚有欠缺，可见民族文化的继承和弘扬，绝非易事。

其六，题武夷山景物联：

山上看水水如玉
水中观山山似屏

4 月 20 日，连战先生应邀为武夷山题写墨宝，盛赞武夷山水"山上看水水如玉，水中观山山似屏"。

武夷山的胜景，确是天下奇观，特别是九曲溪的蜿蜒碧流和屏风般重重展开的山峦，令游者一见难忘。联语从山顶的视角俯观写水，又从水面的视角仰观写山，将武夷美景收在笔底，确是妙联。其技法的妙处，同题孙中山衣冠冢联一样，都是善用复字，但重复使用的次数增加了一倍，相同的字（山、水）不但在本句复出，而且在下句也复出，显得格外有味。而且，用字采用了顶针法，即"水水"与"山山"，虽连用却并非叠字，而是复字。另外，"山上看水"与"水中观山"对举，形成回环的形制。

其七，题杭州西湖雷峰塔联：

白蛇事远情犹在
夕照霞光红到今

4 月 21 日，连战在参观杭州雷峰塔后欣然题字：“白蛇事远情犹在，夕照霞光红到今。”

仅从联语格式规范说，本联语不算成功，但从内容来说，此联语很有文化内涵，极耐品味。雷峰塔是西湖名胜之一，筑于宋开宝八年（975），是吴越王钱俶因其妃黄氏得子而建，1924 年曾坍塌，2001 年重新翻建完工。在民间知名度极高，其原因在于它与白蛇传的故事有关联，据说白娘子当年就是被法海镇压于此塔之下。所以，鲁迅当年写有著名杂文《论雷峰塔的倒掉》，认为此塔倒掉不足为惜。又因其位于杭州西部，得名“关西塔”，历来以观赏夕阳美景知名，西湖十景之一便有“雷峰夕照”的名目。联语正紧扣雷峰塔与白蛇传说以及观赏夕阳落笔，表现出对景物的了解和喜爱。

其八，题西湖联：

愿借二十四桥月
换得十顷西湖春

4 月 21 日，在西湖游船中，连战作诗：“愿借二十四桥月，换得十顷西湖春。”这也可算作不太规范的景物联。其妙处，是将杭州的西湖，与扬州的瘦西湖联系起来，借前人咏写扬州西湖的名句：“二十四桥明月夜，玉人何处教吹箫”（唐·杜牧《寄扬州韩绰判官》），移来表明自己对杭州西湖的留恋。月色的淡与水色的深，对比鲜明，形象真切，具有浓郁的诗情画意。

其九，题胡雪岩故居联：

昔日朱门有余庆
今日登临徒唏嘘

4月22日，连战一行乘车参观了胡雪岩故居。来到胡府的花园“芝园”时，连战对融会了江南曲水流觞的民族风格与简洁大方的西洋园林风格的美景很感兴趣，在延碧堂前举目四望之后，连战当即挥毫泼墨，写下“昔日朱门有余庆，今日登临徒唏嘘”一行字（按：有的报道写作：昔日朱门有余泪，今日登临无嘘吁）。胡雪岩是清代有名的红顶子商人，富可敌国，而今也已成为过去，确实令人感慨。“有余庆”承用了传统对联“向阳门第春常在，积善人家庆有余”的用语；又令人想起杜甫《自京赴奉先县咏怀五百字》的传世名句：“朱门酒肉臭，路有冻死骨。”此联不仅写今昔对比，更感慨历史巨变，很有感情。

其十，题灵隐寺联：

春水共长天一色
众佛于灵隐并显

4月22日，在千年古刹灵隐寺，连战命笔：“春水共长天一色，众佛于（按：‘于’显系误字，应为‘与’字）灵隐并显。”这副联语，套用了初唐著名诗人王勃传世名作《滕王阁序》中的名句：“落霞与孤鹜齐飞，秋水共长天一色。”其立意，在即景抒怀，表达对僧众的礼敬，既切题，又得体。

其十一，题龙井联：

山泉澄澈留其间
御茶长青龙井源

4月22日，在龙井茶的产地杭州龙井，连战品茗抒怀：“山泉澄澈留其间，御茶长青龙井源。”饮茶的人都知道，就冲泡茶水来说，茶叶的品质固然重要，泡茶的用水也很有讲究，用名泉泡名茶，才是真正的享受。西湖龙井茶有名，泉也有名，在龙井当地品尝龙井泉水冲泡的龙井茶叶，其滋味自然格外甘醇。此联既咏写了“山泉”，也咏写了“御茶”，虽出语不够工整，但深谙茶文化的内蕴，很值得品赏。连战先生去年在北京访问时，曾为老舍茶馆题写“振兴茶文化，祥和两岸情”的联语，足见先生对传统茶文化的了解之深。

其十二，题拙政园联：

大巧若拙真趣永
桂花园木自从春

4月23日，连战先生一行在苏州访问。除寒山寺外，连战还游览了著名的古典园林拙政园，并留下佳句："大巧若拙真趣永，桂花园木自从春（按：从新闻照片看，'从春'应为'从容'）"。此联并不工整，但有一点巧思，就是将"拙"字用入联语之中，以切合咏写对象"拙政园"，并弘扬了"大巧若拙"（老子《道德经·第四十五章》）的传统思想。

其十三，题上海洋山港联：

开万古奇迹以补天地缺憾
用八方轮桨以利民生福泽

4月24日，连战在参访上海洋山深水港后，题下"开万古奇迹以补天地缺憾，用八方轮桨以利民生福泽"两句。这不仅是对上海港口建设的赞誉，更是对振兴中华民族经济的期许。连战先生认为，洋山港的建设，正是将孙中山先生的伟大设想变为现实，对台湾也是鼓舞和促进。他希望以后能实现两岸直航，到时候他能从台湾乘船直接到上海进行访问。

从技巧来说，此联最见功力。"万古"对"八方"，是以时间对空间；"天地"对"民生"，是以自然对社会，不但工整贴切，而且气势恢弘、内涵深刻。

（原载《中华读书报》2006年6月29日）

# 墓园谒前贤　妙联咏三苏

## ——易行《从心集》题三苏墓园联语赏析

易行先生的诗集《从心集》（线装书局2006年版）是新体旧体杂糅的作品集，不但有诗有词，也有联语。其诗词功力深厚、气酣辞美，其联语也隽永精工，颇为耐读。尤其是题写河南郏县三苏墓园的六副联语，不仅出语精美，而且余韵绵邈。为免遗珠之憾，愿全部抄录于下，与有兴趣者共同欣赏。

《三苏墓园正门联》："一门三学士，如天如日如月；四海五大家，无左无右无前。"此联的精妙，一在数字相对，二在叠用复字，三在暗含深意——上联是说苏氏父子的文学成就，是天生日月，且以苏轼这"日"最为耀眼；下联是说苏轼的个人成就，在四海之内他一人独当"诗、词、文赋、书法和丹青"五大家，这是空前的。两联共用"一、三、四、五"四个数字。其中缺"二"，暗含"举世无双，独一无二"之意。

《三苏墓园仰苏堂联》："曾以忠直顶天地，故宜方正继坡公。"此联的妙处，在于将对前贤的缅怀与后辈的自我表白相对举，而且每句都含人我对比、古今沟通的蕴意。另外，联语中的虚词运用十分得当，倍添韵味。

《三苏祠联》："在天为星辰，朗照千秋万代；在地为河岳，滋润万树千花。"此联不仅数字对得流畅，而且境界阔大，气势遒劲，笔酣而墨畅。

《苏氏先贤祠联》："一门皆忠，功德泽及百代；三才并秀，文章雄视千秋。"此联立意集中，都是对苏氏父子的礼赞，其数字的相对、评价的允洽，都很准确，只是不够警豁。

《东坡碑林园门联》："文悬日月八万里，忠魂永在；公归净土九百年，神韵犹存。”此联韵味浓，用词精，感情深挚，古今相通，确是一副妙联。其精妙处，仍在数字的相对、人我的对举，特别是下联的“公归净土九百年”，既切题，又玄远，超越时空的阻隔，引发后人的怀想。更有趣的是，作者还把“文忠公神”四字嵌在句头。而“文忠”正是苏轼的谥号。

《东坡居士赞联》：“前朝夏日，后世春晖。”此联最为简短，却最为精美，含蕴也较深广，不止能用在对苏轼的评价上，对其他成就较高的先贤乃至对整个传统文化，也是很好的论赞。夏与春，不仅是时序的越承（越过了秋冬），也是世代的传接；不仅是文化的滋养，也是情感的绵延。

此外，诗集中《嵩山苏轼联》云：“峻岭无争，中岳禅心安四季；大江有望，东坡文胆壮八方。”直抒胸臆，词稳意安，也是礼赞坡公的佳联。

仅从咏苏氏联语中，已不难看出作者的学养和胸襟。好的联语和好的诗词，绝非仅仅是文字功夫，更是一个人内心世界的展示。品读这些联语，在我个人来讲确是一次启迪与提高的历程，相信对其他读者也大有助益。

# 美的诗文　美的心灵

## ——交警诗人王立文诗文集《诗情话意》跋语

几年前，还是21世纪初，我这个诗歌研究者偶然发现一个很有成绩的业余作者，认为他的诗作很有特色，于是在与其未曾相识的情况下，挥笔写下一篇读后感《交警诗人赤子情》。文章写好后，交给我在交警部门做宣传工作的次子，想让他转给《沈阳公安报》，以借公开发表推动交警队伍的诗歌创作。我儿子后来告诉我，作者他认识，是个做人低调的人，不愿张扬自己，不同意发表那篇文章，以免炒作之嫌。于是，文章写过也就写过了，我也没有在意。

不料几年之后的今天，我原来想推举的业余诗歌作者（这里遵从其意愿，不称其为诗人，其实他远比一些时髦诗人更有诗人的气质与责任感）王立文同志，忽然拿来一册打印好的书稿叫我审读。我几年前写的小文，他并没有扔掉，而是拿来作他的第一部诗文集《诗情话意》的代序。原来，他虽然不愿张扬自己，但对我予以他的鼓舞很觉振奋，竟一直保留着那篇稿子，激励自己写得更多更好。他也确实很不简单，竟然在繁忙的工作之余，写下了近百篇精美的诗文，汇编为一册文学作品。我忝列作家之林，是中国作家协会以及辽宁省作家协会的会员，还是中华诗词学会与辽宁省诗词学会的会员，并曾获得“中国诗学大师”的称号，但头衔并不等于水平，尽管我有多部专著问世，单就文学作品来说，实在不足挂齿，仅有一部旧体诗词集《新纪杂咏》刚刚问世，与即将出版诗文集的王立文同志创作资历差不多。作为职业文人的我，在这一年轻的交警兄弟面前，怎能不带有愧色？这也反衬出作者坚持业余创作的成果，是多么的令人喜慰，令人钦佩！

对于他的诗，不想再多说，代序中已经有所阐论。对于作者善于联想与想象，能够抓住诗意、诗境、诗情和诗歌意象的能力，以及准确、形象、生动、简练的诗歌语言，确实只有赞叹的份儿，也不好再多说什么。而对于他的文，也谈不出更多的东西，只觉得其文与其诗有共同的地方，那就是对生活、对内心的诚实与诚恳；所不同的，是诗作更多些含蓄与言外之味，而文章则更率真一些、质直一些。作者显然有自知之明，定篇名为“直言快语”，可见文风底色。《戏说红尘男女情》与《闲话人才》，既有潇洒放逸，又有深思凝重，都能给读者感悟。

文学是什么？归根结底是人学，是表现人的生活境遇与内心活动的一种形式，是证明生命历程与再现生命体验的一种手段，是人与人交往、心与心相通的桥梁。从这个意义讲，王立文同志的诗文不仅是他个人的生活写照与心灵表白，更是一个交警对人生的独特体验与生动复现。其特定的表达视角与生活感悟，肯定会丰富读者的见闻感受与灵魂世界。既如此，这部书的问世就不能说太褊狭、太高雅，而有着深厚的生活内涵与文化价值。至少它可以说明，普通的交警也可以有一双观察生活的“慧眼”和一颗感恩生活的赤心。

**【附录】**

## 交警诗人赤子情

从汉字结构的解析对“家”下定义并不新鲜，如有人从经济角度解析说：“家字的宝盖是房子，豕是猪。既有房子住，又养着猪，就是家。”也有人从性别角度解析说：“安字是房子加女人，有了女人在家里，家才有安宁。”近日从《沈阳晚报》读到一首诗《说“家”》，内有这样几句：“社会为家/‘人’的一撇是你/一捺就是我/相互搀扶/就会跨越坎坷。”诗句径直将社会这个大“家”是由你、由我、由众人组成的道理一语道出，很耐品味。该诗更深刻点出，人与人之间需要互相扶助：“‘人’没了一撇是无根枝条/少了一捺是孤零落叶。”深刻的哲理与生动的形象，令人印象极深。

这首诗引发我对作者王立文的兴趣，又找来一些作者其他的诗作来读，更加增添了兴味。原来，作者是年轻的交通民警，只是诗歌爱好者，在站岗执勤之余，抒写自己心灵的波澜。他的作品多数是咏写个人对本职工作的体验，但却不乏诗意，有着普遍的感染力，很值得细读；作者本人的才情，也不受职业的限制，确有诗人的气质和才华，堪称业余诗人中的佼佼者。

联想与想象，是诗歌艺术的主要特点，因而诗歌作者必须有相应的才气和修养才行。前述对“人”字结构的解析，已体现出作者这方面的特长。它如《你说，我说》中将相恋的人比作“温馨的港湾”和“依偎的青山”，既形象生动又对比鲜明；《弯月亮，圆月亮》中将弯月比作爱人“纤弱的脸”，将圆月比作爱人绽开的“笑脸”，并引申发挥说：“皓月一轮，溢满了爱恋”，倾诉出满腔真诚的爱意；而《盼雨》更将密密的细雨，比作“小姑娘的发丝”、“蚕吐出的丝”、“农民背上的汗水”、“母亲的乳汁”等一系列鲜明生动的形象，吐露了对生活、对乡亲、对本职工作的深深爱恋。从许多作品中，可以看出作者确有诗人的敏感和相应的才华，具有丰富以至连贯的联想和想象力，因而其诗作确能引发读者的兴味，极耐品赏吟哦。

此外，作者的语言功力极深，能将自己的感受准确地传达出来，引起读者的共鸣，这也是难得的诗才，是作者取得成功的重要条件。如作为值班民警在节日的独特体验和情感，《节日》一诗便有极真切的表述：“远近炸响的爆竹/拨动我的心弦/心绪，随着缤纷的花雨/飘落/路旁，扇扇明亮的窗口投来束束祝福的目光/我将内心凝重的相思/遥寄给伊人心头上的欢乐/我用手势的语言/在这里/护送着晚归的人。”“我”这有特定身份（交警）的主体，与外界、与家人、与其他人的特定关系，在特定时间（节日加班时）、特定空间（交警值勤的岗亭）中，构成特定的感受，在朴实无华却又极富感染力的诗句中，得到淋漓尽致的宣泄。全诗长句与短句交错、白描与比拟相映，写得情意深长又毫无矫饰做作。因为善于观察和表述，作者长于写咏物诗作，如《龟背竹》、《岗亭旁，有一排白杨》等，透过种在岗亭里和栽在岗亭旁的植物，写出交警的品格和心理，很耐品读。

总之，王立文作为年轻的交警诗人，已取得可喜的成就。他的成功，不仅是个人的光彩，更显示出民警队伍素质的不断提高，以及公安战线在社会主义精神文明建设上的繁荣景象。我市交警中类似的才子还有不少，或写诗歌，或写散文，业余文学创作成果累累。在他们的成长中，《沈阳晚报》起了重要作用，其作品多发表于晚报副刊版与政法版上。我就是从晚报副刊中读到王立文的诗作，才引起品评其作品的兴味。希望王立文这样的年轻诗人迅速成熟，也希望晚报和其他传媒造就更多的文学后起之秀。

# 豪情为本色　挚情乃其根

## ——序郭成诗文集《岁月无痕》

郭成教授的第一本诗文集《岁月之歌》我曾为其作序，他的第二本诗文集《岁月无痕》即将问世，又请我写序。因著名学者孟繁华先生已经写了序言《我们为什么需要诗歌》，我再啰嗦似无必要，本想辞谢，但郭成老友诚恳地表示，孟教授的序言虽然高屋建瓴，从诗歌在现代人生活与生命中的意义论及本诗文集，但对具体作品涉论不多，希望我能谈得稍稍具体一些。情意难却，只好赘言几句。

两本诗文集都以“岁月”命名，实在抓住了人生和历史的根本。人生是什么？就是生命的流程，岁月的变迁；历史是什么，就是众人的历程，岁月的见证。岁月是无情的，不会为任何人停留；岁月又是多情的，对每个人都同样眷顾。人生在岁月中成长，岁月在人生中流动；岁月是一首蹉跎之歌，人生是一段坎坷之路。无论苦辣酸甜，人们总要走完自己的岁月；无论悲欢离合，岁月总要伴随人们的行程。所以，《岁月如歌》的感慨，与《岁月无痕》的感悟，凝聚成一篇篇诗文，结撰成这两本情意厚实的集子。

我在《岁月之歌》的序言中曾经指出：“如果要我直述感受的话，觉得其散文水平最高，新诗又胜于旧体诗词。”读了《岁月无痕》的校样，这一印象更为深刻明晰。其散文可读性最强，几乎篇篇含有浓郁的诗情，有荡人肺腑的魅力。如《我的朋友——董显生》、《思念母亲》、《怀念金镛》这几篇，对友情与亲情的抒写，哀婉真切、缠绵深挚，令人反复诵读，不忍释卷。《有感于“心如止水”》乃追忆近代名僧弘一法师李书同先生的文史随笔，却不像一般文化散文那样以“炫学”作为粉饰，而以情真意厚见长，更多哲理的醒悟。如云：“纵观李书同的一生，他从来就不曾‘心如止水’，更不曾‘心如死灰’，……因此，从本质上讲，李书同的一生都是在追求一种人生境界。”这就使比较的冷静的文体，有了心灵的热度。那些纪行的散文，更有一种荡人心魄的震撼力，如《鼓浪屿之恋》、《河南行记》、《延安——我心驰神往的地方》、《壶口瀑布印象》、《韩国行》等，内在的感情张力使其突破了一般纪行文的含蕴，呈示着心路探求的轨迹。对沈师大校园的描摹与依恋、回忆知青生涯的赤诚与旷达，也都是很可一读的文章。我母校的老师南开大学孙昌武教授曾批评我的文字说：“清顺明白是你的长处，可是你的笔墨缺少变化，不能随感情起伏而将心迹流露于笔端。”而郭成的散文，能用饱蘸感情的笔墨呈示内心的波澜，所以读来格外感人。这不只是文字的功力，更是做人的真诚，是寻常文人学不来的文采。

至于其诗作，我觉得编排不如《岁月之歌》有序，不是以诗体分编，即将旧体诗词与新体诗作分开，而似乎是以题材来分类的，自开篇至《访韩国平泽大学有感》基本是纪行抒感之作，尔后则基本是宣泄内心情感的作品，每类之内，似乎是依照创作时间前后排列，所以我建议将其“诗歌卷”分成两辑——“行迹”与“心路”。虽然不尽相符，但我的感受想来大体不错。

我在评论辽宁大学教授王向峰教授的诗作时，标题为《略论诗体与诗情》，就是感到在诗体与诗情之间，确有某种关联：“两相比照，写旧诗确实不需要那么动情，也不需要那样费心整理思路，而写新诗恰恰相反。”郭成先生的长处是感情丰富，相对说来古典文学的学养不十分丰厚，所以其新诗胜于旧体，是十分自然的结果。相比较而言，其纪行之作，虽亦有感情，但更多感触与感悟；其心迹的表露，则既有感悟性的哲理，更多耐人品味的深挚感情。纪行之作大多是旧体诗，但基本是改良的新式旧体，不讲求平仄、对仗等格律，更不讲求用典、炼字等功力，其中最好的作品更近于新诗，如《观秦始皇兵马俑有感》。而其“心路”选辑中的新诗作品，却几乎篇篇可诵可吟，极耐品味。如《乡情》中的小河、海面与小山，以及《秋日里的五女山》、《太平洋上的明珠——夏威夷》、《西伯利亚美丽的明眸》、《沈阳——我的母亲城》、《克斯克腾草原恋歌》、《放歌黄河》等诗，似乎也有纪行的特征，但情调完全不限于景物本身，而对人生和世界，有着广阔而执著的热爱。其视野、其境界，都大大高于简单的纪行类作品。

进一步说，郭成散文与诗作中的抒情成分，以豪迈为其特色，往往有极强的冲击力；但细一品味，却真诚而深挚，确实出自心底，绝无矫饰与夸张。如我认为集子中最成功的诗作《放歌黄河》，就既有雄豪的风格，又有细腻的情怀。因篇幅所限，不再摘录诗句，恳请读者自行品赏。不妨说，“豪情为本色，挚情乃其根”，正是郭成诗文的抒情特征。

我前面直率地评说郭成教授的古典文学素养不足，并非说其学识较浅，只是术业有专攻，每人各有长短而已。不客气地说，我自幼就不是循规蹈矩的好学生，旁搜杂学来的东西远比课堂获得的知识多，故有“杂家”之称；但是同郭成教授相比，就是“小巫见大巫”了，其“杂家”的范围，我无法望其项背。例如就开课来说，我虽能讲多门课程，但基本是文史哲法等类别；郭成教授则能开出环保概论、生命价值、心理干预、文化建设、人力资源管理等等课程。就实践活动来说，我于治学之外，只能业余创作诗文，郭成教授则能唱歌、打牌、收集古董、玩赏文物。其才力之博，其精力之旺，均佼佼远胜侪辈。我的真率批评，只是好友的直言而已。想来郭教授定能大度包容。

啰嗦打住，揭此为序。创作甘苦，作者自知；旁人闲评，阅者审之。

（本诗文集由中华诗词出版社2009年出版）

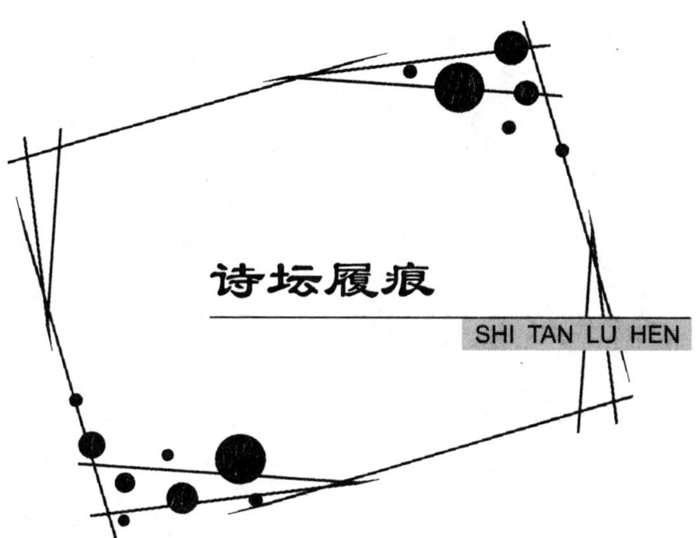

# 诗坛履痕

SHI TAN LU HEN

# 沈阳师范学院开设古典诗词写作课

人类不同于其他动物的地方，不仅在于能够改造自然，也在于能够规范同类相处的人伦原则；现代社会不仅需要高度的科学技术，也需要高度的人文关怀。为适应社会发展的要求，现代大学生不仅要有精深的科技素质，也要有丰厚的人文素养。在这方面我国源远流长的传统文化，是极重要的养分。

为发扬光大传统文化，提高师范院校大学生的人文素养，沈阳师范学院除在中文系内开设“古典诗词写作”专题课外，还将这门课作为公共选修课向全院各系学生开放。初开课时，外系学生还只是少数爱好者选修，来听课的主要是外语系、政教系、社会学系等文科学员；再次开课，不仅人数暴增，阶梯教室容量有限，教务处只好限制选修人数；而且数学系、物理系、化学系、生物系等理科学员占据多数。学员的这种热情，实在出人预料，显示出这门课程的生命力，更体现出当代大学生渴望增强人文素养的自觉与主动。

“古典诗词写作”专题课的特色，在于它不但要培养学员的感悟和欣赏能力，更要培养创作旧体诗词的兴味和技能。自己写与单纯的欣赏，不仅层次不同，情趣也大不一样；不仅收获更大，得益的时效也更久长。通过学习，确实使听课的学生基本掌握了格律知识，写出大体成型的旧体诗词，也使得一些原有一定基础的学员有所提高，创作出不少清新可读的作品。中文系女生李丽萍的《咏水仙》：“一盘秋水小窗西，蟾影芳魂渐欲迷。身具瑶台仙子韵，灵根不染世间泥。”托物抒怀，雅洁隽永。外语系学员蒋毅自言身世的诗作更颇见功力：“襄平暮雨满帘秋，卷入城河一道流。白塔园中人寂寂，青年湖畔流悠悠。江南长忆儿时趣，塞北未谙豆蔻愁。水远山遥难入梦，乡心一夜到常州。”情调缠绵，词语老到。也有许多诗作反映了社会现实，也颇可读，如外语系王景彦的《劳动》就是一首明快犀利的讽刺诗：“劳动局长不劳动，伸手等着礼物送。待到警笛呜呜响，不肯劳动也得动。”社会学系刘汝峰的《改革颂》则热情地歌咏了改革开放的国策：“浩劫残灰促反思，惟凭实践验真知。春天故事流行日，南国特区蓬勃时。有先有后同富裕，姓资姓社共奔驰。乘风破浪开全速，指引征途一面旗。”每届学员在结业时，每人至少要交一篇作品，全部作品打印出来，既作本期学习的总结汇报，又可作下期学员的参考读物。以上“绝句一首”，就是学生的习作。

开设古典诗词写作课程，对于提高大学生的生活情趣和人文素养，起了十分重要的作用。

（原载《文史知识》2000 年第 4 期）

# 弘扬传统诗教的新尝试

沈阳师范大学在20世纪90年代末，就开设了面向全校的古典诗词欣赏与写作通识课程，强化以诗歌为中心的人文素质教育，在弘扬传统诗教上取得了可喜的成果，《文史知识》、《中华诗词》、《沈阳日报》等报刊作过专题报道，并公开发表多篇学生诗作。

为进一步弘扬传统诗教，全面提高青年学子的素养，加强精神文明建设，活跃校园文化生活，沈阳师范大学近年来又作出一些新的尝试，拉近古典诗歌与现代生活的距离，这就是举办诗歌朗诵会、汇报学习古典诗歌体会的专题演讲比赛、诗歌创作比赛等活动，这大大激发了广大学生（包括硕士生）的兴趣和热情，使得校园充溢着浓郁的诗情。已经编印成册的成果结集，就有文学院学生的《“爱我新校园”诗文大赛优秀作品选》和新闻系学生的《“唐诗与现代生活”优秀演讲稿选编》。

在演讲稿中，许多同学发出肺腑之言，畅谈了唐诗所代表的古典诗歌给人们的当代性启迪。张微同学就表示：“在今天，人们特别需要唐诗，需要唐诗的智慧，需要唐诗的启迪。唐诗既是生活中一道道无尽的风景，又是人生艰难苦恨、酸甜苦辣的种种体味。尤其是在紧张的生活节奏下，不断增长的物质需求正日益压缩着人们的审美精神空间，我们的生活变得简单而乏味。那就让唐诗感化我们的心灵，让唐诗创造和平的生活环境。唐诗就是美，就是理想，就是人类心灵的归宿。”

可见，采用多种方式增进大学生与古典诗歌的联系，不仅有利于弘扬传统诗教，对于帮助他们树立健康的人生观和培养优雅的审美情趣也有重要作用。

（原载《沈阳日报》2005年6月13日）

# 通读经典是培养文史人才的重要途径

尽管随着科学技术的发展，社会对科技人才的需求越来越旺盛，文史人才依然不可或缺，文史人才的培养仍然受到各方的重视。我国传统的私塾、书院与科举制度，在文史人才的培养方面确有成效，但已与当代的学校教育不相适应；而学校教育对文史人才的培养，又存在明显的不足，即使是大学文科本科毕业生，也很难成为合格的文史专门人才。这样，在研究生阶段如何提高学员的相关素质，便成为极为迫切的课题。

传统的文史人才培养方法，以古代典籍为求学基础，以反复记诵为基本功力，十几岁的孩子，便已经通读并能背诵几部经典作品，而如今的大学生，本科毕业了也未必通读过任意一部经典著作。这样的巨大反差，怎能不令人焦虑？进一步说，许多大学教师本人，也未必认真读过多少经典，对教科书的熟悉，远远胜过对经典的了解。我虽忝为教授，实在也只有“半桶水”的储备，亟须在教学实践中与学员共同提高。为此，当我校开始招收古代文学专业的硕士生后，我作为硕士生导师决定与学员共同通读经典，在新生一入学后便开设“古代文学名著导读”课，选择重要经典一字一句地通读、细读、深入读、反复读，并在学习经典的过程中培养学员查找资料、进行注释、思考问题以及撰写讲稿、赏析文和学术论文的能力。几年下来，大有收获。

我招收的第一届学员，以《庄子》和《史记》为主要阅读典籍，而且读时各有侧重。读《庄子》，要求以“走进庄子”为题写心得体会；读《史记》，则要求带着相关课题进行钻研。结果，学员不但通读了原著，还写出多篇有一定见解的学术论文，已经公开发表的就有《试论〈庄子〉的“三言”》、《浅说〈红楼梦〉与〈庄子〉》、《三种梦境　一样人生——

试析〈庄子〉、〈牡丹亭〉、〈红楼梦〉之梦》、《试论庄子学派与宋玉的亲缘关系》、《论钱锺书的〈史记〉研究》、《〈史记·列传〉引文浅析》等多篇。我第一批带的两名硕士生，毕业后都考取了博士生，真正走上了治学之路。

总结了第一届学员的培养经验，在以后几届学员的培养中，分别以《文选》、《诗经》、《韩非子》、《论语》为通读典籍，要求也越来越多样和明确，学术含量不断增加。比如读《文选》，以制作电教课件为教学目的，师生共同编制幻灯片儿，获得校优秀多媒体教育软件奖；读《诗经》，以写作赏析文为主，编录成《诗经选篇赏析》的书稿；读《韩非子》，首先要求学员分章写讲稿，多篇讲稿已经作为论文发表或获奖，如《韩非子〈五蠹〉探析》、《韩非子〈八奸〉评析》等，而且发动学员编著了《韩非子寓言故事全编》；读《论语》，则要求学员在通读的基础上写专题论文，出现《子贡的语言技巧》等一批颇有新见的论文。通读典籍不仅完成了教学任务，更使学员打下了治学的基础。

正因重视了经典的通读，不仅夯实了学员的专业知识基础，有助于帮助他们养成认真求实、严谨规范的学术作风，而且以此为契机引导他们掌握了多种文体的写作技能，对其成才确有促进。2006 年我校举办首届学生学术论文大赛，共有 24 名社科硕士生获奖，其中我所带的学员就有 4 人，还有一名获奖学员虽非我所带，但其获奖论文正是阅读典籍后的直接成果《多层次地剖析〈韩非子·定势〉篇中的势》。这足以照见通读经典对文史人才的培养确有明显的效果。在帮助学员提高的过程中，我本人也大有获益，已有《论语简注》和《庄子简注》两部书稿交给出版社，还准备再注释其他经典，另写出《略论〈论语〉中的因物感悟与以物为喻》等论文，还指导学员申报了科研课题《先秦诸子散文的引语研究》。这些因带领硕士生通读经典产生的相关成果，也可算是继承传统文化的回报吧。

总之，通读经典确实对文史人才的培养很有成效，我们将继续努力，以更高涨的热情弘扬传统文化，多多培育相关人才。

# 传统诗教与当代大学校园文化建设

诗教是传统学堂（含书院、私塾）的根基，旧时文人无一不能吟诗作赋，“弦歌诗颂”是传统学堂标志性的特征。时至今日，诗歌依然是语文教学的内容，但做诗已经不再是必修课，连诵诗也成为业余文艺活动的一部分，诗教似乎退出了学校。当然，科学教育、政治理论教育的确重要，但诗神的灵光不再辉耀校园，是否真的是时代的进步呢？

其实，诗教永远也不会过时，落后于潮流的恰恰是忽视诗教的认识误区。学诗不仅是识文断字即掌握语言文字的基础，更是全面提升人才素质的必要途径；诵诗与作诗不仅是个人才华的展示，更是特定人口群体修养气质的涵养和表征。“诗教”推行与否，首先便鲜明地体现在特定人口群体的总体风貌上。《礼记·经解》云：“孔子曰：入其国，其教可知也。其为人也，温柔敦厚，诗教也。”所谓“诗教”，是说诗歌对民众来说，具有教化作用；受到诗教的人口群体，具有温柔敦厚的美好品德。所谓“温柔敦厚”，也就是我国民众推崇的儒雅风流，外国民众向往的绅士风度。若没有诗神缪斯的惠顾，哪会有如此的“为人”素养？

当代的校园文化建设，既要造就富有文化内涵的育人氛围，又要炫示人才育成的楷模范本，那么一所学校是否能令人感受到“温柔敦厚”的人文气质，是否有“弦歌一堂”的环境特征，岂不正是验证其文化建设成败的标志吗？谁说传统诗教已经离我们远去？它正真真切切地光顾着每一所校园，折射出该校校园文化建设的现状。如果哪所学校能重视诗教，其精神风貌自会蓬蓬勃勃，生机盎然；反之，若忽视甚或排斥了诗教，则必然沉闷甚而偏枯，也就从根本上辜负了“洙泗上，弦歌地”的美称。虽然不能说开展了诗教的学校必然成功，但可以断言，漠视诗教的学校肯定不会有活力和未来。

将传统诗教引入当代校园文化建设，不仅要对中华传统的诗词文化加以继承和弘扬，更要加紧培养自身的创作队伍。只有新的作者不断涌现，新的作品不断问世，诗教才能真正有生气，有影响，有作用。否则，光有继承而没有发展，诗教的绿荫哪能枝繁叶茂、广覆远庇呢？尽管不必要求人人写诗，但让写诗人、读诗人更多一些，终究是一桩好事，于推广诗教，极为必要。

推行诗教，倡导诗词欣赏与写作，至少有以下四个作用：

一是涵养作用，即用中华传统文化的乳汁哺育广大师生，使其在浓厚的传统文化氛围中受到熏陶感染，提升人文素质，培养高雅情趣。宋代徽宗时期，一度排斥诗赋，认为它不切实用，结果各种邪门诡道乌烟瘴气，使得这一时期的社会状况成为历史的笑柄。不难设想，如果没有诗歌文化的滋养，一个部门、一个地方，甚而一个民族、一个时代就会缺乏教养，没有灵气，怎能造就和谐文雅的盛世良俗？周恩来曾对杭州领导说："杭州太守例能诗"，认为在有文化积淀的地方，不应有缺乏文气的领导。那么，以传播和创新文化为己任的大学，其所有的成员难道不该接受诗教的洗礼吗？

二是净化作用，即通过对真善美的歌咏，达到净化人的心灵、净化文化氛围的目的。诗词不仅有沟通、交流的功能，更因它是宣之于大众的公开言论，更有传于后世的潜能，任何人要写诗词，都不能不过滤思绪，顾忌其广泛流布的影响，尽量示人以文雅清正的情怀，此即传统诗教主张"思无邪"的由来。粗俗不堪的所谓"丘八诗"、"师爷诗"，浅俗谐谑的"打油诗"、"剥皮诗"，也自有其审美底线，也不会真的肆无忌惮，更不用说认真看待写诗、读诗的人士了。经常与诗词接触，自然会少一些世俗，多一些清雅，对人的心性修养自会有所受益。前人云："腹有诗书气自华"，不正讲的是这一效用吗？

三是呈示作用，也就是充分利用诗词的宣泄和传播功能，抒写或泄导自身的感情，展示自身的才华或气质，更好地与他人交流，甚至与不同时空的广泛受众交流，在一定的范围内产生一定的影响，既满足当事人的成就感，更在历史上留下特定人群特定生活感受的印记，给他人或社会造成并保留深刻鲜明的印象。如果一所堂堂的大学没有诗人，甚至没有诗词爱好者，那会给外界留下什么观感呢？不管是否自觉，每个人在生活中都在扮演特定的角色，是文雅还是粗俗，与其对诗词的了解认知程度直接相关，既如此，人们该如何看待诗词，岂不正可揭示出他想向世人呈示怎样的形象吗？

四是凝聚作用，也就是以诗词为沟通媒介，联络兴趣和气质相近的人群，形成一定的群体或组织，将有相同追求的人聚结在一起。这样的凝聚作用，既便于诗教的前几项作用得到体现，更便于扩大诗教的影响，吸引和团结更多的人士，尤其是情怀高雅的精英人士。常言道："物以类分，人以群聚。"喜爱诗词的人得以凝聚，其影响力自会有辐射和强化效应，也自然会有利于整个校园的团结与和谐。

正是认识到传统诗教的重要性和开展诗教的可能性，沈阳师范大学成立了教职工"弦歌"诗社，并编印出版了《弦歌》诗文集两辑，均已正式出版，显示出高校教职工别样的风采与才华，丰富了教职工的文化生活，也将校园文化建设推向一个新的高度。而今，校工会又正在操办赛诗会，组织朗诵学会，计划进一步扩大诗教的影响，使其在大学校园文化建设中发挥更积极的作用。

（本文摘要刊于《光明日报》2006年6月17日）

# 当代大学生与古典诗词（调查报告）

张永芳　　郭成　　刘鹏程　　齐森

提高人的素质，是建设和谐社会的基础；而搞好大学校园文化建设，又是提高国民素质的重要途径。在大学校园文化建设中，诗歌教育又是极为必要的环节，它可以美化人的心灵，培养高雅情操。我国是诗歌大国，不仅有悠久的诗歌文化，而且有极为成熟系统的诗教思想与诗教传统。在加速现代化进程的今天，为了保持我们中华民族的特性，树立爱国主义信念，确有必要承续和弘扬传统诗教。为了有针对性地开展诗教，我们特地进行了专题调查，发下了数百张《传统诗歌与艺术教育问卷调查表》，回收来234份有效答卷（其中文科生131份，理科生103份）。从调查情况看，至少可以说明以下问题：

1. 绝大多数当代大学生喜爱古典诗词，因为从总数看，喜欢和很喜欢古典诗词的学生占89%，想学习或非常想学习古典诗词的学生占84%，而且理科学生与文科学生几乎没有分别。特别值得注意的是，尽管报刊发表的多是新诗，但表示更喜欢古典诗词的学生占59%，高于喜欢新诗的比例（33%）。

2. 尽管喜爱古典诗词的学生很多，但了解诗词、能写诗词的学生并不多。从阅读量来说，自认为阅读量较大的只占4%，绝大多数学生自认为阅读量一般，即占总人数的78%，甚至有许多学生几乎不读古典诗词，这些人比例高达18%。而能够写作旧体诗词的学生，只有7%左右。相信在这些自认为能写的学生中，多半未必精熟格律和技巧，只是爱好罢了。因而，如何使青年学生更多地接触古典诗词，掌握写作能力，是很迫切的任务。

3. 对于诗教的了解，当代大学生更为隔膜，自认为了解的只有5%，知道有诗教而不了解的占65%，根本没听说过诗教的达30%即约三分之一的人，可见弘扬诗教的任务多么迫切和繁重。

4. 从调查情况可知，理科学生对古典诗词的爱好、了解与掌握的程度，全面超过文科学生。如认为学习古典诗词对提高人的素质很重要和比较重要的，理科生占95%，文科生只占93%；喜欢和很喜欢古典诗词的，理科生占92%，文科生只占87%；自认为阅读量较大和一般的，理科生占84%，文科生只占81%；尤其是自认为能写旧体诗词的，理科生占13%，文科生只占2%，差距悬殊。这也符合实情，说明理科生素质高于文科生，各种兴趣也高于文科生。

5. 从古典诗词的传播途径看，传统的文本传播影响力逐渐减弱，而借助现代传媒流行的歌曲、朗诵会等的影响明显加大，如学生最喜爱的诗人中有苏轼，而最喜爱的作品是苏轼的《水调歌头·明月几时有》和《念奴娇·赤壁怀古》，就与通俗歌曲《但愿人长久》的传唱和电视剧《三国演义》的热播有密切关系。反之，尽管有端午节的习俗，学生们对屈原的熟悉却差了许多。

6. 尽管通过调查，可知对古典诗词在当代的命运不必担心，但也应该清醒地认识到，弘扬民族传统文化的任务十分艰巨，当代青年对古典诗词的热情与求知欲还不那么强烈。如自认为根本没有课外阅读量的学生高达18%，根本没听说诗教的更高达30%，关心开设相关课程与很想学习古典诗词的，也只占少数。要真正使古代诗词引起多数大学生的热爱，还必须做大量的工作。

（本文刊于《中华诗词》2007年第7期，并以《当代大学生：古典诗词知多少》之名，摘要刊于《光明日报》2007年8月10日）

# 节日出行记趣

节假日出行难，已成人们的常识，每年春运高峰，正当春节前后，各种交通工具一派紧张繁忙，尤其铁路运输更显拥挤不堪。我经常出差，节假日也往往在旅行途中，却因缘机巧，恰于节假日赶上几次最宽松清闲的行程，忆来颇有趣味。

最早的一次节日出行是1966年大串联期间，这次我长途跋涉，来到新疆，看望高考落榜被分到新疆军垦兵团的老同学，也满足下自己对西域风光的渴慕。在乌鲁木齐市我吃过烤馕、手抓羊肉饭，更品尝到香甜可口的西瓜、无核葡萄、哈密瓜，还曾到天下闻名的垦区新城石河子观光一番，随后怀着依依不舍的别情登上东归的火车，巧得很，这天正是9月30日，于是在行程中迎来国庆佳节，曾作诗纪行：

飞轮滚滚唱高声，国庆巧于路上迎。
归次赶得时日好，祖国列车长奔腾。

车厢里仅不到二十人，每人均有一条长条椅坐卧休息。入疆时，满车厢尽是人，连坐椅下、过道里也塞满乘客，我本人也一路躺在行李架上。归程则不仅人员稀少，更有一桩特别的便宜：我们乘坐的车厢前面挂着一节空邮车，空荡荡的车厢仿佛是体育馆，若非地板铺有细木条简直可以进行赛跑。这节空车厢顺理成章地成为我们的健身房，供我们散步、做操、实在太惬意了。即或国宾专列，怕也没有如此高级的待遇吧？亏得如此，抵达西安的三天行程不知不觉便度过了。

第二次节日出行是1968年元旦，由青岛赴上海。所乘的战斗号轮船是临时充作客轮的货轮，我们临时弄到的又是统舱票，宽敞的舱室里空旷平坦，地板铺着稻草和苇席，任旅客横躺竖卧。若不是途中遇到风浪，颠簸得不少人连连呕吐，倒也是一趟别开生面的旅行，我也曾作诗纪行：

早慕瀚海碧无涯，今乘巨轮破浪发。
正是一年方开始，怒涛直似报春花。

第三次出行是1968年春节。这时我因外调只身留驻上海，并无亲友可投，只得于大年初一独自去苏州游玩。初二下午，又乘江船去无锡。也有诗纪行，如“雨雪虎丘尽兴还，乌篷载我到锡山”；“寒山寺外登古渡，细雨枫桥别姑苏”等。但我想说的不是去程，而是初三的归程。由无锡归上海时乘的火车，是节日临时增开的短途班车，系由货车车厢铺苇席权当客车乘坐。有过睡货轮统舱的经历，坐这样的地铺车倒不嫌其简陋，只是旅客太少，让人烦闷。刚上车时，还有十来个农妇，嘁嘁喳喳地说着吴侬软语，虽听不懂，倒也悦耳。但沿途只有下车的，没有上车的，未到苏州，已只剩我与一个年轻的乘务员；可能嫌太枯燥了，在某个小站他也跑到其他车厢去了。空荡荡的车厢，只有我一个人。眼中所见，只有白亮亮的铺席；耳中所听，只有哐啷哐啷的轮声。虽在江南，却有几分寒气逼来，显得格外冷寂。都说节日乘车拥挤，我却有幸乘坐了宽松到极点的列车，怎能不留下刻骨铭心的记忆？可惜这种情调令人扫兴，我也未留下纪行诗，只深切地品味到孤单单的行程是怎样的滋味。

以上三次节日出行，竟一次比一次宽松，在人生际遇中可谓奇巧，今后恐怕也再难有此类因缘，故略记如上，聊助读者谈兴。

（原载《沈阳晚报》1995年2月22日）

# 海边风雨

茫茫大海是陆地风雨的源泉，地理学叫做“海陆水循环”；到过海风的人，若不能与风雨结缘，终将是一个遗憾。

20余年前的夏季，我大学毕业分到辽南某县工作，县城依山傍海，报到那天刚下车，尚未住进旅馆，便遇一场突如其来的“太阳雨”。天空只有几丝微云，湛蓝的天宇，白晃晃的太阳，明明是响晴的天气，却劈头盖脸地落下一阵儿急骤的雨点，让人一点预防都没有，便淋了一个透湿。所幸其来也倏乎，退亦倏乎，未等我挨浇醒过神来，雨已然告停。这还不太新鲜，而更让人尴尬的是雨点带有咸腥之味，当地人习惯了浑然不觉，我这初来乍到的外地人则格外感到“新鲜”。

这场带咸腥味的急雨，提醒我和同来报到的校友，这里临近大海，顿时引发眺望大海的豪兴。第二天一早，几个校友便相邀作伴，翻小岭，跨潮沟，径向海边奔去。虽然仅知大概方向，不知具体途径，走过了不少冤枉路，却丝毫未影响大家的兴致。不到中午时分，茫无际涯的海面，便展现在眼前。我们坐在拦潮石坝上，一面晾晒汗透的湿衣，一面悠然地远眺大海，轻柔的海风微微拂面，令人神清气爽。

午后，潮水慢慢地涨了上来，浪花漫过泥滩，拍到坝脚，发出哗哗的涛声。直到这时，我们才恋恋不舍地踏上归程。不料，刚走到铺满红乎乎碱蓬草的大甸子，天空忽然飘来几朵乌云，吞没了日光，遮盖住大地，刚才还风和日丽，眨眼间一片迷蒙。簌簌的急雨，抽打着荒凉泥泞的海滩，满甸的碱蓬草却支楞起来显得分外挺拔。嗖嗖的凉风，将浑身浇透的我们吹得直打哆嗦。所幸雨来得急，去得快，不待走出草甸，已经风停雨止，云开日出，又是炎炎晴天。冻得打战的我们很快缓过气来，顿觉豪兴倍增，一路高歌，返回旅舍。

当夜，苍茫的大海，迷蒙的风雨，荒凉的草甸，尽兴的出行，一幅幅真切的图景叠印在心头，折腾得我久久不能入睡。刚到海边两天，已两次领受了海边风雨，今后的人生旅程是否也会有这样倏来倏去的风风雨雨呢?

为了记住这次出行，我填写了一阕《念奴娇》词：

同学五载，喜相识、已在山海关外。漫漫滩涂簌簌雨，携手登高望海。却步潮沟，奋行草甸，堤上湿衣晒。恍如昨日，惜乎此情难再。

心游胜似身游，老来回首，增几多感慨？海样心胸山样情，浥注青春风采：一路高歌，一路笑语，直上云天外。情翻笔底，新词一吐为快！

（原载《亚太经济时报》1995年7月2日）

# 常 州 梦

中国的读书人，有谁不对美丽富庶的江南或留恋或向往？白居易的一曲《忆江南》千百年来，不知拨动多少人的心弦。

广义的江南，应指长江以南广大地区；狭义江南，则专指长江下游宁沪杭三角洲一带。这里不仅以水乡的旖旎风光和鱼米丝帛的富裕令人动心，更以丰厚的文化积淀和众多的才子学士震烁古今。

南京、上海、杭州我都去过两次，也在秋冬之季游过苏州和无锡，更在“烟花三月”的美好季节逛过扬州，但对江南胜地依然心驰神往。镇江的金焦二山、南通的狼山、常州天宁寺与红梅阁，都是引我梦游胜景。张謇、范当世，尤其是浪漫如李白、贫寒胜杜甫的天才诗人黄景仁，更使我魂牵梦萦。我对同属江南的四川才人苏东坡何以要在常州终老，日渐有了深深的理解和艳羡。

有幸的是，我在南开大学读本科和在北京大学读研究生期间，同班都有常州同学，常听他们讲说常州；遗憾的是，我虽多次身至江南，却从未在常州落脚，几次车过常州时，只能倚窗瞥见其市容的一角，以致想梦见它的容颜也无此机缘。何时能到常州一游，成为盘郁我心底的一个情结。

近日，我任教的沈阳师范学院中，有个幼年在常州生活过的学员，她在我讲授的旧体诗词写作课上，交了一篇作业，吟咏了她对故乡常州的殷殷思念：

襄平暮雨满帘秋，卷入城河一道流。
白塔园中人寂寂，青年湖畔浪悠悠。
江南长忆儿时趣，塞北未谙豆蔻愁。
水远山长难入梦，乡心一夜到常州。

襄平，辽阳的古称，是那个学员的第二故乡；辽阳有座辽代古塔，是该地的象征性建筑，秋雨引发的缠绵情思，使该学员忆起故乡常州，那里有她儿时的梦幻，也有她今日的梦境。

我不是常州人，但我也对常州怀有梦一般的深情。但愿有那么一天，我能在常州留下自己的足迹，归来后再于梦中复现亲身游历的情景。梦一样的常州在等候着我，我也企盼着尽快圆我的常州之梦！

（原载《常州日报》1999 年 8 月 23 日）

# 《新纪杂咏》自序

除将诗词写作当成自身生命的诗人之外，一般人写诗填词各有缘由，有的是为留下生存的印记，有的是为宣泄心中的郁闷，有的是炫示才华，有的是消遣娱乐，我则是出于职业训练的积习，只是一种文人情趣的展现而已。我的本职是文学研究，主要研讨古代诗文，自然对旧体诗词有所了解，也偶有创作。

说起来，我同多数文学青年一样，高中时期迷恋过诗歌，也曾想做一个专业诗人，但那仅限于写新诗，而对于旧体诗词则并无多少兴趣。是“文化大革命”的风雨，激发了年轻人的内心激情；而且因对“文化的革命”使得毛泽东诗词成为唯一流行的文化圣典，于是学习毛泽东诗词引发的兴趣与其体式的示范作用，使我逐步对旧体诗词有所了解，其感情也迅速升温，自我摸索着闯进了诗词园囿。

我最早写的旧体诗词很不成熟，基本通路的时候已走出大学校门。我很感激在辽南农村的数年岁月，不仅使我在生活上安顿下来，有了自己的小家庭；也使我真正有所感悟，写下了一些相对成熟的诗词。但旧作大多随手散佚了，只有部分作品编成几本手抄本诗集留了下来。如有机会，那些幼稚而真诚的作品，或许可以印出来作为纪念。

说实话，随着年龄的增长，学识也多少有些提高，对自己少年时想做诗人的迷狂逐渐清醒，早已不再抱有挤进诗人行列的幻想。所以，虽曾给多位友人写过诗作评论或诗集序言，却一直不敢把自己的作品公之于众。尽管对自己的某些作品，未必没有敝帚自珍的偏爱。编印这本诗集的直接动机，只是因今年年初本人被评为中国诗学大师，想出版一部作品集证明自己不仅能评诗，也能作诗而已。若毫无创作，岂不有愧美称？

收在这本《新纪杂咏》里面的诗词作品，基本是本人21世纪以来尚未丢弃的短章，大约三分之一公开发表过。另有一些旧作，则基本是发表过因而得以留存下来的东西，故收入时标明出处。当然，就算是发表过的拙作诗词，也没有多大价值，不过能唤起个人的回忆，以及与一些有共同爱好的诗友作为谈资罢了。往大了说，编录本集也仅仅表明本人对传统文化的爱好与尊重而已，岂敢求他人赏读？既如是，则不敢烦求他人作序，谨于此说明编录缘起，望识者切勿笑我狂妄。这正是：

老来迷梦破，不敢称诗人。
旧作聊编录，权充敝帚珍。

2007 年 4 月 5 日时当清明
作者自序于灯下

（该书由中华诗词出版社于 2007 年出版）

# 《起步集》自序

《起步集》即将问世，从出版的时间看，它是我的第二部诗集，从创作的时间看，却是我的早期作品。“起步”之谓，即刚刚迈入诗坛之意。这样的“步履”，当然是稚嫩的，甚至踉跄歪斜，不成“行迹”。但任何人都是逐步成长的，孰能甫离娘胎，便可以快步如飞呢？幼稚并不可耻，所以我也将坦然面对可能受到的轻视。

实在说，我的近作也未必可读，《新纪杂咏》的问世，便有人予以讥抨，认为有格律不严处，也有错别字，甚至断言我写诗词根本“未入门”，本应藏拙，不该将其出版。我承认，自己根本不是诗人的料，在《新纪杂咏》的自序中切切表白说：“随着年龄的增长，学识也多少有些提高，对自己年少时想做诗人的迷狂逐渐清醒，早已不再抱有挤进诗人行列的幻想。”所以，诗作存有不足，当然不敢否认。

不过，写诗不过是表情达意的工具，对作者来说，是为了存下忆念，对他人来说，也只是借此交流而已。主要目的达到了，又何必过于苛求呢？诗作固然应尽量精美，但每人资质不同，又岂能作同等的要求？即如我的稚拙，不正可衬出他人的高明吗？责骂我不该出诗集的朋友，其水平或许远在我之上，但其风度是否有些欠缺呢？你尽可自己严格要求，不是精品不准问世，但对他人的表达欲，何苦来强行责难呢？契诃夫先生早就说过，大狗小狗都要叫，就按上帝给的嗓门叫好了！跟我辈相比，契诃夫固然是高不可及的大文豪，但在托尔斯泰面前，他自认只是一条小狗。如果因为托尔斯泰比他高明的缘故，便不准契诃夫的作品问世，是否太武断了呢？那个朋友也许真是为我好，怕我的“名声”因作品质量不精而受拖累，但我自认不是成家之才，没有名声可言，不怕作品被人轻视，只愿存留自己的人生履迹。既如此，索性放开胆子，把过去的稚嫩作品端出来，也许更让喜欢我的友人得以安慰，也可使轻视我的友人自我感觉更优越一些吧！简言之，我不仅不愿藏拙，而且甘愿“示朴”（展示半成品），以与友人交流，至少可“成人之美”，让他人有自傲的资本和骂人的靶子。

我这么做，当然不是逗气，而是真诚地展示自己的过去，说明自己一步一步成长的艰辛。我不是才子，只是凡庸的俗人，即使像写诗这样的“雕虫”小技，也费了几近终身之力尚未登堂入室。本色如此，何必讳饰？将往日旧作（不含与友人合撰的诗集）一一收录，至少可作为个人生平经历的忆念，或许也可证明成才道路的坎坷，又何必担心他人的评议呢？

依《新纪杂咏》自序的体例，仍以口占小诗一首作结：

诗坛起步艰，行路世间难。
何必怀惆怅，人生本寡欢！

（该书由中华诗词出版社于2008年出版）

# 《师友集》自序

《师友集》是我的第三本诗集，依然是迹近打油的涂鸦之作，登不了大雅之堂。不过，即使只有萝卜、白菜上席，但自以为是可口的盛宴又有什么不可以呢？会写诗的骚坛雅客，自然可以用他们的“满汉全席”一百零八道大菜饷客；我这根本无意挤入诗人圈子的俗人，虽只能用“农家菜”宴请读者，却也不觉有愧。人的能力有大小，各自尽其所能罢了，不该也不必相互攀比。

实在说，我想写诗，绝无炫才之念，只有自娱之乐；若说另有所图，就是以诗作为交际手段，当做黏合人际关系的胶水而已。本集所收作品，就全部是写给他人的交心之作，在题材与功用上具有高度的统一性。我期望自己所写的诗，能够写出题赠对象的身份、特点、主要经历，以及同我的关系和我对之怀有的情感。具体说，我的题赠对象有三类人：一是于我有恩者，我对之感激而敬重，如“赠师长”、“赠亲人”等卷里的一些作品；二是令我钦慕者，我对之自愧弗如而又系念在心，如“赠同事”、“赠同行”、“赠友人”等卷里的一些作品；三是同我亲近者，如“赠同窗”、“赠亲人”、“赠学生”里的一些作品。对有些题赠对象，则多重感情交织。当然，这只是我单方面的感受，至于人家是否领情，很难说清，甚至个别人还会反感，如某人就讥抨我于格律未真正入门，不该写诗，应当藏拙，但我对任何题赠对象都无恶意，却可以坦诚相告。因此，对讥抨我的老兄，我依然承认他确实比我高明，仍愿将题赠他的诗作收在卷中，而且一仍原貌，保持不尽合律（三连平）之处。不过，我同时也充满自信地认为，大多数题赠对象都能欣然笑纳，只是将拙诗当做彼此交往的见证和回忆往事的媒介，绝不会认真到要追索区区小我的诗艺水准。

我是俗人，自然无法做到为免遭笑话而自行藏拙，相反，在感情上更稍稍偏爱自己的作品，难免有“敝帚自珍”的小家子气。但是，我也有自知之明，并不敢妄求知音。我本来就不是名人，出于兴趣写了一些小诗，凭什么非让他人来读，更何以令人为之叫好呢？不过，我很佩服一位山东诗友的豪气，他就是潍坊农科院的退休干部韩同运，他是学农的，却对诗歌情有独钟，不仅肯自费出版诗集，而且在有关会议上直白地表示：“谁读我的诗，我就当他是朋友。”我的诗作固然拙陋，却也希望有人能读一读。若能引起会心的微笑，自会与之更加亲切。《诗经》云：“相彼鸟矣，犹求友声；矧伊人矣，不求友声？”渴盼与他人交流，是每个人的天性。既如此，诗艺如何，恐怕不能成为什么禁忌吧？写诗得到的愉悦感，是支持我多年来爱好诗词的根本动力。想借写诗成名，我没有那个野心；想借写诗牟利，连著名诗人都难以做到，更何况我辈。尽管在一般人看来，写诗毫无实用价值，但在作者自己，都会有深深的痴情。正是这种心理，促使我自费出版这部诗集。

本集还有一个突出特点，就是在诗体上也有高度的统一性，即所收作品，包括附录材料，全部是七言律诗。这是因绝句太短，无法表达较多的内涵；而歌行太长，难以驾驭。而七律不仅内涵较丰厚，且有对仗的要求，便于写出点文采来，增添诗作的魅力。闻一多先生在《律诗底研究》中说过：“研究中国诗的，只要把律诗底性质懂清了，便窥得中国诗底真精神了。”从师承来说，我是季镇淮先生的弟子，季镇淮先生又是闻一多先生的弟子，遵从师祖的指点而偏好七律，岂不正可谓名正言顺、渊源有自吗？

依照前两部自著诗集的体例，也用一首小诗结尾：

吟诗聊悦己，交往亦题诗。
岁月留诗履，耽诗自笑痴。

（该书由中华诗词出版社于2008年出版）

# 《俄罗斯行》前言

**献辞：谨以此诗集献给美丽的俄罗斯以及伟大的俄罗斯人民！**

2008年五月底至六月初，我随沈阳师范大学代表团一行十四人，访问了俄罗斯伊尔库茨克师范大学，顺便走访了莫斯科与圣彼得堡。这本薄薄的诗集，就是这次域外访问的产物。因为俄罗斯崇尚“七”，故凑为七十首绝句，以祈吉祥。

我这辈人，既经历了新中国成立初期对苏联“一面倒”的友好时期，对苏联老大哥曾十分崇敬；又经历了60年代的“反修”斗争，将昔日的师长看做了十恶不赦的敌人。这种复杂的历史风云和心路历程，恐怕后人很难理解，但却使我辈将这一邻国的名字深深地印入脑海，对其充满向往与困惑。而且，我曾学过六年俄语，尽管四十多年的时间流逝，使我已经将字母都忘光了，但对这一大国的兴趣始终没有磨灭。近年，曾连续为两本咏写俄罗斯的书写过书评或序言，一本写记者眼中的俄罗斯，即李永全所著《莫斯科咏叹调》（东方出版社2006年版首印）；一本写诗人眼中的俄罗斯，即李广泽所著《你好，俄罗斯！》（黑龙江人民出版社2007年版首印），我都“借酒浇愁”地倾吐了自己的感慨，如：

> 说起我国的邻国，近数百年来，有两个对我国影响最大，一是俄罗斯，一是日本。比较起来，俄罗斯的影响似乎更大一些，她既曾加害于我国，又曾帮助过我国，一度成为我国效仿的榜样，却又一度成为我们批判的对象。尤其是上一世纪苏联的崛起与陨落，使得这一北方近邻像万花筒般变幻莫测，普通中国民众对之既感亲切，又觉困惑，既感惊叹，又觉怅惋，既渴望求索真相，又感到难以摸到门径。

（《令人怆怀的乐曲　引人兴味的窗口——喜读〈莫斯科咏叹调〉》。）

作为心胸宽阔的当代人，凡是人类文明的成果都应该大胆接受，本不必有国界与民族的疆域限制；更何况曾有一段时间，“以俄为师”是风靡中国的时尚。中国人，尤其是20世纪五六十年代读中学、大学的中国人，对俄罗斯与苏联文化的认知与接受，是其学识构成的重要组成部分，有的甚至盘踞其文化视野的中心位置。（《中国诗人与友好邻邦的对话——李广泽诗集〈你好，俄罗斯〉序》）

这两段话，都是发自肺腑的感受，就以它们作为我对俄罗斯之行的观感吧，似乎不必再另外饶舌了。希望我的旅俄感悟，至少引起同辈人的共鸣。是为记。

（此书未曾出版，自印小册子赠友人）

# 《人生诗履》自序

我已经出版了三部旧体诗集，即《新纪杂咏》、《起步集》与《师友集》，近年不会再有新的集子问世了，因为已经印出的约一千首旧体诗词，是多年积累的成果，短期拿不出像样的东西了。《人生诗履》则是我第一部新体诗集，几乎将我一生的诗作都收在这里了，自然不妨将其看做我的诗体自传，至少，是生平的履迹。苏轼云："泥上偶然留指爪，人生那复计东西。"尽管人可以回顾自己的生平履迹，却再也找不回当年的风华情状，只能深深地感喟人生的短暂了。我很庆幸自己有写诗的爱好，能够用诗的形式，留下自身的人生履迹。这履迹在他人看来或许不值一提，但在我个人感受中，却是那样的亲切温馨，颇足自慰。

尤有意味的是，诗集的开篇之作《红军路》与路有关，结尾的散文诗《青春梦怀》又与梦有关，路的现实与梦的浪漫，恰似人生的已往与未来。不论往事在当时多么辉煌，已有的经历只会成为或模糊或清晰的履痕，镶嵌在人生的长路上；不论对未来的期待多么平实，在未能成为现实之前，总会有几分神秘的色彩，像梦幻般引人神往。因此，我不想对日后作空洞的展望，只愿留下一些有形的履迹，作为追怀往日的触媒。

人们常说，青少年是诗歌的时代、中年是散文的时代、老年是小说或历史的时代，回想我的生平，这一说法大致不差，至少在我来说，是先学会写诗歌，后学会写散文的，小说则至今不会创作。就写诗来说，涉足这一领域已有四十多年了。我初中快毕业的时候，读到王运熙先生等编著的《古代诗歌选》，引发了对诗词的兴趣。上高中时，在一次作文时交了一首叙事诗，即《山村短歌·报告会》，它实际是我所写的第一首诗作，但却受到老师的批评，说作文只应写散文。不过，这并未打消我对诗歌的迷恋，反而更加燃起了做诗的热情。我开始写作便旧体、新体一起写，甚至学习西洋诗歌的体式，如十四行诗等。尽管水平不高，尤其对诗词格律只有肤浅的了解，但诗作的数量却不少，还写了多篇读诗笔记，在评论和理论上也有所钻研。本集中的一半篇幅，便是高中的作品，如《红星》、《校园抒情》、《山村新歌》、《农场春色》、《跳荡的心》、《闪光的浪花》等分册。此后在大学读书时，虽历“文化大革命”浩劫，也没有停止写诗，甚至在快离校时，与友人唱和，自编了好几部诗集，只是多为旧体。大学毕业后在辽南安家，任教中学，生活稍稍安定，诗兴勃然高涨，写下《辽南短歌》等多篇作品，质量也跃上新的层次。这以后，直至21世纪到来时，才再次萌起诗兴，“老夫聊发少年狂”，又有了作诗的激情和才思。可见就新诗来说，我有三次创作高潮——高中时、辽南时、新纪初。总之，写诗的爱好，几乎伴我终身。

正是为了不辜负自己的这一爱好，所以在学术研究之外，我决定编纂印行个人的诗作。不管他人如何评价，我确有“敝帚自珍”的眷恋。当然，这份感情主要不是对诗作的欣赏，而是对生平经历的回顾。诗歌，确实像人生的履迹，可令我借以辨识往日的印痕。对每个生命个体来说，其生命历程都是独特的，不可复制的，怎能不让其本人难以忘怀呢？与此相关的诗作，又岂能仅仅从艺术功力与实际影响来加以评价呢？有人讥讽说：当今写诗的人比读诗的人还多。我当然是默默无闻的写诗者之一，但读者不多并不会让我心存芥蒂，起码我本人是自家诗作的忠实读者。能使自己的心灵得到安慰，这些诗作也就不算白写了。这样的成果虽不是本人的正业，其价值却未必输于学术专著。至少，它证明我在学术之外，也别有所好；既是理性的学者，也有作家的情趣。才子与学人，从来不是对立的人格。古人既能两者兼长，我辈何尝不能心向往之呢？

就我个人的体会，新诗与旧体诗因表达特点不同，其题材也自然有所分工。概括地说，新诗与外界事物的关联更多一些，旧体诗与个人生活的关系比较密切一些。也就是新诗便于写社会生活，旧体诗便于写个人经历；读新诗便于“察世”，读旧体诗便于“知人”。因而，我的新诗作品，更多保留一些社会现实的印痕，尽管许多情事而今已经面目全非、褒贬迥异，如对世界革命的声援、对人民公社的拥护、对农业学大寨的歌颂等，似乎保存旧作不合时宜，我却无意遮掩和修改，不想如郭沫若修改《女神》旧作一样改变自己旧作的历史原状。毫无疑问，我对许多事物已经有了全新的认识，但并不想否定当年的真诚与狂热。充当“事后诸葛亮”，未必能显出自身的高明。我既非独清独醒的屈原，又何必自许拙作为“离骚”式的歌吟呢？存其旧貌，也许更便于自己和同辈人回首当年吧。

需要补充说明的是，在我个人的经历中，遭逢了三次大地震——海城地震、唐山地震与汶川地震，我都不在现场而又不能不受到震撼。这虽是国家的、民族的集体记忆，却与每个炎黄子孙个体都有血肉关联。前两次地震因特殊的历史原因，我没有留下文字作品，在汶川大震面前，则放歌人性，写下几首诗作。因其与个人的人生履迹毕竟没有直接关系，所以作为附录，缀于篇末。

2008 年 7 月

（该书由中华诗词出版社于 2008 年出版）

# 旧作集序

## 甲编　自撰诗集序作

### 《示朴集》序

良工不以朴示人，千凿万锤工夫深。
浑然岂只尽天赐，当时多少拳拳心。

### 《边雁集》小跋

小妹离京赴边，屯戍军垦，往来书信，颇多豪气。余亦答书投诗，歌咏其志，收为是编，兼以自勉。

### 《秋思集》小引

秋光悲游子之心，月明动相思之情，今古一理，殊域同调。而身经沉浮，眼历沧桑，所感尤深，所思尤切。濠上联诗，五言遂兴；秋浦放歌，兴味尤长。此皆道离别之难舍，孤眠之愁绪者也。余念南园之旧友，听北园之夜雨，心到笔到，结作短句五十章，编次而为《秋思》，录之以呈至友。辛亥年秋七月，晋崖谨按。

### 《知春集》序

余幼时尝随父出塞，三历寒暑。卜居林口期间，假日曾往农场劳动，所闻所见，于高中撰新诗一集，题曰《农场春色》。三岁之前，小妹又离京赴边，眷眷亲情，昂昂积志，发而成章，多写北国之春，后编次定为《边雁集》。今抚卷追怀，俱恍如昨日。韶光流逝，何其速也！而萍踪浪迹，殊难逆料，年前余亦再出榆关，卒于辽东完家。倚山执教，面海而居，披暑送秋，经冬冒雪，忽又觉春之既至。情缘景发，景促情生，如抽草然，遂结作诗词若干。盖情缘春起，故以《知春》标识。言塞外春情者，至此积三编矣。地皆为榆关之北，词皆为感春之作，塞外春情，于吾不为薄也。惟不知辽东春色，此生能再得几番浏览？云光山影，碧海长帆，不尽痴情，何以为堪！感慨无穷，聊具此为序。辛亥年肆月晋崖记。

## 《辽南秋》序

余生时适逢土改高潮，甫能啼，即吮一雇农家乳。吾与农家渊源，可谓深矣。年前卒于辽东乡野安家，恐非偶然，亦可知也。余既喜农家之乐，安乡野之居，耳濡目染，无不感会。细草萌发，《知春》问世；草木经霜，能却新词？遂白描秋收之景，曲尽秋思之情，记录行止，兼采时事，成集曰《辽南秋》。《边雁》词气豪壮而痴情婉约，《知春》观察细微而出句清丽，此集则淡泊平稳，岂心境之所由然哉？若得年就二集，歌诗自娱，余终生无憾矣！悠悠此心，其谁识之？辛亥年十月，晋崖为序。

## 《三夏集》序

人各有癖，余独嗜诗。虽愧对丝竹，难为丹青，而撚须敲字，殊不自苦。北来辽东，安家西海，嗜诗之癖，久而愈耽。盖地处偏僻，身居闲职，耳濡目接者，野景乡俗而已。一、二知己，又隔山阻水，抱倾慕之情，乏促膝之乐。心或偶有所感，唯付诸笔墨一途，是以观察得而入微，思绪转而苍茫。而诗者，境正欲其开阔浑灏，辞正欲其细微清丽。迷离跳脱之意，缠绵悱恻之情，吐而成诗，正其宜也。然情境单一，歌咏者愈频，重复者愈多，亦其病也。故每于身边之外，往往捡取时事，点染成篇，欲以自拔。得失与否，知我者当会之矣。年前感春品秋，俱各有作。今时当三夏，近日成章，亦备道三夏农家情事；而时光荏苒，赴辽以来，忽忽已历三夏。遂一仍《知春》体例，编次成集，因“三夏”而名之。付与天涯，冀知音者赏焉。壬子岁七月初二，晋崖谨序。

## 《秣篱集》序

《投报》以来，懒于执笔；几近三年，续作寥寥。一者，家务渐多，心思转俗；二者，囿于见闻，意兴全消。且旧体诗词，束缚较多，漫言自身则味固醇厚，再现生活则颇觉吃力，是以近年复多作新诗，此亦疏懒之一因。然自阅积稿，未尝不牵肠挂肚，百感交集，如对明鉴，重睹浮生。窃谓人生在世，未能忘情，纵使贻笑大方，亦可我行我素。搜检零篇，编为一集，分作两卷，诗词各一，依类归卷，按年编次，因其草率，名曰《秣篱》，聊存小传，以备索忆。乙卯初秋，晋崖为序。

# 乙编　合撰诗集序作

## 《登临集》序

登高望远，心逐云飞；临川浩叹，意共浪翻。当斯时也，则心旷神怡，意兴万千，山若飞腾，水若飘舞，触目皆生动之状，入耳皆风涛之声，未能不血沸情驰，怀古思今，脉跳时代之搏，胸荡历史之潮，讴歌沧桑，礼赞革命者也。此即《登临集》长歌十首之所由来。树当近窥，林当远俯，所得所失，阅后自知。不复赘言，是以为序。庚戌春三月，川楫、晋崖序于南开园。

## 《折腰集》序

“江山如此多娇，引无数英雄竞折腰。”此千古之绝唱也。夫有心者，居乡则细味风土人情，远游则周览名山大河，以是冶心性，广见识，荡胸襟，透事理。无爱其故土，绝迹于河山，而能大事者，古来未之有也。故留意乎山水，非声色狗马之逸志；眷心乎乡土，非儿女沾巾之闲情。谓登山涉水磨人斗志者，诚大谬也。祖国寸土，皆连赤胸；故乡滴水，俱润忱心。不能月下花前、流连忘返以爱，血涂草莽、尸裹马革以卫者，绝矣、忍矣，不足以语天下也。一代风流，正当今朝，能弃情山河、专意虚空云乎哉？遂检点旧作，取入于乡俗、诵于旅程者百二十篇，次为《折腰集》二卷。庚戌年春三月，川楫、晋崖序于南开园。

## 《折腰集续》序

古人云："寸寸山河寸寸金，寸寸山河寸寸销魂也。"今尤然之。盖春雷蛰起，红旗遍地，人民得作主人，山河更换新貌。麋鹿联群之地，今闻机声震野；怪石割云之处，今见烟囱成林。弥望生机，盈耳风涛，能不消块垒，畅心怀，抉袂而奋起者耶？故情未倾于《登临》，意未尽于《折腰》，又成《折腰集续》百二十篇，以描摹蜀山冀水，讴歌新人新风，作一吐之快，结九曲衷肠。庚戌年春三月，川楫、晋崖序于南开园。

## 《折腰集再续》序

青松白石，足以明志；俚俗乡风，适可陶情。昔时顾念夫蜀山冀水，因有《折腰》之作；快意乎危峰大川，遂发《登临》之叹。年来卒卧黄沙，若云雨辞东而逐西；得依碧海，如鸿雁由南而往北。是以或欢娱农家之熙熙，记录偏僻异习；或流连草木之荣荣，采收陬隅胜景；倩山居之幽深，存海湾之奇绝；化入目之多姿，成出心之吟咏。遂又得诗百二十篇，依旧分为两卷，各道辽西、辽东风情。缀《折腰》而为再续，补《登临》期以将来。已然未然，唯识者正之。幸亥年初腊，川楫、晋崖揭此为序。

## 《合璧集》序

诗言志，歌永言。然志者，人人得而立之，立志而且有诗者则寡矣；情者，人人得而感之，感情而且有歌者亦寡矣。究其原因，少寄托耳。少寄托，则志不必述，情无由发，能诗能歌者寡，宜也。燧石相击，始迸火花，刀砺相磨，始得利刃。同志之谓，非小可也；友朋之道，岂虚妄哉？古人云："如切如磋，如琢如磨"，意拳拳，理昭昭，固经验之谈也。若夫意趣同，脾性近，居则联床，游则投书，此古来诗人切切向往，弥弥珍重者也。余二人虽愚钝不堪，亦心会之，遂检拾旧作，删存百篇，分作两卷，次为一编，取名《合璧集》，窃慕珠联璧合、相得益彰之义也。庚戌春三月，川楫、晋崖序于南开园。

## 《两辽集》序跋

### 序　诗

自嘲（赠晋崖）

忙里偷闲觅小诗，春来冬去却自痴，
风流总被风吹去，浪击浮萍欲何之？

自解（答川楫）

短叹长啸尽入诗，经冬历夏情非痴，
风流纵被风吹去，上下逐波自所之。

### 跋　诗

——题川楫兄赠画《他日相呼》

足迹浅深留诗画，叽叽嘎嘎戏浅砂，
他日相呼声在耳，摇荡川楫倚晋崖。

## 《投报集》序

酒非乐，对知己者饮乃乐；言非乐，遇知心者谈乃乐。当夫酒酣耳热之际，故友重逢之时，得敞其心怀，吐其襟抱，叙其感慨，发其啸舒，人间之乐，极于斯矣！奈何萍踪浪迹，绝难逆料，云雨之会恨少，参商之隔苦多，缠绵者固郁结于心，旷达者亦难释于怀。故南北飞鸿，雁书常系于足；东西锦帆，鲤板常浮于江。是以居则诗酒自娱，清谈共赏；离则简书频寄，歌咏唱答。此即不能曲尽友朋之道，想亦撮其梗概；川楫、晋崖之交，可以证之矣。顾念京华联床，喁喁达旦，两辽为寄，拳拳投问，抚今追昔，未尝不怆然泪下也。于是将已往酬答歌诗，删存百余，次作一卷，取《诗经·木瓜》之意，定名曰《投报集》，并期以连年续之，留雁唳于青云，印足迹于路泥，而浮生变迁，或可窥豹一斑也。辛亥年初腊，川楫、晋崖书此为序。

## 《拟古集》题卷首

——调寄《水调歌头》

痴情难为语，春恨付何人？堪恼飞花败絮，零乱辗作尘。曾步花前月下，酌取琼浆玉液，清露调芳芬。瓜李相投抱，兰蕙表余心。

凭谁问：花之信，月之阴？异时青鸟得便，尺素墜彤云。叹息雁门寒夜，难耐长杨寂寞，冷落绿绮琴。锦水东北流，空作“白头吟”。

## 丙编　友人自撰序作

（略）

## 后　　记

这里收录的是上大学以后我独撰及与友人合撰的旧体诗集的全部序、跋，因全部出自我的手笔，聊借此小结一下自己学写旧体诗词的经历。

我中学时初习写诗，尝试着写过一些旧体诗词，编次为《起步集》。升入大学，又零星写了几首，大多是为别人题词而作——旧体诗在这样的场合是比较适宜的。1969年末，我因病在家休学，余暇较多，便将中学、大学时所写的旧体诗词略加淘汰，编次为《示朴集》。后汉马援的哥哥曾勉励他说：“汝大器，当晚成，良工不示人以朴。”我却觉得，把半成品展示出来就正于高明，亦未尝不可，这便是集名的由来。集中的作品也确如题名所示，很不成熟。

未曾料到，我这些很不像样的半成品，却激起了至友川楫的诗兴，他也意趣盎然地要“示朴”于我。于是，在1970年春，我们便一起将歌咏革命斗争现实的诗作编集在一起，又重新写了一些，凑足百篇，定为《合璧集》。又乘兴而作，回忆乡土人情、旅次见闻，合撰了《登临集》、《折腰集》和《折腰集续》。大约搜肠刮肚、遣词炼句，我略胜之；至于摹物状事、铺排刻画，大让至友。三集具在，开卷自明，不复赘言。在此期间，我又忆及自己在黑龙江省的生活经历，思念在那里赴边军垦的小妹，写了一组七律，又合并另外几首诗词，编次为《边雁集》。这个集子内容较丰厚，感情也较充实，洋溢着一派激情，显示出清新、刚健的气息，虽于格律尚未精熟，自以为还算跨入了作诗的门槛。诗以道情，本集我是比较偏爱的。

本来，我们还想合写几个集子，如《联珠集》、《登临集续》等。然而，人生多波折，不久，我们都遇上了风波。政治上、生活上极不成熟的我们，还未走出校门，就体会到人生的严酷。我当时已写成而未编集的诗稿也全部散失了。

因为有一番波折，我们在毕业后的一段时间，内心的思想斗争比较激烈，感情也比较郁结，彼此的思念也尤为深切，也因此体会到古诗中何以道男女相思之情的诗那样多。于是寄托感慨，合撰《拟古集》一卷。相思既深，回忆亦多，1970年秋，川辑兄赠我的一卷短诗，简直可充做我们相互交往的传记；我也不由得感慨系之，依韵唱和，编次为《两辽集》。至友此时又将他对往日的回忆，以及当时的生活感受，分别撰写成诗，趁1971年春节回津探亲之机，与我聚会京华，共加删改，编为《腰山集》、《青山集》和《南迁北调集》三册。

1971年春，我已于辽东安家，心境渐趋平静，以致沉静到甘愿栖隐终身。这自然失去了澎湃的激情，但也因此有了仔细观察外界的耐心，遂有《知春集》一册问世。诗境的清新细腻，炼句的工稳纯净，如“黄绿浅深千山雨，红白浓淡万树花”；“古柳垂线裁细叶，嫩榆连钱绽青枝”之类，形成了自己的特色。当年秋天写的《辽南秋》，次年夏天写的《三夏集》，一仍《知春集》的体例编撰，不唯保留了《知春集》的细丽，更日益平稳冲淡，大有旷然自释、悠然自得的意味。我还计划再写一部《冬日集》，以后年就二集，以诗自娱。可惜，由于心意渐灰，沉湎冗务，诗兴衰颓，手笔疏懒，此愿未果。春、夏、秋、冬四季，唯冬季无诗，是亦一大憾事。但也许正因不够完备，才真正合乎自然吧？——世界上哪能有完美无缺的事物呢？

人只要活着，总免不了要有思想的飞扬，要有感情的冲动，要有心理的变化。我的心境是逐渐沉静下去了，但还没有死灭，对自己心灵的纯洁还是充满自信的。当然，我并不想用“历史的误会”来为自己辩解，我承认自己是个失意者，但并不认为自己是失足者。不，我是绝对不会站到反人民的立场上的，恰恰是自己太真诚地表白了多数人的心声，才受到了打击，遇到了波折。我想，历史终会证明，我并不是一个聪明人，但可以自慰的是，更不是一个投机者。要我心头一点萤火微光都没有，是办不到的。心头的百感千绪，总要寻求一吐为快，于是在 1971 年秋的一个雨夜，信笔由之，写成《秋思集》短句五十章。又捡拾残稿，倡答至友，编为《投报集》一卷。从这两个集子中，是可以比较清楚地窥见我的内心活动的。

其后，我再没有刻意为诗。只是将零散之作，辑为《秫篱集》；又将挚友的一些散篇，辑为《凌师集》。至友本人又将其婚后回四川探亲所写诗章编为《还乡行》。至此，和我有关的旧体诗集已积为二十册。其中，和至友合撰而集的八册，自己撰写的七册，为至友编纂的五册。除《还乡行》序而外，所有各册序言，皆出于我的手笔，这便是《旧作集序》的由来。但本编未收代笔之作，还是让序与诗归属统一吧。

以上，是对各旧体诗集及序言的简要介绍。至于个人的经历、诗作的得失，都不想多讲了。拉拉杂杂，赘为《后记》，老来读此，或可感喟。呜呼！纸短情长，至此投笔。

1975 年 10 月